KNAUR

*Im Knaur Taschenbuch Verlag ist bereits folgendes Buch der Autorin erschienen:*
Inselzauber

*Über die Autorin:*
Gabriella Engelmann, 1966 geboren in München, ist gelernte Buchhändlerin. Nach Stationen als Lektorin und als Verlagsleiterin eines Kinderbuchverlages arbeitet sie heute freiberuflich als Literaturscout und Autorin von Romanen für Erwachsene sowie von Kinder- und Jugendbüchern. Gabriella Engelmann lebt und arbeitet in Hamburg.
Mehr über die Autorin erfahren Sie unter www.gabriella-engelmann.de oder bei Facebook über: Gabriella Engelmann – Autorin.

GABRIELLA ENGELMANN

# Inselsommer

ROMAN

Knaur Taschenbuch Verlag

**Besuchen Sie uns im Internet:**
**www.knaur.de**

Wenn Ihnen dieser Roman gefallen hat und Sie auf der Suche sind nach ähnlichen Büchern, schreiben Sie uns unter Angabe des Titels »Inselsommer« an: frauen@droemer-knaur.de

FSC
www.fsc.org
MIX
Papier aus verantwortungsvollen Quellen
FSC® C083411

Originalausgabe Mai 2013
Knaur Taschenbuch

Redaktion: Friederike Arnold
Umschlaggestaltung: ZERO Werbeagentur, München
Umschlagabbildung: © mauritius images / Wulf Ligges; © FinePic®, München
Bildnachweis: © Josef Gall, Geretsried
Satz: Adobe InDesign im Verlag
Druck und Bindung: CPI – Clausen & Bosse, Leck
Printed in Germany
ISBN 978-3-426-51145-9

2 4 5 3 1

# TEIL EINS

# *1. Kapitel*

*Sie können uns jederzeit besuchen und so lange bleiben, wie Sie wollen. Im Kapitänshaus ist immer ein Zimmer frei für Sie. Wir würden uns sehr freuen!*

*Viele herzliche Grüße von der Insel!*
*Bea Hansen und Larissa Wagner*

Obwohl ich diese Postkarte schon unzählige Male gelesen hatte, freute ich mich immer wieder über die Wärme und die Freundlichkeit, mit der sie geschrieben worden war.

Und über das traumhaft schöne Motiv, das die Vorderseite zierte: ein reetgedecktes, aus Backstein erbautes Haus mit weißen Sprossenfenstern und einer blau-weißen Klönschnacktür, umrankt von roten und pinkfarbenen Rosen. Darüber ein strahlend blauer Sommerhimmel und Möwen, die am Horizont ihre Kreise zogen.

Man konnte den Duft der Kartoffelrosen förmlich riechen und das Summen der Bienen hören, die im funkelnden Licht der Sonne von Blüte zu Blüte flogen. Ein typisches Friesenhaus, wie man es überall in Keitum findet, einem der schönsten Orte im Osten der Nordseeinsel. Und ich, Paula Gregorius, hatte eine Einladung dorthin und konnte es kaum erwarten, endlich anzukommen und Hamburg den Rücken zu kehren.

»Moin, moin, liebe Fahrgäste, die Fahrkarten bitte!«

Die energische Stimme des Schaffners der Nord-Ostsee-Bahn schreckte mich unsanft aus meinen Träumereien über die vor mir liegenden Wochen auf Sylt und holte mich in die Realität zurück. Benommen kramte ich in der Handtasche nach meinem Portemonnaie, in dem ich das Schleswig-Holstein-Ticket aufbewahrte. Als Nächstes erreichten wir Itzehoe und in gut zwei Stunden die Endstation in Westerland.

Um noch ein wenig allein mit meinen Gedanken sein zu können, wollte ich zu Beginn meiner *Reise ins Ich* zunächst für zwei Tage im Hotel Stadt Hamburg wohnen. Das Hotel besaß einen traumhaft schönen Wellnessbereich, die Küche genoss einen ausgezeichneten Ruf, und der breite, weiße Sandstrand war nur fünf Minuten Fußweg entfernt.

Larissa und ihrer Tante hatte ich hingegen gesagt, dass ich erst ab Freitagmittag ihre liebenswürdige Gastfreundschaft in Anspruch nehmen würde.

Während ich durch das Fenster die vorbeifliegende Landschaft betrachtete, piepste mein Handy. Ich versuchte, meinen Herzschlag zu beruhigen und mich zu zwingen, die eingegangene SMS nicht sofort zu lesen, denn schließlich war ich auf dem Weg nach Sylt, um endlich einen klaren Kopf zu bekommen.

Schluss mit dem Gefühlswirrwarr, das mich nun schon seit Wochen gefangen hielt!

Schluss mit dem ewigen Kampf Kopf gegen Bauch!

An sich gab es ja kaum etwas Schöneres, als mit fünfundvierzig Jahren noch einmal richtig verliebt zu sein. Doch in diesem Fall lagen die Dinge bedauerlicherweise nicht ganz so einfach wie früher. Seufzend knüllte ich meinen hellgrauen Schal als Kissenersatz zusammen und presste ihn gegen die Fensterscheibe. Dann lehnte ich mein Gesicht dagegen und schloss die Augen.

Die Gewissheit, mit jedem Kilometer Zugfahrt mehr Abstand zu meinem bisherigen Leben zu gewinnen, hätte meine Nerven beruhigen müssen, doch stattdessen dachte ich wehmütig an jenen alles entscheidenden Abend zurück, an dem ich Vincent Rogner in mein Herz und damit in mein Leben gelassen hatte.

»Bereit, dem Irrsinn die Stirn zu bieten, Paula?«, hatte meine Mitarbeiterin Jule gefragt und mir schmunzelnd ein Glas eisgekühlten Champagner in die Hand gedrückt. Dann hatten wir beide die Galerie ein letztes Mal inspiziert und die Hängung jedes einzelnen Bildes überprüft.

Dieser Abend sollte perfekt werden!

Seit Monaten hatten Jule, Vincent und ich darauf hingearbeitet, Hamburgs Kunstliebhabern und der Presse bislang unbekannte, vielversprechende Talente aus Norddeutschland zu präsentieren.

»Ich prophezeie Nele Sievers eine große Zukunft«, sagte Jule, bevor sie in die Küche ging, um einen letzten, prüfenden Blick auf das Catering zu werfen. Den ganzen Tag war es in der Galerie zugegangen wie in einem Irrenhaus, doch nun herrschte endlich die *Ruhe vor dem Sturm,* wie ich den Moment vor einer Vernissage nannte, den ich zugleich liebte und fürchtete.

Doch es würde alles gutgehen!

Die Bilder der Bremer Malerin erinnerten in ihrer Farbintensität und Strahlkraft an die Arbeiten der mexikanischen Malerin Frida Kahlo, ohne jedoch so düster zu sein. Nele war zweifelsohne talentiert.

Bislang hatte die Künstlerin erfolgreich als Kinderbuchillustratorin gearbeitet, doch nun wollte sie neue Wege gehen. Ich war von der ersten Sekunde an begeistert gewesen, als sie zu ArtFuture gekommen war, um mir auf dem Laptop ihre Bilder zu zeigen:

»Nennen Sie mich gefühlsduselig und verrückt, aber ich kann mir keine andere Galeristin für meinen Start als bildende Künstlerin vorstellen als Sie, Frau Gregorius«, sagte sie und köderte mich mit ihren funkelnden Augen, dem nahezu schamlos anbiedernden Kompliment und dem frechen Lächeln. »Seit Jahren schon beobachte ich, was Sie alles auf die Beine stellen und wie sehr die Kunstbranche Ihr sicheres Gespür für die Entdeckung neuer Talente schätzt.«

»Sie bekommen aber keine Einzelausstellung, damit das klar ist«, antwortete ich, um ihre überbordende Erwartungshaltung ein wenig zu dämpfen. Im Laufe der Jahre hatte ich häufig mit narzisstischen Künstlern zu tun gehabt, deren Ego es nur schwer verkraftete, nicht die Hauptattraktion bei einem Event zu sein. Nele Sievers sollte von Anfang an wissen, dass es in diesem Metier weitaus härter zuging als im Bereich Kinderbuchillustration.

Und dann war es so weit: Der Kultursenator und zwei Sponsoren hielten eine Rede. Die Ausstellung umfasste die Werke von insgesamt sieben Malern und Bildhauern. Neles Arbeiten bildeten das Herzstück und stachen aufgrund ihrer Wildheit sofort hervor. Bereits zwei Stunden nach der Eröffnung hatte ich acht ihrer insgesamt zwanzig Zeichnungen und Acrylbilder an Sammler moderner Kunst verkauft.

»Ich hab's dir doch gesagt, das wird der absolute Knaller«, raunte Vincent mir zu und streifte mit seinen Lippen wie zufällig mein Ohr. Er war mir so nah, so gefährlich nah wie noch nie zuvor.

Zudem sah er heute Abend besonders gut aus. Sein dunkelblondes Haar war lässig verstrubbelt, er hatte einen sexy Dreitagebart und trug ein dunkelblaues Jackett. Eine Mischung aus Champagnerduft und Vanilletabak umwehte ihn.

»Okay, ich geb's zu, ich war vielleicht ein bisschen zu vorsichtig, was die Einschätzung von Neles Arbeiten betrifft. Aber sie ist schließlich nicht die Einzige, die sich hier präsentiert, und ich bin erst zufrieden, wenn es für die anderen ebenfalls gut läuft«,

entgegnete ich und versuchte, mich gegen die Gefühle zu wehren, die seine Gegenwart bei mir auslösten.
Die Werke der anderen Künstler verblassten allerdings etwas neben der jungen, attraktiven Malerin, die wie ein exotischer Schmetterling von Gast zu Gast flatterte und ihre Gesprächspartner gekonnt um den Finger wickelte.
Ihre Wangen waren vor Aufregung gerötet, das tizianrote Haar trug sie kunstvoll aufgetürmt. Einzelne Strähnen hatten sich gelöst und kringelten sich sexy hinter den Ohren.
Ihre katzenhaften, jadegrünen Augen schimmerten.
Ich sah, wie beinahe alle männlichen Anwesenden im Raum sie anstarrten und fasziniert an ihren Lippen hingen.
Auch Vincent.
Bevor auch ich mir etwas zu essen holen konnte, machte Nele mich mit zwei sympathisch aussehenden Frauen bekannt, die sie als ihre Freundin Larissa Wagner und deren Tante Bea Hansen vorstellte. Die beiden waren extra wegen der Vernissage von Sylt nach Hamburg gekommen.
»Ohne Lissy würde ich vermutlich heute noch auf einem Berg Schulden sitzen und versuchen, mit meinem Café über die Runden zu kommen, obwohl mir das Wasser schon längst bis zum Hals steht«, erklärte Nele und drückte Larissas Hand. »Sie war es nämlich, die mich ermutigt hat, das Risiko Künstlerin zu werden einzugehen und an mich zu glauben. Ich verdanke ihr sowohl meinen ersten Vertrag als Kinderbuchillustratorin als auch acht wunderbare Jahre auf Sylt. Eine bessere Freundin kann ich mir nicht vorstellen!«
Larissa wurde sichtlich verlegen, Bea räusperte sich.
Die ungefähr siebzig Jahre alte, schlanke Frau mit den kurzen, grauen Haaren und dem neugierigen Blick lächelte und knuffte Nele Sievers in die Seite.
»Nun sei mal nicht so pathetisch und plaudere nicht immer alles

gleich aus! Frau Gregorius hat heute Abend bestimmt anderes zu tun, als sich diese Geschichten anzuhören.« Doch Nele bekam nicht mehr mit, was Bea Hansen sagte, sondern ging zu Vincent, der neben dem Eingang zur Küche stand und sie zu sich winkte.

Als ich beobachtete, wie die beiden ihre Köpfe zusammensteckten, nahm ein Gefühl von mir Besitz, das ich lange nicht mehr verspürt hatte: Es nagte, es zerrte, es flüsterte mir Gemeinheiten ins Ohr, es raubte mir die Luft zum Atmen und brannte wie Feuer. Plötzlich hörte ich mich sagen:

»Kann ich dich kurz mal sprechen?« Ich deutete Richtung Ausgang.

Vincent folgte mir, ohne zu zögern.

Draußen angekommen, spürte ich, wie kalt es war. Da ich viel zu aufgewühlt war, um rational zu handeln, hatte ich den Mantel an der Garderobe hängen lassen.

Doch das alles interessierte mich nicht.

Alles, was ich wollte, war, einen Moment mit Vincent allein zu sein.

Als er mir sein Jackett um die Schultern legte und mich neugierig ansah, fühlte ich mich wie ein kleines Kind, das beim Naschen ertappt worden war. Und deshalb wusste ich auch nicht, was ich antworten sollte, als er mich fragte: »Na, was gibt es denn so Dringendes?«

Hätte ich sagen sollen: »Mir ist gerade klargeworden, dass ich mich in dich verliebt habe. In dich und deine süße kleine Tochter?«

Mit jedem Kilometer, den sich der Zug seinem Ziel näherte, versank ich tiefer in die Erinnerung an jenen Abend, an dem Vincent mich zum ersten Mal umarmt hatte.

Anstelle einer Antwort lehnte ich mich an seine Brust, und wir schmiegten uns eine Weile aneinander. Es war so ein wunderbares Gefühl, die Nähe des anderen zu spüren, wie ein besonderes Geschenk, von dem man nicht weiß, ob man es behalten darf. Für einen Augenblick kam es mir so vor, als würde ich die Welt, in der ich normalerweise lebte, verlassen und mit dem Feuer spielen. Noch Stunden und Tage später glaubte ich den Duft und die Wärme von Vincents Haut zu verspüren.

Und ich wusste, dass es ihm genauso ging.

Mühsam versuchte ich mich wieder auf das Hier und Jetzt zu besinnen, und starrte unschlüssig auf das Handy. Vielleicht war die SMS ja wirklich von Vincent? Obwohl wir vereinbart hatten, während meiner Auszeit auf Sylt weder zu telefonieren noch zu simsen, konnte ich nicht leugnen, wie sehr er mir jetzt schon fehlte und ich beinahe jede freie Minute an ihn dachte. Zuletzt siegte jedoch die Neugier, und ich las die Nachricht:

> Pass auf dich auf, und lass dich treiben. Du hast so hart gearbeitet und solltest dich richtig erholen.
> Ich warte auf dich, mein Schatz.
> Patrick

# 2. Kapitel

Während in meinem Innersten ein emotionales Durcheinander herrschte, rollte der Zug vom Hindenburgdamm und erreichte Sylt. In der Ferne erblickte ich einen Turm, der die Landschaft überragte. Dies war also St. Severin, das Wahrzeichen Keitums.

Die Nord-Ostsee-Bahn fuhr weiter Richtung Westerland, und ich bestaunte die Kirche mit dem roten Turm und die vorüberziehende Landschaft. Ich sah weidende Schafe und Kühe und Pferde, die mit wehender Mähne über die Koppeln galoppierten. Sylt, die *Insel der Schönen und Reichen.* Die Insel der Partys und Galas im Blitzlichtgewitter der Boulevardpresse, des legendären Strandrestaurants Sansibar, Wohnsitz unzähliger Prominenter. Im Licht des eher grauen Apriltages wirkte sie alles andere als glamourös, insbesondere je weiter sich der Zug der Endstation näherte.

Ich schmunzelte über den Werbeslogan *Schlafen könnt ihr auch auf Amrum!,* der für ein koffeinhaltiges Getränk warb und die Fassade eines Getränkemarkts zierte. Doch das anfängliche Schmunzeln wich schnell einem gewissen Entsetzen, als auf einmal ein hässlicher Bau nach dem anderen mein Blickfeld trübte. Irgendwie war ich nicht darauf vorbereitet, dass auf dieser angeblich so idyllischen Insel Discounter mit ihren grellen Firmenschildern den Anblick der nordfriesischen Landschaft verschandelten.

»Erschreck nicht, wenn du aus dem Bahnhof kommst und plötzlich vier giftgrünen Skulpturen gegenüberstehst«, hatte mein Mann Patrick mich gewarnt, bevor sich am Altonaer Bahnhof die Tür der Nord-Ostsee-Bahn hinter mir schloss.

Ich ließ meinen schweren Koffer stehen, um die *Reisenden Riesen im Wind* zu bestaunen, die seit 2001 den Bahnhofsvorplatz schmücken und von Anfang an heftigste Diskussionen ausgelöst haben. Natürlich war ich als Galeristin amüsiert über den hintersinnigen Witz, mit dem der Künstler Martin Wolke seine Figuren erschaffen hatte.

Nachdem ich genug gesehen und Fotos gemacht hatte, rollte ich meinen schweren Koffer über das Pflaster. Das Hotel war nur fünf Minuten Fußweg vom Bahnhof entfernt, deshalb hatte ich das Angebot abgelehnt, von einem Shuttle abgeholt zu werden. Zu Beginn der Friedrichstraße entdeckte ich ein weiteres Kunstwerk, das die Gemüter erhitzte: die gusseiserne Skulptur *Wilhelmine,* die rundlich und obenrum üppig bestückt in einem Brunnen saß und den Betrachter keck anlächelte. Ganz so, als wollte sie sagen: »Na, da guckst du, was?«

Ich guckte in der Tat, doch nicht allzu lange, da der rauhe Wind mir die Mütze vom Kopf riss.

Ein grauer Himmelsteppich lag über der Insel, die Wetteraussichten für die kommenden Tage waren ebenfalls alles andere als vielversprechend.

Doch im Gegensatz zu vielen Urlaubern war ich nicht hierhergekommen, um gleich einen vierstündigen Strandspaziergang zu unternehmen, sondern um durchzuatmen und in mich hineinzuhorchen. Es gab so viele Fragen, die ich nicht beantworten konnte, egal, wie sehr mir der scharfe Nordwind den Kopf frei pusten würde. Schließlich war das *Problem* ja auch weniger eine Frage des Verstandes als des Herzens.

»Herzlich willkommen im Hotel Stadt Hamburg«, begrüßte mich eine junge, sympathische Dame an der Rezeption und wollte wissen, ob ich gut hierhergefunden hatte. Ich nahm den Zimmerschlüssel in Empfang, und ein Page half mir mit dem Gepäck.

Obwohl Patrick und ich im Laufe der letzten Jahre häufiger in Luxushotels abgestiegen waren, überfiel mich immer noch ein gewisses Gefühl der Unbehaglichkeit, wenn das Personal seine Dienste anbot. Doch ich wollte den jungen Mann nicht brüskieren, also folgte ich ihm den Flur entlang Richtung Spa-Bereich.

Als ich die Zimmertür im ersten Stock öffnete, glaubte ich für einen Moment, ich sei in einem englischen Cottage. Ob Vorhang, Tapete oder Tischdecke – alles war in einem Blümchenmuster gehalten, und ich hatte das Gefühl, auf eine Blumenwiese zu blicken.

Nachdem ich dem Pagen Trinkgeld gegeben hatte, öffnete ich das Fenster, um die frische, jodhaltige Nordseeluft hereinzulassen und mich zu vergewissern, dass ich wirklich in Westerland war und nicht in Cornwall. Dann packte ich meine Kulturtasche aus und reihte meine Kosmetika vor dem Badezimmerspiegel auf. In diesem Moment klingelte das Telefon.

»Helen, wie lieb, dass du anrufst«, freute ich mich.

»Störe ich?«, fragte meine Freundin.

»Natürlich nicht. Ich bin zwar noch keine fünf Minuten hier, aber ich fühle mich jetzt schon einsam. Blöd, nicht wahr?«

»Nein, nicht blöd, sondern vollkommen verständlich. Genau aus diesem Grund rufe ich ja an. Hast du heute noch was Schönes vor? Und wie ist das Wetter auf der Insel? Hier in Hamburg sieht es gerade aus, als ob jemand einen Eimer graue Farbe über der Stadt ausgekippt hätte.«

»Keine Ahnung, was ich mache. Hier ist es auch nicht besonders, also werde ich vielleicht in die Sauna gehen und danach schwimmen. Oder ich setze mich ins Kaminzimmer, betrinke mich besinnungslos mit edlem Sherry und lese. Und du? Musst du nachher noch ins Gericht?«

Helen war Anwältin für Familienrecht.

»Ja, leider. Aber ich werde mich am Abend dafür belohnen, dass ich mich wieder mit jemandem herumgekloppt habe, der keinerlei Ambitionen hat, Unterhalt zu zahlen. Doro und ich wollen erst ins Kino und danach eine Kleinigkeit essen.«
Ich schmunzelte.
Besagte *Kleinigkeit* artete erfahrungsgemäß immer in einer kleinen Orgie von zwei bis drei Gängen aus. Auch wenn wir drei uns meistens die Vorspeise und das Dessert teilten. In der Regel kannte unsere Lust an kulinarischen Genüssen aber schon bei frischem Weißbrot mit Olivenöl kaum Grenzen, erst recht nicht, wenn dazu körniges Fleur de Sal gereicht wurde.
»Ihr wisst ja, Essen ist der Sex des Alters«, pflegte Helen lachend zu sagen, während Doro ihr ölig glänzendes Kinn mit der Serviette abtupfte. Doro war Mutter von zwei Kindern und arbeitete halbtags in der Steuerkanzlei ihres Mannes Thomas, die Fürsorge lag ihr im Blut.
»Dann wünsche ich euch beiden viel Spaß«, antwortete ich mit einem wehmütigen Ziehen in der Herzgegend. Die gemeinsamen Unternehmungen mit meinen langjährigen Freundinnen stellten seit vielen Jahren eine Konstante in meinem Leben dar, die ich sehr schätzte. Wir kannten uns vom Gymnasium und hatten zusammen Abitur gemacht. So unterschiedlich wir auch waren, wir hatten dieselbe wildromantische Vorstellung von dem Leben, das wir führen wollten, erfreuten uns an denselben Dingen und wussten, dass gute Freundschaften äußerst wichtig sind und man sie pflegen muss.
Nachdem ich aufgelegt hatte, saß ich noch eine Weile auf dem Bett und starrte aus dem Fenster. Mittlerweile hatte draußen feiner Nieselregen eingesetzt. Selbst die Möwen zogen es vor, Schutz zu suchen, anstatt beutehungrig ihre Kreise zu ziehen und gegen den Wind anzukämpfen.
Um mich ein wenig inspirieren zu lassen, blätterte ich in einem

Sylt-Magazin, das ich am Bahnhof gekauft hatte, mit einer niedlichen Robbe vorne drauf.

*Die würde Lilly bestimmt gefallen …!*

Ein wenig melancholisch dachte ich an den Nachmittag, als ich Vincents fünfjährige Tochter Lilly zum ersten Mal gesehen hatte. Sie war im Kindergarten hingefallen und hatte sich das Knie und die Stirn blutig geschlagen. Vincent war blass geworden, als er den Anruf der Kita-Leiterin erhalten hatte, und war aus der Galerie gestürzt, um Lilly abzuholen. Da er eine Stunde später einen wichtigen Termin bei ArtFuture hatte, nahm er Lilly kurzerhand mit in die Galerie. Ich war sofort dahingeschmolzen, als ich die Kleine sah. Sie hatte ein dickes, pinkfarbenes Pflaster auf der Stirn, und ihre Strumpfhose war aufgerissen. Die dunkelblonden Locken standen wirr nach allen Seiten ab, und ihr Gesichtchen war vor Aufregung gerötet.

»Du brauchst dringend etwas Neues zum Anziehen«, hatte ich zu ihr gesagt und Vincent vorgeschlagen, eine neue Strumpfhose für Lilly zu kaufen. Die Kleine war vollkommen verzückt, als ich eine halbe Stunde später mit einer nagelneuen Packung in ihren Lieblingsfarben Rosa und Lila wiederkam.

Außerdem hatte ich ihr noch einen kleinen Teddy vom Kaufhaus um die Ecke mitgebracht, der sie aufmunterte und sie bald darauf ihren Schrecken vergessen ließ. Von diesem Tag an waren wir Freundinnen, und ich freute mich jedes Mal, wenn sie in die Galerie kam und ich Gelegenheit hatte, mit ihr zu spielen.

Mein Herz wurde schwer, als ich an die Kleine dachte.

Wie gern hätte ich eine Tochter wie sie gehabt!

Weil ich nicht in trübsinnige Gedanken versinken wollte, beschloss ich mich abzulenken. Egal, wie schlecht das Wetter war, ich würde jetzt rausgehen und meine Umgebung erkunden.

Als ich das Hotel verließ, schenkte mir der Rezeptionist ein mildes Lächeln und rief mir hinterher:

»Ein Schirm wird Ihnen leider nicht viel nützen!«

Ich bog die Strandstraße in Richtung Meer ab, passierte das Kino schräg gegenüber, Souvenir-Shops, das für seine Torten und Pralinen bekannte Café Wien und Teeläden, während eine Böe mit grimmiger Wut an meinem Knirps zerrte. Nachdem er sich zweimal umgeklappt hatte, gab ich auf, zog mir die Kapuze meiner leuchtend roten Daunenjacke tief ins Gesicht und stapfte entschlossen weiter.

In der Kabine zum Strandübergang saß ein älterer Herr und winkte ab, als ich ihm meine Kurkarte zeigen wollte. Wenn es nach ihm ginge, säße er heute wahrscheinlich gar nicht hier.

Magisch angezogen vom Anblick des Meeres, ignorierte ich den Musikpavillon in Form einer Muschel an der Strandpromenade, die bei schönem Wetter zahllose Besucher anlockte.

Mein Ziel war das graugurgelnde Wasser, dessen Wellen sich am Strand brachen und kleine Schaumkronen hinterließen.

Ich nutzte den Rückenwind und ging am Hotel Miramar vorbei nach links, um möglichst ungestört zu sein.

Getreu dem Motto: »Es gibt kein schlechtes Wetter, nur falsche Kleidung«, gingen erstaunlich viele am Strand spazieren.

Ich setzte meinen Weg fort, bis ich an einer Reihe verwitterter Buhnen vorbeikam. Traurig ragten die dunklen Holzköpfe aus dem Wasser und trotzten tapfer dem Wetter. Ein typisches, immer wieder beeindruckendes Motiv, das zahlreiche Postkarten und Kalender schmückte. Wie sehr hatte ich diese Aufnahmen immer gemocht, die den Wunsch in mir erweckt hatten, endlich auf die Nordseeinsel zu fahren!

Ein Stück weiter tauchte ein Bollerwagen auf, gezogen von einem kleinen, etwa siebenjährigen Mädchen, das an der Hand seiner Mutter ging und fröhlich plapperte.

Im Wagen saß eine Armada von Stofftieren.

Ich schaute den beiden wehmütig hinterher, aber ich wollte

mich von diesem entzückenden Anblick nicht aus der Fassung bringen lassen.

*Genug vergebens gehofft.*

*Genug getrauert!*

»Mit Ihrer roten Jacke sind Sie bei dem heutigen Mistwetter eine absolute Augenweide«, hörte ich auf einmal jemanden sagen und glaubte zunächst, mich getäuscht zu haben. Als ich den Kopf hob, um zu sehen, ob ich tatsächlich gemeint war, blickte ich in die warmen, dunklen Augen eines älteren Herrn, der über das ganze Gesicht strahlte. »Die meisten hier tragen Dunkelblau, Dunkelgrau oder Schwarz. Gott sei Dank machen Sie diesen Tag ein wenig bunter.«

»Ich fühle mich immer besser, wenn ich etwas Farbenfrohes anhabe«, erwiderte ich in Erinnerung an meine frühere Vorliebe für eine Skala zwischen Grau und Schwarz. »Sie selbst leuchten aber auch!«

Der Fremde trug zwar einen dunkelblauen Wollmantel, aber kombiniert mit einem buntgemusterten Schal.

»Den hat mir eine liebe Freundin geschenkt, und ich halte ihn in Ehren. An einem solchen Tag wärmt er nicht nur meinen alten, steifen Nacken, sondern auch meine Seele.«

Dies war einer der Momente, an denen man sich entscheiden musste: Gehen oder bleiben. Entweder freute ich mich über einen zauberhaften Augenblick und ging danach meiner Wege, oder ich ließ mich treiben, um einer zufälligen Begegnung die Möglichkeit zu geben, sich zu entfalten.

»Ist Ihnen zufällig trotz des Schals kalt? Haben Sie Lust auf eine Tasse heiße Schokolade?« Ich wusste, dass Leysieffer eine Filiale in der Friedrichstraße hatte, und mir lief jetzt schon das Wasser im Mund zusammen bei dem bloßen Gedanken an das tröstlich süße Getränk. In dieser sympathischen Gesellschaft würde er bestimmt doppelt so gut schmecken.

»Sie scheinen Gedanken lesen zu können«, antwortete der Fremde lächelnd und gab mir die Hand. »Gestatten Sie, dass ich mich vorstelle. Mein Name ist Adalbert Vrohne.« Dann reichte er mir feierlich den Arm: »Ich freue mich sehr, zusammen mit einer so bezaubernden jungen Dame eine gute Tasse Tee, oder auch einen Kakao, trinken zu dürfen.«

Ob ich mit fünfundvierzig noch als »jung« durchging, wagte ich zu bezweifeln. Andererseits: Weshalb sollte ich ihm widersprechen?

Nachdem ich ebenfalls meinen Namen genannt hatte, gingen wir Richtung Café, als seien wir alte Freunde. Wir plauderten erneut über das Wetter und darüber, wie voll die Insel war.

»Das ist mittlerweile ein kleines Problem auf Sylt«, erklärte Adalbert seufzend, als wir uns an den letzten freien Bistrotisch setzten.

»Ein Problem?«, fragte ich stirnrunzelnd und überflog die Karte. Ob ich mir zu der Schokolade noch ein Stück Baumkuchen gönnen sollte?

»Lassen Sie uns besser nicht über dieses Thema sprechen. Sie sind ja hier, um Urlaub zu machen und sich zu erholen, und nicht, um sich die Unkenrufe eines alten Herrn wie mir anzuhören.«

»Diesem *uns* entnehme ich, dass Sie Insulaner sind oder zumindest schon eine Weile auf Sylt leben.«

Ich dachte an Larissa Wagner, die erst vor acht Jahren hierhergezogen war, nachdem sie ihre Tante in deren Buchhandlung vertreten hatte.

»Ich bin hier geboren, und ich werde auch hier sterben«, entgegnete Adalbert, und ich suchte sein Gesicht nach Anzeichen seines genauen Alters ab. Seine warmen, dunklen Augen waren von feinen Falten umsäumt, seine Haut wettergegerbt, der kurz gestutzte Bart schlohweiß, genau wie sein erstaunlich volles

Haar. »Keine Sorge, ich habe nicht vor, so bald zu gehen, dazu liebe ich diese Insel und das Leben viel zu sehr«, fügte Adalbert lachend hinzu. »Wie lange bleiben Sie denn, und wo wohnen Sie?«

Es dauerte nur den Bruchteil einer Sekunde, bis ich mich entschied, ihm die Wahrheit zu sagen.

Oder zumindest teilweise.

Also erzählte ich von meiner Einladung nach Keitum und fragte ihn, ob er das Büchernest kannte, das Larissa und Bea zusammen führten.

»Wer kennt dieses zauberhafte Buchcafé nicht?«, schmunzelte Adalbert und fuhr sich mit den langen, schlanken Fingern durch den Bart. An seinen Händen war deutlich zu erkennen, dass er weit über sechzig sein musste. Während die gepflegten Nägel glänzten, war die Haut faltig und mit bräunlichen Flecken übersät.

»Bea Hansen und Larissa Wagner sind mittlerweile so etwas wie eine Institution hier. Es hat zwar ein Weilchen gedauert, aber alles Gute braucht eben seine Zeit.«

Und *es verändert sich auch … und leider nicht immer zum Guten.* Seufzend dachte ich an meine Ehe mit Patrick und das riesige Dilemma, in dem ich steckte.

Würde es mir gelingen, in den kommenden zwei Wochen eine Lösung zu finden?

# 3. Kapitel

Pünktlich wie ein Uhrwerk traf die Bahn am Freitag von Westerland in Keitum ein. Hinter mir lagen zwei Tage, in denen meine Gefühle Achterbahn gefahren waren, und ich freute mich, nun nicht mehr allein sein zu müssen. Natürlich hatte ich das wundervolle Wellness-Angebot des Hotels genossen, mir zwei Saunagänge und eine entspannende Massage gegönnt. Ebenso wie eine Gesichtsbehandlung in der angeschlossenen Shiseido-Beauty-Farm. Trotzdem konnte dieser Luxus nicht darüber hinwegtäuschen, dass ich gefühlsmäßig in einer absoluten Ausnahmesituation war, schließlich stand meine langjährige Ehe auf dem Spiel!

Auf dem Parkplatz kam Bea Hansen strahlend auf mich zu.

»Liebe Paula, da sind Sie ja endlich! Larissa wäre übrigens auch gern mitgekommen, aber sie hat ausgerechnet heute Besuch von Verlagsvertretern, die das neue Programm vorstellen. Und das geht leider vor. Also, willkommen auf Sylt!« Sie öffnete den Kofferraum, und ich legte meinen Koffer hinein.

»Bei so einer Präsentation würde ich gern einmal Mäuschen spielen«, sagte ich, während ich mich anschnallte. »Muss doch himmlisch sein, die Neuerscheinungen vor allen anderen anschauen zu dürfen. Man kann sich dann schon monatelang im Voraus auf die neuen Bücher freuen.«

Bea startete den Motor.

»Sie lesen also gern?«, stellte sie fest und winkte einer jungen Frau zu, die die Ampel überquerte. »Das ist übrigens Mia, eine Mitarbeiterin aus unserer Kita.«

»Hier kennt bestimmt jeder jeden«, sagte ich mehr zu mir selbst und dachte an Adalbert Vrohne und den netten, gemeinsamen Nachmittag.

Ob ich ihn wohl wiedersehen würde?

Wir hatten vereinbart, das dem Zufall zu überlassen.

»Das kann man wohl sagen«, lachte Bea und bog auf den Stellplatz vor einem hübschen Friesenhaus ein, das dem auf der Postkarte ähnelte, es war nur noch bezaubernder. Vor der Tür stand eine weiße Bank, daneben und darauf Blumentöpfe. An der Wand darüber hing ein buntbemaltes Vogelhäuschen. »Aber ich kann Ihnen versichern, dass das nicht immer nur angenehm ist. Es gibt so manches, von dem man nicht möchte, dass andere ihr neugieriges Näschen hineinstecken. Das Gespräch zum Thema Lieblingsbücher müssen wir übrigens vertagen. Es sei denn, wir wollen den Rest des Tages im Auto verbringen.«

Ich nahm meinen Koffer und folgte Bea neugierig. Als ich die Fußmatte mit dem rot-weiß gestreiften Leuchtturm sah, blieb ich abrupt stehen, weil ich das Gefühl hatte, auf ein Bild zu treten.

»Keine Sorge, die können Sie ruhig benutzen.« Bea lachte. »Und ganz ehrlich: Ich bin nicht traurig, wenn das kitschige Ding da endlich so verschlissen ist, dass ich es guten Gewissens wegwerfen kann. Es war nämlich das Geschenk eines Stammkunden, den ich lieber mit meiner ehrlichen Meinung verschonen wollte.«

Schmunzelnd folgte ich ihr in das Innere des Kapitänshauses. Auf der Kommode im Flur standen viele Fotos in silbernen oder handgetöpferten Rahmen, auf einigen war ein Hund zu sehen.

»Das ist Timo, unser Berner Sennenhund. Leider ist er letztes Jahr gestorben«, erklärte Bea, als sie bemerkte, wie ich einen Augenblick innehielt.

»Das tut mir leid«, murmelte ich und folgte ihr über die gemütlich knarzende Holztreppe in den ersten Stock.

»Mir auch, denn ich vermisse den Kerl schon sehr. Aber das ist nun mal der Lauf der Dinge. Man kann es nicht ändern, so schmerzhaft es auch sein mag«, entgegnete Bea. Ich wagte gar nicht erst, nach dem sympathisch aussehenden Mann zu fragen, dessen Porträt im Flur des oberen Stockwerks hing.

Hatte Nele Sievers nicht erwähnt, dass Bea Hansen seit längerem Witwe war?

Eine Kapitänswitwe, um genau zu sein.

Oben angekommen, öffnete Bea die Tür zu einem Zimmer, in das ich mich augenblicklich verliebte, weil es so heimelig aussah.

»Und dies ist ab sofort Ihr Reich. Fühlen Sie sich ganz wie zu Hause, und sagen Sie mir einfach, wenn Sie irgendetwas brauchen. Sollte Ihnen die Decke zu dünn sein, hätte ich auch noch eine aus Daunen, unter der Sie sich garantiert fühlen wie Frau Holle.«

Nachdem sie die Tagesdecke ein wenig zurechtgezupft hatte, schloss Bea das weiße Sprossenfenster, von dem aus man einen Blick in den Garten hatte. Ich schaute mich um.

Die hellblau-weiß gestreifte Tapete harmonierte wunderbar mit den dunkelblauen Leinenvorhängen und dem beigefarbenen Sisalteppichboden. Irgendwie duftete es nach … Südfrankreich. Ich schnupperte und inhalierte den vertrauten Duft, der mich an einen der schönsten Urlaube mit Patrick erinnerte.

»Was Sie da riechen, ist die Sylter Seife Honig-Lavendel, die in einer kleinen Manufaktur in Morsum hergestellt wird. Ich habe sie im ganzen Haus verteilt, weil sie so wunderbar duftet. Im Wohnzimmer liegt gerade die *Heckenrose* in einer Schale.«

Ich dachte sofort, dass die Seife ein wunderbares Mitbringsel für Helen und Doro wäre, die beide eine Schwäche für solchen *Mädchenkram* hatten.

»Das Badezimmer ist gleich nebenan, die Wohnküche und das Esszimmer unten«, fuhr Bea fort. »Ich schlafe links von Ihnen.

Wenn Sie mögen, können wir gleich auf einen Tee rüber ins Büchernest gehen. Oder wollen Sie sich erst einmal hinlegen? Die Fahrt von Hamburg hierher dauert ja immerhin drei Stunden. Sie sind heute Morgen bestimmt sehr früh aufgestanden.«

Wie es schien, begann unsere gemeinsame Zeit mit einer Lüge. So vieles in meinem Leben beruhte momentan auf Unehrlichkeit. Dass ich in Vincent verliebt war, durfte Patrick niemals erfahren. Es würde ihm das Herz brechen.

Andererseits: War ich verpflichtet, Bea Hansen zu sagen, dass ich schon seit Mittwoch auf der Insel war?

»Ich würde gern sehen, wo Ihre Nichte arbeitet«, antwortete ich. »Den Koffer kann ich doch später auspacken.«

»Na, dann kommen Sie. Lissy wird sich bestimmt freuen, auch wenn sie nur kurz Zeit hat. Und Vero natürlich auch.«

Vero?

Kurze Zeit später blickte ich in ein Paar freundliche blaue Augen und ein ebenso freundliches, rundliches Gesicht, das zu einer Frau in Beas Alter gehörte. Sie trug ihr graues Haar zum Dutt und wirkte auf eine sympathische Weise etwas altmodischer als Bea.

»Das ist Vero, meine beste Freundin, Stütze in allen Lebenslagen …«, erklärte Bea.

» … und beste Köchin der Welt«, ergänzte Larissa, die sich zu uns gesellte. Im hinteren Teil der Buchhandlung saß ein Herr in grauem Anzug, einen Laptop und diverse Bücher vor sich auf dem Tisch, und tippte eifrig.

»Frau Gregorius, wir freuen uns wirklich sehr, die Förderin von Nele endlich kennenzulernen.«

Ich wurde verlegen.

»Förderin ist nun wirklich übertrieben. Den Erfolg hat Frau Sievers allein ihrem großen Talent zu verdanken. Aber lassen Sie sich bitte nicht bei der Programmpräsentation stören, wir sehen uns ja bestimmt später noch.« Meine Augen wanderten durch das Buchcafé, von dem ich schon so viel gehört und das ich natürlich gegoogelt hatte.

Doch auf keinem der Fotos kam der Charme der Buchhandlung wirklich zur Geltung: Sie war mit hellgrauen Korbmöbeln und buntgestreiften Kissen möbliert, dazu passend runde Tischchen mit einer emaillierten Platte. Ein großer, weißlackierter Weidenkorb lud die Besucher des Cafés ein, in Magazinen und der Tageszeitung *Sylter Spiegel* zu blättern, und auf jedem Tisch stand eine kleine Vase mit einer pinkfarbenen Tulpe. Auch hier lag ein ganz besonderer Duft in der Luft, den ich nicht zuordnen konnte. Eine wunderbare Mischung aus Vanille und frisch gebackenem Kuchen.

»Das duftet ja köstlich, man bekommt sofort Appetit auf frische Waffeln«, sagte ich und schnupperte begeistert.

»Kein Wunder, das ist ja auch das Yankee-Candle-Aroma *Vanilla Cupcake*«, lächelte Vero. »Verführerisch, nicht wahr?«

Weil ich zustimmend nickte, reichte Bea Hansen mir die liebevoll gestaltete Speisekarte, die mit wunderschönen Vignetten zum Thema Bücher verziert war. Sicher ein Werk von Nele Sievers, ich erkannte ihren Strich sofort.

»Wir bieten unseren Gästen nahezu alles, was das hungrige Herz begehrt. Vom Frühstück über Mittagssnacks, Kaffee und Kuchen.« Neugierig überflog ich das Angebot, und schon bei den Vorspeisen lief mir das Wasser im Mund zusammen, obwohl ich heute Morgen im Hotel mehr als üppig gefrühstückt hatte. Das Büfett dort war legendär!

»Klingt, als seien das alles echte Sylter Spezialitäten. Wirklich toll!«

Vero strahlte: »Ganz genau! Das sind alles echte Landfrauenrezepte aus Nordfriesland, die über Jahrhunderte hinweg gesammelt wurden«, erklärte sie stolz, woraufhin ich einen zweiten

Blick auf die Karte warf und insgeheim beschloss, nach und nach alles zu kosten, was besonders reizvoll klang.

**Vorspeisen:**

Matjes-Tatar auf Karoffel-Mini-Röstis

Krabben-Quarkterrine mit Forellenkaviar

Suppen:

Archsumer Kartoffelsuppe

Hörnumer Krabbensuppe

Schaumsuppe »Rotes Kliff« mit Rotbarschspießen

Wenningstedter Fischklößchensuppe

Fliederbeersuppe mit Grießklößchen

**Hauptspeisen:**

Morsumer Muscheltopf

Spargel mit Jakobsmuscheln

Keitumer Sommersalat mit Ziegenkäse

Braderuper Bauernfühstück

Lachstorte mit Keitumer Salat

**Dessert:**

Futtjes à la Theodor Storm

Verschleiertes Bauernmädchen

Sylter Teecreme

**Kuchenspezialitäten:**

Schmandkuchen

Friesentorte

Quark-Grieß-Auflauf mit Sylter Rote Grütze

Pfannkuchen (diverse Füllungen)

»Wollen Sie lieber auf den Tee verzichten und gleich zu Mittag essen?«, fragte Bea, die das Gespräch zwischen Vero und mir amüsiert verfolgt hatte. Ich winkte ab:
»Nein, nein, ich nehme gern einen Tee, sonst werde ich sofort müde.«
Vero ging in die Küche, um nach dem Rechten zu sehen, und ich ließ mir von Bea Hansen die Buchhandlung zeigen.
Auch das Sortiment ließ keine Wünsche offen. Neben den gängigen Bestsellern gab es liebevoll zusammengestellte Thementische, Publikationen kleiner, feiner Verlage, Lyrik, aber auch DVDs, CDs, Spiele und ansprechende Geschenkartikel.
Aufmerksam las ich den Klappentext über die autobiographische Erzählung einer Föhrer Autorin.
»Wenn Sie wollen, schenke ich Ihnen das Buch«, bot Bea an. »Ich freue mich immer, wenn sich jemand für ungewöhnliche Titel interessiert.«
»Das kann ich auf gar keinen Fall annehmen«, protestierte ich sofort. »Als Dankeschön für Ihre liebenswerte Gastfreundschaft sollte ich eher den gesamten Bestand hier aufkaufen. Sie wissen hoffentlich, dass ich Sie beide ebenfalls gern jederzeit bei mir in Hamburg beherberge, oder?«
»O ja, das wäre wundervoll«, sagte Larissa, die mit einem Mal neben uns stand. Der Verlagsvertreter war gegangen. »Ich lebe jetzt schon so lange auf Sylt, dass ich komplett den Bezug zu meiner Heimatstadt verloren habe. Dieser Kurztrip zu Neles Vernissage war im wahrsten Sinne des Wortes leider viel zu kurz.«
»Ach, Lissy, du nun wieder«, grinste Bea und zerzauste ihrer Nichte liebevoll das flachsblonde, lange Haar. »Warum hast du nicht ein paar Tage drangehängt? Vero und ich hätten wie immer hier brav die Stellung gehalten, und du hättest dich amüsieren können.«

Aus irgendeinem Grund errötete Larissa und murmelte:
»Du weißt genau, warum das nicht ging.«
Ich wurde hellhörig, doch antwortete nur beiläufig:
»Perfekt, dann haben wir soeben eine Abmachung getroffen.«
Ich nahm das Föhr-Buch und stellte mich demonstrativ an die Kasse. Wieso fiel mir eigentlich erst jetzt auf, dass im Hintergrund dezent klassische Musik lief?
»Haben Sie das Radio an?«, fragte ich und ließ den Blick durch den Raum schweifen.
Hier herrschte echte Wohlfühlatmosphäre. Kein Wunder, dass das Büchernest so beliebt war. Außer mir waren etwa zwanzig weitere Kunden im Laden. Zwei Kinder versanken in der Kinderbuchabteilung in einem gigantisch großen Sitzsack und kicherten vor sich hin, während ihre Mutter in einem bebilderten Buch über das Thema Meer blätterte.
*Lilly hätte es hier bestimmt auch gefallen.*
»Das ist kein Radio, sondern so ein neumodisches Dings, das mit einem ›i‹ anfängt«, sagte Bea.
»Das ist ein MP3-Player, Bea«, widersprach Larissa und wirkte ein bisschen genervt. »Wir hatten doch besprochen, dass wir diesen kommerziellen Hype nicht unterstützen. Deshalb kommen uns keine Produkte mit dem Buchstaben ›i‹ ins Haus!«
Bea zuckte mit den Schultern und wandte sich zu mir:
»Sie müssen wissen, dass Lissy und ich uns gelegentlich kabbeln, wie viel *Schöne neue Welt* wir hier brauchen. Sie ahnen nicht, wie sehr wir uns früher über Themen wie Warenwirtschaftssysteme und Internet-Präsenz gestritten haben. Wenn meine Nichte sich erst einmal etwas in den Kopf gesetzt hat, ist es leider sehr schwer, sie vom Gegenteil zu überzeugen.«
»Das sagt genau die Richtige«, grinste Larissa. »Und nenn mich nicht immer Lissy. Ich bin jetzt Mitte dreißig und zu alt für diesen Kosenamen.«

*Mitte dreißig.*
*Wie unfassbar jung!*
Als ich so alt war wie Larissa, war meine Welt noch in Ordnung, und ich hatte das Gefühl, dass alles im Leben möglich war, wenn ich es nur wollte.

## 4. Kapitel

Verwirrt rieb ich mir die Augen.
Sonnenlicht kitzelte meine Nase, und es duftete nach Gebratenem und Kaffee. Das Fenster war gekippt, der Wind bauschte die Gardinen und ich hörte Vogelstimmen.
Sonne, Möwen … Samstagmorgen, ich war auf Sylt und meinem Traum vom Glück ein klein wenig nähergerückt.
Mein Digitalwecker zeigte neun Uhr dreißig an.
Ich beschloss, bald aufzustehen, setzte mich aufrecht hin und schob mir das große, weiße Kissen mit der gehäkelten Bordüre in den Rücken. Dann dachte ich an Hamburg.
Patrick weckte mich jeden Samstag gegen zehn mit einem Kuss auf die Wange oder auf die Schulter, abhängig davon, wie ich gerade lag. Dann wartete er, bis ich einigermaßen wach war, um im Bett meinen Milchkaffee zu trinken.
»Keine Ahnung, wie du es schaffst, nicht zu kleckern«, murmelte Patrick und schlüpfte im Winter neben mich unter die kuscheligen Daunen, im Sommer unter die kühlen Laken.
Er selbst hatte da längst Espresso getrunken und die Zeitung gelesen. Manchmal war er sogar schon an der Alster joggen gewesen. Während ich versuchte, die Traumschwaden der vergangenen Nacht abzustreifen, erzählte Patrick mir, was es Neues in der Welt gab.
Sobald ich den Kaffee getrunken hatte und Hunger bekam, ging Patrick Brötchen holen und bereitete in der Küche das Frühstück zu. In meinen flauschigen Lieblingsbademantel gehüllt saß ich nach einem kurzen Abstecher ins Bad am Esszimmertisch. Diesen Teil des Wochenendes liebte ich besonders.

Wir tauschten uns intensiv über die vergangene Woche aus und planten die nächste. Doch so sehr ich unsere Gespräche auch genoss, hatten mich im Laufe der Jahre gelegentlich Zweifel beschlichen: War uns zwischen Vergangenheit und Zukunft nicht irgendwann die Gegenwart abhandengekommen? Hatten wir aus Angst die *wirklich wichtigen* Probleme gemieden? Natürlich sahen wir uns nicht nur am Wochenende, aber Patrick war als Werbetexter häufig beruflich unterwegs, bei Kunden in Deutschland und Europa, während ich Ausstellungen außerhalb von Hamburg oder Künstler in ihren Ateliers besuchte.

Manchmal gaben wir uns die Klinke in die Hand, und es blieb kaum Gelegenheit, sich in den Arm zu nehmen. Früher war es natürlich anders gewesen. Begierig wollten wir alles über den anderen erfahren. Doch irgendwann hatte der Alltag Einzug gehalten, und die Neugier war abgeflaut. Und ich musste mich nun fragen, ob ich bereit war, dies als gegeben hinzunehmen oder mein eingefahrenes Leben zu ändern.

Nach dem Frühstück ging jeder in der Regel seiner Wege: Patrick checkte seine Mails oder überarbeitete seine Texte, ich fuhr noch einmal in die Galerie, um dort nach dem Rechten zu sehen, auch wenn ich Jule vertraute. Selten blieb ich länger als ein, zwei Stunden. Meist war ich gegangen, ehe ArtFuture um sechzehn Uhr schloss. Doch seit Vincent bei mir arbeitete, griff ich nach jedem Strohhalm, um die gemeinsame, kostbare Zeit wenigstens um ein paar Minuten zu verlängern. Patricks Kommentar dazu war nur:

»Schatz, pass auf, dass du dich nicht übernimmst. Super, dass dir die Arbeit in der Galerie so viel Spaß macht, aber denk dran, dich auch mal zu erholen.«

Wenn er gewusst oder auch nur geahnt hätte, dass das Zusammensein mit Vincent wie eine Frischzellenkur auf mich wirkte … Natürlich war diese Verliebtheit alles andere als erholsam – meine Nerven lagen blank! –, aber es war einfach wundervoll.

»Sind Sie schon wach?« Beas Stimme und ein leises Klopfen holten mich in die Wirklichkeit zurück.

Ich fuhr mir kurz durch die Haare und antwortete:

»Ja klar, kommen Sie herein.«

Bea balancierte zu meiner Verwunderung ein Tablett.

»Da Sie gestern Abend erzählt haben, wie gern Sie Kaffee im Bett trinken, wollte ich Ihnen heute Morgen eine Freude machen. Als passionierte Teetrinkerin kenne ich mich leider nicht so gut mit Kaffee aus. Aber der gute Wille zählt. Ich hoffe, Sie mögen Friesenkekse«, sagte Bea augenzwinkernd und stellte das buntbemalte Holztablett neben mich auf den Nachttisch.

»Als ich das gesagt habe, war ich allerdings davon ausgegangen, dass ich ihn mir selbst mache«, entgegnete ich leicht beschämt. Ich wurde gerade verwöhnt wie in einem Fünf-Sterne-Hotel. Womit hatte ich mir das nur verdient?

»Ab morgen können Sie gern Ihren Kaffee selber machen, wenn Sie sich hier besser auskennen. Heute haben Sie noch Schonzeit.«

»Wollen Sie sich nicht zu mir setzen?«, fragte ich, als Bea Anstalten machte, zu gehen. Sie lächelte erfreut und zog den dunkelblau gepolsterten Stuhl heran, der zum antiken Sekretär gehörte.

»Gute Idee. Dann muss ich nicht gleich die Pfanne auskratzen, in der mir die Spiegeleier angebrannt sind. Und, wie fühlen Sie sich? Haben Sie gut geschlafen?«

»Wie ein Murmeltier. Obwohl ich gestern schon um neun schlappgemacht habe.«

Bea lachte.

»Das liegt an der Luft hier. Sie macht hungrig und müde. Bei manchen dauert es Wochen, bis sie sich daran gewöhnt haben. Aber ab und zu ist es ja auch ganz gesund, früh ins Bett zu gehen. Was möchten Sie denn heute machen? Soll ich Ihnen die Insel zeigen, oder würden Sie lieber noch ein wenig für sich sein? Wenn ich mich recht erinnere, waren Sie doch noch nie auf Sylt, oder?«

»Als Hamburgerin kaum zu glauben, ich weiß.« Ich lächelte und schwelgte genüsslich im Aroma des heißen, zartbitteren Kaffees. »Die Insel ist zwar nur den berühmten Katzensprung entfernt, aber es hat mich nie hierher verschlagen. Amrum und Föhr kenne ich allerdings recht gut. Vermutlich hatte ich Angst, hier zu vielen Kunden aus der Galerie zu begegnen. Apropos, die Hofgalerie in Morsum würde mich sehr interessieren. Wohnt dort nicht auch Ihre Freundin Vero?«

Bea nickte.

»Allerdings kommen Sie zu spät. Die Ausstellungsfläche musste dem Bau eines neuen Hotels weichen. Wie so vieles hier dem Tourismus Platz machen muss. Die Hofgalerie ist jetzt ins Westerländer Rathaus umgezogen.«

Ich dachte an Adalbert Vrohne. Hatte er nicht auch so etwas angedeutet?

»Oh, das ist … bedauerlich.«

Bislang hatte ich geglaubt, dass gerade Morsum mit seinem eher ländlichen Charakter keine so große Attraktion für Urlauber sei. Beas Miene verfinsterte sich ein wenig.

»Das ist es in der Tat. Doch lassen Sie uns das Thema wechseln. Was halten Sie davon, wenn ich die Pfanne säubere, einen zweiten Versuch unternehme, Spiegeleier zu braten, und wir uns in einer Viertelstunde unten zum Frühstück treffen? Sie können anstelle dessen natürlich auch gern etwas anderes haben.«

Nachdem Bea gegangen war, öffnete ich das Fenster und atmete

tief ein und aus. In Hamburg wurde ich sofort Opfer großstädtischen Straßenlärms: hupende Autos, grölende Passanten, klappernde Mülltonnen, kläffende Hunde, Musik aus Lautsprecherboxen.
Hier hörte ich nur das Flüstern des Windes.

# 5. *Kapitel*

Nach dem Frühstück wollte ich Keitum auf eigene Faust erkunden und später am Meer Richtung Hotel Fährhaus Munkmarsch spazieren. Das aufwendig renovierte Hotel, das seit 1880 Gäste beherbergte, und der dazugehörige Hafen sollten ausgesprochen zauberhaft sein.

Bea hatte empfohlen, mir auf dem Weg dorthin die Hünengräber am Watt anzuschauen. Sie half währenddessen im Büchernest Larissa.

Zum Glück öffnete sich die Wolkendecke, als ich aus dem Kapitänshaus ins Freie trat und mich umschaute.

Ob ich mich nachher bei Patrick melden sollte?

Doch zuerst wollte ich herausfinden, was sich hinter den Begriffen *Harhoog* und *Tipkenhoog* verbarg.

Auf Beas Tipp hin ging ich am traditionellen Nielsens Kaffeegarten vorbei die Treppen hinunter zum Wasser und ein paar Meter später wieder nach oben Richtung Ortsausgang. Auf einmal erblickte ich ein wunderschönes, reetgedecktes Haus, das sich an den Hang schmiegte und in warmes Sonnenlicht getaucht wurde. *So wohnen zu dürfen wäre mein Traum!* Ich seufzte und ging den kleinen Weg hinauf, um das Haus und den Garten zu betrachten. Verzaubert von dieser Idylle war ich kurz versucht, ein Foto zu machen. Doch ich respektierte das Persönlichkeitsrecht und hatte zudem Angst davor, dass ich ausgerechnet in diesem Moment auf den oder die Besitzer traf.

Also bestaunte ich die weißgetünchte Fassade und konnte mich an den dunkelbraunen Fensterläden, der halbrunden Eingangstür und den knorrigen Bäume einfach nicht sattsehen, die eine natürliche Grenze zum Weg bildeten. Es war wie aus dem Bilderbuch. Irgendwann riss ich mich von dem Anblick los und ging weiter.

Auf dem Weg in Richtung Tipkenhoog entdeckte ich eine Bank mit Blick auf den Nationalpark Wattenmeer und setzte mich. Rechts erhob sich ein grasbedeckter Hügel, von dem aus der Sage nach ein Riese namens Tipken in seinem Wachturm Ausschau nach Feinden gehalten hatte. Das stand in dem Inselführer *Sylter Wahrzeichen,* den Bea mir in die Hand gedrückt hatte. Auf den Hügel, umrundet von einem einfachen Bretterzaun, führte ein Trampelpfad.

Einige Meter weiter erregte eine Gesteinsformation meine Aufmerksamkeit: *Harhoog*. Dieses Steingrab hatte sich ursprünglich auf der Anhöhe eines Wäldchens zwischen Keitum und Tinnum befunden, war jedoch wegen der Erweiterung des Flughafengeländes abgetragen und hier wieder aufgebaut worden. Schon wieder ein Kulturdenkmal, das dem Tourismus weichen musste, dachte ich betrübt und ging weiter.

Plötzlich klingelte mein Handy.

»Hallo, wie geht's? Wo bist du gerade?«, fragte Patrick bestens gelaunt.

»Ich stehe gerade an einem Steingrab und sinniere über Gott und die Welt«, antwortete ich.

Patrick lachte.

»Oje, das klingt ja deprimierend. Versprich mir, dass du dir keine Gedanken über das Thema Älterwerden und den Tod machst. Du bist auf Sylt und solltest lieber im Gogärtchen in Kampen auf den Tischen tanzen, als dich mit totem Gestein zu beschäftigen.«

»Aber das ist neben der Kirche St. Severin nun mal eines der Wahrzeichen von Keitum«, verteidigte ich mich, auch wenn es dazu keinen wirklichen Grund gab.

»Das war ja auch nicht ganz ernst gemeint. Ich möchte nur, dass du ein wenig abschaltest. Habt ihr denn wenigstens gutes Wetter? Im Internet sah es aus, als könnte es heute Nachmittag noch richtig schön werden.«

»Ja, darauf hoffe ich auch. Und was hast du heute noch vor?«, fragte ich, um das Gespräch von mir auf ihn zu lenken. Im Grunde wäre es mir am liebsten gewesen, ich hätte gar nicht mit ihm sprechen müssen. An sich wollte ich schon wissen, wie es ihm ging, aber jeder Anruf, jede Nettigkeit und Patricks Fürsorge steigerten mein schlechtes Gewissen ins Unermessliche. Schließlich war ich auf Sylt, um darüber nachzudenken, ob ich weiterhin mit ihm zusammensein wollte, und er hatte nicht die geringste Ahnung, was gerade in mir vorging.

»Ich treffe mich nachher mit Steffen. Wir wollen erst in den Club trainieren, in die Sauna und danach etwas essen gehen. Ein richtiger Männertag also.«

»Toll«, freute ich mich für ihn. »Grüß Steffen bitte von mir.« Nachdem wir noch eine Weile geplaudert hatten, legte ich endlich auf.

Ich atmete tief durch. Wie sollte es nur mit Patrick und mir weitergehen?

Aber ich war natürlich nicht nur auf der Insel, um mir über meine Gefühle zu Patrick, sondern auch zu Vincent klarzuwerden. Ich wollte herausfinden, ob ich wirklich so viel für ihn empfand und wieso ich so anfällig für seine Zuwendung war. Andererseits hatte es keinen Sinn, wenn meine Gedanken pausenlos um dieses emotionale Dilemma kreisten, für das es momentan scheinbar keine Lösung gab. Deshalb versuchte ich, mich auf das zu konzentrieren, was Patrick mir empfohlen hatte: Abzuschalten!

Doch irgendwie beschlich mich das Gefühl, dass mir das weitaus besser gelang, wenn ich unter Menschen war.

»Hey, das ist ja eine nette Überraschung«, begrüßte Larissa mich fröhlich lächelnd, als ich die Buchhandlung betrat, die Tür stand trotz der kühleren Temperaturen offen. »Brauchen Sie Lesestoff, oder kommen Sie einfach so vorbei?«

»Ich brauche tatsächlich etwas zu lesen. Mein Krimi ist mir zu düster, ich hätte gern etwas Fröhlicheres, vielleicht sogar eine Liebesgeschichte. Hätten Sie einen Tipp für mich?« Larissa führte mich zu dem Tisch mit den aktuellen Bestsellern für ausschließlich weibliche Leser. Zumindest drängte sich diese Vermutung auf, wenn ich mir das Sammelsurium der überwiegend hellblauen und rosa Buchcover anschaute.

»Eine echte Romantik-Offensive, nicht wahr?«, sagte Larissa lachend. Hinter ihr erblickte ich ein junges, hübsches Mädchen, das an der Kasse stand und alle Hände voll zu tun hatte. Der Laden schien eine echte Goldgrube zu sein. Die Kunden kauften stapelweise Tageszeitungen, Taschenbücher, Postkarten und Briefmarken. Das Mädchen hatte rote Wangen und trug ihr hellblondes Haar im aktuellen Pixie-Cut-Look. Gekleidet war sie eher leger, mit verwaschenen, engen Jeans und einem schwarzen Sweatshirt, das ihr über die Schulter gerutscht war.

»Die junge Dame an der Kasse ist übrigens Rieke, unsere Auszubildende«, erklärte Larissa. »Sie ist im zweiten Lehrjahr und macht sich sehr gut. Für romantische Komödien ist sie die absolute Spezialistin. Soll ich sie mal holen?«

»Nein, nicht nötig, ich komme schon allein klar«, wehrte ich ab und vertiefte mich in das vor mir liegende Angebot. »Momentan scheinen Tiere ganz groß im Rennen zu sein«, bemerkte ich mit Blick auf all die Hunde und Katzen, die mich mit großen Augen anschauten, als wollten sie von mir adoptiert werden. »Lassen Sie sich bitte nicht weiter stören. Ich sehe mich ein bisschen um und melde mich, wenn ich eine Frage habe. Die Auswahl ist ja groß genug.« Während Larissa sich um einen anderen Kunden kümmerte und mit ihm über skandinavische Krimis fachsimpelte, las ich Klappentexte und betrachtete Cover. So viel Zeit hatte ich schon lange nicht mehr in einer Buchhandlung verbracht.

»Dürfte ich Sie kurz stören und Ihnen meinen Mann Leon vorstellen?«, fragte Larissa plötzlich. Vor mir stand ein äußerst sympathisch aussehender, jungenhaft wirkender Mann. Er trug eine randlose Brille und lächelte mich aus tiefblauen Augen an. Ich gab ihm die Hand und wusste sofort: Mit ihm hatte Beas Nichte einen guten Fang gemacht!

»Freut mich sehr, Sie kennenzulernen. Aber Sie suchen doch bestimmt kein Buch, sondern wollen mit Ihrer Frau ins wohlverdiente Wochenende«, mutmaßte ich. Immerhin war es zehn vor zwei, das Büchernest würde gleich schließen.

»Ganz genau.« Leon beäugte die drei Titel, die ich mir beiseitegelegt hatte. »Kann es sein, dass Sie sich für E-Mail-Romane interessieren?«, fragte er schmunzelnd. Ich stutzte einen Moment. Tatsächlich handelten alle drei Bücher davon, dass irgendjemand irgendwem schrieb und eine irgendwie geartete Antwort erhielt, die eine Liebesgeschichte zur Folge hatte.

»Dann würde ich aber auf alle Fälle für *Gut gegen Nordwind* plädieren«, warf Bea Hansen ein. »Alle anderen sind Nachahmer. Keines von ihnen reicht an die sensationelle Vorlage heran!«

Larissa zog die Nase kraus und stemmte die Hände in die Hüften: »Da muss ich dir aber energisch widersprechen, liebstes Tantchen. Die beiden anderen, die Paula sich ausgesucht hat, sind mindestens ebenso raffiniert gestrickt.«

»Ach, papperlapapp!«, entgegnete Bea, und ich wusste nicht, ob sie es ernst meinte oder Larissa aufzog. »Und nenn mich nicht immer Tantchen! Du weißt, wie sehr ich das hasse. Das klingt wie aus einem Roman der fünfziger Jahre. Als hätte ich rot bemalte Bäckchen, würde den lieben langen Tag Topflappen häkeln und eine karierte Kittelschürze tragen, wenn ich Napfkuchen backe.«

»Nur mit dem Unterschied, dass du gar keinen Kuchen backen kannst.« Larissa grinste.

Leon schmunzelte ebenfalls und gab Bea einen Kuss auf die Wange.

»Könnte das Tantchen sich eventuell vorstellen, heute zu uns zum Essen zu kommen? Ich hätte Lust, mal wieder den Kochlöffel zu schwingen.« Und zu mir gewandt: »Wie sieht es mit Ihnen aus, Frau Gregorius? Sie sind ebenfalls ganz herzlich eingeladen und schrecken hoffentlich nicht davor zurück, einen Abend mit diesen beiden Streithähnen zu verbringen.«

Ich musste nicht lange überlegen.

»Das ist eine wundervolle Idee. Was kann ich denn beisteuern? Hier gibt es doch bestimmt eine gute Weinhandlung. Ich könnte …«

»Ach was«, winkte Larissa ab. »Wein haben wir genug. Wir freuen uns, dass Sie Zeit haben. Mit etwas Glück kommt sogar Nele. Sie ist zwar momentan noch in Hamburg, wollte aber auf alle Fälle einige Tage hier verbringen, bevor sie endgültig ihre Zelte abbricht und nach Mexiko geht.«

Pünktlich um acht Uhr klingelten Bea und ich bei Familie Wagner.

Larissa und ihr Mann wohnten ebenfalls in einem schnuckeligen Friesenhäuschen, das so aussah, als sei es erst kürzlich erbaut worden. Die Fensterläden waren blau gestrichen, und auf den Fensterbänken standen Töpfe, üppig bepflanzt mit pink- und lilafarbenen Blumen, deren Namen ich nicht kannte. Es dauerte einen Moment, ehe Larissa die Tür öffnete.

»Bitte entschuldigt«, sagte sie mit hochroten Wangen und schob sich eine Haarsträhne hinters Ohr. »Der Pürierstab war so laut, dass wir das Läuten überhört haben.«

Irgendetwas an ihrem Gesichtsausdruck verriet mir, dass das nicht stimmte, denn sie wirkte sehr nervös. Ich vermutete, dass Leon und sie sich gestritten hatten. So etwas kam manchmal vor, wenn man Gäste erwartete. An sich waren Patrick und ich bei Einladungen ein gutes Team, aber es konnte durchaus passieren, dass er sich in letzter Sekunde entschloss, zu experimentieren. Gelegentlich ging das Flambieren einer Crème Brûlée daneben, oder das selbstgemachte Sushi ließ sich nicht so perfekt rollen wie erhofft. Am Ende eines solchen Abends beschlossen wir meist erschöpft, beim nächsten Mal etwas Einfacheres zu kochen, da wir letztendlich einen entspannten Abend mit netten Freunden verbringen wollten.

»Das macht doch nichts«, winkte Bea ab und nahm ihre Nichte in den Arm. Spürte sie ebenfalls, dass etwas nicht in Ordnung war?

»Hey, Paula. Klasse, dass du auch gekommen bist.« Ich stand noch nicht im Flur, als ein Wirbelwind namens Nele Sievers mich erfasste und beinahe umwarf, so stürmisch fiel sie mir um den Hals. Dann schlug sie sich erschrocken auf den Mund. »Oh, ich bitte um Entschuldigung, dass ich Sie im Eifer des Gefechts geduzt habe. Kommt nicht wieder vor.«

Ich gab Leon meinen Mantel.

»Kein Problem. Vielleicht ist das Abendessen eine gute Gelegenheit, das endlich zu ändern. Mal sehen, was Frau Hansen zu diesem Thema zu sagen hat.«

Bea schmunzelte und schob mich ins Esszimmer.

»Frau Hansen hat überhaupt nichts dagegen, Bea genannt zu werden. Darauf sollten wir anstoßen.«

»Das klingt gut, ich hole den Sekt.« Leon verschwand Richtung Küche. Larissa nahm Sektflöten aus der Bauernschrankvitrine und stellte sie auf den Tisch. Nachdem wir uns alle gegenseitig zugeprostet hatten, servierte sie die Vorspeise: Kartoffel-Mini-Rösti mit Räucherlachs und orange schimmerndem Forellenkaviar. Binnen Sekunden verfiel ich in einen wahren Genussrausch, verstärkt durch die Wirkung des perlenden Sylt-Sekts.

»Was ich dich noch fragen wollte, Nele. Entlässt dein Vermieter dich nun eigentlich frühzeitig aus dem Vertrag?« Bea schaute Nele mit hochgezogenen Augenbrauen an.

Nele räusperte sich verlegen.

»Leider nein. Aber so, wie sich die Wohnsituation momentan gestaltet, werde ich bestimmt einen Nachmieter finden.«

Ich hob interessiert den Kopf.

»Was hat es denn damit überhaupt auf sich? Ich habe gehört, dass viele, die hier arbeiten, zwischen dem Festland und Sylt pendeln müssen. Stimmt das denn?«

»Leider ja«, antwortete Bea in rauhem Tonfall. »Die wenigsten können es sich noch leisten, hier zu wohnen. Momentan kostet auf Sylt jeder Quadtratzentimeter so viel, wie andere für ein ganzes Haus zahlen. Eine Schande ist das! Aber das wird sich hoffentlich bald ändern. Nächste Woche demonstriert unsere Bürgerinitiative Zukunft Sylt. Wenn du wirklich wissen willst, was hinter der Postkartenkulisse abläuft, dann komm ruhig mal mit, Paula. Ich schätze, dass das, was hier augenblicklich gespielt wird, alle Gentrifikationsprobleme von Städten wie Hamburg oder München bei weitem übersteigt.«

»Wollen wir nicht lieber das Thema wechseln, bevor du dich wieder aufregst?«, bat Larissa. »Nele, mach dir keine Sorgen, du findest garantiert einen Nachmieter. Wann geht es denn eigentlich los nach Mexiko?«

Nele strahlte über das ganze Gesicht. Auch heute sah sie wieder atemberaubend schön aus.

»Mein Flug geht nächsten Donnerstag. Und dann heißt es: Arriba Guanajuato! Au, Mann, ich kann es kaum erwarten. Sonne, Meer, heiße Typen und Tequila bis zum Abwinken. Abgefahrene Kunst ohne Grenzen, genau mein Ding!«

»Falls du dich jetzt fragst, wovon Nele spricht, sie meint eine mexikanische Künstlerkolonie«, erklärte Leon grinsend und schenkte allen Wasser nach. »Aber vermutlich weißt du das als Galeristin sowieso.«

Ich lächelte. Was für eine wunderbare Idee! Wie geschaffen für eine Exzentrikerin wie Nele.

»Es muss so toll da sein«, schwärmte die Malerin und verdrehte verzückt die Augen. »Die Leute sind alle so cool … und viel offener als die spießigen Deutschen. Ich werde endlich frei atmen können und malen, malen, malen. Kommt mich doch da alle mal besuchen.«

# 6. Kapitel

Als ich Sonntagmorgen erwachte, dachte ich sogleich an den rundum gelungenen Abend gestern. Schon lange hatte ich mich nicht mehr so gut unterhalten. Zumindest für ein paar Stunden war es mir gelungen, weder an Vincent noch an Patrick zu denken. Mittlerweile verstand ich besser, warum manche ihre Probleme verdrängten, als sich ihnen zu stellen.

Ein strahlender Tag war angebrochen, wie geschaffen, um ans Meer zu gehen oder eine lange Radwanderung zu unternehmen. Im Haus war es still. Entweder schlief Bea noch, oder sie war – ganz die Frühaufsteherin – bereits unterwegs. Ich kuschelte mich unter die Decke und genoss es, nicht sofort aufstehen zu müssen. Nachdem ich noch eine Stunde gedöst hatte, ging ich nach unten, um das Frühstück zu machen.

In diesem Moment kam Bea zur Haustür herein, eine Tüte vom Bäcker unterm Arm.

»Ah, schon wach? Ich hatte vorhin überlegt, dich zu wecken und zu fragen, ob du mit zum Gottesdienst willst. Aber dann dachte ich, ich lasse dich lieber schlafen. Du hast gestern beim Abendessen ziemlich viel gegähnt.«

»Danke, das war sehr rücksichtsvoll von dir«, antwortete ich und deckte den Tisch.

»Und? Was hast du für heute geplant?«, wollte Bea wissen und schaute mich erwartungsvoll an. »Das Wetter ist fantastisch, und mit etwas Glück bleibt es den ganzen Tag so. Ich gehe nachher zu meinem Meditationskurs, aber ab vier hätte ich Zeit, für den Fall, dass du Wert auf meine Gesellschaft legst.«

»Du meditierst?«, fragte ich ungläubig. In meinen Augen passte es überhaupt nicht zu Beas nordisch-forscher Art, ihre Beine im Lotussitz zu verknoten und Mantras zu singen. »Bitte entschuldige, wenn ich das sage, aber ich kann mir dich weitaus besser auf einem Pferd, beim Ausmisten eines Stalls oder beim Marathon vorstellen als in kontemplativer Versenkung auf einem Meditationskissen.«

Bea lächelte belustigt.

»Da siehst du mal, wie man sich irren kann. Du bist übrigens herzlich eingeladen, mitzukommen. Diese Art der inneren Einkehr kann manchmal Wunder wirken und seelische Blockaden lösen.«

»Danke, ich denke drüber nach«, antwortete ich und schnitt das leckere Sylter Walnuss-Vollkornbrot, das Bea mitgebracht hatte, in Scheiben. Vielleicht sollte ich wirklich mitgehen, anstatt mich emotional im Kreis zu drehen.

Um kurz vor drei fand ich mich zu meinem großen Erstaunen genau vor dem Haus wieder, das ich bei meinem Spaziergang am Watt entdeckt und bewundert hatte.

Doch das Haus war nicht die einzige Überraschung.

»Frau Gregorius, das freut mich aber!« Auf einmal stand Adalbert Vrohne, meine Bekanntschaft vom Strand, vor mir und lächelte mich warmherzig an. »Sehen Sie? Der Zufall führt uns doch wieder zusammen!«

Bea schaute verwirrt hin und her.

»Ihr beiden kennt euch?«

»Ja. Frau Gregorius war so nett, mir vergangenen Mittwoch Gesellschaft zu leisten und mich zu einer köstlichen Tasse heißer Schokolade einzuladen. Wir sind uns zufällig in Westerland am Strand begegnet, kamen ein wenig ins Plaudern, und dann führte eins zum andern.«

Adalbert Vrohne grinste schelmisch, während Bea die Stirn runzelte. Kein Wunder, schließlich hatte sie bis eben geglaubt, ich sei erst seit Freitag auf Sylt. Doch sie verlor kein Wort darüber, sondern fasste sich schnell wieder:

»Wenn ihr euch bereits kennt, dann ist ja alles bestens! Paula ist gerade zu Gast bei mir und wollte mal in deinen Kurs reinschnuppern. Das ist dir doch recht, oder?«

»Mir sind alle willkommen, die sich auf die Suche nach ihrer eigenen Mitte machen und Ruhe finden wollen.«

Mit diesen Worten dirigierte er uns in einen hellen Raum mit Blick auf das Keitumer Watt. Außer uns waren noch zehn Teilnehmer da, die mich gespannt anschauten. Adalbert stellte sich den neu hinzugekommenen Kursteilnehmern vor, verteilte Yogamatten und setzte sich uns gegenüber.

»Richtet eure Aufmerksamkeit zunächst bitte auf die Augen, die Stirn und die Schläfen«, sprach er mit angenehm leiser Stimme. »Spürt nach, ob eure Augen entspannt in den Höhlen ruhen und wie ihr euch fühlt. Dann richtet euer Augenmerk auf Lippen, Zunge, Mundhöhle und lockert die Kiefermuskulatur.«

Dummerweise fiel mir allein schon die Sitzhaltung äußerst schwer, denn ich hatte in den letzten Jahren viel zu viel gearbeitet und kaum Sport getrieben.

Nach außen versuchte ich natürlich so zu tun, als sei ich vollkommen entspannt im Hier und Jetzt. Tapfer redete ich mir ein, meine Augen hätten genug Platz in ihren Höhlen, und dass mein Atem frei wie ein Wildbach floss.

»Wir versuchen nun, alle störenden Gedanken auszuschalten und uns nichts anderem hinzugeben als dem Gefühl, bei uns selbst zu sein …«, fuhr Adalbert fort.

So, wie er das sagte, klang das alles sehr verlockend. Allerdings gingen meine Gedanken gerade wieder auf Wanderschaft. Beschämt über meine mangelnde Konzentrationsfähigkeit schielte ich zu Bea, deren Lippen ein seliges Lächeln umspielte. Auf einmal sah sie zehn Jahre jünger aus. Vermutlich besuchte sie diesen Kurs schon seit Jahren und hatte keinerlei Mühe, sich zu entspannen und ihre Gedanken auszuschalten.

Verdammt noch mal!

Warum besaß ich keinen Aus-Knopf?

Nicht nur für meine Gedanken – sondern vor allem für meine Gefühle!

»Na, wie war's? Fühlst du dich jetzt erleuchtet?«, scherzte Bea nach der Stunde, als wir unsere Matten zusammenrollten.

»Das würde mich allerdings auch interessieren«, wollte Adalbert ebenfalls wissen. »Habt ihr Lust auf einen Tee? Wir könnten ihn im Strandkorb auf der Terrasse trinken.«

Ich war irritiert. Genoss Bea hier eine Sonderstellung, oder galt der Vorschlag eher mir?

»Na klar«, antwortete Bea fröhlich. »Und da passt es doch ganz hervorragend, dass ich rein zufällig Friesentorte im Gepäck habe.« Sprach's und holte eine Tupper-Kuchenschale aus ihrem Rucksack. »Keine Sorge, die stammt vom Bäcker, wir können sie also bedenkenlos essen.« Sie lachte und stellte ihr Mitbringsel auf den runden Holztisch auf der Terrasse mit Blick auf die Schönheit des Nationalparks Wattenmeer. Es war wie im Paradies.

Bea schnitt den cremigen Traum aus saurer Sahne und Pflaumenmus an.

»Wieso Sorge?«, fragte ich verwirrt und reckte meine Glieder. Dummerweise fühlte ich mich jetzt weitaus verspannter als vor der Meditation. Mein Kopf schmerzte, und mein Nacken war hart wie ein Brett. Ob es hier einen guten Masseur gab?

»Bea kokettiert nur«, entgegnete Adalbert und stellte eine Thermoskanne und drei Teller mit Servietten und Kuchengabeln auf den Tisch. Dann verteilte er die Tortenstücke. »Sie konnte zwar früher wirklich nicht kochen, ließ sich dann aber von ihrer

Freundin Vero animieren. Bedauerlicherweise bildet sie sich aber nach einigen durchaus passablen Versuchen ein, dass ihre Talente woanders liegen. Dabei habe ich deine Krabbensuppe und das Ratatouille immer sehr gern gegessen, meine Liebe.«

»Ach was, das können andere viel besser«, protestierte Bea. »Und das macht mir auch nichts aus, ich will ja keinen Wettbewerb gewinnen. Kuchen kann man kaufen, und um mich zu ernähren, reicht es allemal. Seit Lissy und Nele nicht mehr bei mir wohnen, macht das Kochen sowieso kaum noch Spaß. Außerdem ist es doch viel wichtiger, dass mein Verstand funktioniert, oder etwa nicht?«

Adalbert nickte, und ich dachte schmunzelnd an die Pfanne mit den verbrannten Spiegeleiern.

»Das finde ich auch. Außerdem führst du zusammen mit Larissa dieses traumhafte Buchcafé und hast jede Menge Stammkunden, die auf deinen Geschmack vertrauen und nur die Bücher lesen, die du empfiehlst. Du bist eine liebevolle Gastgeberin. Ich finde, das alles zählt weitaus mehr als kochen zu können.«

»Auch wenn Liebe bekanntlich durch den Magen geht«, ergänzte Adalbert und warf Bea einen vielsagenden Blick zu.

## 7. *Kapitel*

»Na, wie war dein Männerabend?«, wollte ich am nächsten Tag von Patrick wissen, während ich in Beas Garten auf und ab ging. Patrick klang ein wenig übermüdet, aber bestens gelaunt. Die Zeit mit seinem Freund schien ihm gutgetan zu haben.

»Und was hast du in der Zwischenzeit getrieben?«, fragte er, und ich erzählte ihm von meinem Meditationskurs und dem quälenden Muskelkater.

»Vielleicht sollte ich so etwas auch mal versuchen«, lachte Patrick. »Allerdings fällt mir die Vorstellung, einmal nicht zu denken, sehr schwer. Vermutlich würde ich anfangen, Schäfchen zu zählen …«

» … oder dir im Geiste die Bundesligaergebnisse des letzten Jahres aufzusagen«, ergänzte ich. Wie gut es tat, über so unverfängliche Themen zu sprechen. »Heute Abend schaue ich mir übrigens zusammen mit Bea, ihrer Freundin Vero und ihrer Nichte Larissa den Film *Eat, Pray, Love* mit Julia Roberts an. Vielleicht kann ich ja noch etwas lernen. Vero steuert indische Spezialitäten bei, Larissa mixt Mango-Lassis, und ich werde mich an einem Dessert versuchen. Du siehst, ich habe heute noch jede Menge vor.«

»Dann lasst mir bitte was davon übrig und schickt es per Kurier nach Hamburg. Ich brauche definitiv ein bisschen Nervennahrung«, antwortete Patrick.

Im Hintergrund hörte ich aufgeregte Stimmen, unter anderem die seiner Sekretärin Nicole, der Sound des Agenturalltags. »Ich muss jetzt leider Schluss machen und zu einem Meeting.

Hab einen schönen Tag, und grüß mir die Damen unbekannterweise. Zu schade, dass ich sie auf der Vernissage verpasst habe. Aber wer weiß? Vielleicht komme ich ja kurz vor deiner Abreise noch nach Sylt, und wir fahren zusammen wieder zurück.« Bei dieser Vorstellung wurde mir sofort mulmig. Gedankenverloren setzte ich mich in den weißen Strandkorb, der innen mit rot-weiß kariertem Stoff bezogen war, und genoss die unerwartete Wärme der Aprilsonne auf meinem Gesicht. Mit knapp achtzehn Grad ließ es sich im Windschatten gut aushalten, ansonsten musste man sich immer noch warm anziehen.

Ich konnte es kaum erwarten, bis es endlich Sommer war!

Wie mein Leben dann wohl aussah?

Würde ich immer noch in Vincent verliebt sein und meine Ehe auf dem Spiel stehen? Oder hätten Patrick und ich dann schon die Scheidung eingereicht?

Und wo genau fing Betrug eigentlich an?

Reichte es schon, wenn man im Geheimen von einem anderen Leben träumte?

Eine Biene surrte aufgeregt um mich herum und ließ sich auf den gelben Rosen nieder, die in einem mit Rankenmuster verzierten Tontopf neben dem Strandkorb standen.

Geistesabwesend beobachtete ich das Tierchen.

Was ich an Vincent so anziehend fand, wusste ich.

Aber was sah er eigentlich in mir?

Sah er die Fünfundvierzigjährige, deren grüne Augen immer mehr von zarten Fältchen umrahmt wurden und in denen sich jede Sorge widerspiegelte?

Deren ehemals fülliges, kastanienfarbenes Haar allmählich dünner wurde und nur dank regelmäßiger Friseurbesuche halbwegs saß und glänzte? Sah er die Rundungen meines Bauches, der allerdings nie ganz flach gewesen war und den ich unter fließenden Stoffen versteckte oder mit Unterwäsche versuchte zu kaschieren? Oder saß er einem idealisierten Trugbild auf, einer Projektion?

Erhoffte auch er sich durch mich die Erfüllung eines langgehegten, heimlichen Traums?

In diesem Moment hätte ich wirklich jemanden zum Reden gebraucht.

Doro und Helen mussten beide arbeiten, und hier waren alle mit ihrem Alltag beschäftigt. Der Garten – Beas ganzer Stolz – war so gut in Schuss, dass ich mich auch da nicht austoben konnte. Zum Lesen hatte ich keine Lust. Vielleicht sollte ich mich lieber darum kümmern, was ich zu unserem indischen Abend als Nachtisch beisteuern konnte …

Kurze Zeit später googelte ich die Stichwörter *indisch* und *Dessert,* was angesichts des nordfriesischen Ambientes ein wenig seltsam anmutete. Aber ich konnte verstehen, dass Bea, Larissa und Vero der Sinn auch einmal nach etwas Exotischerem stand als nach Sylter Roter Grütze oder Futtjes.

Nachdem einige Rezepte wegen zu spezieller Zutaten nicht in Frage kamen, entschied ich mich schließlich für Kokosschnitten. Dann schnappte ich mir das Fahrrad, das Bea extra für Gäste bereithielt, und radelte zum Keitumer Supermarkt.

Kurz nach sieben kam Bea aus dem Büchernest, zwanzig Minuten später Larissa und Vero.

Larissa hatte hochrote Wangen und ließ sich sofort auf Beas gemütlichen Lesesessel neben dem Kachelofen fallen: »Manchmal könnte ich wirklich ausflippen«, rief sie und klang ziemlich verzweifelt. Vero tätschelte beruhigend ihre Hand.

»Was ist denn passiert?«, fragten Bea und ich wie aus einem Mund.

»Lissy hatte vorhin einen üblen Zusammenprall mit einem besonders arroganten Kunden«, erklärte Vero, während Larissa

Tränen über die Wangen kullerten. Ich ging ins Bad, kam mit einer Box Kleenex-Tücher wieder und reichte sie ihr.

»Der Widerling hat behauptet, dass ich keine Ahnung von Büchern hätte, und mich gefragt, ob ich Literaturwissenschaftlerin wäre oder zumindest eine Ausbildung als Buchhändlerin vorweisen könnte.« Larissas Schluchzer schienen aus dem tiefsten Inneren ihrer Seele zu kommen. Dabei verbrauchte sie ein Taschentuch nach dem anderen. »Als ich zugab, dass ich lediglich eine gelernte Hotelkauffrau bin, hat er laut durch den Laden gerufen: *Ich kaufe grundsätzlich nur in Geschäften mit ausgebildetem Personal,* und dann stolzierte er hocherhobenen Hauptes davon. Ihr könnt euch gar nicht vorstellen, wie peinlich das war. Das Büchernest war voll, und alle haben mich angestarrt, als sei ich ein Alien oder jemand mit einer ansteckenden Krankheit.«

Ich hätte Larissa am liebsten in den Arm genommen, wagte es aber nicht. Stattdessen sagte ich:

»Das tut mir wirklich leid. Ich kenne diese Spezies Kunde leider selbst ziemlich gut. Was glaubst du, was bei uns in der Galerie manchmal für Leute hereinspazieren und sich als Kunstkenner aufspielen? Lass dich nicht verunsichern, und sei stolz auf dich und das Büchernest. Und was soll das überhaupt heißen, *lediglich* Hotelkauffrau? Das ist doch ein anstrengender, toller Beruf, der jede Menge Qualifikation erfordert!«

»Und selbst wenn nicht«, empörte sich Bea, »gibt das noch lange niemandem das Recht, dich oder sonst jemanden zu verurteilen. Ich hoffe, der Typ ist gegangen, weil du ihn rausgeworfen hast?«

Obwohl es an sich nichts zu lachen gab, musste ich grinsen. Bea war wirklich eine Marke! Unerschrocken, klug, stark – und impulsiv. So wäre ich auch gern mit siebzig!

»Das brauchte sie nicht, denn das habe ich übernommen«, meldete sich Vero zu Wort. »Mir ist der Kragen geplatzt, weil der

Stinkstiefel versucht hat, mir weiszumachen, dass unser Tee nicht aus biologischem Anbau stammt. Und wie ihr wisst, verstehe ich in diesen Dingen keinen Spaß.«

Nun musste selbst Larissa lachen.

»Was haltet ihr davon, wenn ich jetzt die Papadams und Soßen serviere und wir uns alle erst einmal ein wenig entspannen?«, schlug Bea vor. »Wir wollen uns doch nicht mit erhitzten Gemütern einen Film über das Leben, die Liebe und die Heilwirkung von Meditation anschauen, oder?«

Und tatsächlich.

Nur wenige Minuten später war der unschöne Zwischenfall vergessen, und wir gaben uns dem Genuss der scharf gewürzten, frittierten Fladen aus Linsenmehl hin, die Bea am Abend zuvor vorbereitet hatte. Dazu tranken wir Larissas überaus köstlichen Lassi aus frisch pürierten, süßen Mangos.

Kaum flimmerte das breite, wunderschöne Lächeln von Julia Roberts über den Bildschirm, schienen alle Sorgen sich wie durch Zauberhand zu verflüchtigen. Zusammen schwelgten wir in den traumhaften Bildern des Films, der den Zuschauer von Italien über Indien und nach Bali mitnahm, während wir das köstliche Essen genossen und Unmengen Jasmintee tranken.

»Also ich weiß ja nicht, wie es euch geht, aber ich finde, Javier Bardem ist ein absoluter Traummann«, seufzte Larissa schwärmerisch, als Bea den Rekorder ausschaltete.

»Toller als Leon?«, neckte Bea ihre Nichte und betrachtete versonnen das schöne Cover der DVD.

»Im Gegensatz zu Julia haben Bea und ich uns im Schweigekloster ziemlich tapfer geschlagen, auch wenn wir natürlich nicht so gut aussehen«, sagte Vero.

»Ihr wart in einem Schweigekloster?« Ich blickte verwirrt von einer zur anderen.

Vero lachte.

»Da staunst du, was? Kaum zu glauben, aber wir waren vor zwei Jahren im Tessin in einem Kapuzinerkloster. Eine wunderbare, ganz besondere Erfahrung, die ich bestimmt nicht missen möchte. Am Anfang befürchtet man zwar, dass man durchdreht, aber irgendwann kann man sich gar nicht mehr vorstellen, wie das Leben war, bevor man sich für zehn Tage ausschließlich mit sich selbst beschäftigt hat. Ich hatte lediglich Schwierigkeiten mit den vorgeschriebenen Mahlzeiten und damit, dass die Portionen nicht besonders üppig waren.«

Ich war beeindruckt.

Bislang hatte ich mir Vero eher als mütterlichen, fürsorglichen Typ vorgestellt, der darin aufging, sich um die Familie, um die Küche des Büchernests und um ihre Freundschaften zu kümmern. Doch um sich selbst?

»Wir unternehmen seit unserer Weltreise vor acht Jahren, wegen der Larissa damals von Hamburg nach Sylt gezogen ist, alljährlich irgendetwas Abenteuerliches. Das macht Spaß und hält jung«, erklärte Bea mit funkelnden Augen. »Diesen Herbst wollen wir wahrscheinlich eine Tour durch die Wüste machen, auf Kamelen reiten und nachts in den unendlich weiten Sternenhimmel schauen.«

Mir blieb beinahe die Luft weg. Patrick und ich verreisten seit Jahren ausschließlich innerhalb Europas und bevorzugten stets Reiseziele wie die Toscana, die Provence oder Südengland. Ich liebte zudem Barcelona und Lissabon, Patrick war ein großer Fan von Dublin. Asien, Afrika und überhaupt andere Kontinente erschienen mir viel zu weit weg …

»Ich glaube, ich bin spießig. Mehr als drei Stunden in einem Flugzeug zu sitzen halte ich nicht durch«, murmelte ich.

»Ach, Unsinn«, widersprach Vero. »Jeder sollte das tun, wozu er Lust hat …«

» … und sich auch mal von einer guten Freundin einen Schubs

geben lassen«, ergänzte Bea und knuffte Vero in die Seite. »Wenn ich damals nicht so beharrlich gewesen wäre, würdest du immer noch denken, dass es außer Sylt keinen Flecken auf der Erde gibt, wo es sich hinzureisen lohnt, nicht wahr?«

Mit dem wohligen Gefühl, einen zauberhaften Abend in wunderbarer Gesellschaft verbracht zu haben, lag ich weit nach Mitternacht im Bett.

Bea und ich hatten aufgeräumt und danach eine Tasse Melissentee als Einschlafhilfe getrunken. Dazu aßen wir die beiden letzten, köstlichen Kokosschnitten, ohne Rücksicht auf unsere Figur und plauderten. Samstagabend wollte Nele ihre Abschiedsparty im Büchernest feiern, und wir beratschlagten darüber, was wir ihr zum Start in ihr neues Leben in Mexiko schenken wollten.

*Ich sollte mich mehr treiben lassen,* war das Letzte, was ich dachte, bevor mir die Augen zufielen.

## *8. Kapitel*

Nele stemmte die Hände in die Hüften und runzelte die Stirn: »Meint ihr, dass das reicht?«

»Kommt darauf an, wie viel wir heute Abend trinken, du kleine Saufnase.« Larissa lachte und stellte drei Gläser auf einen der kleinen Tische im Café des Büchernests. »Aber keine Sorge. Morgen ist Samstag, und da soll man Gerüchten zufolge notfalls auch noch einkaufen können. So, wer von euch will was? Nele, du nimmst doch bestimmt Aperol Sprizz! Und du, Paula?«

»Ich hätte gern einen Orangensaft«, entgegnete ich und füllte zwei Schälchen mit einem Mix aus salzigem Knabbergebäck. »Wie viele Gäste erwartest du denn zu deiner Abschiedsparty?«

Nele runzelte die Stirn.

»Spontan würde ich sagen, so an die vierzig. Vielleicht auch mehr, schließlich bin ich so etwas wie ein bunter Hund auf der Insel. Und ich habe hier mit vielen Leuten Kontakt. Die würde ich schon gern noch einmal sehen, bevor ich mich in Mexiko häuslich niederlasse.«

Oje, glitzerten da Tränen in Larissas Augen?

»Aber ich lasse mich überraschen. Und sollte das Essen vorzeitig alle sein, bestellen wir eben Pizza.«

»Du weißt schon, dass Vero für das Büfett verantwortlich ist«, entgegnete Larissa und wischte sich kurz mit dem Ärmel ihres luftig gestrickten Pullovers übers Gesicht. »Ich gehe eher davon aus, dass halb Keitum noch eine Woche später von unserem Catering essen kann. Aber jetzt lasst uns alle schon mal im kleinen Kreis auf deine Zukunft anstoßen, Nele. Ich hoffe von ganzem Herzen, dass du in Mexiko dein Glück findest. Und zwar in jeder Beziehung.«

»Darauf trinke ich gern«, sagte ich und umarmte Nele, die nun sichtlich gerührt war. Hinter ihrer eher schnoddrigen Fassade steckte ein hochsensibler Mensch, was auch in ihren Bildern deutlich zum Ausdruck kam.

»Ich wünsche dir viel künstlerische Inspiration und werde meinen Teil dazu beitragen, dass sich deine Arbeiten verkaufen wie geschnitten Brot. Jule hat mir gerade gestern gemailt, dass nun auch dein letztes Bild einen Käufer gefunden hat. Ein sensationelles Ergebnis, wenn ich bedenke, wie die meisten zurzeit ihr Geld zusammenhalten, anstatt es für Kunst auszugeben.«

Nun begann Nele zu strahlen.

»Ehrlich? Das ist ja grandios! Dann habe ich auf alle Fälle genug Geld, um dieses rauschende Fest hier zu bezahlen. Und übrigens habe ich Jule und Vincent ebenfalls eingeladen. Das ist doch okay, Paula, nicht wahr?«

Mir wurde abwechselnd heiß und kalt.

Vincent würde morgen Abend hier sein?!

Ich versuchte, einen kühlen Kopf zu bewahren und mir so wenig wie möglich anmerken zu lassen.

»Solange sie die Galerie nicht frühzeitig schließen, soll es mir recht sein«, entgegnete ich und hoffte, dass die beiden nicht merkten, wie sehr meine Stimme zitterte und mein Gesicht glühte, als hätte ich gerade zu heiß gebadet.

Nele lachte.

»Keine Sorge, beide bleiben ganz brav bis zum Schluss. Ist ja nicht schlimm, wenn sie etwas später zu meinem Fest erscheinen, Hauptsache, sie kommen. Denn auch sie haben wesentlich dazu beigetragen, dass die Vernissage für mich so ein großer Erfolg war.«

»Je mehr Gäste da sind, die dir etwas bedeuten, desto besser.« Larissa lächelte. »Auf dein Wohl, auch wenn ich dich schrecklich vermissen werde. Dummerweise beherrsche ich die Kunst des Loslassens überhaupt nicht, auch nicht nach *Eat, Pray, Love* …«

*Ich leider auch nicht,* dachte ich und verspürte mit einem Mal das dringende Bedürfnis nach frischer Luft – oder Büchern.

»Falls ihr mich sucht, ich bin kurz nebenan. Mein Roman ist leider schon zu Ende, und ich würde gern zur Abwechslung mal ein Jugendbuch lesen. Außerdem gibt es doch nichts Schöneres, als nach Ladenschluss in einer Buchhandlung zu stöbern. Davon habe ich schon als Kind geträumt.«

Larissa und Nele nickten verständnisvoll, und ich ging in den hintersten Teil des Büchernests, um ein wenig durchzuatmen und zur Ruhe zu kommen. Im Halbdunkel der Kinderbuchabteilung ließ ich meine Hand über die zahllosen Buchrücken in den Holzregalen gleiten. Unendlich viele Texte, gedruckt auf unendlich vielen Seiten. Unendlich viel Fantasie, Magie, Witz und Humor. *Hier findest du nur bedingt Antworten auf deine Fragen,* schienen die Bücher mir zu meinem Erstaunen zuzuflüstern. *Du musst tiefer in deinem Herzen suchen.* Irritiert wich ich einen Schritt zurück und ließ mich auf einen Sitzsack fallen, in dem ich augenblicklich zu versinken drohte. Dann erinnerte ich mich daran, wie ich vor kurzem mit Vincent und Lilly in die Buchhandlung neben der Galerie gegangen war. Zusammen mit Lilly hatte ich in den bunten Seiten geblättert und ihr einige Passagen aus den Büchern vorgelesen, die sie besonders begeisterten, während ihr Vater nach Künstlerbiographien für die nächste Ausstellung suchte.

Wie gern hätte ich so etwas mit meiner eigenen Tochter gemacht!

»Alles in Ordnung mit dir, Paula?« Larissas Stimme riss mich aus meinen Gedanken. Ich zuckte zusammen und sprang mit klopfendem Herzen auf. »Tut mir leid, wenn ich dich erschreckt habe. Aber du warst so lange weg, und ich dachte, du brauchst vielleicht Hilfe. Wie du weißt, ist es mein Beruf, gute Bücher zu empfehlen.«

»Danke, alles gut. Vielleicht schaue ich mich lieber morgen um. Wir sind heute Abend doch hier, um zu feiern, und nicht, damit ich meine Buchbestände aufstocke.«

Zurück im Café, sah ich, wie Nele gedankenverloren kleine Kugeln aus Kerzenwachs formte und ziemlich unglücklich aussah.

»Glaubt ja nicht, dass es mir leichtfällt, die Insel zu verlassen. Ich heule jetzt schon bei dem Gedanken, dass ich an Weihnachten nicht hier bin, und auch nicht beim Biikebrennen mit meinem heißgeliebten Grünkohlessen. In Mexiko veranstaltet kein Mensch das verrückte Neujahrsbaden, weil das Wasser viel zu warm für eine solche Mutprobe ist. Außerdem werden mir Veros leckeres Essen fehlen und die durchgeknallten Snobs, die meinen, ihnen gehört die Insel.«

»Du kannst doch jederzeit zurückkommen, wenn du Sehnsucht nach uns verspürst. Bea freut sich, wenn du wieder bei ihr wohnst, das weißt du«, entgegnete Larissa, der anzusehen war, wie schwer es ihr fiel, sich von ihrer Freundin zu trennen. Ich konnte dieses Gefühl gut verstehen, denn ich brauchte Helen und Doro auch. Kein Telefonat und auch keine noch so lange E-Mail konnte das Zusammensein mit ihnen ersetzen. Das spürte ich gerade jetzt ganz besonders.

»Und du passt wirklich gut auf meine Blairwitch auf, nicht wahr?«, piepste Nele plötzlich mit kindlicher Stimme und begann zu schluchzen. »Sie ist jetzt eine betagte Katzendame, und ich würde sie mitnehmen, wenn ich wüsste, dass sie es verkraften würde.«

»Ich werde Blairwitch hüten wie meinen Augapfel«, versicherte Larissa und nahm Nele in den Arm. »Bei mir wird es ihr an nichts fehlen, und ich verspreche dir, sie regelmäßig zu fotografieren, und dann kannst du sie dir auf Facebook anschauen.«
»Wenn ihr beiden so weitermacht, fange ich auch gleich an zu weinen«, sagte ich und bereute den Satz, kaum dass ich ihn ausgesprochen hatte.
Nele putzte sich die Nase und blickte mich traurig an.
»Oh, das tut mir leid! Es sollte doch ein lustiger Abend werden und keine kollektive Heulaktion. Ich gelobe sofortige Besserung! Kommt, lasst uns noch was trinken. Außerdem frage ich mich schon die ganze Zeit, was ihr morgen Abend anziehen werdet.«

Genau diese Frage beschäftigte mich immer noch, als ich später ins Kapitänshaus zurückkehrte, wo ich Bea am Kachelofen sitzend vorfand.
»Na, wie war's?«, fragte sie und legte die Zeitung beiseite.
»Ein wenig rührselig, aber schön«, entgegnete ich und setzte mich zu ihr. Einen Moment lang wünschte ich mir, ich könnte ihr von meinem moralischen Dilemma wegen Vincent erzählen. Wie sollte ich ihm nur morgen begegnen? Immerhin war ich hierhergekommen, um mich von dem verführerischen Gedanken an ein Leben mit ihm und Lilly zu lösen, denn tief in meinem Inneren fühlte ich, dass diese erhoffte Beziehung keine Chance auf eine Zukunft hatte.
»Oh, so nachdenklich?«, lächelte Bea. »Nun ja, das kann ich verstehen. Abschiede lösen immer etwas in einem aus. Jeder kann sich vorstellen, wie es für Nele ist, noch mal ganz von vorne zu beginnen, oder wie Larissa sich fühlt, die eine geliebte Freundin ziehen lassen muss. Es wird ihr bestimmt guttun, dass

du noch ein Weilchen hier bist. Sie hat dich nämlich in dieser kurzen Zeit schon richtig in ihr Herz geschlossen.«

Erfreut über dieses Kompliment ging ich später hinauf in mein Zimmer. Und beschloss, morgen Abend nicht auf die Party zu gehen.

# 9. Kapitel

Tut mir leid, dass du dich nicht gut fühlst.« Bea musterte mich besorgt. »Soll ich Doktor Ingwersen anrufen?«
»Nein, nein, so schlimm ist es nicht«, versuchte ich abzuwiegeln. »Ich bleibe am besten im Bett und schlafe noch ein bisschen. Irgendwann wird die Kopfschmerztablette ja wohl wirken!«
»Und dann bist du wieder fit und kannst doch zu Neles Party kommen.« Bea lächelte mich aufmunternd an. »Im Übrigen kann ich dir nur empfehlen, mal eine Einzelstunde bei Adalbert zu buchen, er kennt äußerst wirkungsvolle Yogaübungen gegen Spannungskopfschmerz. Zehn Minuten Training und du kannst dir sämtliche Tabletten sparen!« Mit diesen Worten schloss sie die Vorhänge, ging hinaus und zog die Tür sanft hinter sich zu.
Kaum war Bea verschwunden, stöhnte ich auf, weil mich das schlechte Gewissen und der innere Zwiespalt beinahe zerrissen: Die bloße Vorstellung, dass Vincent nur wenige Meter von mir entfernt mit Nele feierte und ich krank spielte, um ihm aus dem Weg zu gehen, erschien mir mit einem Mal vollkommen lächerlich. Sollte ich ihm eine SMS schicken, um ihn darauf vorzubereiten, dass ich gar nicht auf der Feier sein würde?
Oder sollte ich einfach das Spielchen weiterspielen und brav im Bett bleiben, mir die Decke über den Kopf ziehen und hoffen, dass es ganz schnell Sonntag wurde?
Schlecht gelaunt blätterte ich in einem Roman, den ich bei Larissa gekauft hatte. Doch auch er führte mir nur eines vor Augen: dass ich – im Gegensatz zu den Heldinnen dieser Bücher – nicht wirklich frei war für eine neue, große Liebe. Ich war ver-

heiratet, Patrick vertraute mir, und ich liebte ihn auf meine Art immer noch, obwohl er mir meinen sehnlichsten Wunsch nicht erfüllen und mir ein Kind schenken konnte. Nun war ich in meinem Leben an einem Punkt angelangt, an dem ich einen Weg finden musste, mich damit zu arrangieren, so schwer mir dies auch fiel. Meine Gedanken wurden durch das Klingeln des Handys unterbrochen. Es war Doro, die offenbar Sehnsucht nach mir hatte.

»Weißt du, wie sehr ich dich um deine Auszeit beneide?«, plapperte sie drauflos, kaum dass ich »Hallo« gesagt hatte. »Heute war mal wieder einer dieser Tage, wo ich mich dafür verfluche, dass ich Kinder habe und verheiratet bin. Warum hast du mich nur damals nicht von dieser Irrsinnsidee abgehalten? Warum sind wir drei nicht einfach losgezogen, um die Welt zu erobern, so wie wir es uns als junge Mädchen auf der Abi-Feier geschworen haben?«

»Was ist denn passiert?«, fragte ich neugierig, konnte mir die Antwort aber im Grunde schon denken. Entweder hatte Emma, Doros sechsjährige Tochter, oder ihr neunjähriger Bruder Nils Mist gebaut.

»Emma hat sich heute Morgen in den Kopf gesetzt, für uns alle Frühstück zu machen, und bat Nils, ihr zu helfen. An sich ja eine sehr süße Idee, aber das Ergebnis ist ein verschmorter Toaster, eine zerbrochene Vase und ein Fußboden voller Waffelteig. Und Thomas hat es vorgezogen, in die Kanzlei zu gehen, wo er angeblich noch sooooo viel zu erledigen hat, obwohl heute Samstag ist, anstatt mich bei der Renovierung der Küche zu unterstützen!« Doro sagte all dies in einem derart anklagenden Tonfall, dass ich mir ein Kichern verkneifen musste.

Während sie sich weiter in Rage redete und ziemlich über ihren Mann schimpfte, wanderten meine Gedanken zu Doro, wie sie mit Mitte zwanzig gewesen war, als weder Thomas noch die beiden Kinder in ihrem Leben eine Rolle spielten. Was war aus der einst so lebenslustigen, humorvollen jungen Frau geworden, die so schnell nichts umhaute?

Wann war ihr der Sinn für Situationskomik abhandengekommen und ihr Nervenkostüm so dünn geworden?

»Das sind die verdammten Hormone«, hatte Helen einmal gesagt.

»Hallo, hörst du mir überhaupt zu?«, drang eine unangenehm hohe Stimme an mein Ohr – Doro war offenbar wirklich am Ende mit ihren Nerven.

»Doch, natürlich. Aber ich habe das Gefühl, dass du dir Luft machen willst, ohne unterbrochen zu werden. Also, ist in der Küche wieder alles im grünen Bereich? Konntest du Thomas überzeugen, dass euer gemeinsames Zuhause kein Schrottplatz ist und er sich nicht länger in der Kanzlei verstecken muss?«

Mit einem Mal begann Doro zu weinen.

Auch das geschah in letzter Zeit immer öfter.

Doro, die sich früher über alle amüsiert hatte, die ihren Tränen freien Lauf ließen, und noch nicht einmal bei *Titanic* heulen musste.

»Ich glaube, er hat eine Affäre«, schluchzte sie. Ihr Verdacht traf mich wie ein Hammerschlag.

Thomas, ein Fremdgeher? Niemals!

»Aber wie kommst du denn nur auf diese Idee?«, versuchte ich sie mit sanfter Stimme zu beruhigen.

Mist, warum war ich gerade so weit weg?

Wie konnte man jemanden übers Telefon umarmen?

»Ich weiß, dass das total nach Klischee klingt, aber er arbeitet fast nur noch, ist mir gegenüber desinteressiert, er hört kaum noch zu, hat keine Lust, mit den Kindern zu spielen, meckert an allem herum …«

Ich atmete tief ein und aus, während meine Gedanken sich

überschlugen. Diese *Symptome* klangen zwar wirklich nach einer Affäre, aber es konnte sich genauso gut um einen akuten Anfall von Midlifecrisis handeln, immerhin war Thomas Anfang fünfzig.

»Hast du denn schon versucht, mit ihm darüber zu reden?«, begann ich vorsichtig nachzufühlen. »Und seit wann geht das überhaupt? Ich höre heute zum ersten Mal davon.«

Doro putzte sich die Nase, bevor sie antwortete:

»Seit beinahe einem Jahr. Ich wollte euch nichts davon sagen, weil ich dachte, das sei nur eine Phase, die irgendwann vorübergeht. Als du erzählt hast, wie sehr du dich zu Hause wie ein Fremdkörper fühlst, seit du dich in Vincent verknallt und das Gefühl hast, im falschen Film zu sein, fiel mir die Parallele auf.«

Mein Herz begann zu klopfen.

Was, wenn an Doros Vermutung doch etwas dran war?

»Bitte versuche, dich ein wenig zu beruhigen und nicht gleich vom Schlimmsten auszugehen. Vielleicht hat Thomas nur den ewigen Alltagstrott satt, genau wie wir alle ab und zu. Es dauert doch nicht mehr lange, dann habt ihr Urlaub und könnt endlich mal in Ruhe reden. Tapetenwechsel tut gut, das merke ich doch auch gerade. Wenn ihr erst mal in eurem Ferienhäuschen an der Schlei seid, wird sich alles aufklären, das verspreche ich dir.«

»Kann ich nicht für ein paar Tage zu dir kommen?«, fragte Doro mit leiser, gebrochener Stimme.

»An sich gern, aber ich wohne hier privat, nicht in einem Apartment, wo ich dich einfach so aufnehmen könnte. Und wer soll dann auf die Kinder aufpassen? Montag haben sie doch wieder Schule. Hast du denn mit Helen gesprochen? Könnt ihr beiden euch nicht heute einen schönen Abend machen oder morgen etwas zusammen unternehmen?«

»Ja, schon, aber es ist irgendwie nicht … dasselbe. Ich würde gern einmal einfach etwas für mich tun, ohne dass jemand etwas von mir will oder mich anmeckert, weil mir angeblich das Abendessen missglückt ist. Dauernd muss ich Rücksicht auf andere nehmen.«

Ich überlegte.

Neles altes Zimmer war noch frei. Momentan nutzte Bea es als Yoga- und Meditationsraum. Sollte ich sie fragen?

Ich verwarf den Gedanken jedoch schnell wieder.

Wenn Doro nach Sylt kommen wollte, musste sie sich in einem Hotel einmieten.

»Dann sag Thomas, dass du eine kleine Auszeit brauchst und mich besuchen möchtest. Soll er sich doch zur Abwechslung mal um Emma und Nils kümmern und sehen, wie anstrengend das ist. Ich telefoniere inzwischen herum, vielleicht finde ich ja sogar etwas ganz in der Nähe. Wollen wir es so machen?«

»Das wäre wirklich super«, hauchte Doro und klang erleichtert. »Wenn alles klappt, könnte ich schon morgen Abend da sein.«

Wir verabredeten, dass sie zunächst mit Thomas sprach und sich wieder bei mir meldete. Erst dann wollte ich eine Unterkunft für sie suchen, in der Saison bestimmt kein leichtes Unterfangen.

Zwei Stunden und ein Nachmittagsschläfchen später verkündete Doro bereits, wesentlich besser gelaunt, dass sie am nächsten Tag um sechzehn Uhr in Keitum eintreffen würde. Ich hatte Glück und konnte ein Zimmer in einer Pension um die Ecke ergattern, das gerade aus Krankheitsgründen storniert worden war. Doro blieb bis Mittwoch, ihre Schwiegermutter übernahm währenddessen das häusliche Regiment bei Familie Lehmann. Vielleicht halfen diese wenigen Tage ja, um meine Freundin auf andere Gedanken zu bringen.

Mittlerweile war es kurz vor sechs, bald würde die Party beginnen. Ich hörte Bea im Erdgeschoss rumoren und mit Töpfen

klappern. Soweit ich wusste, wollte sie eine Kartoffel-Krabben-Suppe zum Büfett beisteuern.
Ob ich ihr bei der Vorbereitung helfen sollte?
Ohne weiter nachzudenken, stand ich auf, ging kurz ins Badezimmer und dann nach unten.
»Na, hast du Hunger?«, fragte Bea lächelnd und deutete auf einen frisch gefüllten Obstkorb. »Ist zwar nichts Deftiges, dafür aber gesund und lecker!«
Ich nahm mir einen appetitlich glänzenden Apfel und biss genussvoll hinein, so dass der Saft nach allen Seiten spritzte.
»Das sind die Winteräpfel meines Nachbarn Ole Hinrichs, der links von mir wohnt. Haben sich gut gehalten, nicht wahr?«, fragte Bea, während sie frischen Knoblauch hackte.
Ich nickte und amüsierte mich, dass Bea entgegen ihrer sonstigen Gewohnheiten eine Küchenschürze trug und sehr geschäftig wirkte. Auf der Arbeitsplatte lagen mehrere Säckchen mit Kartoffeln und Suppengemüse.
Entschlossen zu helfen, kramte ich in der Küchenschublade nach dem Sparschäler, schnappte mir das erste Säckchen und setzte mich an den wackligen, kleinen Holztisch, wo bereits Zeitungspapier lag.
»Dann geht es dir also wieder gut?«, stellte Bea fest. »Das ist schön! Du siehst auch viel besser aus als heute Vormittag und hast auch wieder Farbe im Gesicht. Kommst du jetzt vielleicht doch mit?« Ich nickte anstelle einer Antwort und konzentrierte mich auf die Arbeit. Meine Hände hielten die noch nach Erde duftenden Kartoffeln und befreiten sie Stück für Stück von ihrer goldgelben Schale.
Das Ganze hatte etwas unglaublich Beruhigendes, beinahe Meditatives. Schon als Kind konnte ich stundenlang in eine Tätigkeit versinken, während ich vor mich hinträumte oder ein Lied summte. Heute träumte ich nicht von Feen, Hexen oder Trol-

len, sondern von einem Prinzen namens Vincent und spürte, wie ich mich trotz einer gewissen Ängstlichkeit auf unser unerwartetes Wiedersehen zu freuen begann.

Zwei Stunden später überreichte ich Nele mein Abschiedsgeschenk, einen Schutzengel, den ich im Büchernest gekauft hatte, und einen exklusiven Reiseführer. Vincent und Jule waren noch nicht eingetroffen, dafür aber an die fünfzig Gäste, die allesamt betonten, wie sehr sie Nele vermissen würden, sie umarmten und Fotos machten. Larissa und Vero kümmerten sich um das üppig bestückte Büfett, Bea übernahm zusammen mit Rieke, der Auszubildenden, die Bar. Heute trug Rieke ein glitzerndes, giftgrünes Pailletten-Top, für das ich ihr sofort ein Kompliment machte.

»Danke, Sie sehen aber auch toll aus«, entgegnete Rieke. »Haben Sie Lust auf einen Aperitif, oder wollen Sie erst mal ein Glas Wasser?«

Ich nahm ein Wasser.

»Na, amüsieren Sie sich, Paula?«, fragte Adalbert Vrohne, der plötzlich vor mir stand. »Ist doch immer wieder komisch, wenn man kaum jemanden kennt, nicht wahr?«

Ich nickte zustimmend und schaute mich suchend um. Irgendwie wollte ich *gewappnet* sein, wenn Vincent durch die Tür trat.

»Bea hat mir übrigens erzählt, dass Sie gelegentlich unter starken Kopfschmerzen leiden. Wenn Sie wollen, gebe ich Ihnen Tipps für einfache Übungen, die schnell helfen. Kommen Sie doch Montag bei mir vorbei«, schlug Adalbert vor. Ich war gerührt. Man traf nicht alle Tage jemanden, der so einfühlsam war!

»Vielleicht braucht Frau Gregorius nur ein wenig frische Luft«, hörte ich auf einmal eine Stimme hinter mir – Vincent! – und fühlte mich trotz aller inneren Vorsichtsmaßnahmen überrumpelt. »Haben Sie einen Moment Zeit für mich?«

Ich versuchte, meine Aufregung unter Kontrolle zu bringen und gleichmäßig zu atmen. »Ja, natürlich«, antwortete ich und hoffte, dass Adalbert das leichte Zittern in meiner Stimme nicht bemerkte. »Ich hole nur eben meine Jacke. Aber halt! Wo ist eigentlich Jule? Sie wollte doch auch mitkommen.«
»Sie konnte leider nicht, weil sie Stress mit ihrem Freund hat und sich lieber wieder mit ihm vertragen wollte, anstatt das Wochenende ohne ihn zu verbringen«, entgegnete Vincent und zwinkerte schelmisch.
Was hatte das denn jetzt zu bedeuten?
»Ist es in Ordnung, wenn ich Sie einfach so stehen lasse?«, fragte ich Adalbert, der jedoch lächelnd abwinkte und sagte:
»Ein kleiner Spaziergang in netter Begleitung wirkt mindestens so gut wie zehn Minuten Yoga. Und keine Sorge, es gibt so viel zu essen, dass Sie bestimmt nicht hungern müssen, falls Sie wider Erwarten etwas länger weg sind als geplant.«
Nachdem ich Bea und Nele Bescheid gegeben hatte, gingen wir nach draußen. Den Weg bis zum Watt hinunter sprach keiner von uns ein Wort. Ich hatte Angst, dass Vincent das Klopfen meines Herzens hörte, das vollkommen aus dem Takt geraten war. Gleichzeitig sehnte ich mich danach, dass er mich in den Arm nahm und mir versprach, dass alles gut werden würde, wenn ich nur bei ihm blieb.
»Und? Tut dir der Perspektivwechsel gut?«, eröffnete Vincent schließlich das Gespräch und zog mich auf eine Bank am Wegesrand. Ein wenig widerstrebend setzte ich mich neben ihn. »Schau dir nur diesen traumhaft schönen Abendhimmel an, er wirkt wie gemalt«, seufzte er träumerisch und nahm plötzlich meine Hand. Beglückt von diesem gestohlenen Augenblick des Glücks, der Natur und der romantischen Stimmung, die in der Luft lag, schmiegte ich mich entgegen aller Vernunft an ihn und lehnte meinen Kopf an seine Schulter.

Ich beobachtete, wie die Möwen am Horizont kreisten und versuchten, Beute zu machen. Ab und an stieß eine herab, um einen Schlickkrebs oder einen kleinen Fisch zu fangen. Während dieses Naturschauspiels atmete ich die frische, würzige Luft ein und wünschte, dieser wundervolle und einzigartige Moment ginge nie zu Ende.

»Wenn es doch immer nur so einfach wäre«, murmelte ich. »Der Blick auf das Meer macht einem klar, welch ein winzig kleiner Bestandteil dieses Universums man ist und dass man sich meist viel zu wichtig nimmt, findest du nicht auch?«

Vincent streichelte mir liebevoll übers Haar und lachte. »Klingt irgendwie esoterisch, aber natürlich hast du recht.« Ich konnte seinen Atem spüren, seine Gefühle spiegelten sich in seinen Augen wider, und ich wünschte mir nur eines: ihn endlich zu küssen. Doch der Gedanke an Patrick, der vorhin angerufen und mir viel Spaß auf der Party gewünscht hatte, schob sich plötzlich wie ein Stoppschild zwischen uns.

»Was ist denn nun eigentlich wirklich mit Jule?«, wollte ich wissen und hoffte, dass das schier unerträgliche Knistern zwischen uns nachließ. »Wieso ist sie nicht hier?«

»Sie fühlte sich heute nicht so und hatte keine große Lust, sich noch in die Bahn zu setzen. Wir kommen zwar auch ohne dich ganz gut in der Galerie klar, aber es ist schon anstrengend. Seit der Vernissage rennen uns die Kunden die Bude ein.« *Endlich einmal eine gute Nachricht!*

»Ehrlich gesagt habe ich ihr geradezu dazu geraten, daheim zu bleiben, weil ich gehofft hatte, dann mehr mit dir allein zu sein. Wäre Jule dabei, wäre unser kleiner Ausflug ein Ding der Unmöglichkeit.«

»Wo schläfst du eigentlich heute Nacht?«, setzte ich meine Fragestunde fort, obwohl ich nichts lieber getan hätte, als meinen Sehnsüchten freien Lauf zu lassen. Mit Vincent fühlte ich mich in die Zeit zurückkatapultiert, in der alles noch ein wenig *unschuldiger* war. In der ein handgemaltes Herz auf einem Zettel mehr sagte als tausend Worte.

»Bei Nele«, antwortete Vincent. »Das stört dich doch hoffentlich nicht, oder?« Ich biss mir auf die Lippen und versuchte so teilnahmslos wie möglich auszusehen, während ich innerlich vor Eifersucht brodelte.

»Nun mach nicht so ein Gesicht«, sagte Vincent. »Diese Insel ist furchtbar teuer, außerdem hätte ich so spontan sowieso nichts bekommen.« Ich dachte daran, dass ich ein Zimmer für Doro gebucht hatte. *Wo ein Wille, da ein Weg!*

»Darf ich dich im Übrigen daran erinnern, dass du gar keinen Anspruch auf mich hast? Du bist diejenige von uns beiden, die nicht nur gebunden, sondern sogar verheiratet ist. Du hast mir vor deiner Abreise klargemacht, dass das mit uns beiden nichts weiter ist als ein schöner Traum, der sich nicht erfüllen wird.«

»Kann es sein, dass wir gerade unseren ersten Streit haben?«, fragte ich ärgerlich und stand auf.

Ich hätte wirklich lieber im Bett bleiben und Vincent aus dem Weg gehen sollen!

Vincent sprang ebenfalls auf und packte mich unvermittelt an der Schulter.

Dann drehte er mich zu sich um und küsste mich.

Ich hatte keinerlei Chance, mich zu wehren, denn dieser Kuss ging mir durch Mark und Bein. Vollkommen überwältigt schlang ich meine Arme um seinen Hals und schmiegte mich dicht an ihn. Mein Herz hämmerte wild in meiner Brust, und ich hatte das Gefühl, mich aufzulösen …

Warum musste alles so kompliziert sein?

»Ich habe Neles Wohnung übrigens für mich allein, weil sie woanders schläft«, flüsterte Vincent mir ins Ohr.

Um mich herum begann sich alles zu drehen.

## *10. Kapitel*

Am frühen Sonntagnachmittag ging ich vor Nettes Inn auf und ab, während ich auf den Zug wartete, mit dem Doro kommen sollte. Gedankenverloren betrachtete ich die knallroten Plastiktüren des Bahnhofscafés, die an ein Campingzelt erinnerten. Davor standen Blumenkübel und eine steinerne Engelsfigur, die sich in gebückter Haltung auf ein Schwert stützte.

»Paula, hallo!«, schallte Doros Stimme über den Bahnsteig, und ich war froh, in ihr vertrautes Gesicht schauen und sie in den Arm nehmen zu können. »Du siehst toll aus, die Nordseeluft scheint dir zu bekommen.« Sie lachte und stupste mich in die Seite. »Oder liegt's an etwas anderem?«

Beschämt dachte ich daran, dass ich heute schon einmal hier gewesen war, um Vincent auf dem Weg nach Hamburg zu verabschieden.

»Komm, bringen wir erst einmal deine Sachen in die Pension, dann können wir in aller Ruhe quatschen. Was hältst du von frischen Waffeln mit Sauerrahm und Pflaumenmus in der Kleinen Teestube? Laut Bea gibt's in Keitum kaum was Besseres!«

»Klingt nach einem super Plan!«, antwortete Doro strahlend. Ihre dunklen Locken wippten fröhlich, und ihre hellgrauen Augen blitzten. Dafür, dass sie gerade nicht so gut drauf war, sah sie erstaunlich frisch aus!

Eine halbe Stunde später standen wir vor dem reetgedeckten Friesenhaus, das durch die weiß-blaue Eingangstür und die weißen Fenster mit den hellen Gardinen auf Anhieb einen einladenden Eindruck machte.

Ich hatte schon viel über die beliebte Teestube gelesen und ver-

stand sofort, weshalb so viele Stammgäste hier frühstückten oder eine heiße Krabbensuppe aßen.
Über die hübsch möblierte Terrasse mit den Strandkörben und den üppig bepflanzten Blumenkübeln betraten wir die Teestube. Die Holzpaneele waren weiß getüncht, und die dunklen Möbel wirkten gemütlich. Kurze Zeit später saßen wir vor zwei Kännchen dampfendem Tee und himmlisch duftenden Waffeln, während draußen sanfter Nieselregen einsetzte.
Hier hätte ich ewig bleiben können.
»Wie hat Thomas reagiert, als du ihm eröffnet hast, dass du mich auf Sylt besuchen willst?«, fragte ich. Doro fuhr sich genüsslich mit der Zungenspitze über ihre vollen, rosigen Lippen, trotzdem blieb ein Klacks Sauerrahm hängen.
»Darf ich mal?« Schmunzelnd tupfte ich ihren Mund mit der Serviette ab, so, wie Doro es sonst bei ihren Kindern tat.
»Zunächst war er überhaupt nicht begeistert, weil er heute zum Golfspielen wollte und bereits seine Felle davonschwimmen sah. Aber als er mitbekam, dass Schwiegermonster das Regiment übernimmt, fand er die Idee plötzlich großartig. Er hat mich sogar ermuntert, bis zum nächsten Wochenende zu bleiben. Wie findest du das?«
»Er scheint wohl doch verständnisvoll zu sein«, antwortete ich, bis mir wieder Doros Verdacht einfiel. Wenn Thomas wirklich eine Affäre hatte, konnte seine Frau ihm natürlich keinen größeren Gefallen tun, als eine ganze Woche von der Bildfläche zu verschwinden.
»Aber reden wir lieber von dir, Paula. Wie ist es dir in der Zwischenzeit ergangen? Was macht dein Gefühlschaos? Hältst du dich immer noch tapfer an die Kontaktsperre mit Vincent?«
»Er war gestern Abend hier«, murmelte ich und senkte betreten den Kopf. Doro fiel die Kuchengabel aus der Hand, die mit einem sanften *Pling* auf dem Terrakotta-Fußboden landete. Sofort

eilte eine aufmerksame Kellnerin herbei und gab ihr eine neue. »Nele hatte Jule und ihn auf ihre Abschiedsparty eingeladen, und du kannst dir ja vorstellen, was diese Nachricht bei mir ausgelöst hat. Ich fahre extra hierher, um mich ein wenig zu beruhigen und zu sortieren, und dann das! Erst hab ich auf kleines Schulmädchen gemacht und krank gespielt, aber dann fand ich das Ganze – und vor allem mich – plötzlich total albern und bin doch hingegangen.«

Doro starrte mich mit offenem Mund an.

»Als Vincent mich dann fragte, ob wir reden können, haben wir die Party kurz verlassen und sind am Watt spazieren gegangen. Dann haben wir uns ein bisschen gezankt und uns … nun ja … geküsst …«

Im Gesicht meiner Freundin spiegelte sich eine Mischung aus Sorge und Neugier wider.

»Du willst mir doch nicht etwa sagen, dass ihr …?«

»Nein, nein, keine Panik. Ich habe nach dem Kuss ein so schlechtes Gewissen bekommen, deshalb sind Vincent und ich schleunigst zurück auf Neles Party gegangen, obwohl er nicht gerade begeistert war, wie du dir sicher vorstellen kannst. Kurz nach Mitternacht bin ich dann ins Bett, während Nele, Vincent und eine Handvoll Leute noch nach Kampen gefahren sind, um in der Sturmhaube weiterzufeiern. Als ich ihn heute Morgen zum Frühstück traf, hatte er ebenso wie ich kaum geschlafen und war nicht gerade besonders freundlich.«

»Was man ja auch verstehen kann«, sagte Doro. »Und was geschah dann?«

»Danach habe ich Vincent in die Bahn gesetzt. Er war immer noch ziemlich beleidigt. Bald kann ich meine Zelte vor Nettes Inn aufschlagen oder gleich selbst ein Bahnhofscafé aufmachen!«

»Tolle Idee, denn dann könntest du für immer auf dieser schönen Insel bleiben«, seufzte Doro schwärmerisch und schenkte uns beiden Tee nach. »Aber irgendwie werde ich nicht schlau aus dir. Du bist angeblich bis über beide Ohren verliebt und redest in letzter Zeit von fast nichts anderem als von Vincent und seiner kleinen Tochter. Dann verbietest du dir jeden Kontakt und flüchtest nach Sylt, weil du im Grunde von ihm loskommen willst. Aber im nächstbesten Moment sitzt du knutschend mit ihm auf einer Bank. Wie soll das bitte schön weitergehen, wenn du wieder in Hamburg bist? Meinst du wirklich, du kommst zurück und deine Situation hat sich bis dahin wie durch Zauberhand von selbst gelöst? Was sollte denn deiner Ansicht nach passieren? Hoffst du, dass du plötzlich vom Vincent-Virus kuriert bist? So etwas gibt's doch nur in Büchern oder Filmen.«

Autsch! Doro brachte die Dinge schmerzhaft auf den Punkt.

»Ach, ich weiß auch nicht. Ich liebe Patrick, ich schätze ihn, ich will ihm nicht weh tun. Aber ich spüre deutlich, wie sehr mir etwas in unserer Beziehung fehlt, das ich mir seit langem wünsche. Natürlich weiß ich, dass das Jammern auf hohem Niveau ist und dass mich viele Menschen um mein scheinbar so tolles Leben beneiden. Aber wenn du in dir eine gewisse Leere fühlst, helfen dir weder eine schöne Wohnung noch ein gut gefülltes Konto noch ein Job, der dir Spaß macht. Und letztlich auch kein Ehemann, dem du in erster Linie nur eins vorwerfen kannst, nämlich dass du ihm nichts vorwerfen kannst. O Gott, was rede ich da eigentlich? Das klingt alles so furchtbar undankbar. Ich finde mich gerade egoistisch, inkonsequent – und einfach nur unausstehlich!«

»Aber du solltest dich und deine Bedürfnisse ernst nehmen. Die Leere, von der du sprichst, hat ja einen Grund, und der heißt Kinderlosigkeit. Du leidest seit Jahren darunter, dass Patrick zeugungsunfähig ist, und siehst bei Vincent, wie liebevoll er mit seiner Lilly umgeht, auch wenn die beiden sich nur jedes zweite Wochenende sehen.

Was würde denn dagegen sprechen, euch eine Weile zu trennen, damit ihr euch darüber klarwerdet, ob ihr noch eine Beziehung führen oder vielleicht eher nur befreundet sein wollt.«

»Du meinst so etwas wie eine Trennung auf Probe?«, fragte ich und verschluckte mich beinahe an meinem letzten Bissen. »Glaubst du wirklich, dass so etwas funktioniert?«

Wie Patrick wohl auf einen solchen Vorschlag reagieren würde?

»Natürlich kann ich dir nicht sagen, ob es was bringt, aber seit Wochen quälst du dich nun schon mit einem schlechten Gewissen herum. Für mein Gefühl geht es weniger darum, ob du mit Vincent zusammenkommst oder nicht, sondern darum, herauszufinden, wer du bist und was du willst. Und vor allem, endlich zu klären, ob du auf Dauer mit deinem unerfüllten Kinderwunsch klarkommst. Hey, wir sind nicht mehr so jung. Wenn wir etwas ändern wollen, dann doch am besten jetzt, oder nicht?«

Auf einmal betrachtete ich Doro mit anderen Augen. Plötzlich saß wieder die Zwanzigjährige vor mir, die sich unsere Zukunft in leuchtenden Farben ausmalte. Die Doro, die den Süden liebte und die ich mir wunderbar als Besitzerin einer Hotel-Finca in Spanien oder als Weinbäuerin in Südfrankreich vorstellen konnte. Sie beherrschte Spanisch und Französisch, reiste für ihr Leben gern und konnte sowohl fantastisch kochen als auch organisieren. Sie war offen, kommunikativ und hatte ein großes Herz!

»Was würdest du denn tun, wenn dein Verdacht sich bestätigt, dass Thomas eine andere hat?«, wechselte ich das Thema. Schließlich war ich nicht die Einzige, die Kummer hatte, und ich wollte Doro so gern helfen.

»Dann würde ich ihm eine runterhauen, das gemeinsame Konto plündern und mit den Kindern wegziehen. Am liebsten ans Meer.«

»Aber wärst du nicht verletzt, würdest dich herabgesetzt fühlen oder hättest Angst vor der Einsamkeit?«

Schon die bloße Vorstellung, Patrick eröffnete mir eines Tages, dass er sich neu verliebt habe, durchfuhr mich wie ein Messerstich. »Und du hast geweint, als wir gestern telefoniert haben. So cool steckst du das doch garantiert nicht weg …«

»Nein, natürlich nicht, ich bin ja kein Gefrierschrank. Aber ich habe auf der Fahrt darüber nachgedacht und mich gefragt, ob *ich* glücklich mit Thomas bin. Von daher kann ich dich bestens verstehen. Selbstverständlich nutzen sich Gefühle im Laufe der Jahre ab. Der Alltag killt uns alle irgendwann, und wir müssen unsere Idealvorstellungen begraben. Aber andererseits sind wir noch nicht hundert, und das Leben bietet noch so viele Möglichkeiten. Schau dir Helen an. Sie hat sich bewusst für ein Leben als Single entschieden, weil sie keine Familie gründen will und auch nicht bereit ist, Kompromisse einzugehen, wie sie nun mal in jeder Partnerschaft nötig sind.«

Ich dachte über Doros Worte nach. Dass ausgerechnet Helen Anwältin für Familienrecht geworden war, erschien mir immer noch absurd. Andererseits aber auch wieder nicht.

So hatte sie vermutlich die nötige Distanz, um die Dinge richtig einzuordnen und entsprechend fair zu handeln.

»Oh, mein Gott, mir dröhnt allmählich der Schädel«, entgegnete ich. Das Gespräch strengte mich zunehmend an.

Wegen der Begegnung mit Vincent hatte ich kaum geschlafen.

»Was hältst du davon, wenn wir uns beide einen Moment hinlegen und später noch am Meer spazieren gehen?«

»Einverstanden«, sagte Doro lächelnd und gab mir einen spielerischen Kuss auf die Nasenspitze.

## 11. Kapitel

Oh, mein Gott! Das ist ja noch durchgeknallter, als ich es mir vorgestellt habe«, rief Doro aus, als wir an der Bushaltestelle in Kampen ausstiegen und uns umsahen. In den schnuckeligen, weißgetünchten Reethäusern reihte sich ein Designer an den anderen. Vor den Häuschen flatterten bedruckte Fahnen mit den jeweiligen Markennamen im Nordwind. Am Straßenrand parkten ausschließlich Autos der Nobelklasse. Allesamt top gepflegt, der Lack glänzte.

»Bitte entschuldige mich kurz, ich muss mal eben eine Runde träumen gehen.« Ich schmunzelte, weil Doro zur Auslage eines Juweliers stürzte und sich an der Schaufensterscheibe die Nase plattdrückte. Es funkelte und glitzerte, doch der bloße Anblick der Ziffern auf den Preisschildern trieb mir bereits den Schweiß auf die Stirn.

»Zu schade, dass die nicht von Swarowski sind«, seufzte Doro und bestaunte sehnsuchtsvoll Ringe, Ketten, Broschen und Uhren. Ich selbst war kein großer Freund von echtem Schmuck und bevorzugte originelles Klimperzeug aus Indien-Shops oder vom Flohmarkt.

»Komm, lass uns an den Strand gehen, bevor du hier noch vollkommen durchdrehst«, lotste ich sie lachend weg. »Du bekommst auch eine schaumige Latte macchiato von mir als Belohnung. Das Grand Plage soll sehr schön sein, mit fantastischem Ausblick aufs Meer. Darauf stehst du doch.«

»Okay, überredet!«, grinste Doro, und so ließen wir die Designer links liegen und gingen in Richtung des Szenerestaurants Sturmhaube, um kurz vorher den Weg in die Dünen einzuschlagen.

Beim Anblick der weiten Felder mit blühendem Heidekraut schlug mein Herz augenblicklich höher. Die Weite, die würzige Luft, diese Natur. Der strahlend blaue Himmel, der sich heute extra für uns von seiner besten Seite zeigte. Dieses Fleckchen Erde war ein kleines Paradies, das ich von Tag zu Tag mehr lieben lernte.

»Los, wer als Erster beim Leuchtturm ist«, rief ich, weil ich mich plötzlich unglaublich frei fühlte.

Wie kleine Kinder rannten wir den hölzernen Weg die Dünen hinauf, der von Strandhafer gesäumt wurde. Vor einem weißgetünchten Kabinenhäuschen, vor dem ein Strandkorb stand, blieben wir schließlich stehen. Dahinter ragte ein Schild mit der Aufschrift *Letzter Fahrradständer vor dem Strand* aus dem sandigen Boden.

»Hörst du das Rauschen der Wellen?«, fragte ich verzückt, nachdem wir beide unsere Kurkarten vorgezeigt hatten.

»Ja, großartig«, antwortete Doro und beobachtete zwei Möwen, die über unsere Köpfe hinwegflogen. »Es ist wirklich atemberaubend schön hier. Was meinst du? Ob ich Thomas überreden kann, diesen Sommer hierherzufahren statt an die Schlei?«

»Wenn ihr schon mal anfangt zu sparen, bestimmt«, sagte ich und konnte es kaum erwarten, bis wir endlich unten am Meer waren.

Sobald das Wasser in Sicht war, krempelten wir die Hosenbeine hoch, zogen unsere Schuhe aus, banden die Schnürsenkel zusammen und warfen uns die Chucks über die Schultern.

Dann rannten wir los, bis wir beide bis zu den Knien in der schäumenden Nordsee standen.

»Brrr. Noch ganz schön frisch«, schimpfte Doro, doch ich merkte an ihrem Lachen, wie glücklich sie war.

»Aber gut fürs Bindegewebe«, konterte ich und schirmte meine

Augen gegen die Sonne ab, die gerade hinter den Wolken hervorgekommen war und den Strand in ein strahlendes Licht tauchte.

Zwischen meinen Zehen verfingen sich grünlich schimmernde Algen, und ich glaubte für einen Moment, ich hätte eine Qualle entdeckt. Ich bekam unbändige Lust, Muscheln zu suchen, die ich später als Souvenir mit nach Hamburg nehmen konnte.

»Können wir bitte für immer hierbleiben?«, bettelte Doro mit kindlicher Stimme, und ich wusste genau, was sie meinte. Die schier unendliche Weite der Nordsee ließ einen frei atmen und löste ungeahnte Glücksgefühle aus.

Alles schien plötzlich möglich …

»Okay, dann nehmen wir beide zusammen eine Auszeit. Hm, womit könnten wir hier unser Geld verdienen?«, sinnierte ich laut.

»Brauchen die nicht noch kompetente Unterstützung im Büchernest?«, fragte Doro mit leuchtenden Augen. »Ich könnte in der Küche helfen, und du … ja, du …«

»Ich glaube, als Kunstkennerin bin ich da wohl fehl am Platz, also vergiss es«, winkte ich ab und bewunderte einen bunten Drachen, der gerade in die Luft gestiegen war. »Lass uns also lieber diesen traumhaften Tag genießen, anstatt uns Gedanken über die Zukunft zu machen.«

Nachdem wir fast zwei Stunden lang stramm am Strand spazieren gegangen und meine beiden Jackentaschen prall mit Muscheln gefüllt waren, kletterten wir erschöpft, aber glücklich die Stufen zum Strandrestaurant Grande Plage hinauf. Dort setzten wir uns in einen gerade frei gewordenen Strandkorb mit Blickrichtung Sonne.

Doro studierte eifrig die Speisekarte, während ich überlegte, ob wir uns am nächsten Tag vielleicht in die Strandsauna direkt nebenan wagen sollten. Mittlerweile war ich eine begeisterte Saunagängerin.

»Mmm, der Erbseneintopf klingt lecker«, freute sich Doro.

»Und er duftet auch gut«, stellte ich fest, als eine junge, hübsche Kellnerin zwei Portionen am Nebentisch servierte.

»Wozu braucht man eigentlich Männer?«, fragte Doro, nachdem wir ausgiebig gegessen und uns zum Abschluss noch Kaffee bestellt hatten. »Irgendwie machen sie nur Arbeit, sind häufig schlecht gelaunt, betrachten einen als eine Art Möbelstück und vergessen mit schöner Regelmäßigkeit Geburtstage. Mit Freundinnen ist das Leben viel einfacher.«

»Das klingt so, als hättest du mit deiner Ehe so gut wie abgeschlossen«, stellte ich betrübt fest und schaute durch die Glaswand, die das Strandrestaurant vor dem Wind schützte, der mittlerweile wieder kräftig blies. »Ist es wirklich so schlimm mit Thomas? Irgendetwas muss euch doch verbinden, außer Emma und Nils natürlich. Bislang hatte ich das Gefühl, dass ihr gut miteinander auskommt, auch wenn eure Ehe nicht besonders aufregend ist.«

Doro rührte mit dem langstieligen Löffel in ihrem Milchkaffee und aß einen Keks.

»Ehrlich gesagt habe ich mir lange überhaupt keine Gedanken darüber gemacht, denn ich hatte nie Zeit. Die Arbeit in der Kanzlei, die Kids, der Haushalt. Da ist kein Platz für romantische Flausen im Kopf. Aber als du mir erzählt hast, dass du wegen Vincent wie auf Wolken schwebst und jeden noch so kleinen Moment mit ihm genießt, kam mir das alles sehr bekannt vor. Es erinnerte mich daran, als ich Thomas kennengelernt und geglaubt habe, keine Sekunde mehr ohne ihn sein zu können. Also begann ich meine eigene Ehe zu hinterfragen. Vor allem, als wir zusammen in dem Theaterstück waren, in dem Vincent mitgespielt hat. Er ist ja wirklich ein heißer Typ, selbst Helen war komplett hingerissen! So eine Empfindung löst mein Mann leider nicht mehr bei mir aus, und ich vermutlich auch nicht bei ihm.«

Ich dachte an den Abend, als das Stück in einem Hamburger Off-Theater Premiere hatte und ich Vincent zum ersten Mal nicht nur als Mitarbeiter meiner Galerie wahrnahm. Er trug eine schwarze Lederjacke, spielte fortwährend mit einer Zigarette und wirkte so sexy, geheimnisvoll und unnahbar, dass sich vermutlich alle Frauen im Theater auf der Stelle in ihn verliebt hatten. Von da an konnte ich es nicht mehr länger vor mir selbst leugnen: Ich war verknallt wie ein Teenager, der einen Filmstar anhimmelt. Nur mit dem Unterschied, dass Vincent erstaunlicherweise nicht unerreichbar war, sondern mir ziemliche Avancen machte und offensiv flirtete, sobald wir allein waren.

Zudem schien es ihm wichtig zu sein, dass ich mich gut mit seiner fünfjährigen Tochter Lilly verstand, die nach der Scheidung bei seiner Ex-Frau lebte.

»Darf ich mich auf einen Espresso zu Ihnen setzen?«, fragte plötzlich ein sympathisch aussehender Herr Ende vierzig mit grauen, vom Wind zerzausten Locken und einem freundlichen Lächeln. »Das Grand Plage ist leider bis auf diesen einen Platz ausgebucht, und ich würde gern noch Sonne tanken«, fügte er so charmant hinzu, dass Doro und ich gleichzeitig nickten. »Vielen Dank«, entgegnete der Fremde.

Während die Kellnerin unsere Bestellung entgegennahm, sah er uns beide an. »Oder haben die Damen noch Zeit für einen Tee oder Kaffee? Ich würde Sie gern einladen.« Ich schaute unsicher zu Doro, die mich unter dem Tisch sanft anstieß und »gern« hauchte.

»Mein Name ist übrigens Mats Tönnis, ich komme aus Husum.« Doro und ich stellten uns ebenfalls vor, und ich beobachtete, wie die Funken zwischen Mats und Doro sprühten.

Das kann ja heiter werden, dachte ich schmunzelnd, während die beiden sofort in ein Gespräch über Mats' Heimatstadt verstrickt waren, wo er einen Trödelladen am Hafen betrieb. Dass auf Sylt gern und schnell geflirtet wurde, wusste ich bereits aus Erzählungen. Dass aber ausgerechnet Doro so schnell Feuer fing, erstaunte mich.

# 12. *Kapitel*

Ein leises Klopfen an der Zimmertür holte mich am nächsten Morgen aus meinen romantischen Träumen, in denen ich gerade mit Vincent und Lilly am Elbufer entlangspazierte.

»Paula? Bis du schon wach?«, ertönte Beas Stimme.

»Ja«. Ich setzte mich auf.

»Guten Morgen, meine Liebe«, begrüßte sie mich und stellte ein Tablett neben mich auf den Nachttisch.

»Nun ist aber endgültig Schluss mit dem Zimmerservice«, schimpfte ich, obwohl ich mich insgeheim freute.

Innerhalb kürzester Zeit hatte Bea die Rolle von Patrick übernommen, außer dass sie sich natürlich nicht zu mir ins Bett kuschelte.

»Ach was, das mach ich doch gern«, winkte Bea ab und setzte sich zu mir. »Seit Lissy und Nele nicht mehr hier wohnen, fühle ich mich ab und zu ein wenig einsam, deshalb genieße ich es sehr, dass du hier bist. Außerdem habe ich mich mittlerweile an unser kleines Morgenritual gewöhnt und habe selbst Freude daran.«

In der Tat: Seit einigen Tagen brachte Bea mir jeden Morgen Kaffee und eine kleine Schale Kekse. Sie trank ihren starken, süßen Friesentee mit frischer Sahne, und wir plauderten ungezwungen. Bea war eine schier unerschöpfliche Quelle an Informationen und Tipps, die in keinem Reiseführer zu finden waren.

»Heute Abend haben wir übrigens eine Lesung im Büchernest«, sagte sie. »Vielleicht hast du ja Lust, mit deiner Freundin zu kommen. Wir erwarten eine Hamburger Autorin, die soeben ihren ersten Roman veröffentlich hat. Er spielt auf Sylt. Lissy hat das Leseexemplar vom Verlag bekommen, und wir haben uns beide sofort in das Buch verliebt. Um halb acht geht es los.«

»Ja, warum nicht. Da Doro ebenfalls ein Bücherwurm ist und gerade dabei ist, ein echter Sylt-Fan zu werden, freut sie sich bestimmt. Kann ich euch helfen?«

Bea schien zu überlegen.

»An sich ist alles organisiert. Die Bücher sind gestern eingetroffen, die Lokalpresse ist informiert, die Plakate hängen. Vero steht bestimmt schon seit sechs in der Küche und bereitet Häppchen vor, die wir nach der Lesung servieren. Ich hole die Dame am späten Nachmittag vom Zug ab. Soweit ich weiß, ist sie ziemlich nervös, weil es ihre erste Lesung ist. Aber das bekommen wir in den Griff. Notfalls hole ich Adalbert, der ihr Rescue-Tropfen verabreicht und irgendein Mantra spricht.«

Ich dachte an all die Künstler, die kurz vor der Vernissage häufig die Nerven verloren und abwechselnd von Jule und mir beruhigt werden mussten, bevor sie sich der Öffentlichkeit präsentierten und fotografiert oder interviewt wurden.

»Rein zufällig bin ich eine echte Expertin darin, nervöse Seelen zu besänftigen. In meinem Beruf habe ich andauernd mit Lampenfieber aller Art zu tun. Wenn du willst, komme ich mit zum Bahnhof und betreue die Autorin. Wie heißt sie denn?«

Bea strahlte.

»Corinna Hartmann. Sie ist achtundzwanzig, studierte Germanistin und hatte bislang kleinere Jobs beim Fernsehen und bei Magazinen. *Trauminsel* ist wie gesagt ihr Romandebüt, und der Verlag erwartet sich viel davon. Sie ist so ängstlich, weil sie weiß, wie kritisch Insulaner sind, wenn es um die Beschreibung ihrer Insel geht. Da muss jedes noch so kleine Detail stimmen.«

»Verstehe. Also, dann holen wir Frau Hartmann zusammen ab. Wenn sie wirklich so ein Nervenbündel ist, sollten wir vor der

Lesung eine Mikrofonprobe machen, den genauen Ablaufplan mit ihr durchsprechen, und ihr zeigen, wie viel Mühe ihr euch mit den Vorbereitungen gemacht habt. Meiner Erfahrung nach funktioniert das am besten. Und wenn die Nerven immer noch flattern, kann Adalbert mit seinem Notfallköfferchen anrücken, oder ich gebe ihr einen Fingerhut voll Sekt. Nicht mehr, denn sonst geht das Ganze erfahrungsgemäß nach hinten los.«

»Ja, das müsste klappen! Ich danke dir sehr für deine Unterstützung.« Strahlend stand Bea auf. »So, nun muss ich aber los. Larissa erwartet wieder Besuch von einem Verlagsvertreter, und ich will Rieke und ihr ein bisschen unter die Arme greifen. Unten steht ein Korb mit frischen Brötchen, und ich habe vorhin noch Ziegenkäse vom Käselädchen geholt. Vielleicht hast du ja Appetit darauf.«

Kaum war Bea gegangen, rief ich Doro an, um ihr von der Lesung zu erzählen. Doch anstatt sich zu freuen, klang sie eher ein wenig verhalten.

»Wärst du mir sehr böse, wenn ich heute Abend passe?«, fragte sie. Ich stutzte.

»Nein, natürlich nicht. Warum auch? Allerdings habe ich gerade Bea versprochen, mich um die Autorin zu kümmern. Oder hätte ich das vorher mit dir absprechen sollen?«

»Ach, quatsch, natürlich nicht!«, protestierte Doro, die sich so anhörte, als sei sie gerade erst aufgewacht und würde sich im Bett rekeln. »Ich habe dich ja auch nicht gefragt, ob es für dich in Ordnung ist, wenn ich den heutigen Abend mit Mats verbringe.«

Mit Mats?!?

»Wir haben gestern Handynummern ausgetauscht, als du kurz weg warst, um dir die Strandsauna anzuschauen. Vor zehn Minuten hat er angerufen und mich zum Abendessen in der Sansibar eingeladen. Wie findest du das?«

Ich brauchte einen Moment, um diese Information zu verdauen.

Vor allem wunderte ich mich, dass es Mats Tönnis gelungen war, einen der heiß begehrten Tische in dem wohl berühmtesten Strandrestaurant der Welt zu ergattern. Soweit ich wusste, musste man monatelang im Voraus reservieren.

Und weshalb hatte Doro seine Einladung sofort angenommen? Wollte sie sich damit für die Lieblosigkeiten ihres Mannes revanchieren?

Oder sehnte sie sich einfach nach Bestätigung, was ich wiederum gut verstehen konnte.

»Ehrlich gesagt bin ich gerade platt. Aber ich freue mich natürlich für dich. Bin schon gespannt, wie es dir in der Sansibar gefällt und welche Promis du sichtest. Aber heißt das, dass ich dich heute gar nicht mehr zu Gesicht bekomme?«

Es dauerte einen Moment, bis Doro antwortete:

»Ich würde nachher gern ein wenig bummeln und mir etwas Schickes zum Anziehen kaufen. Auf so einen Event war ich natürlich nicht vorbereitet. Und ich muss dringend zum Friseur. Also lauter Dinge, zu denen ich in Hamburg kaum komme. Du kannst mitkommen, wenn du willst. Denn ich schätze deinen exzellenten Geschmack in Stilfragen.«

Ich schaute auf die Uhr. Bis ich Corinna Hartmann abholte, blieb noch genug Zeit, um mit Doro die Boutiquen in Keitum oder notfalls Westerland unsicher zu machen.

»Dann bin ich in einer Stunde bei dir.« Nachdem ich aufgelegt hatte, ließ ich das Handy sinken. Doros offensichtliche Flirtlaune machte mich nachdenklich. Vielleicht war ihre Idee, mich eine Weile, zumindest räumlich, von Patrick zu trennen, gar nicht so abwegig.

# 13. Kapitel

Ich glaube, das ist sie«, flüsterte Bea und verglich das Autorenfoto vom Verlagskatalog mit einer jungen Frau, die gerade aus dem Zug gestiegen war und sich suchend umschaute. Corinna Hartmann war klein, zierlich und trug ihr karottenrotes Haar streichholzkurz. Auf den ersten Blick wirkte sie so unsicher wie ein Vögelchen, das gerade aus dem Nest gefallen war. Bea ging direkt auf sie zu, streckte ihr die Hand entgegen und stellte sich vor. Ein Strahlen erhellte das blasse Gesicht der Autorin.

»Sie ahnen gar nicht, wie froh ich bin, Sie zu sehen. Ursprünglich wollte eine Mitarbeiterin der Presseabteilung mitkommen, doch sie ist heute Morgen ganz plötzlich erkrankt und bat mich, allein zu fahren.«

»Wir kümmern uns schon um Sie, keine Sorge«, mischte ich mich in das Gespräch und stellte mich vor. »Was halten Sie davon, wenn wir erst einmal im Garten von Frau Hansen Tee trinken und Kuchen essen und ich Sie anschließend in Ihr Hotel bringe? Sobald Sie sich frischgemacht haben, hole ich Sie wieder ab, und wir gehen zusammen ins Büchernest, während Frau Hansen dort noch einmal überprüft, ob alles in Ordnung ist.«

»Das klingt wundervoll«, freute Corinna Hartmann sich und schenkte mir ein dankbares Lächeln.

Eine Viertelstunde später saßen wir im Strandkorb auf Beas Terrasse und tranken Tee. Heute zeigte das Thermometer dreiundzwanzig Grad, und ich war froh, meine Beine endlich einmal ein wenig bräunen zu können. Außerdem konnte ich mich kaum am Anblick der Blütenpracht sattsehen, die den Garten in ein kleines Paradies verwandelte. Traubenhyazinthen, Tulpen,

Stiefmütterchen und andere Frühblüher bildeten einen bunten Farbenteppich, der sofort gute Laune machte.

»Ihr Buch hat mir wirklich gefallen«, sagte Bea, während ich den Schokoladenkuchen anschnitt, den ich nach dem Einkaufsbummel mit Doro beim Bäcker geholt hatte.

»Wie lange haben Sie dafür recherchiert? Der Text liest sich beinahe so, als hätten Sie eine ganze Weile auf der Insel gelebt. Manche Details kann man doch mit Sicherheit nicht über Google herausfinden.«

»Ich bin froh, dass Sie die *Trauminsel* mögen«, antwortete Corinna Hartmann strahlend. »Ich weiß vom Verlag, dass Sie als äußerst kritische Leserin und strenge Einkäuferin gelten. Sie sind eine der wenigen Buchhändlerinnen, die so gut wie nichts auf die Marketingschwerpunkte und die Pressekampagnen der Verlage geben, sondern sich ihr eigenes Urteil bilden. Das finde ich absolut bemerkenswert, wenn ich bedenke, wie es zurzeit um die Buchbranche bestellt ist.« Ich horchte verwundert auf.

Das Büchernest war immer voll, wenn ich dort war.

Wovon also sprach Corinna Hartmann?

»Hier auf Sylt bekommen wir die Buchkrise zum Glück nicht so stark zu spüren«, entgegnete Bea. »Das liegt aber auch daran, dass die Touristen, die hierherkommen, genug Geld haben. Wobei für mich persönlich ein Buch kein Luxusgut ist, sondern etwas geradezu Lebensnotwendiges. Ich wäre jederzeit bereit, auf andere Dinge zu verzichten, wenn ich nur immer genug zu lesen habe.« Corinna Hartmann lächelte verschmitzt. Eine solche Einstellung musste einer Autorin runtergehen wie Öl.

»Um Ihre Frage nach der Recherche zu beantworten, Frau Hansen. Ich komme seit meiner Kindheit regelmäßig hierher. Meine Eltern waren schon immer große Sylt-Liebhaber und haben darauf gespart, dass wir mindestens einmal im Jahr zwei Wochen Urlaub auf der Insel machen konnten. Wir haben uns meistens ein Häuschen in Rantum oder Hörnum gemietet, wobei ich persönlich Hörnum immer lieber mochte. Irgendwie hat der Leuchtturm mich magisch angezogen, keine Ahnung, weshalb. Rantum erscheint mir aber mittlerweile auch kein ganz günstiges Pflaster mehr zu sein, nicht wahr? Sind Sie denn auch Mitglied der Initiative Zukunft Sylt, Frau Hansen?« Bea nickte. »Ja, das bin ich, und zwar aus vollster Überzeugung! Mir ist zwar bewusst, dass wir kaum eine Chance gegen die zerstörerische Immobilienpolitik haben, aber irgendeiner muss sich schließlich dafür einsetzen, dass die Dinge wieder ins Lot kommen. Aber lassen Sie uns so kurz vor der Lesung über etwas Erfreulicheres sprechen. Welche Textpassagen haben Sie denn ausgewählt?«

Ich bekam die Antwort nicht mehr mit, weil Patrick anrief. Er war für ein paar Tage in London bei einem Kunden gewesen. Ich nahm mein Handy und ging in den hinteren Teil des Gartens, um Bea und Corinna Hartmann nicht zu stören. Patricks Stimme kam mir plötzlich vor wie aus einem anderen Universum.

»Du klingst, als seist du schon eine halbe Insulanerin«, bemerkte er, nachdem ich von der Lesung erzählt hatte. Er traf den Nagel auf den Kopf. »Wolltest du nicht abschalten? Die Betreuung einer Autorin ist doch auch wieder Arbeit.«

»Ach was, das mache ich gern, du kennst mich doch«, versuchte ich abzuwiegeln.

»Genau deswegen.« Patrick lachte. »Aber wenn's dir Spaß macht. Scheinst dich ja richtig wohl zu fühlen, auch wenn ich fast befürchte, dass du gar nicht mehr zurück zu mir nach Hamburg willst.«

»Das muss an der Sylter Luft liegen. Doro überlegt auch schon seit gestern, womit sie hier ihren Lebensunterhalt verdienen kann.« Dass Doro heute Abend eine Verabredung mit einem attraktiven und sympathischen Mann hatte, verschwieg ich wohlweislich. Patrick und Thomas waren zwar keine Freunde, trafen sich aber manchmal auf Partys und mochten sich.

Nachdem wir eine Weile über London geplaudert und ich ihm von dem schönen Strand in Kampen vorgeschwärmt hatte, war es auch schon Zeit, Corinna Hartmann in ihr Hotel zu begleiten und anschließend ins Büchernest zu bringen.

Wie zu erwarten, war sie vollkommen verzaubert von der heimeligen Atmosphäre des Buchcafés und vom herzlichen Empfang, den Larissa, Rieke und Vero ihr bereiteten. Larissa hatte einen gemütlichen Lesesessel auf ein Podest gestellt, das extra für Veranstaltungen aufgebaut wurde. Daneben stand ein hübsches Tischchen aus dem Café, darauf eine Leselampe mit einem Schirm, auf dem antike Bücher als Bildmotive gedruckt waren. Über der Lehne des Sessels lag eine Kuscheldecke, vor dem Sessel stand ein kleiner Hocker, beinahe so, als säße Corinna Hartmann in ihrem privaten Wohnzimmer. In der Nähe des Sessels waren an die hundert Exemplare des Romans auf einem Holztisch dekoriert.

»Hätten Sie gern ein stilles Wasser oder lieber ein Glas Ingwertee mit Zitrone? Wir haben auch Salbei im Angebot«, zählte Vero auf. »Alle drei Getränke sind bestens geeignet, um die Stimme zu unterstützen.«

Corinna Hartmann starrte uns beide mit schreckgeweiteten Augen an und begann plötzlich hörbar schneller zu atmen. Dann trat feiner Schweiß auf ihre Stirn, und sie klammerte sich an der Tischkante fest. Ich kannte diese Symptome in- und auswendig. Entweder begann sie gleich zu hyperventilieren, oder das Ganze mündete in eine schwere Panikattacke.

Und das eine knappe halbe Stunde vor der Lesung.

»Schnell, Vero, ich brauche eine kleine Tüte!«, ordnete ich an, nahm die Hand der Autorin und führte sie zum Lesesessel. »Atmen Sie bitte auf fünf durch die Nase ein und auf fünf durch den geöffneten Mund wieder aus«, sagte ich und legte ihr beruhigend die Hand auf den Arm. Corinna Hartmann tat, was ich sagte, während ich sicherheitshalber eine Tüte bereithielt. Erst zehn Minuten später war sie halbwegs in der Lage, wieder zu sprechen und entschuldigte sich sofort: »Oh, mein Gott, es tut mir so leid«, schniefte sie, während Tränen ihre blassen, hohlen Wangen hinunterrollten. »Ich dachte, ich hätte meine Angst besser im Griff. Sie haben sich so liebevoll um mich gekümmert und alles so toll vorbereitet, und nun sieht es so aus, als müsste ich die Lesung absagen. Ich befürchte, ich halte nicht den ganzen Abend durch. Haben Sie denn sehr viele Karten verkauft?«

»Wir sind bis auf den letzten Stuhl ausgebucht«, antwortete Bea und musterte Corinna Hartmann besorgt. »Aber natürlich werden die Leute Verständnis haben, wenn Sie krank sind. Sollen wir einen Arzt rufen? Oder wollen Sie lieber wieder zurück ins Hotel?«

»Halt, stopp!«, rief ich energisch dazwischen, weil ich aus den Augenwinkeln sah, dass bereits erste Besucher ins Büchernest kamen und Rieke ihre Eintrittskarten zeigten. »Können Sie mir sagen, wovor Sie am meisten Angst haben? Vielleicht kann ich ja irgendwie helfen.« Ich wusste aus der Erfahrung mit meinen zart besaiteten Künstlern, dass diejenigen, die aus Panik eine Veranstaltung abbrachen, es später bitter bereuten und sich im Nachhinein große Vorwürfe machten.

Es war die erste öffentliche Veranstaltung der Autorin, und ich wollte auf jeden Fall vermeiden, dass Lesungen künftig ein Trauma für sie waren.

»Ich habe Angst davor, die Zuhörer zu langweilen. Vielleicht finden sie meinen Text banal, vielleicht entdecken sie, dass ich etwas nicht sorgfältig recherchiert habe. Ich will niemanden enttäuschen. Außerdem ängstigt mich die Vorstellung, fast eine Stunde am Stück zu lesen. Um ein Publikum so lange bei der Stange zu halten, muss man echte Entertainer-Qualitäten haben.«

»Wäre es für Sie einfacher, wenn ich zusammen mit Ihnen auf der Bühne stehe und Sie etwas zu Ihrem Text frage? Dann müssten Sie immer nur kurze Passagen vorlesen«, schlug ich vor.

»Prinzipiell eine gute Idee, aber Sie kennen das Buch doch gar nicht«, wandte Corinna Hartmann ein, wirkte jedoch ein wenig gefasster.

»Aber ich kenne es«, mischte sich Bea ein. »Wir könnten es doch so machen: Frau Gregorius stellt Ihnen Fragen zu Ihrem Werdegang und zum Schreiben. So etwas interessiert die Zuschauer immer, weil viele von ihnen selbst schreiben und liebend gern ein Buch veröffentlichen möchten. Und ich frage Sie zum Inhalt.

Und sollte sich wider Erwarten herausstellen, dass Sie damit nicht klarkommen, können wir jederzeit abbrechen. Für Nervosität hat jeder Verständnis, bitte glauben Sie mir.«

Corinna Hartmann schien mit sich zu ringen. Doch dann siegte ihre Professionalität.

»Okay, ich versuch's. Allein schon, weil ich es Ihnen schuldig bin. Also, wann geht's los?«

»In ungefähr zehn Minuten«, entgegnete Vero und reichte ihr einen Becher mit dampfend heißem Tee. »Ich habe ein wenig Baldrian hineingeträufelt, vielleicht wirkt das ja«, sagte sie schmunzelnd. »Ich wünsche gutes Gelingen. Sie schaffen das! Und hinterher gibt's zur Belohnung leckeres Essen und einen guten Tropfen. Sie werden sehen, die Zeit vergeht wie im Flug, und am Ende sind Sie traurig, weil es so schnell vorbei ist.«

## *14. Kapitel*

Heute war der erste Mai und damit ein Feiertag. Ich schlenderte den Wattweg entlang Richtung Munkmarsch und atmete genüsslich die kühle, nach Salz schmeckende Morgenluft ein. Es war sechs Uhr morgens und ich als Einzige unterwegs. Die Ruhe wurde lediglich durch das ferne Knattern eines Traktors unterbrochen.

Selbst Bea hatte noch geschlafen, als ich durch die Eingangstür schlüpfte und sie leise hinter mir zuzog. Nun, es war gestern auch spät geworden, denn wir hatten alle zusammen die erfolgreiche Veranstaltung – und natürlich Corinna Hartmann – gefeiert, die ihre anfängliche Unsicherheit überwunden und hervorragend gelesen hatte.

Bea wollte sie heute um elf Uhr zum Zug bringen, und ich war zum Frühstück mit Doro verabredet, die an sich heute ebenfalls nach Hamburg zurückfuhr. Doch der SMS nach zu urteilen, die sie mir gestern Nacht geschrieben hatte, war ich mir da nicht so sicher …

Während ich in Gedanken versunken einen Fuß vor den anderen setzte, hörte ich plötzlich Getrappel hinter mir. Dann stieg mir ein strenger Duft in die Nase.

»Moin, Frau Gregorius«, ertönte es fröhlich, und schon stoppte schnaubend ein rotbraunes Pferd mit weißer Blesse neben mir. Die Reiterin war Rieke, Larissas Auszubildende im Büchernest.

»Das ist aber ein hübsches Tier«, sagte ich.

»Sie heißt Reikka«, antwortete Rieke mit offensichtlichem Besitzerstolz. »Ich nutze die Ruhe am frühen Morgen, um sie ein wenig zu bespaßen, bevor sie nachher mit den Reitschülern über die Koppel traben muss.« Sie tätschelte den Kopf der Stute, die fröhlich wieherte. »Meinen Eltern gehört der Reiterhof in der Nähe der Gleise«, erklärte Rieke, weil ich offenbar ziemlich verdutzt dreingeschaut hatte. Ich spürte, wie sich plötzlich ein unangenehmes Kribbeln in meinem Hals ausbreitete und musste auch schon niesen.

»Oje, ich hoffe, Sie sind nicht allergisch gegen Pferde?«, fragte Rieke besorgt, während ich nach einem Taschentuch suchte. Zum Glück fand ich eines in meiner Jeans.

»Leider doch«, schniefte ich, und schon kullerten mir die Tränen über die Wangen. »Ich muss nur das Foto eines Ponys sehen, und schon geht es los.«.

»Dann sollten Sie möglichst schnell ihr Gesicht kalt abwaschen und sich in der Insel-Apotheke Allergietabletten besorgen. Ich wünsche Ihnen auf alle Fälle gute Besserung! Wir sehen uns ja sicherlich im Büchernest. Bis später.«

Mit diesen Worten trabte Rieke davon, und ich schaute ihr sehnsuchtsvoll hinterher. Traurig erinnerte ich mich an die erste, heiß ersehnte Reitstunde mit elf Jahren, die mit einem Asthmaanfall und der Diagnose Tierhaarallergie endete und einem Kindertraum ein jähes Ende setzte.

Man kann im Leben nicht alles haben, dachte ich seufzend und kehrte um.

Punkt zehn Uhr klopfte ich an Doros Zimmertür. Wir wollten zusammen in ihrer Pension frühstücken.

Es dauerte eine Weile, bis sie öffnete.

»Wie siehst du denn aus?«, fragte ich. Doros rotbraun getöntes Haar stand wirr nach allen Seiten ab. Offensichtlich hatte sie es auch nicht mehr geschafft, sich abzuschminken. Sie trug einen karierten Flanellpyjama und rosa Frotteepantoffeln, wegen der Helen sie mit schönster Regelmäßigkeit aufzog. Ohne zu ant-

worten, winkte Doro mich ins Zimmer, öffnete das Fenster und schlurfte ins Bad. Dann hörte ich das Wasser laufen und Doro summen.
»Tut mir leid, dass du so lange warten musstest«, sagte sie, als sie zehn Minuten später angezogen und einigermaßen wiederhergestellt aus dem Badezimmer kam. »Sag mal, hast du auch so einen Hunger? Diese Sylter Luft macht mich fertig! Ich könnte andauernd essen und schlafen.«
Ich schmunzelte, weil ich das gut kannte.
Deshalb stürzten wir uns im Speisezimmer mit großem Appetit auf knackfrische Brötchen, ein weichgekochtes Ei und Obstsalat, als hätten wir seit Tagen auf Nulldiät gelebt.
»Nun mach es doch nicht so spannend! Was ist gestern Abend passiert?«, drängelte ich, als Doro sich die dritte Tasse Kaffee in Folge einschenkte, ohne ein einziges Wort über ihre Verabredung mit Mats zu verlieren. Bislang hatte sie lediglich aufmerksam zugehört, als ich über die Lesung berichtete, und dabei zwei Croissants vertilgt.
Hatte es denn in der Sansibar nichts zu essen gegeben?
»Es war ein Traum, und ich glaube, ich bin verliebt«, antwortete Doro in einem so trockenen Tonfall, als hätte sie gesagt, sie müsse nachher noch ihre Steuererklärung machen.
»Du bist verliebt in die Sansibar und das leckere Essen?«, hakte ich ungläubig nach.
»Nein, in Mats. Glaube ich zumindest.«
»Nach einem einzigen Abendessen?«
»Du hast mir auch von Vincent vorgeschwärmt, kaum dass er fünf Minuten bei dir in der Galerie war.«
»Geschwärmt schon, das stimmt. Aber bis ich wusste, dass ich mich in ihn verliebt hatte, war es ein langer Weg.« Doro grinste über beide Ohren, und ich hatte kurz den Verdacht, dass sie mich auf den Arm nahm.

»Nun lass dir doch nicht jedes einzelne Wort aus der Nase ziehen. Wie war es? Und wie … wie geht es jetzt weiter? Fährst du heute zurück nach Hamburg?«

Allmählich wurde ich wirklich ungeduldig!

Doro tippte auf das Handy, das neben ihr auf der Sitzbank lag. »Sobald Schwiegermonster ihr Okay gibt, verlängere ich den Aufenthalt hier. Thomas hat doch angeboten, dass ich bis zum Wochenende bleiben soll, und Mats fährt erst am Samstag nach Husum zurück. Warum also nicht die Zeit nutzen?«

*Weil du – wie ich auch – verheiratet bist?!*

»Jetzt im Ernst, Doro. Veräppelst du mich, oder hat es dich wirklich erwischt?«

»Sagen wir es mal so: Es hat unendlich gutgetan, mal wieder ein bisschen verwöhnt und umgarnt zu werden. Keine Ahnung, wann mir ein Mann zum letzten Mal den Stuhl zurechtgerückt oder in den Mantel geholfen hat. Ich weiß, dass man so etwas heutzutage nicht laut sagen darf, aber ich mag es, ladylike behandelt zu werden. Diese Art von Höflichkeit zu genießen hat doch nichts damit zu tun, dass man sofort seine Emanzipation und das Gehirn an der Garderobe abgibt.« Ich musste lachen, weil ich genau wusste, was Doro meinte.

»Vielleicht hat auch die tolle Atmosphäre in der Sansibar eine klitzekleine Rolle gespielt und das sensationelle Essen. Aber da nutzt das schönste Ambiente nichts, wenn dein Gesprächspartner ein Langweiler oder ein eitler Selbstdarsteller ist. Eine Spezies, die in diesem Restaurant übrigens zuhauf vertreten ist, aber das nur am Rande. Mats hat mich ausführlich über mein Leben befragt, mir zugehört, ohne mir ins Wort zu fallen, hat sich Fotos von Emma und Nils zeigen lassen und war alles in allem so wunderbar charmant, dass ich ihn auf der Stelle heiraten würde, wenn ich es nicht schon wäre. Obwohl: In meinem nächsten Leben verzichte ich auf den Trauschein und bleibe nur durch die Kraft der Liebe mit dem Mann verbunden, dem ich mein Herz geschenkt habe.«

»Du hast ihm die Fotos deiner Kinder gezeigt?«, fragte ich verwundert. Immerhin war Doro ehrlich gewesen.

»Ja, und er fand meine beiden Süßen ganz reizend. Dazu kann ich nur sagen, wie gut, dass er Nils nicht live erlebt, denn du weißt ja, dass ich ihn momentan häufig genug an die Wand klatschen könnte.«

»Meinst du, er interessiert sich für dich? Und ist er überhaupt frei?«, fragte ich vorsichtig, weil ich mich plötzlich bei der Vorstellung ertappte, dass Doro ihren Mann verließ und mit den Kindern nach Husum zog, um dort gemeinsam mit Mats den Trödelladen am Hafen zu führen.

Thomas war ja an sich kein schlechter Mensch, nur eben im Laufe der Jahre ein wenig eingefahren, wie wir vielleicht alle. Kein Wunder, dass Doro nun anfällig für den Charme anderer Männer war.

»Mats ist seit zehn Jahren Witwer und hat keine Freundin. Er hat übrigens nicht versucht, mich zu küssen, sondern mich ganz artig in der Pension abgeliefert und sich vergewissert, dass ich heil in meinem Zimmer ankomme. Er hat gewartet, bis ich oben war und das Fenster geöffnet habe. Romantisch, nicht wahr?«

Ich nickte. Ja, so etwas gefiel mir auch und passte zu Mats, der mir gleich sympathisch gewesen war. Doro presste mit übertrieben dramatischer Geste die Hände an die Brust. »Bitte drück mir die Daumen, dass ich noch bis Samstag bleiben kann. Mats hat so viele tolle Ideen, was wir noch unternehmen könnten, und kennt Sylt wie seine Westentasche.«

Wie aufs Stichwort klingelte das Telefon, und keine zwei Minuten später strahlte Doro wie ein Honigkuchenpferd. »Angelika und die Kids scheinen jede Menge Spaß zu haben, Thomas kann sich voll und ganz dem Golfspiel widmen, und ich habe noch ein paar Tage Gnadenfrist bekommen, bevor der Hamburger Alltag mich wieder in seinen Klauen hat. Ist das nicht wundervoll?«

In mir tobten widersprüchliche Gefühle. Einerseits gönnte ich Doro diese Auszeit von ganzem Herzen, andererseits hätte es Konsequenzen, wenn sie sich auf Mats einließe. Im Gegensatz zu mir hatte sie immerhin zwei Kinder.

Was war eigentlich los?

Hatten wir eine kollektive Midlifecrisis, oder lag einfach nur Liebe in der Luft?

Doro schien meine Gedanken zu lesen.

»Nun mach bitte nicht so ein sorgenvolles Gesicht, sondern freu dich lieber mit mir. Der gestrige Abend war einer der schönsten seit langem, und ich habe wirklich ein Anrecht auf Ferien. Und keine Sorgen, ich tu schon nichts Unüberlegtes.«

Doros Worte schwirrten mir immer noch im Kopf herum, als ich zurück zum Kapitänshaus ging, um mir eine Einkaufsliste zu machen. Ich hatte versprochen, heute Abend für Bea und Larissa zu kochen. Beas Nichte wirkte seit dem Abschied von Nele ein wenig geknickt und verloren, und wir wollten sie aufmuntern.

Doro war natürlich wieder mit Mats verabredet, der sich riesig darüber gefreut hatte, dass sie noch ein paar Tage länger als geplant auf Sylt blieb.

Als ich die Tür aufschloss, lag ein Brief für mich auf der Kommode.

Ich drehte den Umschlag um und traute meinen Augen kaum, als ich sah, dass er von Vincent stammte.

## 15. Kapitel

Wahnsinn, nun bist du schon fast zwei Wochen hier«, murmelte Bea, während sie Einkäufe in den Schränken verstaute. »Sag mal, kannst du nicht noch verlängern? Es macht mich ganz traurig, wenn ich daran denke, dass du jetzt schon zurückmusst.« Bevor ich auf diese Frage antworten konnte, klingelte es. Als ich die Tür öffnete, stand ein etwa elfjähriges Mädchen vor mir, das mir einen Karton Eier entgegenstreckte.

»Oh, wer bist du denn?«, fragte ich, als auch schon Bea hinter mir auftauchte.

»Das ist deine Namensvetterin. Sie und ihre Mutter Tanja wohnen rechts nebenan. Seid ihr euch bislang noch gar nicht begegnet?«

Bea winkte die Kleine zu sich. »Paula, komm rein, ich wollte gerade Kakao kochen. Magst du auch einen?« Das Mädchen nickte stumm und folgte Bea, ohne mich eines Blickes zu würdigen, in die Küche. Dort setzte sie sich wie selbstverständlich an den kleinen Holztisch und schaute mit großen, dunkelbraunen Augen zu, wie Bea Milch aus dem Kühlschrank nahm, sie in einen Topf goss und die Herdplatte anstellte.

»Heißt du wirklich Paula, so wie ich?«, wollte ich wissen und holte Kakaopulver aus einem Hängeschrank. Mittlerweile kannte ich mich hier bestens aus. Anstelle einer Antwort nickte das Mädchen flüchtig und blätterte in einem Bildband über Neuseeland, der auf dem Tisch lag.

»Hast du denn heute gar keine Schule?«, erkundigte sich Bea und musterte Paula eindringlich. »Oder habe ich schon wieder irgendwelche Ferien vergessen? Ach nein, ich hab ja heute Morgen noch kurz mit Sven geplaudert.«

Zu mir gewandt erklärte sie: »Sven ist der Busfahrer, der die Sylter Kinder nach Westerland bringt. Es gibt auf der Insel immer weniger Schulen.«

»Bin ein bisschen krank«, antwortete Paula knapp und rührte in ihrem Becher, den Bea zusammen mit einer Dose Friesenkekse vor sie hingestellt hatte.

»Mama muss arbeiten und hat gesagt, ich soll dir die Eier vorbeibringen, die sie gestern für dich vom Markt mitgebracht hat. Und danach soll ich wieder ins Bett gehen.«

»Na, dann werde mal schnell wieder gesund, damit du Lissy und mir im Büchernest helfen kannst. Wir wollen heute Nachmittag nämlich die Schaufenster neu dekorieren, und wir brauchen jede Hilfe, die wir kriegen können.«

Schlagartig erhellte sich das Gesicht der Kleinen, die plötzlich sehr hübsch aussah.

Und alles andere als krank.

»Habt ihr wieder neue Bücher bekommen?«, fragte sie und schaute Bea erwartungsvoll an.

»Paula liebt die Reihe mit den drei Ausrufezeichen«, erklärte Bea.

»Aber ich mag auch die *Zauberhaften Schwestern* und die *Magic Girls*«, ergänzte Paula.

»Magic Girls, das klingt ja spannend«, sagte ich, in der Hoffnung, dass die Kleine ihre Schüchternheit mir gegenüber ablegte. Für mein Gefühl steckte etwas anderes hinter ihrer angeblichen *Krankheit*. »Ich mag fantastische Bücher. Um was geht es denn?«

Einen Moment schien Paula zu überlegen, ob sie mir dieses Geheimnis anvertrauen sollte.

»Um Hexen, die ins Hexil gehen müssen«, antwortete sie

schließlich, und ich beließ es dabei. Kindern sollte man sich nie aufdrängen, das wusste ich aus Erfahrung.

»Kann ich denn auch beim Schaufenster dekorieren helfen?«, fragte Paula. Auch ich hatte große Lust, Larissa einen kleinen Besuch abzustatten. Mit Bea und Larissa hatte ich gestern einen sehr amüsanten Abend verbracht, und ich war stolz, dass mein Spinat-Lachs-Auflauf einen solchen Anklang gefunden hatte und es Bea und mir obendrein gelungen war, Larissa aufzuheitern.

Später war Leon vorbeigekommen, und wir hatten spontan zwei Partien Scrabble gespielt, was ich eine Ewigkeit nicht mehr getan hatte. Larissas Mann entpuppte sich als absoluter Schatz, und ich hatte das Gefühl, dass die beiden wie füreinander geschaffen waren.

»Jeder, der helfen will, ist willkommen«, entgegnete Bea. »In einer Buchhandlung gibt es immer etwas zu tun, und sei es, dass jemand nur die Regale auswischt und die Fensterauslage ordentlich aussaugt.«

Am frühen Nachmittag trafen wir zu dritt im Büchernest ein und meldeten uns bei Larissa, die gerade mit hochroten Wangen Lieferscheine kontrollierte und aussah, als würde sie sich über etwas ärgern oder sich nicht wohl fühlen. Rieke stand kopfschüttelnd neben ihr und tippte hektisch Zahlenkolonnen in einen Taschenrechner.

Paula, mittlerweile quietschfidel, schnappte sich einen hölzernen Wagen mit zwei Etagen, um darauf die Bücher zu legen, die aus dem Schaufenster genommen werden sollten, darunter auch die Exemplare der *Trauminsel,* von der nach der Lesung an die siebzig Exemplare verkauft worden waren. Laut Bea eine kleine Sensation.

Händeringend wartete Larissa auf die Nachlieferung, denn

auch die positive Berichterstattung über die gelungene Lesung zog viel Interesse nach sich.

Nach anfänglichem Murren übergab Larissa mir den Staubsauger, einen Eimer und Fensterleder. »Normalerweise ist das ja Riekes Aufgabe«, erklärte sie, doch ich ließ das nicht gelten. »Rieke soll dir lieber bei deinem Lieferschein-Kuddelmuddel helfen, denn davon habe ich nun wirklich keine Ahnung. Aber im Putzen macht mir so schnell keiner was vor!«

Ich dachte an den Tag, als Patrick und ich beschlossen hatten, die Hausarbeit von einer *Perle* namens Ildikó erledigen zu lassen, und wie schwer es mir damals gefallen war, die freundliche Ungarin in ihre Aufgaben einzuweisen. Aber natürlich gewöhnte ich mich im Laufe der Zeit an diese Annehmlichkeit und genoss es, nach einem langen Tag in der Galerie die Beine hochzulegen und mich nicht mit Patrick um die Aufteilung der Hausarbeit streiten zu müssen.

Kaum hatte Paula die Auslagen leer geräumt, machte ich mich ans Werk, während meine Gedanken zu Vincents Post wanderten. Der vermeintliche Brief war eine Karte gewesen, auf der nur wenige Worte standen:

*Die Zeit mit dir war wunderschön, aber wie immer viel zu kurz. Bitte gib uns beiden eine Chance. Ich weiß, dass es dir schwerfällt, dich auf mich einzulassen, aber ich spüre, dass zwischen uns etwas ist. Ich konnte es in deinen Augen sehen.*

*Vincent*

Kaum zu glauben, dass diese Zeilen von einem Mann stammten. Noch dazu von einem, der nach außen hin eher cool wirkte und nach unserem letzten Zusammentreffen von mir und meinen Gefühlsschwankungen genervt gewesen war.

Umso größer war die Wirkung auf mich. Ja, es fiel mir schwer, mich auf ihn einzulassen, um nicht zu sagen, es erschien mir unmöglich. Das wurde mir von Tag zu Tag klarer. Auch wenn meine Gefühle gerade Achterbahn fuhren und meine eigene Unentschlossenheit mich zu zerreißen drohte, stand eines fest: Patrick war eine Konstante in meinem Leben, die mir trotz unserer momentanen Probleme Sicherheit gab. Sobald ich wieder in Hamburg war, musste ich mein Verhältnis zu Vincent klären. Doch bis dahin würde ich so tun, als hätte es die Postkarte nie gegeben.
Momentan wollte ich nichts weiter als meine Ruhe!
Um mich wieder zu erden, steckte ich all meine Energie in das Säubern der Fensterscheiben. Dabei beobachtete ich die Leute, die vor dem Büchernest vorbeiflanierten oder auf der Terrasse einen Tee tranken, serviert von der unermüdlichen Vero, die immer überall zugleich zu sein schien.
Plötzlich klopfte jemand ans Schaufenster – vor mir standen Doro und Mats. Doro grinste von einem Ohr zum anderen, und Mats hielt anerkennend den Daumen hoch.
»Das sieht mir aber gar nicht nach Urlaub aus«, bemerkte er lächelnd, nachdem ich aus der Auslage gekrabbelt war, um die beiden zu begrüßen.
»Und ich dachte, ihr beiden wolltet heute um den Ellenbogen marschieren«, entgegnete ich, verwundert darüber, wie vertraut die beiden nach nur zwei Verabredungen wirkten. »Oder seid ihr etwa schon wieder zurück?«
Doro strich sich eine Strähne ihres glänzenden Haares zurück. Die neue Frisur stand ihr wirklich gut. Immer wieder erstaunlich, was ein guter Haarschnitt und etwas Farbe alles bewirkten. Und natürlich der bewundernde Blick eines Mannes, der einen so anstrahlte wie Mats gerade Doro.
»Ehrlich gesagt hatte ich heute keine Lust, spazieren zu gehen«,

erklärte Doro. Ich verkniff mir ein spöttisches Grinsen, denn wenn meine Freundin eines hasste, dann waren es ausgedehnte Spaziergänge oder Wanderungen.

Wie oft hatte sie sich darüber mokiert, dass Thomas beim Golfen derart lange Strecken zurücklegte, nur um einem *dummen, kleinen weißen Ball* hinterherzujagen.

Doro war alles andere als eine Sportfanatikerin, was sich im Laufe der Jahre ein wenig auf ihre Figur ausgewirkt hatte. Doch wenn Helen versuchte, sie zu einem neuen, hippen Sportkurs (aktuell *Zumba!*) mitzuschleppen, schmetterte Doro ihr jedes Mal energisch entgegen: »Wer Kinder hat, braucht keinen Fitnessclub!«

»Wir haben eine kleine Inselrundfahrt mit meinem Flitzer unternommen«, sagte Mats und betrachtete neugierig die Bücher, die Paula gerade mit Preisschildern versehen hatte, um sie später in die Auslage zu legen.

»Mats hat ein traumhaft schönes Alfa Cabriolet, ein echter Oldtimer«, schwärmte Doro mit verklärtem Gesichtsausdruck.

»Und Italien ist zufällig eines deiner Lieblingsländer«, ergänzte ich. »Und was habt ihr vor? Bücher kaufen oder Veros Sylter Delikatessen probieren? Heute gibt es als Tagesspezial Keitumer Sommersalat. Den werde ich nehmen, sobald ich hier fertig bin.«

Mats legte den Kopf schief und musterte mich interessiert. »Das klingt verlockend. Aber was genau verbirgt sich hinter diesem klangvollen Namen?«

»Man nehme sonnengereifte Tomaten, in Kräutern marinierten Ziegenkäse, verschiedene Blattsalate, Pinienkerne, Knoblauch und frisches Basilikum«, erklärte Vero, die wie aufs Stichwort hereinkam. »Danach fühlt man sich wie im siebten Himmel! Als Dessert empfehle ich Sylter Teecreme oder Crêpes mit Johannisbeergelee.«

»Tja, da kann man wohl nicht nein sagen«, schmunzelte Mats und wandte sich zu Doro: »Was meinst du? Eigentlich haben wir uns nach diesem langen, anstrengenden, geradezu kräftezehrenden Ausflug etwas Stärkung verdient.« Doro kicherte verlegen und nickte. Ich dachte daran, dass Thomas ihre Freude am Essen gelegentlich bremste und sie ermahnte, sich zurückzuhalten, was ich Doro und uns als Gastgebern gegenüber als unangenehm empfand. Patrick bezeichnete Doros Mann in dieser Beziehung gern als *spaßfrei.* Früher war Thomas nicht so gewesen. Er hatte die Nächte zum Tag gemacht und war ein begeisterter Koch. Doch wie uns allen war auch ihm im Laufe der Jahre ein Teil seines früheren Wesens abhandengekommen.

Während Doro und Mats im Café die gemütlichsten Plätze sicherten und Paula die Schaufensterauslage dekorierte, suchte ich Larissa, um sie zu fragen, ob wir uns Freitagabend im Kino eine romantische Komödie anschauen wollten. Leon hatte einen beruflichen Termin.

»Wo ist denn Larissa?«, fragte ich Rieke, die an der Kasse die Auslage mit Stiften, Taschenkalendern und anderem Schnickschnack sortierte.

Sie zuckte mit den Schultern.

»Eigentlich wollte sie nur kurz auf die Toilette«, sagte Rieke und schaute auf die Uhr: »Das ist allerdings schon eine ganze Weile her, merkwürdig.«

»Soll ich mal nach ihr sehen?«, fragte ich unsicher. Larissa hatte vorhin schon so gestresst gewirkt. Bevor Rieke antworten konnte, wollten drei Kunden gleichzeitig bezahlen.

Also ging ich in den Vorraum des Personal-WCs, wo ich jemanden weinen hörte.

»Larissa?«, fragte ich leise. »Bist du das? Alles okay bei dir?« Anstelle einer Antwort hörte ich, wie sich jemand die Nase

putzte. Schließlich drehte sich der Türknauf, und Larissa kam heraus. Ihre Augen waren vom Weinen ganz verquollen, und sie war aschfahl. »Bist du krank? Soll ich einen Arzt rufen?«, fragte ich besorgt, während sie sich, ohne mich anzusehen, über das Waschbecken beugte, den Hahn aufdrehte und sich mit eiskaltem Wasser das Gesicht wusch. Dabei zerflossen die letzten Reste ihrer Wimperntusche. Erst als sie sich das Gesicht abgetrocknet hatte, blickte sie mir in die Augen – ihr Gesichtsausdruck war nun beinahe trotzig.
»Nein, ich bin nicht krank. Ich habe nur mal wieder meine Tage bekommen, das ist alles.«
Erleichtert nahm ich sie in den Arm.
»Wenn du Schmerzen hast und eine Tablette brauchst, laufe ich schnell rüber zur Apotheke.«
Doch Larissa schüttelte den Kopf und löste sich aus meiner Umarmung.
»Nein danke. Mir geht's soweit gut. Ich bin nur so enttäuscht, dass es schon wieder nicht geklappt hat.«
Es dauerte einen Moment, bis ich begriff, was sie quälte. »Verstehe«, murmelte ich und dachte an all die Jahre, in denen Patrick und ich vergeblich versucht hatten, ein Kind zu bekommen. »Es tut mir so leid, ich weiß genau, wie du dich fühlst«, hauchte ich, und plötzlich liefen mir Tränen übers Gesicht. All die Hoffnungen und Wünsche, all die Sehnsüchte – vergebens! Dann nahm ich Larissa in den Arm und hielt sie so lange umschlungen, bis sie irgendwann anfing zu lachen.
»Hey, du erdrückst mich ja.« Sie trat einen Schritt zurück und lächelte zaghaft. »Lass uns lieber wieder in den Laden gehen, bevor ich mich endgültig auflöse. Ist ja nicht das erste Mal, dass ich so enttäuscht bin, eigentlich sollte ich härter im Nehmen sein.«

»Es gibt Dinge im Leben, an die gewöhnt man sich nie«, antwortete ich leise.

Larissa hatte recht.

Manchmal half kein Trösten mehr, und man musste sich seinem eigenen Schmerz stellen.

Und genau das fiel zuweilen unendlich schwer …

# 16. Kapitel

Am Tag darauf hatte ich immer noch mit den schmerzhaften Erinnerungen zu kämpfen, die das Gespräch mit Larissa in mir ausgelöst hatten. Deshalb freute ich mich auf den Kinobesuch und darauf, mal wieder lachen zu können.

Mit einem Lächeln auf den Lippen verließ ich nach der Vorstellung die Kinowelt, das kleine Multiplex-Filmtheater in der Westerländer Strandstraße. Larissa und ich hatten beide die ganze Zeit vor uns hingekichert, während wir uns um die Tüte Popcorn kabbelten.

»Hast du Lust, noch etwas trinken zu gehen?«, fragte Larissa. »Im Seeblick in der Käpt'n-Christiansen-Straße hat man eine spektakuläre Aussicht aufs Wasser.«

»Aber klar!«, sagte ich erfreut.

Wir hatten Glück und ergatterten einen Tisch am Fenster des Beachhouses.

»Ich nehme den ofengebackenen Schafskäse«, verkündete ich nach einem Blick in die Speisekarte. Seit ich auf Sylt war, hatte ich bereits zwei Kilo zugenommen. Doch ich hatte keine Lust, mir die Laune durch Kalorienzählen verderben zu lassen.

»Und ich den warmen Apfelstrudel mit Vanillesoße«, beschloss Larissa, die ebenso gern aß wie ich.

Während der Kellner die Bestellung entgegennahm, blickten wir wortlos auf die beleuchtete Holztreppe, die zum Strand hinunterführte.

Obwohl es schon halb elf war, waren immer noch Spaziergänger unterwegs. Liebespärchen standen eng umschlungen am Meer und schauten dem Spiel der Wellen zu.

»Kaum zu glauben, dass du Sonntag wieder nach Hause fährst«, durchbrach Larissa irgendwann das Schweigen. »Die Zeit ist so unglaublich schnell vergangen. Bea würde sich bestimmt freuen, wenn du ein paar Tage dranhängst … und ich mich auch. Willst du nicht noch hierbleiben?«

So reizvoll die Idee auch klang, wie sollte das funktionieren? Also versuchte ich diese Versuchung so schnell wie möglich abzuwehren.

»Aber deine Tante ist doch sicher froh, wenn sie das Haus wieder für sich hat und mir nicht jeden Morgen Kaffee ans Bett bringen muss.«

Larissa grinste.

»Du weißt ganz genau, dass das nicht stimmt! Bea schwärmt die ganze Zeit, wie angenehm sie deine Gesellschaft findet. Sie wollte dich schon überreden, auf der Insel eine Dependance deiner Galerie zu eröffnen. Ich finde diese Idee übrigens auch klasse, weil ich mir gut vorstellen kann, dass du damit Erfolg hättest.«

»Nun setz mir bitte keinen Floh ins Ohr«, protestierte ich, während meine Gedanken Karussell fuhren. »Außerdem vergisst du, dass ich verheiratet bin.«

Larissas Miene wurde sofort ernst.

»Du hast recht, bitte entschuldige. Das liegt bestimmt daran, dass ich deinen Patrick noch nicht kenne. Zu schade, dass er bei Neles Vernissage nicht dabei sein konnte. Hast du denn ein Foto von ihm?« Die meisten Menschen zückten heutzutage ein Smartphone, auf dem Hunderte Bilder gespeichert waren. Doch ich war in dieser Beziehung altmodisch: Ich bewahrte Patricks Bild in meinem Portemonnaie auf.

»Hey, ihr beide seid ja ein schönes Paar«, rief Larissa begeistert aus, als ich ihr das Urlaubsfoto zeigte.

»Das ist in Roussillon, einem entzückenden Ort in der Provence«, erklärte ich und war selbst erstaunt, wie glücklich wir beide auf diesem Schnappschuss aussahen – und wie unfassbar jung. Patrick trug sein dunkles, welliges Haar, das mittlerweile an den Schläfen ergraut war, länger und hatte noch wesentlich weichere Gesichtszüge. Lag das am stressigen Agenturalltag und harten Konkurrenzkampf oder daran, dass wir damals Urlaub machten?

Larissa schaute abwechselnd das Bild und dann wieder mich an.

»Ich finde, die längeren Haar stehen dir besser. Sie machen dich weiblicher.«

Nachdem ich das Foto wieder eingesteckt hatte, brachte eine Kellnerin Brot und Olivenöl und die Getränke. Ich war froh über diese Unterbrechung, denn ich wollte an diesem Abend nicht an mein Leben in Hamburg erinnert werden, egal, wie sehr ich es eigentlich mochte. Allmählich verstand ich, weshalb sich Menschen danach sehnten, aus dem Alltagseinerlei auszubrechen oder ihr Leben komplett auf den Kopf zu stellen und womöglich sogar auszuwandern.

»Und, wie geht es Nele? Hat sie sich gut in Mexiko eingelebt?«, fragte ich und wechselte das Thema.

Larissa nickte.

»Ihr geht es bestens. Wir haben heute Morgen geskypt. Sie ist schon knallbraun und hat sich lila Extensions ins Haar machen lassen. Es scheint, als hätte sie die richtige Entscheidung getroffen. Ich konnte Blairwitch sogar dazu überreden, eine Weile auf meinem Arm zu sitzen und fröhlich in die Kamera zu maunzen, damit sich Nele überzeugen konnte, dass es ihrem Liebling an nichts fehlt.

Übrigens, was hältst du von einem Abendessen morgen bei mir? Wenn du schon zurück nach Hamburg musst, sollten wir uns zumindest gebührend von dir verabschieden. Ich würde auch Adalbert einladen, weil ihr beide euch ein bisschen angefreundet habt. Vorausgesetzt natürlich, es ist dir recht.«

»Aber ja, Adalbert musst du auf jeden Fall einladen. Apropos, Bea und er verstehen sich, nicht wahr?«

»Ja, die beiden sind ein gutes Team«, entgegnete Larissa. »Allerdings wünschte ich mir, dass sie mehr als das wären. Es ist nämlich an der Zeit, dass Bea sich wieder mit einem Mann zusammentut. Knut ist schon lange tot, und schließlich wird sie nicht jünger. Allerdings darfst du sie nicht darauf ansprechen, sonst wird sie wütend.«

»Wütend?«, fragte ich belustigt. »Warum denn das?«

»Weil sie der Meinung ist, dass Männer und Frauen besser nur befreundet sind als zusammenzuleben. Sie mag Adalbert und geht gern in seine Kurse, aber darüber hinaus ist nichts zu machen. Glaub mir, ich habe schon alles versucht und mir damit nur Ärger eingehandelt.«

Ich grinste.

Die resolute Bea war sicher keine einfache Gegnerin, wenn ihr etwas gegen den Strich ging. Und dass sie sich in ihrem Alter nicht mehr binden wollte, konnte ich gut verstehen, sosehr ich Adalbert auch mochte.

Nachdem wir gegessen und eine Weile über das Inselleben geplaudert hatten, machten wir uns auf den Heimweg.

Larissa musste am Samstag arbeiten, und ich wollte meine Reisepläne überdenken. Der Floh, den Larissa mir ins Ohr gesetzt hatte, verfehlte seine Wirkung nicht.

Als ich leise die Eingangstür des Kapitänshauses öffnete, um Bea nicht zu wecken, fand ich sie zu meiner Überraschung noch in der Küche vor. Sie saß in ihren Bademantel gehüllt am kleinen Holztisch und las mit gerunzelter Stirn im *Sylter Tagesspiegel*.

»Oh, du bist ja noch wach. Kannst du nicht schlafen?«, fragte ich, immerhin war es schon Viertel nach eins.

»Ich geistere hier herum, weil wir Vollmond haben«, seufzte Bea, faltete die Zeitung zusammen und deutete auf den Stuhl gegenüber. »Außerdem braucht man in meinem Alter nicht mehr so viel Schlaf. Manche nennen das senile Bettflucht, ich bezeichne es als Geschenk. Denn man sollte die letzten Jahre seines Lebens auskosten, anstatt sie zu verschlafen, nicht wahr? Hattet ihr beide einen schönen Abend?«

Ich nickte und setzte mich.

Hier saß ich nun zum letzten Mal und plauderte mit Bea, bevor wir beide nach oben in unsere Schlafzimmer gingen.

»Wann musst du denn Sonntag los?«

*Wenn es nach mir ginge, gar nicht.*

»Übrigens hat dein Mann um neun Uhr angerufen, weil er dich nicht auf dem Handy erreichen konnte. Du sollst ihn so schnell wie möglich zurückrufen. Klang dringend.«

Verwundert zog ich mein Telefon aus der Handtasche.

Ich hatte es vor dem Kino ausgeschaltet und dann vergessen, wieder anzumachen.

Während Bea Teewasser aufsetzte, hörte ich die Mailbox ab. Patrick sagte, dass er bis Dienstagabend zu einer außerplanmäßigen Konferenz nach New York müsse.

*Vielleicht hast du ja Lust, deinen Inselaufenthalt zu verlängern,* schlug er vor, und mein Herz machte augenblicklich einen Satz.

»Meinst du, ich könnte noch bis Mitte der nächsten Woche bleiben?«, fragte ich, während Bea uns beiden einen Melissentee kochte. Auch ein Ritual, das ich mehr als liebgewonnen hatte.

»Was für eine Frage!«, antwortete Bea in einem Ton, der mich eine Sekunde lang erschreckte. Die alte Dame konnte manchmal so streng wirken, als sei sie früher Lehrerin gewesen.

Erst als ich sah, dass sie über das ganze Gesicht strahlte, entspannte ich mich wieder. Ich blinzelte eine Träne der Rührung weg, als sie mich an ihre Brust drückte und übers Haar strich, wie früher meine Mutter.
Es war schön zu fühlen, dass ich in ihrem Haus willkommen war.

## *17. Kapitel*

Meine nackten Beine wurden von gurgelndem, kaltem Wasser umspült, und ich genoss trotz der Kälte jede einzelne Sekunde. Ich war am Meer – und an einem der schönsten Orte auf der Welt. Wie gut, dass ich mir einen Ruck gegeben und den Weg Richtung Hörnum auf mich genommen hatte! In den beiden Wochen auf Sylt hatte ich kaum etwas von der Insel gesehen, weil ich viel zu gern mit Bea und Larissa zusammen war.

Während ich die Nordseeluft tief einatmete, um einen Hauch davon mit zurück nach Hamburg zu nehmen, suchte ich den Strand nach Muscheln ab.

Bislang hatte ich bis auf meine Beute aus Kampen nur einige wenige Erinnerungsstücke gesammelt. Die eher hellen Herzmuscheln mit ihrer dicken, gerippten Schale zu finden, war vergleichsweise leicht. Genauso wie die rosafarbenen baltischen Plattmuscheln, die ein wenig aussahen wie lackierte Fingernägel. Doch ich war auf der Suche nach etwas Besonderem wie Pantoffel- oder Wellhornschnecken. Begriffe, mit denen ich mich dank eines kleinen Handbuchs von Bea vertraut gemacht hatte. Unglaublich, wie viele verschiedene Muschelsorten es gab.

Überhaupt konnte man hier so viel erkunden: die Dörfer, das Morsum-Kliff, die Uwe-Düne, die *Sylter Sahara* vor List, das Zentrum Naturgewalten, die Kirche Sankt Severin, die Vogelkoje bei Kampen …

Meine nächste Station für heute war der berühmte Leuchtturm von Hörnum, in dem früher die kleinste Schule der Welt untergebracht gewesen war und in dem heute Trauungen durchgeführt wurden. Auch Larissa und Leon hatten dort geheiratet. Danach wollte ich den Hafen besuchen, und schließlich hatte ich mich im berühmten Hotel Budersand zum Tee mit Doro und Mats verabredet, die sich in meinen Augen bereits wie ein Paar benahmen. Bedauerlicherweise hatte ich noch keine Gelegenheit gehabt, in Ruhe mit Doro zu sprechen, da sie auf Tauchstation gegangen war.

»Hallo, Paula, freut mich, dass du da bist! Hast du schon den tollen Golfplatz gesehen?«, fragte Mats, als wir uns in der Hotellobby trafen. »Würde ich spielen, wäre das hier das reinste Paradies für mich.«

»Gott sei Dank spielst *du* nicht Golf«, merkte Doro mit spitzem Unterton an und umarmte mich. »Dieser Mann ist einfach wundervoll«, flüsterte sie mir ins Ohr und ließ mich wieder los. Ein wenig verlegen schaute ich mich um: Das eher kühle, aber durchaus gelungene Interieur des Luxushotels stand in absolutem Kontrast zum Rest von Hörnum, einem sympathisch bescheidenen Inselort, eine echte Wohltat!

»Vielleicht bekommen wir draußen einen windgeschützten Platz«, plapperte ich drauflos.

»Oder wir setzen uns in die Bibliothek«, schlug Doro vor und schaute sich suchend um. »Ich habe irgendwo gelesen, dass Elke Heidenreich höchstpersönlich für die Auswahl der Bücher verantwortlich ist. Das müsste dich doch interessieren, Paula.«

»Okay, dann bin ich für die Bibliothek!«, antwortete ich und folgte den beiden. Nachdem wir Tee bestellt hatten, ging Mats, um sich die Hände zu waschen. Diese Chance nutzte ich natürlich, um Doro ein wenig auszuhorchen.

»Also, was ist los? Irre ich mich, oder seid ihr beiden schwer verliebt? Wo hast du überhaupt gesteckt? Langsam kann ich den Ansagetext deiner Mailbox auswendig.« Doro wurde rot, kein gutes Zeichen.

»Ich fürchte, ich habe Mist gebaut«, murmelte sie kleinlaut und vermied es, mich anzusehen. Mein Herz begann zu pochen. Ich dachte an Emma und Nils … und nicht zuletzt an Thomas. »Willst du mir damit sagen, dass …« Ich wagte es kaum, die Frage laut auszusprechen, obwohl wir beide allein in der Bibliothek waren. Doro nickte, und ich sah Tränen in ihren Augenwinkeln glitzern.

»Und nun?«, fragte ich besorgt.

»Wenn ich das nur wüsste«, seufzte sie und sah unglücklich aus. So hatte ich sie noch nie erlebt. »Wenn es nach mir ginge, würde ich mein ganzes Leben über den Haufen werfen, morgen mit Mats nach Husum fahren und dort für immer bleiben.« Ich war wie vom Donner gerührt.

Wie lange schon hatte Doro Helen und mir die Ehefrau und Mutter aus dem Bilderbuch vorgespielt?

Sie musste sehr unglücklich gewesen sein, anders konnte ich mir ihre heftige Reaktion nicht erklären.

»Alles in Ordnung mit euch?«, fragte Mats, als er wiederkam. Während er sich setzte und Doro und mir Tee nachschenkte, betrachtete ich ihn genauer. Dieser Mann hatte meiner Freundin innerhalb weniger Tage das Herz gestohlen. Doch so sehr ich mich auch bemühte, irgendetwas an ihm negativ zu finden, es gelang mir nicht.

Ganz im Gegenteil.

Ich hatte das Gefühl, dass die beiden wie füreinander geschaffen waren.

Zurück im Kapitänshaus, konnte ich es kaum erwarten, meinen Meeresschatz vom Hörnumer Strand in der Küchenspüle vom Sand zu befreien.

»Sag bloß, du magst diese ollen Dinger?!«, fragte Bea belustigt und schaute mir über die Schulter.

»Ja, stell dir vor.« Ich trocknete meine Kostbarkeiten, rollte sie behutsam in Haushaltspapier und verstaute sie in einer großen Tupperschüssel. »Die schicke ich dir dann mit der Post zurück.«

»Was für ein Unsinn!«, protestierte Bea. »Mein Leben hängt bestimmt nicht von diesem Plastikding ab. Bring die Dose nächstes Mal wieder mit. Dann hast du immerhin einen Anlass, bald wiederzukommen.«

*Ich brauche keinen Anlass,* dachte ich, als ich kurz darauf ausgestreckt auf dem Bett lag und an die Zimmerdecke starrte.

# 18. Kapitel

»In wenigen Minuten erreichen wir Hamburg-Altona.«
Die Stimme des Zugführers holte mich unsanft aus meinen Gedanken. Ich suchte mein Gepäck zusammen, warf den leeren Kaffeebecher in den Müll und bereitete mich innerlich auf das Wiedersehen mit Patrick vor. Er hatte trotz des Jetlags nach seiner New-York-Reise darauf bestanden, mich am Mittwoch vom Bahnhof abzuholen.

»Drei Wochen ohne dich, so lange waren wir noch nie getrennt«, war das Erste, was er sagte, als er mich sah und in den Arm nahm, dabei schnupperte er an meiner Halsbeuge. »Mhm, wie wunderbar du duftest. Nach Wind und Meer …« Ich gab Patrick lediglich einen Kuss auf die Wange, was er mit einem verwunderten Blick quittierte. Dann nahm er meinen Koffer. »Ich hab links vom Bahnhof geparkt und bete inständig, dass ich noch nicht abgeschleppt wurde.«

Wortlos folgte ich ihm und war erstaunt über den Lärm, obwohl Altona nichts war im Vergleich zum Hauptbahnhof. Wie in Trance beobachtete ich, wie Patrick mit der Fernbedienung die Türen öffnete und mein Gepäck im Kofferraum unseres Mercedes verstaute. Ich schlüpfte auf den Beifahrersitz und fühlte mich in dieser Umgebung vollkommen fremd.

»Wollen wir essen gehen, oder möchtest du lieber gleich nach Hause? Unsere liebe *Perle* Ildikó hat köstliche Delikatessen für uns eingekauft. Ich schätze, wir könnten eine Woche davon leben, ohne einen Schritt vor die Tür machen zu müssen.« Mit einem Mal erschien mir die Vorstellung erdrückend, allein mit Patrick in die Wohnung zurückzukehren.

»Ich hätte Appetit auf die leckeren Tapas im Madrigal«, antwortete ich, um die Heimfahrt noch ein wenig hinauszuzögern. Patrick lächelte und gab mir einen Kuss auf die Nase.

»Versteh schon. Nach all den nordischen Spezialitäten gelüstet es dich nach mediterraner Küche. Hoffentlich finden wir in der Nähe der Zeisehallen einen Parkplatz.«

Alles klappte wie am Schnürchen, in einem turbulenten Stadtteil wie Ottensen durchaus keine Selbstverständlichkeit!

Wir gingen über das ehemalige Fabrikgelände einer Schiffsschraubenfabrik zu der Tapas-Bar, die direkt über dem Zeise-Kino lag, einem meiner Lieblingskinos in Hamburg. Das Restaurant wirkte durch seine roten Backsteinmauern dunkel und gemütlich, und dieser Eindruck wurde verstärkt durch die orientalischen Lampen und Bilder.

Nachdem wir bestellt hatten, nahm Patrick meine Hände und schaute mich ernst an.

»Du bist so still, mein Liebling. Ist alles in Ordnung mit dir? Oder vermisst du Bea, Larissa und Sylt?«

»Irgendwie schon«, murmelte ich und kam mir ein wenig lächerlich vor. Noch vor wenigen Wochen hatte ich die beiden kaum gekannt, hatte noch nie einen Fuß auf diese Insel gesetzt, und jetzt fehlte mir Sylt, als sei es mein eigentliches Zuhause.

»Wir können doch den Sommer dort verbringen«, schlug Patrick vor. »Wir müssen nicht in den Süden. Hast du Fotos gemacht?«

War Patrick so naiv, oder hatte er mit einem Mal kein Gespür mehr? Wie konnte er nur ernsthaft akzeptieren, dass die Sehnsucht nach zwei Frauen und einer Insel stärker war als die Freude über unser Wiedersehen? Merkte er denn nicht, wie distanziert ich mich verhielt? Dass ich jede Berührung vermied? Nachdenklich und etwas verschämt nippte ich an einem Glas Rioja und versuchte, mir Patrick auf Sylt vorzustellen. Natürlich

würden wir ein schickes Häuschen mieten, vielleicht sogar in Strandnähe.
Wir gingen sicher – wie Mats und Doro – in die Sansibar und bekamen durch Patricks zahlreiche Agenturkontakte dort sogar einen Tisch der *Spätschicht,* also ab zwanzig Uhr, der absolute Jackpot während der Saison.
»Wenn du keine Lust hast, mit mir allein zu verreisen, können wir auch Doro und Thomas fragen, ob sie und die Kinder mitkommen wollen. Thomas könnte den ganzen Tag nach Herzenslust golfen, ich am Meer entlangjoggen oder Tennis spielen und du, Doro und die Kids geht an den Strand. Abends könnten wir gemeinsam kochen und …«
»Ich glaube nicht, dass das eine gute Idee ist«, unterbrach ich Patrick. »Doro und Thomas haben offenbar gerade eine Krise, und da möchte ich lieber nicht dazwischengeraten. Lass uns lieber wie geplant in die Toskana fahren, da freust du dich doch drauf. Nach Sylt kann ich jederzeit. Bei Bea bin ich immer herzlich willkommen.«
»Seit wann haben Doro und Thomas denn eine Krise?«, fragte Patrick erstaunt. »War sie deshalb auf Sylt?«
Mist! Warum hatte ich nur davon angefangen?
»Ich glaube nicht, dass es etwas Ernstes ist, Doro war nur total genervt vom ewigen Familientrubel und wollte etwas für sich tun, bevor ihr daheim endgültig die Decke auf den Kopf fällt. Sie war auf Sylt beim Friseur, einkaufen, spazieren … dafür hat sie sonst viel zu wenig Zeit. Aber jetzt genug davon. Wie war es denn in New York?« Während Patrick von der Konferenz und den Agenturpartnern in den USA erzählte, schweiften meine Gedanken nach Sylt ab.
Bea machte bestimmt gerade das Abendessen, nachdem sie im Büchernest nach dem Rechten gesehen und noch mit Larissa geplaudert hatte. Vielleicht färbte sich der Himmel über der In-

sel zartrosa, während sich allmählich die Nacht wie eine dunkle, weiche Decke über die Insel legte.

»Hörst du mir eigentlich zu, Paula?«

Ich zuckte schuldbewusst zusammen.

»Tut mir leid, ich fürchte, ich bin noch nicht richtig angekommen. Lass uns zahlen und nach Hause fahren. Es wird bestimmt besser, sobald ich meinen Koffer ausgepackt, ein Bad genommen und mich zusammen mit dir aufs Sofa gekuschelt habe.«

Der letzte Teil des Satzes entsprach zwar nicht ganz der Wahrheit, aber ich hatte das Gefühl, es Patrick schuldig zu sein. Er konnte ja nichts dafür, dass ich lieber zurück auf die Insel geflüchtet wäre, als morgen das erste Mal wieder Vincent zu begegnen. Und er konnte auch nichts dafür, dass ich mich in meinem Hamburger Leben plötzlich fühlte, als würde ich ein Kleid tragen, aus dem ich herausgewachsen war.

»Komisches Gefühl, wieder hier zu sein«, sagte ich, als Patrick die Tür zu unserer großen, schicken Altbauwohnung öffnete. Beas Kapitänshaus mit den kleinen Zimmern wirkte dagegen wie eine Puppenstube. Ich wuchtete den Koffer auf die Tagesdecke des breiten, gemütlichen Doppelbetts und öffnete das Schnappschloss. Dann schnupperte ich an den Kleidungsstücken, bevor ich sie in den Wäschekorb legte. Sie dufteten nach salziger Meeresluft und waren ein wenig klamm.

Patrick kramte nebenan geschäftig in seinem Arbeitszimmer herum, schließlich war auch er nur kurz zu Hause gewesen, bevor er mich vom Bahnhof abgeholt hatte. Vermutlich schaute er gerade die Post durch und die Zeitungen, die er abonniert hatte: Die *Zeit,* den *Spiegel,* das *Hamburger Abendblatt* und die *FAZ*. Wo waren die Zeiten, als er mit Begeisterung die *Titanic* und die *TAZ* verschlungen hatte? Oder *MAD*-Hefte?

Nachdem ich alles verräumt hatte, ließ ich mir im Badezimmer ein Schaumbad ein. Als Hintergrundmusik wählte ich

Opernarien, die ich auf den iPod geladen hatte. Kaum hatte ich mich ausgezogen, kam Patrick ins Bad. Ein wenig verlegen ließ ich mich in die Wanne gleiten. Patrick setzte sich zu mir auf den Rand und spielte mit dem Schaum, der meinen Körper bedeckte:

»Schade, ich dachte, ich bekäme dich endlich einmal wieder nackt zu sehen«, sagte er mit einem Augenzwinkern, das sofort ein schlechtes Gewissen bei mir auslöste. »Magst du etwas zu trinken?« Ich entschied mich für ein Glas Sherry, das hoffentlich meine angespannten Nerven beruhigte.

Patrick kam mit zwei Gläsern zurück.

»Wenn du magst, könnte ich mich zu dir in die Wanne legen, breit genug ist sie ja.«

»Ein andermal, ja?«, murmelte ich beklommen und war froh, dass er meinen Wunsch respektierte und das Bad verließ.

Ich wollte einfach nur allein sein.

# 19. Kapitel

Am nächsten Morgen kitzelte der Duft von frisch gebrühtem Kaffee verführerisch meine Nase. Gleich würde ich die Augen aufschlagen und in das freundliche Gesicht von Bea blicken …

»Aufwachen. Es ist schon beinahe acht Uhr. Zeit, in die Galerie zu gehen.«

*Nanu?*

Genervt und müde rollte ich mich auf den Bauch und vergrub meinen Kopf unter dem Kissen, wie früher als kleines Mädchen, wenn ich keine Lust hatte, zur Schule zu gehen.

Behutsam nahm Patrick mir das Kissen vom Kopf.

»Vielleicht solltest du heute noch zu Hause bleiben. Auf einen Tag mehr oder weniger kommt es jetzt doch auch nicht an.«

Immer noch verschlafen, drehte ich mich um, nahm das Kissen und stopfte es mir in den Rücken. Patrick sah munter aus und duftete angenehm nach einem Aftershave, das ich nicht kannte.

»Bereit für deinen Morning-Booster?«, fragte er lächelnd und kam wenig später mit einem Tablett zurück.

Mit halb geschlossenen Augenlidern genoss ich den heißen Kaffee.

»Ich muss jetzt los, wir haben in einer halben Stunde ein Meeting. Ruf nachher mal an. Wir können ja heute Abend weiterreden, du warst gestern so abwesend.« Nach einem flüchtigen Kuss war er weg, und ich musste mich allein mit meinen Gewissensbissen herumschlagen.

Ich kannte Patrick gut genug, um zu wissen, dass sich in seine Worte ein leiser Vorwurf gemischt hatte, obwohl er sich bemühte, verständnisvoll zu sein. Gedankenverloren trank ich meinen Kaffee aus.

Sollte ich mir heute wirklich freinehmen und mich mit Doro treffen, um mich vor dem Zusammentreffen mit Vincent zu drücken?

Andererseits verschob sich das Problem dann nur auf Freitag.

Nach weiteren zehn Minuten schickte ich Doro und Helen eine SMS und schlug ein Treffen für den morgigen Abend vor. Ich konnte es kaum erwarten, die Ereignisse der letzten Wochen ungestört mit den beiden zu bequatschen und zu erfahren, wie es um Doro und Mats stand.

»Hey, da bist du ja wieder«, rief Jule gut gelaunt, als ich in die Galerie kam. Auf meinem Schreibtisch hieß mich ein wunderschöner Blumenstrauß willkommen. »Damit du dich gleich wohl fühlst«, erklärte Jule augenzwinkernd. »Magst du einen Tee oder Kaffee? Ich wollte mir nämlich gerade drüben einen Chai Latte holen.«

»Bringst du mir einen Cappuccino mit doppeltem Espresso mit?«, bat Vincent, der plötzlich neben mir stand und mich erwartungsvoll ansah. Mein Herzschlag setzte einen Moment aus.

*Unser Streit am Strand, unser Kuss, seine Karte …*

»Für mich bitte auch einen Chai«, sagte ich und drückte Jule einen Geldschein in die Hand. »Das geht heute auf mich.« Nachdem sie die Galerie verlassen hatte, starrten Vincent und ich uns wortlos an. Vor diesem Moment hatte es mir die ganze Zeit gegraut!

»Hast du meine Karte bekommen?«, fragte Vincent und durchbrach das bedrückende Schweigen.

Meine Nerven lagen blank.

Was sollte ich darauf antworten?

Dass ich mir ein Parallelleben mit ihm und Lilly wünschte, aber gleichzeitig das Gefühl hatte, dass dieser Wunsch für immer ein unerfüllter Traum bleiben musste?

Dass ein Teil von mir sich an Patrick gebunden fühlte, wie an ein Versprechen, das man niemals brechen durfte?

Ich nickte verlegen und blätterte, ohne ihn anzusehen, durch den Poststapel auf meinem Schreibtisch.

»Du willst also nicht darüber reden«, stellte Vincent genervt fest. »Nun gut, keine Antwort ist auch eine Antwort! Schade, dass man sich mit dir nicht vernünftig unterhalten kann. Ganz ehrlich, ich werde nicht schlau aus dir. Du bewegst dich fort wie ein Krebs: einen Schritt vor und zwei zurück.«

Zum Glück kam Jule in diesem Augenblick mit den Getränken zurück. Froh über ihre Anwesenheit schaltete ich den Computer ein und tat so, als riefe ich meine E-Mails ab.

In Wahrheit verschwammen die Zeilen vor meinen Augen, und ich hätte am liebsten geweint.

Wie hatte ich mich nur in diese auswegslose Situation manövriert? Nun waren zwei Männer von mir und meinem Verhalten genervt. Patrick war so ein liebevoller Mensch.

Wieso schaffte er es nicht mehr, dass wie bei Vincent Schmetterlinge in meinem Bauch tanzten? Was, wenn wir nie über unseren unerfüllten Kinderwunsch hinwegkommen würden?

Der Vormittag in der Galerie ging wie in Trance vorbei.

Zum Glück hatten Jule und Vincent die Dinge perfekt im Griff, und ich war im Grunde beinahe überflüssig.

Selbst die Lücke, die durch den Verkauf von Neles Bildern entstanden war, hatten die beiden genutzt und einen neuen Künstler an Land gezogen, auf dessen Arbeiten ich schon länger ein Auge geworfen hatte.

Als ich am Abend nach Hause kam, ließ ich mich erschöpft auf einen Liegestuhl auf der Terrasse sinken.

Von hier aus hatte man einen grandiosen Blick über die Dächer

Hamburgs und fühlte sich dem Himmel ganz nah. Für gewöhnlich beruhigte mich diese Perspektive, doch heute war ich viel zu aufgewühlt. Beim Mittagessen hatte Jule mich sehr deutlich daran erinnert, dass ich bald eine Idee für die Herbstsaison liefern musste.

Doch weitaus schlimmer zerrte die Erinnerung an das unschöne Zusammentreffen mit Vincent an meinen Nerven.

Ich spürte, wie mir ein unangenehmer Schmerz langsam den Nacken hinaufkroch und sich im Hinterkopf zusammenballte. Patrick kam bald nach Hause, und ich hatte mir fest vorgenommen, dass wir wenigstens heute einen harmonischen Abend miteinander verbringen würden.

Doch zuvor musste ich den bohrenden Schmerz in meinem Kopf loswerden. Nachdem ich eine Tablette eingenommen hatte, surfte ich im Netz nach Yoga-DVDs. Wie Adalbert schon auf Sylt gesagt hatte: Ich musste dringend etwas für meine Entspannung tun!

»Bist du schon da?«, hörte ich kurze Zeit später Patrick durch den Flur rufen. Sofort sprang ich vom Schreibtisch auf. Ich ging in die Küche und holte alles Notwendige für das Abendessen aus dem Kühlschrank.

Patrick nahm mich in den Arm und gab mir einen Kuss.

»Na, wie war dein Tag?«, wollte er wissen und grinste auf einmal spitzbübisch. »Rate mal, was ich hier habe?« Stolz wedelte er mit zwei Karten vor meiner Nase herum.

Bevor es mir gelang, die Schrift zu entziffern, rief Patrick begeistert: »Wir beide gehen morgen Abend ins Ballett! Wie findest du das?« Verlegen räusperte ich mich. Freitagabend war ich bereits mit meinen Freundinnen verabredet.

Dabei hatte ich dummerweise nicht an Patrick gedacht.

»Ich … ich … das ist eine tolle Idee, ehrlich! Ich müsste nur eben Doro und Helen anrufen und für morgen Abend absagen.« Bevor ich zum Telefon greifen konnte, nahm Patrick mich an der Schulter und hielt mich fest.

»Heißt das, dass du den ersten Freitagabend nach fast drei Wochen lieber mit deinen Freundinnen verbringen willst?«

Mit einem Schlag waren all die Lebendigkeit, all das Jungenhafte aus seinem Gesicht verschwunden. »Sag mal, Paula, was ist eigentlich los mit dir? Seit du von dieser Insel zurück bist, habe ich das Gefühl, du bist eine andere Frau geworden. Du bist ständig in Gedanken, du bist distanziert, du scheinst dich nicht zu freuen, mal wieder Zeit mit mir verbringen zu können.« Beschämt ließ ich den Kopf sinken.

Es tat mir leid, Patrick so zu enttäuschen.

Um ihn zu besänftigen, gab ich ihm einen Kuss.

»Ich weiß, dass ich mich momentan ein bisschen seltsam verhalte. Seit einiger Zeit bin ich irgendwie unzufrieden mit mir. Helen würde sagen, das sind die Hormone, auch wenn ich persönlich finde, dass es dafür etwas zu früh ist …« Patrick sah nicht besonders überzeugt aus. Ich an seiner Stelle hätte diese lahme Begründung auch nicht geglaubt.

Dennoch sagte er in einer Mischung aus Bedauern und Gereiztheit:

»Na wenn das so ist, solltest du dich morgen Abend besser mit deinen Freundinnen treffen. Vielleicht schaffen die es ja, dich aufzumuntern.«

# 20. Kapitel

Oha, das klingt gar nicht gut!« Doro kaute aufgeregt an einer Karotte herum, die sie zuvor in einen Joghurt-Dip getaucht hatte. »Und wer hat jetzt eure Karten?«

»Ich nehme an, seine Sekretärin Nicole. Sie steht total auf Ballett«, antwortete ich schulterzuckend.

Wir saßen in weiche Decken gekuschelt auf Helens riesiger, urgemütlicher Sofalandschaft, auf der auch eine fünfköpfige Familie problemlos Platz gefunden hätte. Nachdem der gestrige Tag vergleichsweise schön gewesen war, zeigte sich die Stadt heute von ihrer unfreundlichen Seite. Es stürmte, der Himmel war grau, und das Thermometer brachte es auf knapp fünfzehn Grad. An sich die beste Voraussetzung für einen gemütlichen Freundinnen-Abend auf der Couch, hätte ich nur bessere Laune gehabt.

»Patrick hat gestern nur das Nötigste mit mir gesprochen und war heute Morgen schon vor mir weg«, erklärte ich. »Das ist seine Art, mir zu zeigen, dass er gerade total genervt ist. Aber lasst uns jetzt bitte von etwas anderem reden. Helen, was hast du in den letzten drei Wochen getrieben?«

Helen sah wie immer umwerfend aus.

Ihre hellen Haare waren frisch gesträhnt, ohne dass es künstlich wirkte. Dank ihrem regelmäßigen Fitnesstraining hatte Helen eine straffe Figur und einen strahlenden Teint, obwohl sie von uns am meisten arbeitete. Allerdings konnte sie als Single jede freie Minute selbst gestalten und besaß die nötigen finanziellen Mittel, um regelmäßig zum Friseur, zur Kosmetik oder zur Massage zu gehen.

»Ich habe zwei Prozesse gewonnen, war beim Pilates, beim Zumba und einmal allein im Kino, also nichts Besonderes. Wie gut, dass ich euch beide habe, sonst würde in meinem Leben nichts Aufregendes passieren.«

Ich sah zu Doro hinüber und zog fragend meine Augenbrauen hoch. Hieß das etwa, dass sie Helen von Mats erzählt hatte? Doro nickte. Sie war schon eine Stunde vor mir da gewesen, weil ich bei ArtFuture von einem Redakteur aufgehalten worden war, der mich nach den Plänen für die nächste Saison gefragt hatte. Es hatte mich all meine Energie gekostet, so zu tun, als hätte ich viele Ideen und hielte sie nur aus Marketinggründen geheim. Vincent hatte sich am Morgen bei Jule krank gemeldet, und so hatten wir beide alle Hände voll zu tun gehabt, denn freitags kamen grundsätzlich mehr Besucher in die Galerie als an den anderen Tagen.

»So, ihr beiden Turteltäubchen, dann wollen wir mal über euch und eure merkwürdigen Kapriolen sprechen anstatt über mein langweiliges Leben«, sagte Helen mit ernster Miene und blickte von mir zu Doro. »Was ist eigentlich mit euch auf einmal los? Liegt das an der Sylter Luft, oder habt ihr jetzt eine kollektive Ehekrise?«

»Wenn ich das nur wüsste«, seufzte Doro und schob sich eine Handvoll Erdnussflips in den Mund. Helens *Büfett* bestand wie immer aus einer Mischung aus gesunden und kalorienhaltigen Snacks, die man nebenbei essen konnte, ohne Teller und Besteck zu benötigen. »Das Einzige, was ich momentan weiß, ist, dass ich es kaum erwarten kann, Ende nächster Woche für einen Tag zu Mats zu fahren. Sein Laden ist bestimmt ein Traum, außerdem war ich noch nie in Husum.«

»Und was sagst du Thomas?«, fragte ich besorgt. Ich hatte Angst, dass Doros Affäre aufflog, wenn sie sich weiterhin so unbekümmert verhielt.

»Keine Ahnung. Ehrlich gesagt hatte ich gehofft, dass mir eine von euch ein Alibi gibt. Zum Beispiel, dass wir drei Mädels einen Ausflug ans Meer machen, oder so …«

Helen runzelte die Stirn.

»Natürlich ist das kein Problem, aber auf Dauer auch keine Lösung. Willst du diesen Urlaubsflirt denn wirklich fortsetzen?«

Genau diese Frage war mir auch schon die ganze Zeit durch den Kopf gegangen.

»Sich ein paar Tage fernab der Familie auszutoben ist eine Sache, Doro. Aber ich kenne dich doch: Wenn du erst einmal dein großes Herz an jemanden gehängt hast, fällt es dir schwer, wieder loszulassen. Willst du das riskieren?«, fragte ich, weil ich mir ernsthafte Sorgen um meine Freundin machte.

Plötzlich wurde Doros Gesichtsausdruck trotzig, und ihre Augen begannen zu funkeln:

»Kann es sein, meine Liebe, dass du in Wahrheit gar nicht um mein Wohl besorgt, sondern sauer bist, weil ich mich etwas traue, das du dir niemals zugestehen würdest? Schau dich doch mal an: Seit du wieder hier bist, siehst du blass aus und guckst deprimiert aus der Wäsche. Manchmal denke ich, es wäre tausendmal ehrlicher, Patrick endlich zu sagen, dass du eine Pause brauchst, um mit dir ins Reine zu kommen, als ihn so hinzuhalten. Dein Mann ist weder doof noch ein emotionaler Holzklotz. Wenn du so weitermachst, bist du ihn schneller los, als du das Wort Trennung aussprechen kannst. Vincent scheint ja auch schon wütend auf dich zu sein – willst du wirklich so weitermachen?«

Doros Worte trafen mich wie ein Faustschlag, und ich schnappte nach Luft.

»Nein, natürlich nicht. Aber wenn du denkst, du kannst deine Situation mit meiner vergleichen, bist du auf dem Holzweg. Und das weißt du auch ganz genau«, knurrte ich.

Helen schaute uns betroffen an und schenkte Tee nach:
»So, jetzt beruhigen wir uns mal wieder. Eines steht auf alle Fälle fest: Ihr steckt beide knietief in Schwierigkeiten, und ich werde nicht tatenlos zusehen, wie ihr eure Ehe beziehungsweise eure Familie aufs Spiel setzt. Immerhin habe ich in meinem Job tagtäglich mit Leuten zu tun, die im Affekt handeln und ihr Tun später bereuen und vor Gericht teuer dafür bezahlen müssen.«
»Und was schlägst du vor?«, fragte Doro mit zitternder Stimme und vermied es, mich anzuschauen. Ich konnte mich nicht erinnern, dass wir uns in all den Jahren je so gestritten hätten.
»Paula, dir kann ich nur eines raten: Trennung auf Probe, so wie Doro es vorgeschlagen hat. Und binde Patrick das mit Vincent möglichst nicht auf die Nase. Er hat nicht ohne Grund gestern überreagiert. Er ist nicht verletzt, weil wir drei uns heute treffen, sondern weil er spürt, wie unwichtig er für dich geworden ist. Findet unabhängig voneinander heraus, was ihr wollt. Eure ungewollte Kinderlosigkeit ist offenbar eine größere Belastung für eure Ehe, als ihr es euch beide bislang eingestehen wollt. Mein Eindruck ist sowieso, dass du in erster Linie in diesen Vincent verknallt bist, weil er eine Tochter hat und du dich nach einer Familie sehnst. Dabei passt ihr gar nicht zusammen. Der Altersunterschied von knapp zehn Jahren spielt vermutlich nicht mal die entscheidende Rolle. Aber ihr steckt beide in vollkommen unterschiedlichen Lebensphasen, habt bis auf die Liebe zur Kunst keine weiteren gemeinsamen Interessen. Außerdem kennt ihr euch ehrlich gesagt doch kaum. Und du liebst Patrick, auch wenn du das momentan vergessen zu haben scheinst …«
Helens Analyse traf mich mitten ins Herz.
Doro nickte eifrig.
»Helen hat recht. Ich glaube auch, dass du in Vincent etwas

hineinprojizierst. Aber das musst du natürlich selbst für dich herausfinden, und das kannst du nur, wenn du Ruhe hast. Was spricht also dagegen, Paula, wenn du dir übergangsweise eine kleine Wohnung suchst und dich auf dein Leben konzentrierst? Die paar Tage auf Sylt waren doch viel zu kurz dafür.«

»Aber das könnte das Ende meiner Ehe bedeuten«, flüsterte ich verzweifelt, während mir Tränen über die Wangen liefen. Helen setzte eine strenge Miene auf und musterte mich eindringlich.

»Auch wenn ich deine Ängste verstehe, fürchte ich, dass du nicht um eine Entscheidung herumkommen wirst. Wovor hast du so große Angst? Du verdienst gut, hast einen Job, der dich erfüllt, einen stabilen Freundeskreis, bist gesund und siehst gut aus. Es gibt eindeutig schwierigere Ausgangslagen für einen Neuanfang. Und warum soll es denn schiefgehen? Vielleicht braucht ihr beide nur eine längere Pause. Oder womöglich adoptiert ihr doch noch ein Kind. Im Übrigen ist ein Partner nicht dazu da, dich glücklich zu machen. Dieses Glück musst du in dir selbst suchen! Finde einen Weg, wie du mit deiner Kinderlosigkeit fertig wirst, damit das Thema nicht irgendwann dein Leben zerstört.«

»Du hast ja recht«, schniefte ich. »Du bist und bleibst eine grandiose Analytikerin. Vermutlich sollte ich in den sauren Apfel beißen und eine Entscheidung treffen, denn so kann es mit Patrick und mir nicht weitergehen. Vermutlich muss ich einfach riskieren, am Ende vielleicht allein zu bleiben …«

»Erstens ist das gar nicht gesagt, und zweitens: So schlimm ist Alleinsein nicht«, versuchte Helen mich zu beruhigen. »Schau mich an. Ich genieße das Leben und danke Gott jeden Tag aufs Neue, dass ich nichts mit all dem Mist zu tun habe, der mir täglich auf den Schreibtisch flattert. All die gescheiterten Beziehungen, all die unerfüllten Träume – das kann einen auf Dauer schon irre machen.«

»Nun mal doch nicht gleich den Teufel an die Wand!«, protestierte Doro. »Immerhin hast du es nur mit den Härtefällen zu tun, bei denen es zu Rechtsstreitigkeiten kommt. Gott sei Dank gibt es sehr viele glückliche Paare und Familien. Allerdings trifft das im Augenblick leider nicht auf mich zu. Also, Frau Anwältin, nun zu mir und meinem Schlamassel: Wozu rätst du mir?«

Als ich weit nach Mitternacht nach Hause kam, blieb ich einen Moment vor dem Haus stehen, um mich zu sammeln. Ich konnte von der Straße aus sehen, dass Patrick noch wach war. Da wir – wie so viele Hamburger – keine Gardinen an den Fenstern hatten, sah ich, wie er in seinem Arbeitszimmer auf und ab ging und immer wieder nach draußen schaute. Offenbar wartete er auf mich. Doch er war nicht der Einzige.

»Hallo, Paula«, hörte ich plötzlich Vincents Stimme neben mir. »Hattest du einen schönen Abend?«

Ich erschrak und schlug mir reflexartig auf den Mund, um nicht laut loszuschreien.

»Was machst du denn hier?«, flüsterte ich und zerrte Vincent in den Schatten der Straßenlaterne. Das fehlte gerade noch, dass Patrick uns um diese Uhrzeit zusammen sah.

»Ob du es glaubst oder nicht. Ich war um die Ecke mit Freunden essen, erzählte von dir und bekam auf einmal Sehnsucht nach dir, obwohl du dich mir gegenüber ziemlich dämlich verhalten hast.«

Mein Herz begann zu rasen, weil ich es so absurd fand, mitten in der Nacht mit Vincent, der offenbar ein bisschen zu viel getrunken hatte, vor meinem Haus zu stehen.

»Tja, und dann fiel mir ein, dass du nur ein paar Straßen weiter wohnst. Ich wollte wissen, wo die Frau meiner Träume lebt. Doch das Einzige, was ich entdecken konnte, war die Silhouette eines Mannes. Wenn ich nach den Klingelschildern gehe, müsste das da oben Patrick sein, nicht wahr?«

Mein Magen verkrampfte sich. Wie hatte ich es nur geschafft, mich in dieses Chaos zu manövrieren und gleich drei Menschen weh zu tun: Patrick, Vincent – und mir?

Es war wirklich höchste Zeit, eine Entscheidung zu treffen!

# *21. Kapitel*

Patrick saß mir Samstagmorgen am Frühstückstisch mit undurchdringlicher Miene gegenüber. Nur meine Stimme erfüllte das Esszimmer. Seit einer halben Stunde redete ich mich um Kopf und Kragen. Ich sprach von *Veränderung, langer Beziehung, Trauer* und *innerer Leere,* ohne die Dinge jedoch beim Namen zu nennen. Patrick hörte mir zu, ohne mich zu unterbrechen. Ich wurde immer wütender, weil er zuerst keinerlei Reaktion zeigte, als ich um eine Trennung auf Probe bat. Doch dann stellte er die alles entscheidende Frage:
»Hast du dich verliebt?«
Diese simplen vier Worte trieben mich in die Enge.
Was sollte ich antworten?
Helen hatte mir geraten, Vincent wenn möglich außen vor zu lassen. Gekränkte männliche Eitelkeit sei nicht zu unterschätzen!. Und Eifersucht sei natürlich ebenfalls keine gute Basis für eine spätere Versöhnung. Dennoch hatte ich mit einem Mal das Gefühl, keine Luft mehr zu bekommen und an mir selbst zu ersticken, wenn ich nicht endlich ehrlich war. Außerdem war ich es Patrick schuldig, das fühlte ich deutlich. Ich hatte ihn lange genug angelogen, war ihm ausgewichen.
Er verdiente die Wahrheit!
»Ja, ich habe mich verliebt. Allerdings habe ich dich weder betrogen, noch habe ich es vor. Das mit Vincent ist vorbei, ehe es überhaupt begonnen hat. Im Grunde genommen geht es gar nicht um ihn, sondern um mich – um uns. Ich habe mir so sehr eine Familie gewünscht.« Zuzusehen, wie jegliche Farbe aus Patricks Gesicht wich, traf mich zutiefst. Jetzt konnte ich das Rad

nicht mehr zurückdrehen und die unausweichliche Veränderung aufhalten.

»Wann ziehst du aus?«

Patricks Frage traf mich wie ein Faustschlag.

Natürlich war mir klar gewesen, dass das Gespräch nicht einfach werden würde, doch so einen harten Schnitt hatte ich nicht erwartet.

Plötzlich klingelte das Telefon, und ich war erstaunt, dass Patrick sich meldete, als sei nichts geschehen. Er drückte mir den Hörer in die Hand, ohne mich anzusehen.

»Es ist Bea Hansen. Frag sie doch gleich, ob du heute noch nach Sylt kommen kannst.« Mit zitternden Händen und klopfendem Herzen nahm ich das Telefon, ging ins Schlafzimmer und schloss die Tür hinter mir. Hoffentlich hatte Bea nicht mitbekommen, was Patrick gesagt hatte! Doch ich hörte sie bereits ohne weitere Einleitung sagen:

»Mein Angebot gilt. Wenn du in Schwierigkeiten steckst, dann pack deine Sachen und komm hierher. Dein Zimmer steht für dich bereit. An sich hatte ich angerufen, um zu hören, ob du dich wieder gut in Hamburg eingelebt hast, das klingt aber nicht so.«

Meine Gedanken überschlugen sich.

Da Patrick meine Anwesenheit offenbar nicht länger ertragen konnte, hatte ich die Wahl, ins Hotel oder zu Helen zu ziehen. Bei Doro ging es zu chaotisch zu, außerdem hatte sie gerade eigene Eheprobleme.

»Das ist lieb von dir, Bea, und ich würde dein Angebot gern annehmen. Zuvor müsste ich allerdings noch telefonieren und meine Sachen packen«, stammelte ich.

»Mach das, und ruf nachher durch, mit welcher Bahn du kommst. Ich hole dich ab.«

Unglaublich, wie pragmatisch Bea war. Jemand brauchte Hilfe – und er bekam sie, ohne dass sie Fragen oder Bedingungen stellte.

Nachdem ich das Telefonat beendet hatte, saß ich wie erschlagen auf dem Bett. So endete also meine Ehe … eine halbe Stunde Gespräch ohne große Auseinandersetzung, und, peng, das war's!

Wie in Trance überdachte ich die nächsten Schritte.

Wie gut, dass Ildikó gestern da gewesen war, um zu waschen und zu bügeln. Ich musste nur meine Kleidung und alles, was ich sonst noch brauchte, in einen Koffer stopfen und war startklar. Doro und Helen konnte ich von Sylt aus anrufen.

Ich musste zuvor nur noch ein anderes Problem lösen …

»ArtFuture, Jule Brönner am Apparat«, zwitscherte es mir fröhlich entgegen. Zum Glück war es gerade leer in der Galerie, und ich konnte Jule in Ruhe fragen, ob sie mich in den kommenden ein bis zwei Wochen erneut vertreten würde. Während ich scheinbar normal mit ihr sprach, drehte sich das Zimmer um mich, und das Blut sauste in meinen Ohren. Der Teil meiner Persönlichkeit, der gerade auf geschäftsmäßigen Autopilot geschaltet hatte, betete inständig, dass Vincent so loyal war, zu bleiben und ihr zur Seite zu stehen. Ich erzählte Jule, dass ich kurzfristig wieder nach Sylt müsse, natürlich ohne den wahren Grund zu nennen. Doch sie reagierte zum Glück so professionell, wie ich es von ihr gewohnt war.

»Kein Problem, das schaffen wir auch ohne dich, außerdem bist du ja nicht aus der Welt. Wenn wir Fragen haben, melden wir uns. Wenn du willst, kann ich mir auch schon Gedanken über die Ausstellungen im Herbst machen. Momentan hast du sicher keinen Kopf für so etwas.« Ich verscheuchte den Gedanken, dass Jule offenbar auf eine Gelegenheit wie diese gewartet hatte, und versuchte, mich über ihr Angebot zu freuen und sie zu bestärken.

Nachdem auch das erledigt war, begann ich ebenso mechanisch zu packen. Heute wurden es zwei große Koffer, denn ich hatte keine Ahnung, wie lange ich diesmal auf der Insel bleiben würde. Meine Sylter Muschelsammlung hatte ich bislang noch gar nicht ausgepackt.

Also kann ich die Tupperdose so, wie sie ist, wieder zurückbringen, dachte ich und begann, hysterisch zu kichern.

Momentan hatte ich das surreale Gefühl, die marionettenhafte Akteurin eines besonders schlechten Films zu sein, die sich den Regieanweisungen eines Irren zu fügen hatte …

Mein Abschied von Patrick verlief ähnlich.

Ich versprach ihm, mich von Sylt aus um eine Wohnung zu kümmern und dann den Umzug vorzubreiten, ohne dass er über die Gebühr behelligt wurde. Seine einzige Reaktion bestand in einem zustimmenden Nicken. Auch diesmal vermied er es, mir in die Augen zu schauen. Diese Missachtung verletzte mich tausendmal mehr als jeder Tobsuchtsanfall oder lautstarke Streit. Als ich die Wohnungstür schloss, wurde mir auf brutale Weise klar, dass ich mit einem Schlag mein ganzes Leben hinter mir ließ.

Während ich auf der Straße auf das Taxi wartete, das mich zum Bahnhof Altona bringen sollte, warf ich einen letzten, tränenverschleierten Blick auf das oberste Stockwerk.

Doch ich sah niemanden.

Patrick würde dort oben nicht mehr länger auf mich warten.

Das hatte er mir unmissverständlich klargemacht.

# 22. Kapitel

Ich freu mich so, dass du wieder da bist!«, sagte Bea und nahm mich in den Arm.

Diesmal war ich nur bis Keitum gefahren.

Diesmal war es Zeit, ehrlich zu sein und keine seltsamen Umwege zu nehmen, um vor irgendetwas davonzulaufen.

»Ich bin dir unendlich dankbar, das glaubst du gar nicht«, antwortete ich und konnte nur mit Mühe verhindern, wieder zu weinen. Es war so tröstlich, die alte Dame zu sehen. Sie war stark und strahlte so viel Zuversicht aus. Etwas Besseres als sie hätte mir in meiner momentanen Situation nicht passieren können.

»Schon gut, Paula. Wir brauchen alle mal Hilfe«, winkte sie ab, und damit war die Sache erledigt.

Als ich wieder in dem Zimmer stand, das ich erst vor drei Tagen verlassen hatte, fühlte ich mich wie in einem Traum.

Bea hatte das Bett neu bezogen und mir einen Strauß Pfingstrosen auf den Nachttisch gestellt, meine absoluten Lieblingsblumen.

»Als du Mittwoch abgereist bist, waren ihre Blüten noch geschlossen. Doch jetzt scheinen sie dich begrüßen zu wollen.« Bea schloss das Fenster. »Wenn du nachher in den Garten gehst, wirst du sehen, was das gute Wetter der letzten Tage alles hervorgezaubert hat. Bei euch in Hamburg war es ja schauderhaft, wie ich in den Nachrichten gesehen hab, aber hier ist es für Mitte Mai fast schon sommerlich.

Wie sieht es mit deinem Appetit aus? Hast du Hunger?«

»Komischerweise ja«, antwortete ich. »In Hamburg dachte ich

noch, dass ich nie wieder einen Bissen hinunterbekomme, und kaum bin ich über den Hindenburgdamm rüber, knurrt auch schon mein Magen.«

»Das klingt doch gut«, schmunzelte Bea. »Dann treffen wir uns doch in einer halben Stunde unten zum Abendessen. Sollte dir übrigens der Platz im Schrank nicht reichen, kannst du auch gern die Kommode in meinem Yogaraum nebenan mitbenutzen. Diesmal scheinst du ja länger zu bleiben.«

Nachdem ich ausgepackt und im Bad die Reste meiner vom Weinen verschmierten Wimperntusche mit Reinigungslotion entfernt hatte, ging ich nach unten zu Bea in die Küche.

Dort duftete es bereits so verführerisch, dass mir augenblicklich das Wasser im Mund zusammenlief.

»Mhm, was gibt denn das?«, fragte ich. Es lag ein Hauch von Knoblauch, Rosmarin und Thymian in der Luft – nicht besonders *nordisch*.

»Das ist mein legendäres provenzalisches Gemüse, das ich schon seit Ewigkeiten nicht mehr gemacht habe. Nachdem Adalbert es neulich aber energisch eingefordert hat, kam ich auf die Idee, es für uns beide zu kochen. Mal sehen, ob ich es noch kann.«

»Dann bin ich also eine Art Versuchskaninchen.« Lächelnd holte ich Teller, Besteck, Servietten und Gläser aus den Schränken. Jeder Handgriff war mir mittlerweile so vertraut, als würde ich schon ewig im Kapitänshaus leben.

Es tat so unendlich gut, wieder auf Sylt zu sein.

»Weiß Larissa eigentlich, dass ich wieder da bin?«, fragte ich, nachdem wir uns an den antiken Esstisch gesetzt hatten, den ich so gern mochte. Ich versuchte, nicht daran zu denken, dass Patrick sich heute Abend wahrscheinlich eine Pizza bestellte und sie allein vor dem Fernsehen aß. Momentan wusste ich nicht, was mehr weh tat: Der Schmerz, den ich ihm oder den ich mir zugefügt hatte.

»Larissa weiß Bescheid, und ich soll dir ausrichten, dass du bei ihr jederzeit willkommen bist, wenn du reden möchtest. Aber jetzt lass uns essen. Ich bin so gespannt, ob du das Gericht magst.«
»Mhm, ist das lecker!«, rief ich nach den ersten Bissen begeistert aus. »Ich mag es nicht nur, ich liebe es! Dieser Kartoffelgratin dazu ist ein Gedicht. Das kannst du Adalbert auf jeden Fall vorsetzen. Allerdings hat die Sache einen Haken …« Bea hörte prompt auf zu essen und schaute mich verwundert an. Sieh einer an, dachte ich erstaunt. Bea war nicht so tough, wie sie immer tat.
»Adalbert wird sich unsterblich in dich verlieben, falls er es nicht sowieso schon ist.«
Beas Gesichtszüge entspannten sich wieder, allerdings nur kurz. »Wie kommst du denn auf diese absurde Idee?«, fragte sie und wirkte dermaßen entsetzt, dass ich meinen kleinen Scherz sofort bereute.
»Ich habe keine Ahnung, ob das stimmt«, versuchte ich meine Bemerkung herunterzuspielen. »Ich wollte damit nur zum Ausdruck bringen, dass du fantastisch kochen kannst und Adalbert dich mag. Weiter nichts.«
Gerade als sie zu einer Antwort ansetzen wollte, klingelte das Telefon. Larissa sprach auf den Anrufbeantworter und bat dringend um Rückruf. Ihre Stimme klang, als hätte sie geweint.
»Entschuldige mich bitte einen Moment«, sagte Bea und ging ins Wohnzimmer, um ihre Nichte zurückzurufen.
Obwohl ich nicht vorhatte zu lauschen, konnte ich anhand von Beas Antworten erkennen, dass Larissa offenbar ein größeres Problem hatte, dessen Ursache ihr Mann Leon zu sein schien.
Nach einigen Minuten kam Bea wieder ins Esszimmer.
»Larissa wird gleich vorbeikommen. Ich hoffe, das ist in Ordnung für dich. Leon und sie haben gerade eine kleine Krise.

Offenbar stehen die Sterne für Liebespaare momentan ungünstig. Wie gut, dass *ich* diesen ganzen Zirkus längst hinter mir habe.«

»Aber natürlich, da musst du mich doch überhaupt nicht fragen«, antwortete ich und überlegte insgeheim, was wohl Larissa und Leon für Schwierigkeiten hatten.

Mit einem Mal schoss mir ein Bild aus dem Film *Titanic* durch den Kopf, den ich erst vor kurzem wieder im Fernsehen gesehen hatte. Am meisten hatte ich bei einer Szene geweint, die gar nichts mit den beiden Hauptdarstellern zu tun hatte: Während der Luxusdampfer sank, kuschelte sich ein altes Ehepaar im Unterdeck eng aneinander, um auch im Tod auf ewig miteinander vereint zu sein.

Ich hatte mir immer vorgestellt, wie Patrick und ich uns als ältere, vergnügte Senioren über Nichtigkeiten kabbelten. Wir waren eine Einheit, die niemand trennen konnte. Doch nun hatte sich dieser Traum zerschlagen – und ich trug die Schuld daran. Ich bemühte mich, vor Bea die Tränen zu verbergen, die sich bereits in meinen Augenwinkeln gebildet hatten. So schwer der Schritt auch war, ich musste in meinem Leben ein neues Kapitel aufschlagen.

# 23. Kapitel

Während das sonntägliche Orgelspiel des Organisten die Keitumer Kirche Sankt Severin mit heiligem Klang erfüllte, bildete sich wieder ein schmerzhafter Kloß in meinem Hals. Gestern hatte Bea mich so lieb getröstet, ohne eine Frage zu stellen. Natürlich war ihr nicht entgangen, wie schlecht es mir ging. Deshalb hatte sie auch vorgeschlagen, sie heute zum Gottesdienst zu begleiten.

Ich versuchte, mich von meinem Kummer abzulenken, und bewunderte die wunderschönen Schnitzereien, die den Orgelkorpus umrahmten: In den gefälligen Farben Altrosa, Hellblau und Gold rankten sich zwei Bäume ineinander, die das Leben und die Erkenntnis symbolisierten. Im unteren Teil des Schnitzwerks entdeckte ich einen Regenbogen und eine weiße Friedenstaube.

»Bist du in Ordnung?«, flüsterte Bea, und ich nickte, auch wenn das natürlich nicht der Wahrheit entsprach. Gedankenverloren ließ ich meinen Blick über die Kirchendecke aus Holzbalken schweifen, die hie und da Engelsköpfe mit goldenen Flügeln zierten. Ich las die Worte *Gott der Herr ist Sonne und Schild* und beneidete in dem Moment glühend all diejenigen, die bedingungslos auf die Existenz Gottes und seine Güte vertrauten. Es musste sehr tröstlich sein, unerschütterlich daran zu glauben, dass sich im Leben alles zum Besten fügte.

Über dieses *Vertrauen* hatten Bea, Larissa und ich gestern Abend auch ausführlich gesprochen.

Leon hatte nämlich das Angebot bekommen, auf der Baleareninsel Mallorca eine Tageszeitung für deutsche Residenten und

Urlauber aufzubauen, was ihn persönlich sehr reizte – und Larissa erschreckte, denn sie sah dadurch ihre Ehe bedroht. Wir hatten bis tief in die Nacht in Beas Wohnzimmer gesessen und versucht, Larissa Mut zu machen und ihr vor Augen zu führen, was für eine einmalige berufliche Chance ihr Mann bekommen hatte.

»Paula, wach auf, die Messe ist vorbei.« Bea rüttelte mich an der Schulter. »Hast du dich so gelangweilt, dass du lieber geschlafen hast?«

»Das kommt wohl eher daher, dass wir gestern Nacht zu lange aufgeblieben sind, weil ich euch mit meinen Zweifeln und Ängsten wach gehalten habe«, mutmaßte Larissa und lächelte mir zu, während wir drei zum Ausgang gingen.

»Hey, Moment mal«, protestierte ich gespielt ärgerlich. »Nur damit hier keine Missverständnisse aufkommen. Ich habe nicht geschlafen, sondern mit geschlossenen Augen den Worten der Pastorin gelauscht.« Bea lachte und wandte sich ein paar Bekannten zu. Im Handumdrehen war sie auch schon in ein lebhaftes Gespräch vertieft.

»Warum ist Leon denn nicht hier?«, wollte ich von Larissa wissen, die genauso verloren wirkte, wie ich mich fühlte. »Er ist in der Redaktion und feilt an dem Konzept für die mallorquinische Zeitung. Das wird vermutlich die nächsten Tage so gehen. Hast du noch Zeit? Es ist so schönes Wetter, und ich hätte Lust, mir die Beine zu vertreten. Zu Hause ist es mir momentan zu einsam.« Ich stimmte sofort zu.

Kurze Zeit später bogen wir auf den Wattweg Richtung Munkmarsch. Die Luft war frisch, und es tat gut, sich nach dem Herumsitzen der vergangenen Tage wieder zu bewegen. Ich dachte an die Yoga-DVD, die ich vor meiner Abreise bestellt hatte und die wohl morgen bei Patrick eintreffen würde.

Nun hatte ich Gelegenheit, tatsächlich eine Stunde bei Adalbert zu nehmen, vorausgesetzt, er hatte Zeit. Nachdem wir eine Weile schweigend nebeneinander hergegangen waren, erreichten Larissa und ich ein winziges Waldstück, wo man durch die Äste der Nadelbäume einen besonders schönen Blick aufs Wattenmeer hatte. Ich bemerkte erstaunt die Ansammlung einer riesigen Gruppe Vögel auf einer Sandbank.

»Sieht aus, als hätten sie ein Meeting oder so was«, lachte Larissa. »Ob du es glaubst oder nicht. Diese Austernfischer sitzen immer hier, egal, zu welcher Tageszeit ich vorbeikomme. Hörst du ihr Getriller?«

Ich lauschte begeistert den vogeltypischen Lauten und beobachtete, wie die hübschen Tierchen mit dem schwarzen Gefieder und den schneeweißen Bäuchen im Sand pickten. Nachdem wir uns eine Weile an diesem Naturschauspiel erfreut hatten, gelangten wir zu einer hölzernen Brücke, die über die Jückersmarsch führte, wie Larissa mir erklärte. Direkt dahinter kam schon das Hotel Fährhaus Munkmarsch in Sicht, wo wir auf der Terrasse etwas trinken wollten.

»Tut mir leid, aber wir servieren hier nur für die Gäste des Hauses«, erklärte ein junger Kellner, als wir uns an einen Tisch auf der Veranda setzen wollten, die aussah, als stamme sie aus einem Film über die Südstaaten.

»Aber es sind doch jede Menge Plätze frei, können Sie nicht für uns eine Ausnahme machen?«, fragte ich, weil ich mittlerweile Hunger hatte.

»Sie können gern etwas in unserer Bar trinken«, lautete die knappe Antwort.

»Dann gehen wir eben hinein«, antwortete Larissa, der man ansah, dass sie genervt war. Also folgte ich ihr in den Barbereich, wo wir immerhin einen Platz am Fenster mit Blick auf den kleinen, verträumten Hafen ergatterten.

»Kannst du segeln?«, fragte ich, weil ich annahm, dass jeder,

der am Meer wohnte, mindestens eine Wassersportart beherrschte.

»Nicht besonders gut«, antwortete Larissa und warf einen Blick durchs Fenster. Auch hier hatte sich auf dem Glas eine feine, salzige Schicht gebildet, die zum Leben an der Nordsee gehörte wie die Elbe zu Hamburg. »Ich habe vor drei Jahren Leon zuliebe einen Segelschein gemacht, aber so richtig warm geworden bin ich damit nie. Ich liebe das Meer zwar, aber ich habe auch einen Heidenrespekt davor. Ehrlich gesagt fahre ich lieber Rad oder gehe schwimmen. Aber bald kann Leon ja hemmungslos seiner Leidenschaft frönen, ohne dass ihm jemand reinredet, denn auf Mallorca hat er bestimmt jede Menge Möglichkeiten.«

Der bittere Unterton in ihrer Stimme war nicht zu überhören.

»Wovor hast du eigentlich Angst, wenn Leon weg ist? Vor dem Alleinsein?« Bevor Larissa meine Frage beantworten konnte, kam die Kellnerin und nahm unsere Bestellung entgegen.

»Du erinnerst dich doch noch an meinen kleinen Zusammenbruch neulich in der Buchhandlung«, begann Larissa, sobald die Kellnerin gegangen war. »Als ich so traurig war, weil ich meine Periode bekommen hatte?!«

Ich nickte.

»Leon und ich versuchen seit sieben Jahren erfolglos, ein Kind zu bekommen, und allmählich läuft mir die Zeit davon. Ich bin jetzt fünfunddreißig. Verstehst du, was ich meine?«

O ja, ich verstand nur allzu gut!

»Du hast Angst, dass es nun nicht mehr klappt, weil ihr beide euch viel zu selten seht, wenn Leon auf Mallorca arbeitet. Habt ihr denn … ich meine, ist denn alles in Ordnung bei euch beiden?«

»Ja, wir haben schon alles abchecken lassen, was als Ursache für die Kinderlosigkeit in Frage kommt. Zum Glück spricht aus medizinischer Sicht nichts gegen eine Schwangerschaft. Trotzdem klappt es nicht.«

»Und es wird auch dadurch nicht besser, dass man seine Zeit mit Temperaturmessung und Warten auf den Eisprung verbringt«, ergänzte ich in Erinnerung an die Zeit, bevor Patrick und ich erfahren hatten, dass wir unseren Kinderwunsch für immer begraben mussten. Larissa schaute mich fragend an.

»Ja, mit diesem Thema kenne ich mich bestens aus. Nur mit dem Unterschied, dass ich mich irgendwann damit abfinden musste, keine Kinder zu bekommen, weil Patrick nach einer schweren Krankheit zeugungsunfähig wurde.«

»Oh, das tut mir sehr leid. Ist das der Grund für eure vorläufige Trennung?«, fragte Larissa betreten.

Ich nickte.

»Die endgültige Diagnose bekamen wir vor etwa sieben Jahren. Zuerst traf uns die Nachricht wie ein Hammerschlag, aber wir haben natürlich versucht, mit der Situation klarzukommen. Manchmal haben wir sogar über Adoption nachgedacht, aber der Gedanke ist irgendwann im Sande verlaufen. Wir haben beide so getan, als belaste das unsere Ehe nicht, doch das war ein Trugschluss, wie ich festgestellt habe. Deshalb muss Leon eigentlich klar sein, dass man so etwas nicht auf die leichte Schulter nehmen sollte. Was sagt er denn dazu?«

»Keine Ahnung, wie dein Patrick so ist, aber ich habe die Erfahrung gemacht, dass Männer unsagbar gute Verdränger sind und sie fest daran glauben, dass sich alles schon regeln wird. An sich liebe ich Leon für seine Lässigkeit, aber ich bin nicht so. Wenn er zu mir sagt: *Schatz, wir sind doch auch so glücklich. Wenn es uns nicht bestimmt ist, können wir es auch nicht ändern, kein Grund, sich das Leben schwerzumachen,* könnte ich ehrlich gesagt ausflippen!«

Ich seufzte. Leons Worte stimmten fast eins zu eins mit dem überein, was Patrick damals gesagt hatte. Natürlich auch, weil er sich schuldig fühlte – geändert hatte es trotzdem nichts.
»Ich vermisse noch: *Lass es uns locker angehen. Mit Druck erreicht man gar nichts.*«
Im ersten Moment dachte ich, Larissa breche in Tränen aus, doch sie legte plötzlich den Kopf in den Nacken und lachte schallend. Und zwar so laut, dass plötzlich die Gespräche der Gäste im Restaurant nebenan verstummten.
Larissa lachte, bis ihr die Tränen über die Wangen liefen.
Ihr unerwarteter Heiterkeitsausbruch, der an Hysterie grenzte, war trotzdem dermaßen ansteckend, dass sich meine Stimmung binnen Sekunden aufhellte. Wie Doro richtig gesagt hatte: Ich war noch vergleichsweise jung und gesund, und ich hatte einen Beruf, der mir Freude machte und mich finanziell einigermaßen absicherte. Alles andere würde sich schon fügen.
Dasselbe galt auch für Larissa.
»Was hältst du davon, wenn wir einen Pakt schließen?«, schlug ich, einer spontanen Eingebung folgend, vor. »Nele ist weit weg in Mexiko und kann dir momentan keine Gesellschaft leisten. Meine besten Freundinnen hocken in Hamburg. Leon wird vermutlich bald weg sein, und ich habe mich leider mit meinem Mann entzweit, so dass er mich vor die Tür gesetzt hat. Warum tun wir beide uns nicht zusammen und versuchen, es uns so nett wie möglich zu machen? Wenn man ständig grübelt, wird es auch nicht besser. Nehmen wir uns kein Beispiel an den Männern: Einfach ein bisschen verdrängen und darauf vertrauen, dass alles so wird, wie wir es uns wünschen.« Larissa strahlte über das ganze Gesicht.
»Das klingt wundervoll! Und wir sollten gleich damit anfangen.« Sie kramte in ihrer Tasche und zog einen Stift und ein Notizheft hervor. »Wir machen eine Liste, was wir in der nächs-

ten Zeit unternehmen wollen, wie in diesen Romanen, die wir haufenweise im Büchernest verkaufen. Los, du fängst an!«
Ich überlegte.
Allein die Auszeit auf Sylt war schon Luxus pur. Nicht viele Menschen konnten einfach ihre Arbeit an den Nagel hängen und auf eine traumhaft schöne Insel fahren.
»Ich wollte schon immer in einem Sportflugzeug über atemberaubende Landschaften fliegen, so wie Meryl Streep und Robert Redford im Film *Jenseits von Afrika.* Oder in einer Buchhandlung übernachten und ein Mitternachtspicknick veranstalten. Außerdem würde ich gern eine mehrstöckige Torte backen und Minigolf spielen. Und du?«
Larissas Augen leuchteten, und ich sah förmlich, wie es in ihr brodelte.
»Ich hätte große Lust, auf die documenta zu fahren und Brad Pitt über den Weg zu laufen. Dann möchte ich in der Sansibar essen, bis ich fast platze, und anschließend die Zeche prellen. Und ich würde gern ungestört in einem Schwimmbad eines Luxushotels baden. Übrigens gern nackt. Paula, lass uns darauf anstoßen, dass wir ab heute das Grübeln einstellen und das Leben genießen.«
Lächelnd hob ich mein Glas.

# 24. Kapitel

Zerschlagen von einer durchwachten Nacht drehte ich mich im Bett von einer Seite auf die andere. Es war halb sechs am Montagmorgen, noch nicht einmal Bea schien wach zu sein. Draußen war es bereits hell, und die Vögel begrüßten fröhlich zwitschernd den neuen Tag.

Obwohl Bea und Larissa mir inneren Rückhalt gaben, konnte ich nicht leugnen, dass ich innerhalb kürzester Zeit zwei Menschen verloren hatte, die mir lieb und teuer waren.

Patricks Reaktion am Samstag hatte mich so tief erschüttert, dass ein Teil von mir immer noch glaubte, ich befände mich in einem bösen Traum, aus dem ich irgendwann erwachen und wieder neben ihm liegen würde.

Wie es ihm wohl ging?

Wälzte er sich ebenfalls schlaflos im Bett, das er nun für sich allein hatte? Sehnte er sich nach mir? Vermisste er mich? Oder überwogen Eifersucht und Wut, dass ich ihn so lange Zeit belogen hatte?

Und Vincent?

Freitagnacht vor dem Haus hatte ich ihm unmissverständlich klargemacht, dass es keine gemeinsame Zukunft für uns beide geben würde. Helens Vermutung war richtig gewesen. Ich hatte mich wohl eher in die Vorstellung einer Familie verliebt, das fühlte ich jetzt immer deutlicher. Und das war keine Basis für eine Beziehung, geschweige denn Vincent gegenüber fair.

Wenn ich auf meinen Verstand hörte, war die Marschrichtung klar. Ich würde mich in aller Ruhe auf Sylt sortieren und mir dann eine Wohnung suchen.

Und darauf vertrauen, dass sich mit der Zeit zeigen würde, was das Richtige für mich war.
Außerdem würde ich lernen, nach all den Jahren wieder allein zu leben und mich nur auf mich selbst zu verlassen.
Ich hatte noch so viel vor, und nun würde mir niemand reinreden. Obwohl ich gern mit Patrick verheiratet gewesen war, hatte jeder von uns immer wieder Kompromisse schließen müssen. Unsere Kinderlosigkeit war für mich die größte Herausforderung gewesen, an der ich nun gescheitert war.
Deshalb konnte ich mich gut in die Situation von Larissa und Leon hineinversetzen und beide Seiten verstehen: Larissa, die Angst davor hatte, dass ihr Kinderwunsch nicht in Erfüllung ging, und Leon – der im Gegensatz zu seiner Frau – überwiegend auf Sylt gelebt und gearbeitet hatte und nun das Bedürfnis verspürte, sich etwas Neues aufzubauen.
Irgendwann musste ich eingeschlafen sein, denn als ich wieder aufwachte, war es halb elf.
Nach einer ausgiebigen Dusche ging ich hinunter in die Küche. Bea war im Garten und jätete Unkraut.
»Hey, lass das, dafür bin ich ab jetzt zuständig«, rief ich, als ich sah, wie die alte Dame in gebückter Haltung auf dem Boden kauerte. Mir tat schon beim Zusehen jeder Knochen weh.
»Ach, papperlapapp, das kommt gar nicht in die Tüte«, entgegnete Bea energisch und richtete sich auf. »Die Gartenarbeit macht mir Spaß und hält mich fit! Magst du ein paar Tomaten zum Frühstück? Oder willst du nur Kaffeetrinken und nachher im Büchernest zu Mittag essen?«
»Ich hole mir einen Kaffee und leiste dir im Garten Gesellschaft«, antwortete ich. Die Sonne kitzelte meine Nase, und ich spürte, wie gut die Wärme meinen verspannten Muskeln tat.
»Gute Idee. Dann richte ich den Strandkorb her, denn der muss

dringend ausgewischt werden. Kochst du mir bitte einen Tee? Und bring ein Stück von dem Nusszopf mit, den ich heute Morgen beim Bäcker geholt habe.« Ich ging nach drinnen, um Tee und Kaffee zu machen. Das luftig-leichte Gebäck bestrich ich mit einem Hauch Butter.

»Larissa hat mir übrigens von euren Plänen erzählt«, sagte Bea, nachdem wir es uns mit unseren dampfend heißen Getränken im Strandkorb gemütlich gemacht hatten. Bea hatte eine kuschelige Fleecedecke über unsere Beine gebreitet, da die Sonne immer wieder hinter den Wolken verschwand und es im Schatten schnell empfindlich kühl wurde. »Momentan könnt ihr beide Aufmunterung gebrauchen. Deshalb habe ich Larissa angeboten, häufiger in der Buchhandlung zu arbeiten. Dann könnt ihr euch die Zeit besser einteilen. Wenn ihr einen Rundflug über die Insel machen wollt, kann ich euch übrigens Sönke Mommsen von Sylt-Fly empfehlen. Bei dem Gedanken an ein solches Abenteuer bekomme ich selbst Lust, mich mit euch in die Lüfte zu schwingen! Soweit ich weiß, bietet er drei verschiedene Touren an: nur Sylt, rund um Sylt und eine längere über Nordfriesland. Es muss absolut herrlich sein, die Insel von oben zu sehen«, seufzte sie schwärmerisch.

»Dann komm doch mit. Ich würde dich und Larissa gern zu dem Ausflug einladen. Ihr beide habt schon so viel für mich getan, ohne dass ich mich revanchieren konnte. Und nun hocke ich euch hier schon wieder auf der Pelle.«

»Na, wenn das so ist«, schmunzelte Bea. »Dann kann ich wohl kaum nein sagen. Vielen Dank, meine Liebe. Eine super Idee!« Derart ermuntert beschloss ich, gleich nach dem Frühstück über die Webseite von Sylt-Fly einen Rundflug zu buchen.

»Übrigens würde Adalbert sich über einen Besuch von dir freuen. Vielleicht hast du ja Lust, dass er dich in das Geheimnis von Yoga einweiht«, plauderte Bea bestens gelaunt weiter.

»Wenn ich dauernd mit so verlockenden Vorschlägen in Versuchung geführt werde, kann ich gleich meine Zelte hier aufschlagen und meinen Job als Galeristin an den Nagel hängen«, antwortete ich lachend. Was sich mir auf einmal alles für Möglichkeiten boten! »Apropos Zelte aufschlagen. Ich weiß, dass du nicht gern darüber sprichst. Aber mir persönlich wäre es lieber, wenn ich für mein Zimmer bezahlen würde. Eure Gastfreundschaft in allen Ehren, aber diesmal habe ich ein wirklich schlechtes Gewissen.«

Doch Bea wollte nichts davon wissen.

»Ach was, das musst du wirklich nicht. Wenn du magst, kannst du mir ab und zu im Haushalt helfen, gelegentlich für uns beide einkaufen oder kochen. Deine Anwesenheit macht mir so viel Freude, und auch Lissy tut es gut, jemanden um sich zu haben, jetzt wo Nele weg ist und Leon vermutlich den Job auf Mallorca annehmen wird.«

Ich schmunzelte vergnügt vor mich hin, bis Bea plötzlich ein ernstes Gesicht machte. »Auch wenn es nach außen hin einen anderen Anschein macht, aber Larissa ist sehr sensibel. Weil sie schon früh ihre Eltern durch einen Unfall verloren hat, kann sie nur schwer loslassen.«

Ich schluckte.

Davon hörte ich zum ersten Mal.

»Lissy war noch sehr jung, als es passierte, deshalb habe ich sie zu mir genommen und aufgezogen. Später hat sie in Hamburg ihre Ausbildung zur Hotelkauffrau gemacht und wollte Stefan heiraten, den ich nie besonders leiden konnte. Doch der hat sie irgendwann betrogen, woraufhin Larissa wieder zurückgekommen ist. Ursprünglich, um mich in der damaligen Bücherkoje zu vertreten, weil Vero und ich auf Weltreise gehen wollten. Doch der Abstand zu ihrem alten Leben tat ihr gut, und dann hat sie sich zuerst mit Nele und dann mit Leon angefreundet.«

»Und irgendwann wurde aus Freundschaft Liebe«, ergänzte ich nachdenklich.

*Und manchmal läuft es auch umgekehrt …*

Aber hatten Patrick und ich eine echte Chance, nach dem Scheitern unserer Ehe Freunde zu werden?

Meine Gedanken wurden jäh durch Beas Nachbarn Ole unterbrochen, der sich über den Zaun beugte und fragte, ob Bea zusammen mit ihm Spargel bestellen wolle.

»Gute Idee«, rief sie begeistert aus und ging zu ihm rüber.

In diesem Moment klingelte mein Handy.

Es war Doro, die wissen wollte, wie es mir ging. Sie erzählte, dass sie sich am Freitag wie geplant mit Mats in Husum treffen würde.

»Ich habe Thomas gegenüber behauptet, dass ich zusammen mit Helen dorthin fahre, um mich nach Antiquitäten für unsere Wohnung umzuschauen. Zum Glück hat er es anstandslos geschluckt, zumal Emma den Geburtstag ihrer besten Freundin feiert und da auch übernachtet. Und Nils ist bis Samstag auf Klassenfahrt.«

Warum sollte ich mir ständig Gedanken darüber machen, was passieren würde, wenn diese Affäre aufflog? Ich freute mich stattdessen für Doro, weil sie für eine Weile ihrem Alltag entfliehen konnte.

Nach dem Telefonat sammelte ich das Frühstücksgeschirr ein und ging zurück ins Haus.

Bea war immer noch in das Gespräch mit Ole vertieft.

*Schön, wenn man nette Nachbarn hat,* dachte ich versonnen.

In Hamburg ging es weitaus anonymer zu, auch wenn Patrick und ich guten Kontakt zu den anderen Hausbewohnern gehabt hatten.

In meinem Zimmer googelte ich die Seite von Sylt-Fly. Sönke Mommsen hatte unter anderem ein Foto von sich und seine

Vita ins Internet gestellt und machte einen sympathischen Eindruck.

Er bot reizvolle Touren an, und die Preise waren im Rahmen. Doch bevor ich buchte, musste ich noch die Einzelheiten absprechen. Also speicherte ich die Telefonnummer von Sylt-Fly in meinem Handy, fest entschlossen, Punkt eins der Liste so schnell wie möglich in die Tat umzusetzen.

# 25. Kapitel

Ich kann aber nicht versprechen, dass ich Ihnen anschließend die Haare wasche«, entgegnete Sönke Mommsen, nachdem ich ihn am Dienstag in seinem Büro über die Flugroute und Flugsicherheit ausgequetscht hatte.
»Wie … wie meinen Sie das?«, fragte ich irritiert.
Der Inhaber von Sylt-Fly lächelte verschmitzt, und zu guter Letzt fiel der Groschen: Es war eine Anspielung auf *Jenseits von Afrika*.
»Keine Ahnung, warum alle Frauen gerade auf diese Szene abfahren, aber irgendeine Fantasie muss sie ja auslösen. Sie sind übrigens nicht die Erste, die aufgrund des Films plötzlich das Bedürfnis verspürt, die Welt von oben sehen zu wollen, obwohl Sie bestimmt schon tausendmal in den Urlaub geflogen sind. Aber ich warne Sie. Es gibt da unten keine rosa Flamingos, höchstens einige Kegelrobben.«
»Sie meinen also, ich bin ein wandelndes Klischee, ja?«, entgegnete ich und spürte, wie leichter Ärger in mir aufstieg. »Ehrlich gesagt bin ich mir nicht mehr so sicher, ob ich mein Leben und das meiner Freundinnen jemandem anvertrauen möchte, der sich offenbar in der Rolle des Witzbolds gefällt.«
»Na, na, na. Nun beruhigen Sie sich bitte. Ich wollte doch nur nett sein. Aber wenn Sie Zweifel haben: Ich zwinge Sie zu nichts. Sie haben ja meine Karte. Überlegen Sie es sich in aller Ruhe und melden sich, falls Sie Ihre Meinung ändern sollten. Ansonsten wünsche ich Ihnen noch einen schönen Aufenthalt auf Sylt.«
Völlig perplex über diese coole Reaktion ging ich zur Tür.

Dieser Mann hatte etwas Unverschämtes an sich. Und ich ärgerte mich, dass mir genau das aus irgendeinem Grund gefiel. Wie alt mochte Sönke Mommsen sein? Ende vierzig? Anfang fünfzig? Sein Gesicht war wettergegerbt, als halte er sich den ganzen Tag im Freien auf. Bestimmt ging er ständig surfen, Kitesegeln oder wandern, wenn er nicht gerade hinter dem Steuer seines Sportflugzeugs saß und Touristen über die Insel und die Nordsee flog.

»Und? Kann ich sonst noch was für Sie tun?«

Als hätte man mich bei irgendetwas ertappt, wurde ich rot.

»Nein danke«, murmelte ich und konnte es kaum erwarten, an die frische Luft zu kommen.

Immer noch verwirrt, ging ich über das Flughafengelände, auf dem sich das Büro von Sylt-Fly befand, und beschloss spontan, im Restaurant Kolibri einen Kaffee zu trinken. Dort angekommen, setzte ich mich an einen Tisch am Fenster mit Blick auf parkende Flugzeuge und das Rollfeld.

Nachdem ich bestellt hatte, blätterte ich eine Weile in dem Flyer, den Sönke Mommsen mir gegeben hatte.

An sich bot er genau das an, was ich suchte.

Eigentlich konnte ich sogar noch Vero einladen, genug Platz war schließlich vorhanden. Aber wollte ich mir die Blöße geben und den Piloten anheuern? Andererseits hatte ich es Larissa und Bea bereits versprochen.

Nachdem ich Kaffee getrunken und mich wieder beruhigt hatte, entschied ich mich, dass es weitaus souveräner war, die Tour wie geplant zu buchen. Sönke Mommsen sollte nicht glauben, dass ich mich durch einen Mann wie ihn in die Flucht schlagen ließ! Also ging ich wieder zurück in sein Büro, wo ich von einer jungen, bildhübschen Brünetten empfangen wurde, die mir sagte, dass Kapitän Mommsen gerade *in die Luft gegangen sei.*

»Nicht aus Wut, sondern natürlich mit Passagieren«, erklärte sie grinsend. Ich überlegte, ob sie vielleicht mit Sönke Mommsen verwandt war und sein Witz-Gen geerbt hatte.

»Dann richten Sie dem Herrn *Kapitän* bitte aus, dass ich gern wie geplant Mittwochabend um halb acht den Rundflug machen möchte. Hier ist meine Karte. Herr Mommsen wird sich bestimmt an mich erinnern.«

»Das sage ich meinem Vater gern«, antwortete das Mädchen und nahm die Visitenkarte. »Seien Sie am Mittwoch bitte um Viertel nach sieben Uhr hier im Büro.«

Nach meinem Abstecher auf den Sylter Flughafen ging ich, da ich gerade in Westerland war, ein wenig bummeln.

Doro und ich hatten letztes Mal die Boutiquen und die beiden Kaufhäuser abgeklappert. Mein heutiges Augenmerk richtete sich auf die Antiquitätenläden und Galerien. Mir schwirrte immer noch Beas Vorschlag im Kopf herum, ich könnte doch hier eine Galerie eröffnen.

Drei Stunden später war mir allerdings klar, dass auf Sylt in dieser Hinsicht kein Mangel herrschte. In Westerland gab es für jeden Geschmack etwas. Von moderner Kunst bis zu persönlicher Porträtmalerei, von abstrakten Acrylbildern bis zum Deko-Kitsch war alles vertreten. Außerdem hatte ich auf meinem Smartphone recherchiert und herausgefunden, dass quer über die Insel verteilt zahllose Anbieter um die Gunst zahlungskräftiger Kunden buhlten. Sich in diesen Reigen einzureihen machte vermutlich genauso wenig Sinn, wie ein italienisches Restaurant neben vier anderen aufzumachen.

Die letzten beiden Stationen meiner Kunst-Tour waren die Hofgalerie mit der Udo-Lindenberg-Lounge und die Stadtgalerie Alte Post in der Nähe der Bücherei.

Fasziniert bestaunte ich die Bilder im Schaufenster der Hofgalerie, die seit dem Umzug von Morsum nach Westerland zusammen mit der Spielbank unter einem Dach untergebracht war.

Schon von weitem stachen mir die farbenfrohen Gemälde und opulenten Möbel ins Auge, die aus einem Schloss oder Museum hätten stammen können.

Neugierig betrat ich den Eingang, in dem Schilder darauf hinwiesen, was man zu tun und zu lassen hatte: Um das Casino zu betreten, musste man volljährig und angemessen gekleidet sein, in der Galerie durfte man nicht fotografieren.

Ich ließ das Entrée der Spielbank wortwörtlich links liegen und steuerte auf die knallbunten, naiven Bilder zu, die mir spontan gefielen. Wer hätte gedacht, dass der Sänger Frank Zander so launig malen konnte?

Mich persönlich interessierten jedoch eher die Arbeiten des verstorbenen amerikanischen Künstlers James Rizzi und die des Malers Otmar Alt. Ich bekam sofort Lust, das Geschirr des in Wernigerode geborenen Malers und Grafikers zu kaufen, das wie Vasen von James Rizzi in einer Vitrine ausgestellt war. Ich liebäugelte mit Espressotassen als Mitbringsel für Doro und Helen. Im Hintergrund lief *Stark wie zwei* von Udo Lindenberg. Ich liebte diesen Song, in dem es um den Verlust eines geliebten Menschen ging, und der Refrain jagte mir jedes Mal einen Schauer über den Rücken. Doch diesmal hatten die Liedzeilen eine viel stärkere Wirkung auf mich und trafen wie spitze Pfeile das Innere einer Zielscheibe.

Völlig benommen versuchte ich, Haltung zu bewahren und gegen das Gefühl anzukämpfen, das drohte, mir den Boden unter den Füßen wegzuziehen. Die drei Worte *Stark wie zwei* hämmerten – wie Morsezeichen – in meinem Kopf und schienen sich dort festsetzen zu wollen. Ich machte eine unsinnige Handbewegung, als wolle ich das negative Gefühl wie eine lästige Fliege verscheuchen.

Fest entschlossen, diesem plötzlichen Emotionsausbruch keinesfalls nachzugeben, ging ich zur Kasse, wo eine ältere, sympathisch aussehende Dame mit rötlichem Haar stand.
Ich musste mit jemandem reden, und zwar sofort!
»Gefällt Ihnen dieser Standort besser als in Morsum?«, fragte ich mit gepresster Stimme. Die Frau lächelte, schaute mich aus freundlichen Augen an und antwortete:
»Ja, es ist wunderbar hier. Zu zweit können wir den kleineren Laden viel besser führen.«
Da war es wieder: *Stark wie zwei …*
Ich nickte hastig und beachtete nach einem kurzen Abschiedsgruß noch nicht einmal die Collagen und Likörelle von Udo Lindenberg, sondern rannte hinaus. Ich wollte so schnell wie möglich ans Wasser, um wieder frei atmen zu können. Und ich wollte dem tiefen Schmerz trotzen, der sich tiefer und tiefer in mein Herz bohrte.

Als ich zurück in Keitum war, beschloss ich, als Erstes Larissa einen Besuch abzustatten, um ihr den Termin für den Rundflug mitzuteilen und auch Vero einzuladen.
Der Spaziergang am Strand von Westerland hatte mir gutgetan und einige – wenn auch nicht alle – dunkle Wolken weggepustet, die sich vorhin so schwer auf mein Gemüt gelegt hatten. Als ich die Buchhandlung betrat, war Larissa gerade in ein Gespräch mit einer Kundin vertieft, neben der ein kleines Mädchen stand.
»Sie meinen bestimmt *Die schnellste Bohne der Stadt*«, hörte ich sie sagen, doch die Kundin verzog genervt das Gesicht. »Nein, ich meinte *Die längste Bohne der Welt*. Können Sie mir das Buch jetzt bestellen oder nicht? Lisa hat übermorgen Geburtstag.«
Larissa tippte verschiedene Wortkombinationen in den Computer und schüttelte bedauernd den Kopf.

»Ich habe hier *Kasimir pflanzt weiße Bohnen,* der *Bohnen-Jim* von Christine Nöstlinger und wie gesagt *Linnéa und die schnellste Bohne der Stadt.* Etwas anderes finde ich leider nicht.«

»Dann gehe ich eben in eine kompetentere Buchhandlung«, sagte die Frau in schneidendem Tonfall, nahm ihre Tochter bei der Hand und verließ naserümpfend das Büchernest. Ich musste schwer an mich halten, um nicht laut loszulachen, und umarmte Larissa, die der Kundin wütend hinterherblickte.

»Lass dich doch nicht von jemandem ärgern, der glaubt, dass Buchhandlungen kompetent sind.« Es dauerte einen Moment, bis Larissa meinen Witz verstanden hatte, doch dann musste sie selbst lachen.

»Du hast ja so recht. Ich weiß auch nicht, warum ich mich immer wieder von manchen Leuten auf die Palme bringen lasse. Aber daran kannst du sehen, dass dieser vermeintliche Traumberuf auch durchaus seine Kehrseite hat! Zu schade, dass ich nicht dabei sein kann, wenn sämtliche Buchhändler auf Sylt dieser Frau genau dasselbe sagen.«

»Dafür wird es dich vielleicht freuen, dass wir alle zusammen Mittwochabend in die Luft gehen werden, um diese schöne Insel von oben zu sehen. Meinst du, Leon hat auch Lust, mitzukommen?«

»Lust hätte er bestimmt, aber er sitzt zu diesem Zeitpunkt bereits mit seinem potenziellen Auftraggeber im Redaktionsbüro in Palma zusammen, um ihm sein Konzept vorzustellen. Danach entscheidet sich, ob er in Zukunft auf Mallorca arbeiten wird.«

»Dann machen wir es uns eben ohne Männer nett«, antwortete ich und ging in die Küche, um auch Vero einzuladen.

Als ich die Tür öffnete, fand ich sie zu meiner großen Überraschung völlig aufgelöst vor. Tränenüberströmt und kreidebleich hielt sie den Telefonhörer umklammert.

Ihr Körper wurde von heftigen Weinkrämpfen geschüttelt.
»Oh, mein Gott, was ist denn passiert?«, fragte ich erschrocken und setzte mich neben Vero, die wie Espenlaub zitterte.
»Hinrich hat einen Herzinfarkt gehabt. Sie bringen ihn gerade ins Krankenhaus. Er schwebt in Lebensgefahr«, stammelte sie.
Es dauerte einen Moment, bis ich begriff, dass sie von ihrem Mann sprach und mittlerweile gar keiner mehr am Apparat war. Deshalb nahm ich ihr behutsam den Hörer aus der Hand, legte auf und dirigierte sie zum Küchenstuhl.
»Setz dich bitte kurz hierhin und atme ruhig ein und aus. Ich bin sofort wieder da, okay?«, versuchte ich sie zu beruhigen, obwohl mir selbst das Herz bis zum Hals schlug.
*Stark wie zwei.* Nicht auszudenken, wenn ich wegen Patrick einen solchen Anruf bekäme!
Dann rannte ich nach vorne, um Larissa Bescheid zu geben.
Und natürlich musste auch Bea sofort erfahren, was passiert war. Vero brauchte ihre beste Freundin jetzt so dringend wie nie zuvor.
»Oh, mein Gott, wie schrecklich«, murmelte Larissa und wurde schlagartig kreidebleich, als sie hörte, was passiert war. Dann griff sie zum Telefon und rief Bea an.
»Jetzt heißt es hoffen und beten, dass alles gutgeht«, sagte sie mit Tränen in den Augen, nachdem ihre Tante versprochen hatte, sofort zu kommen. Ich nickte. Ja, das war einer dieser Momente im Leben, an dem man all seine Kraft brauchte.

# 26. Kapitel

Am Morgen nach der schrecklichen Nachricht tigerte Bea unruhig im Wohnzimmer auf und ab, weil es jetzt natürlich einiges zu organisieren gab. Ich kauerte im Lesesessel und wartete darauf, was Bente Brodersen, die Aushilfe in der Küche des Büchernests, sagen würde.

»Verstehe. Hm, alles klar. Mach dir bitte keine Gedanken, wir finden eine andere Lösung. Ja, ich grüß sie von dir. Und auch Hinrich, wenn ich ihn sprechen kann. Mach's gut und habt einen schönen Urlaub.«

»Gehe ich recht in der Annahme, dass diese Bente keine Zeit hat?«, fragte ich besorgt. Bea nickte mit zusammengekniffenen Lippen.

»Sie fliegt morgen zusammen mit ihrem Mann nach Lanzarote und kommt erst in drei Wochen zurück. Wir müssen uns wohl etwas anderes für die Küche einfallen lassen, solange wir nicht wissen, wie es mit Vero und Hinrich weitergeht. Notfalls müssen wir die Küche eben für eine Weile schließen.«

Ich überlegte einen Moment.

Vero war ein äußerst pflichtbewusster Mensch. Obwohl sie krank vor Sorge um ihren geliebten Mann war, hatte sie sich sofort schuldig gefühlt, weil sie ihrer Ansicht nach Bea und Larissa im Stich ließ. Egal, wie sehr wir auf sie eingeredet hatten – es half nichts. Ich wusste genau: Vero entspannte sich erst wieder, wenn die Situation in der Küche zu ihrer Zufriedenheit geregelt war.

Bemüht, eine Lösung zu finden, ließ ich im Geiste das Speisenangebot im Büchernest Revue passieren: Suppen, Bauernfrühstück, Eintopf, Quiche …

All das schmeckte zwar hervorragend, durfte aber meiner Meinung nach nicht allzu schwer zuzubereiten sein.

»Was hältst du davon, wenn ich das übernehme?«, hörte ich mich plötzlich zu meiner eigenen Überraschung fragen.

Bea schaute mich verwundert, beinahe erschrocken an.

»Du? Meinst du das im Ernst? Ja, kannst du denn überhaupt kochen?«

»Mein Spinat-Lachs-Auflauf von neulich scheint zwar keinen bleibenden Eindruck auf dich gemacht zu haben, aber ich glaube, ich kriege das hin. Auch wenn wir, solange Vero weg ist, das Speisenangebot verkleinern müssten. Allerdings bräuchten wir jemanden für den Service. Beides schaffe ich nicht. Und ich brauche natürlich Veros Rezepte.«

Bea runzelte die Stirn und schien zu überlegen. Gerade als ich Angst vor meiner eigenen Courage und der damit verbundenen Verantwortung bekam, entspannten sich ihre Gesichtszüge, und sie lächelte.

»Stimmt, der Auflauf hat wirklich köstlich geschmeckt. Und auch deine indischen Kokosschnitten. Das könnte tatsächlich was werden, vorausgesetzt, wir finden schnell jemanden, der dir hilft. Ich muss jetzt leider los, um die Frühstücksgäste zu bewirten, aber ich werde mir überlegen, wen wir fragen könnten. Vielleicht hat ja auch Larissa eine Idee. Auf alle Fälle danke ich dir für dein großzügiges Angebot.«

»Halt, ich komme mit!«, rief ich energisch, nahm meine Jacke vom Garderobenhaken und folgte Bea, die mit schnellen Schritten zum Büchernest marschierte.

»Wisst ihr schon etwas Neues über Hinrichs Gesundheitszustand?«, fragte Larissa, kaum dass wir durch die Tür der Buchhandlung getreten waren.

»Nur dass er nach der Notoperation auf der Intensivstation liegt und die kommenden Stunden darüber entscheiden werden, ob er es schafft oder nicht«, erklärte Bea und nahm ihre Nichte in den Arm. »Aber ich bin mir sicher, dass er durchkommt. Hinrich ist ein zäher Bursche und hat in seinem Leben schon so einige Klippen umschifft. Wir müssen nur alle fest daran glauben, dass er bald wieder gesund wird.«

Larissa senkte betrübt den Kopf und putzte sich die Nase.

Ich konnte mir gut vorstellen, wie sie sich fühlte. Vero und Hinrich waren für sie seit Kindertagen so etwas wie Großonkel und Großtante, die ihr, genau wie Bea, geholfen hatten, auf Sylt heimisch zu werden und ihre Trauer so gut wie möglich zu verarbeiten.

Deshalb machte sie sich bestimmt furchtbare Sorgen.

»So, Kinder, nun wird aber in die Hände gespuckt! Wir öffnen in zwanzig Minuten, und bis dahin muss alles für das Frühstück fertig sein. Wir tun Vero den größten Gefallen, wenn hier weiter alles nach Plan läuft«, rief Bea energisch.

Ich folgte ihr in die Küche, die mir zwar schon ein wenig vertraut war, die ich aber heute mit anderen Augen sah.

Als Erstes musste ich mir einen Überblick verschaffen, wo alles stand und wie es um Veros Vorräte bestellt war.

»In wenigen Minuten kommt Lars von der Bäckerei vorbei und bringt frische Brötchen, Croissants und so weiter. Vero gibt immer am Vorabend die Bestellung durch, so dass sie sich am nächsten Morgen nicht mehr darum kümmern muss. An der Pinnwand hier hängt eine Liste aller Lieferanten mit Telefonnummer und Adresse. Und dort hinten steht die Tiefkühltruhe«, erklärte Bea.

Wie sich herausstellte, war Vero dermaßen gut organisiert, dass es mir nicht besonders schwerfiel, mich in ihrem Reich zurechtzufinden. Alles war blitzblank sauber, wohl sortiert und übersichtlich.

Bea stellte die Maschine an, die schon bald fröhlich blubberte und den Raum mit dem zartbitteren Duft von frisch gebrühtem Kaffee erfüllte. Dazu ertönte fröhliche Musik aus dem kleinen Küchenradio. Während ich meinen neuen Arbeitsplatz erkundete, kam Lars herein, ein wortkarger, aber durchaus sympathischer Junge, der gerade eine Ausbildung zum Bäcker machte. Er sagte nur »Moin« und bugsierte einen großen Korb voller Backwaren auf die Arbeitsplatte. Bevor ich mich vorstellen konnte, war er auch schon wieder verschwunden.

Nachdem ich die Lieferung der Bäckerei begutachtet hatte, briet ich auf Wunsch des ersten Gastes, der bei Bea bestellt hatte, Spiegeleier und schmierte zwei halbe Brötchen: eines mit Käse und eines mit Veros selbstgemachter Himbeermarmelade. Im Kühlschrank stand eine große Glaskaraffe mit frisch gepresstem Orangensaft, und im Handumdrehen war das leckere Frühstück fertig. Ich war so stolz auf mich, dass ich es voller Überschwang selbst servierte.

»Nanu? Wer sind Sie denn?« Ein Herr, ungefähr Anfang achtzig, musterte mich abschätzig. »Wo ist Vero?«

»Ich vertrete sie für ein paar Tage und hoffe, dass die Spiegeleier genau so sind, wie Sie sie mögen«, antwortete ich lächelnd. Was mit Hinrich passiert war, behielt ich für mich, immerhin war das Privatsache. Misstrauisch beäugte der Gast den Teller und stocherte mit der Gabel im Eiweiß herum, das kleine Blasen geschlagen hatte.

»Viel zu glibberig«, befand er schließlich und schob den Teller genervt von sich.

»Ich brate Ihnen gern neue«, beeilte ich mich zu versichern.

»Nicht nötig, junge Dame. Ich warte, bis Vero wieder da ist. Die weiß wenigstens, wie ich die Spiegeleier mag.«

Als Nächstes unterzog er die beiden Brötchenhälften einer genaueren Betrachtung. Auf den Käse hatte ich ein frisches Blatt Salat gelegt und Radieschen-Schnitze.

Die Hälfte mit der Marmelade hatte ich mit einem Klacks Pflaumenmus gekrönt, das meiner Ansicht nach geschmacklich passte und auch optisch einiges hermachte.

Mein Gast sah das allerdings anders: »Was ist denn das für ein neumodischer Kram?« Er deutete auf mein farbenfrohes Konfitüren-Duett.

»Frau Gregorius ist Galeristin und wollte dir mit diesen Brötchen eine besondere Freude machen, Fiete.« Larissa war wie aus dem Nichts als rettender Engel aufgetaucht. »Probier mal, es schmeckt bestimmt köstlich! Und du weißt ja: Das Auge isst mit«, sagte sie augenzwinkernd. Doch Fiete war offenbar immun gegen Larissas Charme.

»Nee danke, lass mal. Sagt mir Bescheid, wenn Vero wieder da ist. Bis dahin frühstücke ich woanders. Gibt ja zum Glück noch ein paar anständige Cafés im Ort.«

»Oje«, seufzte ich, als Fiete zur Tür hinausschlurfte. »Den habe ich wohl vergrault und direkt der Konkurrenz in die Arme getrieben. Setzt das Frühstück bitte auf meine Rechnung.«

Larissa schüttelte den Kopf.

»Ach was, mach dir keine Gedanken. Der Alte ist störrisch wie ein andalusischer Esel und hat mit Vero so lange seine Spielchen gespielt, bis sie ihn vor die Wahl gestellt hat: Entweder er benimmt sich anständig, oder er bekommt bei uns nie wieder etwas zu essen. Der geht niemals woandershin, weil keiner sich die Mühe macht, nett zu ihm zu sein, so grummelig, wie er sich aufführt.«

Ich war verblüfft. Offenbar brauchte dieser Fiete Grenzen wie ein kleines Kind. Nun, das konnte er haben – vorausgesetzt, ich bekam eine zweite Chance.

Der Rest des Vormittags verlief zum Glück weitaus reibungsloser, zumal ich Unterstützung durch Bea hatte und ausschließlich nette, geduldige Gäste. Beim Gedanken daran, gleich die Mittagsgerichte zuzubereiten, klumpte sich allerdings mein Magen zusammen.

Wie schaffte Vero das nur alles?

»Keine Sorge, wir kriegen das schon hin«, ermutigte Bea mich, als könne sie Gedanken lesen. »Außerdem bekommen wir beide gleich Verstärkung. Adalbert ist auf dem Weg hierher.«

»Kann er denn kochen?«, fragte ich irritiert und band mir Veros Küchenschürze um. Ich wollte die tiefgefrorenen Kartoffelpuffer anbraten, die als *Mini-Röstis* auf der Karte standen und mit Matjes-Tatar serviert wurden. Das Problem war nur, dass ich mir einen Ersatz für den Tatar ausdenken musste, der noch nicht vorbereitet war.

Vielleicht einfach eine Scheibe Lachs mit einem Klacks Meerrettich drauf?

»Adalbert kann beinahe alles«, erklärte Bea, und ich glaubte, ein kurzes Aufleuchten in ihren Augen zu erkennen. »Und vor allem besitzt er dank Meditation und Yoga eines: Nervenstärke. Und das ist unbezahlbar, gerade in solch einer Situation.«

In dem Moment ging die Tür auf, und Adalbert kam herein: »Oh, was höre ich da, liebe Bea? Sollte das etwa ein Kompliment sein? Ich fühle mich geschmeichelt. Also, womit soll ich anfangen?«

»Sie könnten mir helfen, die hier zu schälen.« Ich wickelte mehrere Bund Spargel aus den feuchten Tüchern, in die Vero das Gemüse geradezu vorbildhaft eingeschlagen hatte.

»Alles klar«, schmunzelte Adalbert. Bea drückte ihm einen Schäler in die Hand. Kurz darauf arbeiteten wir alle drei konzentriert, während Larissa und Rieke vorne im Laden die Stellung hielten. Als ich Bea und Adalbert so einträchtig nebeneinanderstehen sah, durchfuhr mich auf einmal ein großer Schmerz: Ich

musste an die unzähligen Male denken, an denen Patrick und ich zusammen für Gäste gekocht hatten. Wie viele waren es wohl im Laufe unserer gemeinsamen Zeit gewesen?
»Fünfmal Braderuper Bauernfrühstück und drei Portionen Spargel mit Jakobsmuscheln«, orderte Rieke, die mit hochrotem Kopf in die Küche gestürzt kam. »Leute, ihr glaubt es nicht, aber da draußen steppt der Bär, als hätten sie eine Busladung vor der Tür ausgekippt. Habt ihr hier alles im Griff?« Wir schauten uns an, Bea grinste ein wenig schief, Adalbert nickte.
»Aber natürlich, Rieke, das kriegen wir schon hin. Du weißt ja, in der Ruhe liegt die Kraft – und für die Ruhe bin ab sofort ich zuständig. Also sag den Gästen, dass sie ihr Essen pünktlich serviert bekommen. Allerdings wäre es nicht schlecht, sie zuvor ein wenig mit Weißbrot und Oliven zu besänftigen. Und einigen Würfeln Keitumer Ziegenkäse.«
Rieke grinste.
»Wird erledigt.« Und schon war sie wieder durch die Schwingtür verschwunden.

Als ich abends erschöpft im Bett lag und meine Glieder wohlig ausstreckte, fühlte ich mich so gut wie schon lange nicht mehr. Ich hatte eine klare Aufgabe gehabt und sie zusammen mit Bea, Adalbert und Rieke bewältigt.
Endlich hatte ich etwas Sinnvolleres getan, als Kunden das passende Bild zu ihrer Einrichtung zu verkaufen.
Und ich hatte nicht an meine emotionale Misere gedacht.
Ich rekelte mich im Bett und dachte an Hinrich und Vero. Leider hatte es bisher keine Entwarnung gegeben. Vero saß die ganze Zeit an Hinrichs Krankenbett und wurde nur kurz von Bea abgelöst, um sich frischzumachen und sich die Beine zu vertreten. Ich schickte Hinrich all meine positiven Gedanken und Wünsche und hoffte, dass sie etwas bewirkten.

Doch mit einem Mal überfiel mich das Gefühl, etwas Wichtiges vergessen zu haben. Ich wusste nur nicht, was.
In meinem Kopf tanzten Bestellungen, Rezepte, Kochzutaten, Gewürze und Gemüse einen wirren, aber wunderschönen Küchen-Tango. Um Perfektion bemüht, ging ich jedes Detail für morgen durch. An sich war so weit alles vorbereitet, ich hatte sogar an die Bestellung für die Bäckerei gedacht.
Endlich fiel es mir siedend heiß ein: Ich hatte in all der Aufregung nicht daran gedacht, den Sylt-Rundflug abzusagen. Sofort griff ich nach meinem Handy, um Sönke Mommsen anzurufen und mich zu entschuldigen.
Doch es war gar nicht eingeschaltet gewesen, und ich hatte drei Nachrichten auf meiner Mailbox, alle von Sönkes Tochter.
Da es erst zehn Uhr war, wählte ich die Nummer von Sylt-Fly, und hatte erstaunlicherweise Sönke Mommsen selbst am Apparat. Kaum hatte ich meinen Namen genannt, sagte er zu meiner großen Überraschung:
»Es tut mir sehr leid, was mit Hinrich passiert ist. Ich hoffe, es geht ihm bald besser!«
Erstaunt über seine feinfühlige Reaktion murmelte ich:
»Oh, danke schön, das ist aber wirklich großzügig von Ihnen.«
Ich versprach, mich sobald wie möglich wegen eines neuen Termins zu melden. Als ich aufgelegt hatte, stellte ich fest, wie sehr ich mich auf den kommenden Tag freute.

# 27. Kapitel

Donnerstagmorgen erwachte ich schweißgebadet.

Ich hatte geträumt, dass ein wütender französischer Chefkoch auf mich eingeschrien und gedroht hatte, mir eins mit der Bratpfanne überzuziehen. Ich hatte vom Zwiebelschneiden Tränen in den Augen und konnte mich nicht wehren.

Bloß ab unter die Dusche!, dachte ich und stand auf.

Draußen war ein strahlend blauer Tag angebrochen, und ich atmete am offenen Fenster ein paarmal ein und aus, während Seeschwalben in glänzend silbernen Schwärmen am Horizont flogen. Ich hätte noch stundenlang am Fenster stehen können. In Hamburg sah ich von unserer Wohnung aus nur Tauben und Krähen.

»Paula? Bist du schon wach, oder soll ich ein wenig nachhelfen?«, hörte ich Bea im Flur rufen und musste lachen. Bevor ich hier im Kapitänshaus Zuflucht gefunden hatte, hätte ich mir niemals vorstellen können, so eng mit jemandem zusammenzuleben, den ich kaum kannte.

»Ich komme schon, du kannst dir also die Wasserpistole und den nassen Waschlappen sparen«, antwortete ich und öffnete die Zimmertür. »Heute trinke ich meinen Kaffee übrigens unten in der Küche, sonst schaffe ich es nicht rechtzeitig ins Büchernest.« Nach einer kurzen Stippvisite im Bad war ich bereit für meinen zweiten Arbeitstag in der Küche des Büchernests.

»Das sieht doch gut aus«, lobte ich Larissa, die die Speisekarte am Abend zuvor in Absprache mit Bea und mir neu entworfen und ausgedruckt hatte.

»Bei insgesamt fünf Gerichten werde ich hoffentlich nicht so schnell die Nerven verlieren wie gestern, es sei denn, dieser Fiete taucht doch wieder auf und zieht seine Show ab.«

Larissa lächelte verschmitzt und verteilte die neuen Karten auf den Tischen.

»Paula, hast du in der ganzen Hektik eigentlich daran gedacht, unseren Rundflug abzusagen?«, wollte sie wissen und sammelte die Vasen ein, die heute unbedingt mit frischen Blumen befüllt werden mussten. Ich dachte an die erstaunlich warme, sanfte Stimme von Sönke Mommsen gestern am Telefon. »Ehrlich gesagt hatte ich es total verschwitzt, aber Herr Mommsen war so nett, uns den verpassten Termin nicht in Rechnung zu stellen, sondern mit mir bei Gelegenheit einen neuen auszumachen.«

»Oh, das ist aber großzügig von ihm«, entgegnete Larissa und pustete sich eine Haarsträhne aus dem Gesicht. »Scheinbar hast du Eindruck auf ihn gemacht, denn er hat den Ruf, ein guter Geschäftsmann zu sein. Soweit ich weiß, ist er Single. Nur, falls es dich interessiert …«

»Lissy, was plapperst du da für einen Unsinn?« Bea nahm ihrer Nichte die Vasen ab. »Ich würde vorschlagen, du kümmerst dich um die Dame da vorne, anstatt Paula verkuppeln zu wollen.«

Larissa zog einen Flunsch, bestimmt allein schon deshalb, weil ihre Tante sie *Lissy* genannt hatte.

»Lass gut sein, Bea«, wiegelte ich ab. »Ich denke, wir sollten uns jetzt alle ein wenig beeilen, bevor eine Meute hungriger Gäste bei uns einfällt und die Blumen aus den Vasen isst.«

Am späten Vormittag erhielt Bea endlich den erlösenden Anruf: Hinrich hatte die Bypass-Operation den Umständen entsprechend gut überstanden und würde nach dem Eingriff noch eine Weile im Krankenhaus bleiben und danach mindestens eine dreiwöchige Reha machen.

Obwohl Vero überglücklich war, bereitete ihr eines großes Kopfzerbrechen: Ihr Mann wollte nicht nur, dass sie in der Klinik bei ihm blieb und ihn in die Reha begleitete, sondern auch dass Vero anschließend nicht mehr so viel im Büchernest arbeitete. Wenn es nach ihm ginge, am besten überhaupt nicht mehr. Der Infarkt hatte ihm nicht nur einen riesigen Schrecken eingejagt, sondern ihm auch bewusst gemacht, wie sehr er an Vero hing und wie kostbar die Zeit war, die sie zusammen verbrachten.

Nachdem Bea Larissas und meine Genesungswünsche ausgerichtet und das Telefonat mit Vero beendet hatte, wurde nach und nach klar, welche Konsequenzen Hinrichs Wunsch langfristig für das Büchernest nach sich ziehen würde.

»Oje, das muss ich erst mal verdauen«, murmelte Bea. »Und das geht am besten an der frischen Luft. Kann ich dich kurz allein lassen, Paula?« Ich nickte, während ich Brötchenhälften belegte.

Kaum war ich allein, kam ich erneut ins Grübeln. Im Klartext bedeutete Veros Anruf, dass sie über kurz oder lang nicht mehr als Köchin zur Verfügung stehen, sondern sich in den wohlverdienten Ruhestand zurückziehen würde.

Auch wenn sie mit siebzig körperlich genauso fit wie Bea war, erstaunte es schon, dass sie noch so viel arbeitete und sich darüber hinaus um den Bauernhof in Morsum kümmerte. Ich an ihrer Stelle hätte es vorgezogen, gemütlich auf dem Sofa zu liegen, als tagaus, tagein zu schuften.

Doch augenscheinlich war diese Generation anders gestrickt: Sie war zeitlebens Disziplin gewohnt und konnte sich ein Leben im Müßiggang nicht vorstellen. Soweit ich wusste, werkelte Vero nach ihrem Dienst im Büchernest noch in ihrem riesigen Nutzgarten herum. Voller Leidenschaft und in bester Bio-Qualität züchtete sie Zucchini, Bohnen, Kartoffeln, Möhren, Kürbisse – und seit neuestem sogar Artischocken. Vieles fand den Weg in die Küche des Büchernests, und die Gäste schätzten die frischen und gesunden Lebensmittel genauso wie ich.

Ich wagte es kaum, den Gedanken zu Ende zu denken, der mich verführerisch anlächelte. Wenn ich auf Sylt blieb, um Veros Stelle einzunehmen, konnte ich noch mehr Abstand zu meinem alten Leben mit Patrick gewinnen. Auch wenn mich immer wieder Traurigkeit überfiel, genoss ein Teil von mir diesen neuen Lebensabschnitt. Doch angenommen, Bea und Larissa stimmten meiner Idee zu: Wo sollte ich wohnen?

Ich konnte unmöglich auf Dauer in dem kleinen Zimmer bleiben. Und auf Sylt herrschte absolute Wohnungsnot. Nicht umsonst pendelten täglich zahllose Menschen vom Festland, vorwiegend Klanxbüll und Niebüll, nach Sylt. Selbst wenn es mir gelingen sollte, ein freies Apartment oder eine Ferienwohnung zu finden, wäre beides längerfristig unbezahlbar.

»Na, woran denkst du?« Bea trat neben mich und schenkte sich einen Schluck Orangensaft ein. Ich war so in Gedanken versunken gewesen, dass ich sie nicht hatte hereinkommen hören.

»Ich grüble über eine Lösung für die Küche nach«, antwortete ich, vermied es jedoch, sie anzuschauen. Eine kluge Frau wie Bea hätte mir sofort an der Nasenspitze angesehen, was ich vorhatte.

»Mach dir keinen Kopf über Dinge, die dich nicht betreffen. Ich bin dir wirklich dankbar, dass du uns so unterstützt. Der Rest ist Familienangelegenheit und sollte dich nicht belasten. Du bist hier, um dich zu erholen und nachzudenken, und damit Schluss!«

# *28. Kapitel*

Ich habe nachgedacht«, eröffnete ich Bea am nächsten Morgen beim Frühstück auf der Terrasse. Obwohl noch früh am Morgen, war es ausgesprochen warm und der Himmel wolkenlos, wie geschaffen, um Pläne für die Zukunft zu schmieden.

»Über die Situation in der Küche oder das Leben im Allgemeinen?« Bea schaute interessiert vom *Sylter Tagesspiegel* auf, in dem bereits eine Stellenanzeige für eine Köchin im Büchernest inseriert worden war.

»Wenn ich wüsste, wo ich wohnen könnte, würde ich euch auch länger unterstützen. Bislang hat es doch ganz gut geklappt. Und etwas Besseres kann ich mir im Moment nicht vorstellen!«

Bea wirkte skeptisch.

»Aber was wird dann aus deiner Galerie?«

»Jule würde sich sicher sehr freuen, offiziell die Leitung von Art-Future zu übernehmen und entsprechend mehr Gehalt zu bekommen. Als Ersatz für mich würde ich eine weitere Mitarbeiterin einstellen und einmal im Monat selbst nach dem Rechten schauen. Im Zeitalter von Internet und Smartphones ist das doch alles kein Problem. Konzepte kann ich auch von hier aus entwickeln, und etwaige Reisen lege ich auf meine freien Tage … vorausgesetzt, ich bekomme welche …«

Bea lächelte verschmitzt, und ihre Augen blitzten mit dem blauen Frühsommerhimmel um die Wette.

»Aber können wir uns dich überhaupt leisten?«

Mein Herz machte einen Freudensprung – offenbar fand sie meine Idee nicht so abwegig.

»Ich glaube schon, dass wir uns darüber einig werden«, grinste ich. »Ich müsste nur eine Unterkunft finden, denn für länger ist das Zimmer definitiv zu klein, so hübsch es auch ist und so sehr ich mich wohl fühle.« Bea legte die Zeitung beiseite und blickte zum anderen Ende des großen Gartens. Dort stand ein hellgelb gestrichener, von zartrosa Rosen und dunkelgrünem Efeu umrankter Holzpavillon, den ich bislang nicht weiter beachtet hatte.

Sie stand auf.

»Los, komm mit, ich möchte dir etwas zeigen.« Neugierig folgte ich ihr und traute meinen Augen kaum, als sie die Tür des Pavillons aufschloss: Vor mir lag ein kleines Paradies.

»Hier hatte mein verstorbener Mann lange Zeit seinen Hobbyraum, und zuletzt war es Neles Atelier. Man müsste was verändern, aber im Großen und Ganzen ist es doch recht schön, nicht wahr?« Ich schnappte nach Luft. »Recht schön? Bea, das ist die Untertreibung des Jahres! Dieser Pavillon gleicht einem kleinen Märchenschloss. Bist du dir sicher, dass du ihn mir wirklich zur Verfügung stellen willst?«

»Wenn du damit zurechtkommst, dass es hier weder ein Bad noch eine Küche gibt, dann sehr gern. Und du weißt ja: Du bist jederzeit im Kapitänshaus willkommen, denn ich esse nicht besonders gern allein. Aber wir können dir auch die elektrische Herdplatte hinstellen, die Nele immer benutzt hat, wenn sie sich eine Suppe warm machen oder einen Espresso kochen wollte. Dann bist du etwas unabhängiger.« Ich atmete den Duft von Holz und Wärme ein und schwelgte in der Vorstellung, in diesem wunderhübschen Häuschen wohnen zu dürfen. In einer Ecke stand ein Korb-Schaukelstuhl, auf dem orientalische, bunte Kissen aus Seide lagen.

Daneben ein Tischchen, auf dem Bücher und Zeitschriften Platz hatten. Hohe volle Bücherregale, zum Teil mit antiquarischen Ausgaben, verführten zum Stöbern. Den Holzboden bedeckten weiche orientalische Teppiche, die Vorhänge waren aus schimmerndem Organza-Stoff. In einer Ecke standen ein antiker Bauernschrank und eine Kommode mit wunderschönen Blumenmustern.

»Man sieht, dass Nele eine Vorliebe für bunte Farben und exotische Länder hat«, bemerkte Bea. »Als Knut sich hier ausgetobt hatte, sah das alles ganz anders aus. Segelschiffmodelle auf den Fensterbänken, Seemannsknoten an den Wänden und auch sonst jede Menge maritimes Gedöns. Mir persönlich gefällt dieser Stil besser.«

Ich war viel zu sehr damit beschäftigt, mich zu freuen, als auch nur einen Gedanken an frühere Zeiten zu verschwenden.

Vor mir lag schließlich eine Zukunft in fröhlichen, hellen und kräftigen Farben.

»Also dann ist ja alles bestens«, sagte Bea lächelnd. »Allerdings müssen wir jetzt dringend los. Mein Angebot steht: Du kannst den Pavillon gern für dich haben. Und die Stelle in der Küche des Büchernests auch.«

»Aber was sagt Larissa dazu?«, entgegnete ich, als mir einfiel, dass nicht allein Bea zu entscheiden hatte, wer künftig Vero vertrat. Immerhin hatte Larissa inseriert, und es bewarben sich bestimmt viele, die weitaus qualifizierter waren als ich.

»Larissa hat gestern Abend gesagt dass sie sich insgeheim wünscht, du würdest den Job übernehmen. Auch wenn das an ein Wunder grenzen würde, immerhin seist du mit Leib und Seele Galeristin. Und eine Hamburger Großstadtpflanze.«

Mit Mühe unterdrückte ich einen Juchzer und begnügte mich, relativ nüchtern zu antworten:

»Na, wenn das so ist, sollten wir diese Entscheidung feiern.« Mein Herz klopfte wie wild, und ich überlegte bereits, wann ich den Großteil meiner Sachen aus der Hamburger Wohnung holen und hier einräumen würde.

»Ja, allerdings.« Bea nickte lächelnd. »Und dass der liebe Hinrich dem Tod noch mal von der Schippe gesprungen ist.«

Am Abend dieses bedeutsamen Tages fasste ich mir ein Herz und rief Patrick an. Natürlich fiel es mir schwer, ihm zu sagen, was ich vorhatte, denn jeder weitere Schritt bedeutete, dass wir uns immer mehr voneinander entfernten. Doch ich hatte das Gefühl, dass meine Entscheidung richtig war, egal, wie weh sie tat.

Als nach mehrmaligem Läuten der Anrufbeantworter ansprang und ich per Handy nur die Mailbox erreichte, versuchte ich es bei Doro. Die schwebte immer noch auf Wolke sieben, nachdem der Besuch bei Mats in Husum offenbar der Himmel auf Erden gewesen war. Da ihre Kinder gerade nicht zu Hause waren, konnte sie ungestört sprechen, und ich freute mich, dass es ihr offenbar gutging.

»Und Thomas hat immer noch keine Ahnung?«, fragte ich mit großer Verwunderung. Vielleicht hatten ja Frauen bessere Antennen …

»Falls er überhaupt etwas mitbekommt, dann nur das, was ich angeblich wieder mal falsch gemacht habe. Dem Mann kann man es momentan einfach nicht recht machen. Aber weißt du was? Das ist mir alles herzlich egal. Wenn ich sauer auf ihn bin, rufe ich bei Mats an, und der Tag ist wieder mein Freund. Aber was ist mit dir? Du warst in den letzten Tagen wie vom Erdboden verschluckt. Ich hätte dich heute auch noch angerufen. Übrigens soll ich dir von Helen ausrichten, dass du eine treulose Tomate bist und dich in Hamburg nicht mehr blicken zu lassen brauchst, es sei denn, du schmeißt eine Entschuldigungsparty für uns drei.«

Der Gedanke an meine beiden Freundinnen versetzte mir einen Stich. Doro und Helen fehlten mir. Doch daran ließ sich momentan leider nichts ändern, und es war an der Zeit, Doro zu erzählen, was ich vorhatte.

»Was Hamburg betrifft: Bei deinem Besuch hast du doch gesagt, dass es ein absoluter Traum sein müsste, auf Sylt zu leben. Nun … ganz so abwegig ist dieser Traum nicht mehr … zumindest nicht für mich …«

Ich konnte förmlich hören, wie Doro am anderen Ende der Leitung die Luft anhielt. Und sie brauchte einen Augenblick, bevor sie antwortete.

»Wie … wie meinst du das? Willst du dort eine Galerie aufmachen? Hast du einen Antrag von einem Immobilienhai bekommen, der sein Imperium mit dir als Frau an seiner Seite schmücken möchte?«

Der zweite Teil des Satzes war so typisch Doro, dass ich lachen musste. Doch dann erzählte ich ihr von Hinrichs Infarkt, Veros Situation und dass ich in Zukunft den Kochlöffel in der Küche des Büchernests schwingen würde.

Und wieder war es einen Moment still in der Leitung.

Kein Wunder, diese Nachricht hatte es in sich und war genauso brisant wie Doros Affäre.

Doch Doro war nicht umsonst meine beste Freundin.

»Aber das ist ja wundervoll«, kreischte sie so laut in den Hörer, dass ich ihn instinktiv von meinem Ohr weghielt. »Du bist eine wirklich gute Köchin, die Insel ist wunderschön, und ein Ortswechsel ist genau das Richtige für dich. Congratulations! Und das mit der Galerie wuppst du locker nebenbei. Wie ich Jule kenne, scharrt sie schon längst mit den Hufen. Arbeitet Vincent eigentlich noch dort, nachdem du ihm gesagt hast, dass ihr keine gemeinsame Zukunft habt?«

Vincents Name versetzte mir erneut einen Stich.

Wenn ich mit Jule telefonierte, vermied ich es bewusst, über ihn zu sprechen. Wenn er an den Apparat ging, legte ich auf. Aus diesem Grund hielt ich schon seit einiger Zeit die Nummer auf meinem Handy unterdrückt.

Ich ging nicht weiter auf Doros Frage ein, sondern erkundigte mich nach den Kindern und wann sie Mats wiedersah.

»Wenn es nach uns beiden ginge, besser heute als morgen. Das Dumme ist nur, dass mir allmählich wirklich die Ausreden ausgehen und Schwiegermonster sicher irgendwann hellhörig wird. Aber vielleicht kann ich dich ja als Alibi benutzen? Zum Beispiel, indem ich dir beim Umzug nach Sylt helfe. Dieser kleine Palast, von dem du erzählt hast, ist doch garantiert total renovierungsbedürftig, nicht wahr?«

Es dauerte einen Moment, ehe ich begriff, worauf sie hinauswollte.

»O ja, aber klar. Und was heißt hier überhaupt Palast? Im Grunde ist es eine Ruine. Keine Ahnung, ob diese Bruchbude jemals bewohnbar sein wird. Und wer könnte mir da besser helfen als du, meine Liebe?!«

## *29. Kapitel*

Diesen Samstag hatte ich frei, denn Vero wollte ein letztes Mal in der Küche nach dem Rechten sehen, bevor sie sich ausschließlich um das Wohlergehen ihres Mannes kümmerte. Aus diesem Grund sollte ich nach der Mittagszeit im Büchernest vorbeikommen, um alle noch anstehenden Fragen zu klären.
Zuvor wollte ich noch Patrick anrufen und ihm sagen, dass ich voraussichtlich Ende der Woche nach Hamburg kommen, meine Sachen und mein Auto holen würde.
Diesmal meldete Patrick sich bereits nach dem ersten Klingeln.
»Ach, du bist es«, sagte er anstelle einer Begrüßung und klang, als habe er den Anruf von jemand anderem erwartet. »Seit wann telefonierst du denn mit unterdrückter Nummer?«
Es machte mich dermaßen nervös, seine Stimme nach so langer Zeit zu hören, dass ich kaum wusste, was ich antworten sollte. Deshalb fragte ich, wie es ihm ging.
»Danke, alles bestens«, antwortete er knapp, als wolle er einen unangenehmen Geschäftspartner abwimmeln.
*Da musst du jetzt durch, Paula. Du hast deinen Mann zutiefst verletzt und kannst jetzt nicht erwarten, dass er sich vor Freundlichkeit überschlägt!,* versuchte ich mich zu beruhigen. Also erklärte ich sachlich und in aller Kürze, was ich wollte. Patrick antwortete nicht gleich, und ich spürte, wie sich ein feiner Schweißfilm auf meiner Oberlippe bildete und meine Hände feucht wurden.
»Komm vorbei, wann immer du willst, Hauptsache, tagsüber. Und wirf bitte den Wohnungsschlüssel in den Briefkasten«, entgegnete er schließlich nüchtern.
Mir wurde schwindelig.

Aber wieso sollte ich den Schlüssel abgeben?
*Noch* gehörte uns die Wohnung gemeinsam!
»Ist sonst noch was?«, fragte Patrick, und ich brachte nur hervor:
»Nein, nein, das war's.«
Schon war das Telefonat beendet, und ich fühlte mich, als hätte mir jemand einen Eimer Wasser über den Kopf gegossen.
Ich brauchte dringend Ablenkung, am besten machte ich einen Spaziergang. Also nahm ich meine Jeansjacke von der Garderobe und marschierte ohne genaues Ziel los.
Irgendwann fand ich mich am Watt wieder und wie durch Zauberhand vor Adalberts Haus. Gerade als ich kehrtmachen wollte, um nicht gesehen zu werden, hörte ich ihn meinen Namen rufen. Ein wenig unwillig näherte ich mich dem Zaun.
»Na, heute gar nicht im Büchernest?«, fragte Adalbert, der offenbar gerade mit Gartenarbeit beschäftigt war: Er trug einen Weidenkorb bei sich, in dem schon jede Menge Unkraut lag, und eine Heckenschere. Er tippte sich an die Stirn und lachte.
»Dumme Frage, sonst wärst du … oh, pardon, ich bitte um Entschuldigung … wären Sie ja nicht hier.«
»Das *Du* nehme ich sehr gern an«, antwortete ich und freute mich über die Vertrautheit, die sich jedes Mal zwischen uns einstellte.
Adalbert war ein Mensch, in dessen Nähe ich mich sofort wohl fühlte.
»Hast du Lust auf ein Tässchen Tee, oder musst du dringend weiter?«
Ich überlegte.
Wollte ich Adalbert wirklich meine schlechte Stimmung zumuten?
Oder brauchte ich genau diese Abwechslung, um mich aufzumuntern?

»Wenn ich damit nicht deine Arbeit torpediere«, antwortete ich, und Adalbert öffnete das hölzerne Gartentor. Ich folgte ihm auf die Terrasse, wo er seinen Korb abstellte und mir einen Platz anbot:

»Mach es dir gemütlich, während ich uns eine schöne Tasse Tee zubereite. Worauf hast du Lust? Auf einen kräftigen Friesen, einen zarten Grüntee, oder steht dir der Sinn eher nach etwas Fruchtigem, wie zum Beispiel Sanddorn?«

»Sanddorn klingt lecker, hab ich noch nie getrunken. Aber er soll ja sehr gesund sein.«

»Ja, diese kleinen Früchtchen haben einen außergewöhnlich hohen Vitamin-C-Gehalt und schmecken deshalb auch etwas säuerlich, was nicht jedermanns Geschmack ist«, antwortete Adalbert und ging in die Küche.

Ich genoss die Aussicht auf das Wattenmeer, das ich mittlerweile liebte und auf das ich jetzt nicht mehr verzichten musste, wenn Sylt meine Heimat werden würde.

Heute Abend hatte ich einen Telefontermin mit Jule. Ich wollte über alle Details mit ihr sprechen, auch über die Stellenausschreibung für die Galerie. Jetzt konnte ich nur noch hoffen, dass sie wie erwartet reagierte und sich über die Chance freute, die sich ihr bot.

»So, da bin ich wieder«, schmunzelte Adalbert und stellte eine Kanne, ein Stövchen und zwei dünnwandige Porzellantassen auf den Terrassentisch. Dazu eine Schale Kekse, die ich versuchte zu ignorieren. Momentan hatte ich immer noch ein paar Pfund zu viel auf den Rippen, denn die appetitanregende Luft und die vielen Leckereien in der Küche des Büchernests verführten andauernd zum Naschen.

»Du hast dich also entschlossen, deine Zelte eine Weile auf dieser Insel aufzuschlagen.« Adalbert goss den Tee ein, dessen orangefarbener Ton sich gut in der weißen Tasse machte.

»Mein *Zelt* ist ein toller Pavillon, den Bea mir netterweise zur Verfügung stellt. Dort lässt es sich bestimmt eine Weile aushalten.«

Adalbert nickte.

»Der Winter könnte allerdings zum Problem werden, denn es gibt keine richtige Heizung. Lediglich einen Radiator, der natürlich Unmengen an Strom frisst.« Mist, davon hatte Bea gar nichts gesagt.

»Aber bis dahin ist es noch lang, und wer weiß, wonach dir dann der Sinn steht. Ich bin kein Freund von großen Plänen. Es kommt meist eh anders, als man denkt.«

Ich schluckte.

Vielleicht war ich bis Ende des Jahres schon mitten im Scheidungsprozess und stritt mich mit Patrick wegen der Wohnung. Nach unserem Telefonat hatte ich ein flaues Gefühl im Magen. Sollte ich ihm vielleicht sagen, dass ich keinen Kontakt mit Vincent hatte, um ihn ein wenig zu besänftigen?

Oder änderte das sowieso nichts mehr?

»Na, woran denkst du? Dass du lieber Schwarztee gehabt hättest?« Adalbert lächelte. Oje, ich hatte vor lauter Nachdenken kaum auf mein Getränk geachtet, das, wie ich feststellte, ausgesprochen köstlich und erfrischend schmeckte.

»Ich fürchte, ich bin heute keine allzu angenehme Gesellschaft. Vorhin hatte ich eine Auseinandersetzung mit meinem Mann, und nun schwirrt mir der Kopf. Am besten, ich gehe gleich wieder, sonst verderbe ich dir noch den Tag.«

»Ach, Unsinn«, wischte Adalbert meine Bedenken vom Tisch. »Wir müssen nicht reden, wenn du nicht willst. Genießen wir einfach das traumhafte Wetter und den Blick aufs Meer. Glaub mir: Alles Weitere findet sich schon.«

Froh über diesen Vorschlag, schaute ich aufs Wasser und beobachtete die Seeschwalben, die sich in Schwärmen zusammenfanden, um gemeinsam davonzufliegen. Ich blickte ihnen gedankenverloren hinterher und wurde mit einem Schlag so traurig, dass ich Mühe hatte, meine Tränen zurückzuhalten.

Wie gern wäre ich ein Teil einer solchen Gemeinschaft!

Es wäre eine Wohltat, zu wissen, zu wem man gehörte und wo der eigene Platz im Leben war.

Doch ich hatte meinen Lebensmittelpunkt zerstört.

Und wofür das alles?

Ich spürte, wie sich angesichts dieser negativen Gedanken mein Nacken verspannte und mein Kopf zu schmerzen begann.

»Alles in Ordnung?«, fragte Adalbert und musterte mich besorgt. »Du bist auf einmal so blass. Habe ich etwas Falsches gesagt?«

»Nein, überhaupt nicht. Ich habe nur gerade das Gefühl, dass mir der Schädel platzt, aber das hat mit dir nicht das Geringste zu tun.« Adalbert stand auf, stellte sich hinter meinen Stuhl und massierte mit kräftigem, aber sanftem Druck meinen Nacken. Es dauerte nicht lange, und er hatte genau den Punkt erwischt, wo der Schmerz am tiefsten saß.

»Da hat sich aber einiges angestaut«, murmelte er und knetete weiter. »Möchtest du eine Tablette, oder willst du dich hinlegen? Im Meditationsraum steht eine gemütliche Liege. Ich kann alles abdunkeln, und du schläfst eine Runde, bis es dir bessergeht. Wenn du willst, kann ich dir eine Entspannungs-CD einlegen.«

Ich schaute auf die Uhr. Bis zum Treffen mit Vero hatte ich noch ein bisschen Zeit.

Der Gedanke, einfach in einen erholsamen Schlaf zu sinken und all meine Probleme hinter mir zu lassen, war äußerst reizvoll.

»Danke, das Angebot nehme ich sehr gern an. Vorausgesetzt, du hast einen Wecker. Ich bin nämlich um drei mit Vero im Büchernest verabredet.«

»Keine Sorge, du wirst pünktlich sein. Na los, dann komm.«

Ich folgte Adalbert in den Raum, den ich von der Meditationsstunde her kannte. Es duftete angenehm nach Lotusblüte, im gekippten Fenster hing ein silbernes Windspiel, dessen Glöckchen leise klingelten. Auf der Liege lag eine flauschig-weiche Fleecedecke, die Adalbert fürsorglich über mir ausbreitete. Danach rieb er mir die Stirn mit Minzöl ein, eine absolute Wohltat. Ich fühlte mich wie früher als Kind, als meine Mutter mich umsorgte, wenn ich krank war.

Dann schaltete Adalbert eine CD ein, deren sphärische Klänge mich sofort einhüllten wie ein warmer Mantel: Meeresrauschen, Vogelgesang, Harfe, Panflöte ... Von weit, weit her hörte ich Adalbert flüstern.

»Schlaf gut, Paula. Wenn du wieder wach bist, unterhalten wir uns darüber, was du alles für vorbeugende Maßnahmen ergreifen kannst, damit solch eine Situation nicht mehr eintritt. Bis nachher, ich wecke dich rechtzeitig.« Er war noch nicht ganz aus der Tür, da war ich schon eingenickt ...

Eine ganze Weile später strichen mir warme Hände sanft über den Kopf, und es duftete nach frisch gekochtem Kaffee.

Ich setzte mich auf, rieb mir die Augen und brauchte einen Moment, um zu realisieren, wo ich war.

»Trinkst du deinen Espresso mit Zucker, oder willst du, dass er gegen Kopfschmerzen hilft?« Adalbert hielt eine halbe Zitrone in der Hand.

»Dann entscheide ich mich lieber für Zucker. Vitamin C war ja vorhin schon im Sanddorntee. Aber was war das denn vorhin für schöne Musik? Sie hat mich vom ersten Klang an beruhigt und in entrückte Sphären entführt. Wenn die jedes Mal so gut funktioniert, würde ich gern ein Exemplar kaufen.« Neugierig nahm ich die CD, die Adalbert mir wortlos reichte. Sie hieß *Inselsommer,* und der Klangkünstler war Hauke Nissen.

»Hauke wohnt auf der Nachbarinsel Föhr. Ich habe seine Musik entdeckt, als ich durch Zufall seinen Laden Art und Weise im Künstlerdorf Oldsum besucht habe. Und mir ging es genauso wie dir: Ich war bereits nach den ersten Klängen verzaubert und habe mir sofort mehrere seiner CDs gekauft. Seine Klangwelten haben so etwas … Zärtliches, wenn du verstehst, was ich meine. Und sie drücken eine große Liebe zur Natur und zum Meer aus.«

O ja, ich verstand! Diese Musik war wie eine Umarmung, aus der man sich nie wieder lösen wollte.

»Und was schlägst du vor, um keine Nacken- und Kopfschmerzen mehr zu bekommen? Oh, warte, lass mich raten: Yoga und/ oder Meditation. Das Dumme ist nur, dass ich neulich große Konzentrationsschwierigkeiten und hinterher Kopfschmerzen hatte.«

Kaum hatte ich den Satz ausgesprochen, bereute ich ihn auch schon. Wie konnte ich nur diesem netten Mann gegenüber derart ironisch sein? Doch Adalbert nahm es zum Glück gelassen.

»Bea hat mir erzählt, dass ihr *Eat, Pray, Love* geschaut habt. Die Heldin hatte ja auch Schwierigkeiten, sich in die Meditation einzufinden. Ich kann dir nur raten, nicht so streng mit dir zu sein.«

»Du kennst den Roman?«, fragte ich halb verwundert, halb belustigt. »Aber das ist doch ein absolutes Frauenbuch.«

»Eben drum«, antwortete Adalbert trocken. »Ich hatte mir erhofft, nach der Lektüre ein wenig mehr über euch zu erfahren. Aber wie es scheint, hat es nicht viel genutzt.«

Schmunzelnd ging ich wenig später zum Büchernest und dachte über Adalberts Worte nach. Ob er mit seiner Bemerkung die Frauen im Allgemeinen gemeint hatte oder eine ganz bestimmte? Die Vorstellung, dass ein so kluger, intuitiver und offenbar weltgewandter Mann wie er Probleme hatte, *das andere Geschlecht* zu verstehen, wollte mir nicht in den Kopf.

»Da bist du ja«, rief Vero, als ich die Küche betrat. Bei ihr saß jeder Handgriff, und man spürte, wie sehr sie hier in ihrem Element war. Würde ihr das alles nicht fehlen? »Du ahnst gar nicht, wie froh ich bin, dass gerade du meine Nachfolgerin wirst. Während ich an Hinrichs Krankenbett saß, habe ich mir den Kopf zermartert, wie es weitergehen soll. Und dann kamst du, mein rettender Engel, und auf einen Schlag waren alle meine Probleme gelöst.« Ehe ich mich versah, drückte Vero mich an ihren mütterlichen, weichen Busen. Sie duftete appetitlich nach einer Mischung aus Honig und Birnen.

»Ich freue mich auch«, murmelte ich und löste mich behutsam aus ihrer innigen Umarmung, »und verspreche, mein Bestes zu geben, um eine würdige Nachfolgerin zu werden. Ersetzen kann dich sowieso niemand, das weißt du. Das Wichtigste ist doch, dass Hinrich so weit alles überstanden hat und nun in guten Händen ist. Aber jetzt sollten wir lieber alles durchsprechen, ehe wir noch ganz gefühlsduselig werden.«

Vero wischte sich verstohlen eine Träne aus dem Augenwinkel und nickte zustimmend.

Zwei Stunden später hatte ich erneut das Gefühl, mir würde der Schädel platzen, doch ich war beruhigt: Die Küche des Büchernests zu führen schien einfacher als gedacht und erforderte vor allem eins: Übung und ein bisschen Nervenstärke. Alles andere würde sich schon finden.

»Morgen stellt sich übrigens ein junger Mann namens Olli vor«, eröffnete Bea mir, als ich nach Hause kam. »Er hat sich zwar auf die Annonce als Nachfolger von Vero gemeldet, aber vielleicht hat er ja Lust, dich zu unterstützen. Wenn er uns gefällt und wir ihm auch, bekommst du Verstärkung in der Küche und im Service. Na, wie findest du das?«

*Ich brauche jede Hilfe, die ich bekommen kann,* dachte ich schläfrig und verschwand kurze Zeit später in meinem Zimmer.

# 30. Kapitel

Am Montag näherte sich der Zug langsam dem Bahnhof Altona, und ich betrachtete die Altbauten am Rand der Gleise und die Bahnhofskulisse mit gemischten Gefühlen. Diesmal fuhr ich nach Hamburg, um einen Großteil meiner Sachen für Sylt zusammenzupacken, was etwas Endgültiges hatte.

Gut, dass Doro und Helen mich abholten.

»Hallo«, rief Doro in einer solchen Lautstärke, dass sich außer mir einige Passanten umdrehten. Doro fiel nicht nur wegen ihrer hohen Tonlage auf, sondern auch wegen ihres pinkfarbenen Outfits, das ich bislang noch nicht an ihr gesehen hatte.

»Ganz schön bunt, unsere Süße, nicht wahr?«, lachte Helen und deutete auf Doros kurzen Rock, der ihre hübschen Beine wunderbar zur Geltung brachte. Lange her, dass ich sie in etwas anderem als Hosen gesehen hatte.

»Bunt, aber traumhaft sexy«, antwortete ich und umarmte die beiden, die dicht nebeneinander am Bahnsteig standen. »Mann, habe ich euch vermisst! Könnt ihr nicht einfach mit nach Sylt kommen?«

»Nichts lieber als das«, antwortete Doro lachend, und sie und Helen hakten sich bei mir unter. Wir gingen Richtung Ausgang, wo Helen ihr lackschwarzes Cabriolet verbotenerweise mit Warnblinkanlage am Taxi-Stand abgestellt hatte. Kaum hatte sie den Kofferraum geöffnet, hagelte es auch schon wüste Beschimpfungen: Drei erboste Taxifahrer hielten Helen vor, wie viel Glück sie gehabt habe, dass sie noch nicht die Polizei gerufen hätten.

»Macht euch locker, Jungs, und atmet tief durch«, konterte Helen unbeeindruckt und ließ das Schloss des Kofferraums aufschnappen, damit ich meinen Trolley hineinlegen konnte. »Ihr hättet mich nur anrufen müssen, und ich wäre in zwei Sekunden hier gewesen. Wo also ist euer Problem?« Sie deutete auf den Zettel mit ihrer Handynummer, den sie gut sichtbar hinter die Windschutzscheibe gelegt hatte.

Ich unterdrückte ein Grinsen, weil ihre lässige Art (und vermutlich auch ihr Aussehen) die wütenden Fahrer innerhalb kürzester Zeit zum Schweigen gebracht hatten. Helen öffnete die Autotür und bedeutete uns einzusteigen. »So, Mädels, dann wollen wir mal«, sagte sie in aller Seelenruhe und winkte dem Fahrer-Trio fröhlich zu, während sie ausparkte.

»Wohin geht es denn?«, fragte ich gespannt. Doro und Helen hatten ein großes Geheimnis darum gemacht, wo wir meine *Umsiedelung* nach Sylt feiern würden, bevor ich morgen Vormittag meine Koffer packen würde.

Meine beiden Freundinnen quasselten während der Fahrt unaufhörlich, wohingegen ich damit beschäftigt war, mir noch einmal die Stadt anzuschauen, in der ich so lange gelebt hatte und glücklich gewesen war.

Als der Hafen und die Landungsbrücken in Sicht kamen, überfiel mich erneut das altbekannte Gefühl von Melancholie und Trauer. Hier hatten Patrick und ich zahllose glückliche Stunden verbracht, waren Hand in Hand am Hafen entlangspaziert, hatten im quirligen Portugiesen-Viertel zu Abend gegessen oder waren zu Veranstaltungen auf dem Feuerschiff oder der Rickmer Rickmers gegangen. Hier hatten wir mit Freunden, die uns besuchten, unzählige Hafenrundfahrten gemacht oder typische Touristen-Souvenirs wie Plüschrobben oder Becher mit unseren Namen drauf gekauft. Patrick war die englische Form von Patricius, was so viel wie *Der Edle* bedeutete, und Paula stand für die weibliche Form von Paul, was wiederum übersetzt *Der Kleine*

hieß. Wir hatten unzählige Witze über die Bedeutung unserer Namen gemacht und uns schließlich noch ein Buddelschiff zugelegt, das später die Fensterbank im Wohnzimmer zierte.
Wie konnte es nur passieren, dass eine so große Liebe im Laufe der Zeit Risse bekam und irgendwann endete?
Als Helen Richtung Speicherstadt in die HafenCity abbog, wurde ich neugierig, und meine trüben Gedanken rückten darüber ein wenig in den Hintergrund. Doro verabscheute den neuen Hamburger Stadtteil zutiefst, der vor einigen Jahren aus dem Boden gestampft worden war, und soweit ich wusste, stand auch Helen dem Tummelplatz von Immobilienmaklern, Bankern und anderen Neureichen eher kritisch gegenüber.
Was also taten wir hier?
Kurze Zeit später wusste ich, was meine beiden Freundinnen hierhergelockt hatte: Ich erblickte kantige Holztische auf der Terrasse eines Restaurants, und mir fiel sofort ein altbekanntes Emblem ins Auge, das die eingedeckten Gläser schmückte: gekreuzte Säbel und ein Totenkopf, das Erkennungszeichen der Sylter Sansibar.
»Da staunst du, was?«, schmunzelte Doro und nannte einem herbeieilenden Kellner ihren Namen. »Noch ist es hier nicht so schwierig wie auf Sylt, einen Tisch zu bekommen, aber es war trotzdem gut, dass ich schon vor einer Woche reserviert habe.«
Sie legte ihre Handtasche auf die Bank und setzte sich direkt daneben. Helen und ich nahmen ebenfalls Platz, allerdings mit Blick auf die Elbe und die Strandkörbe, die auf der Terrasse aufgestellt und natürlich bereits besetzt waren. Es war ein lauschiger Frühsommerabend.
»Was haltet ihr von einer Runde Aperol Sprizz als Aperitif, auch wenn dieser Drink angeblich schon out ist und man jetzt Hugo trinkt?«, wollte Helen wissen, während ich noch die Karte studierte und keine Ahnung hatte, wonach mir der Sinn stand.

»Überredet«, erklärte ich kurz entschlossen, und auch Doro nickte begeistert.

»Ist doch vollkommen egal, ob ein Drink in ist oder nicht. Hauptsache, er schmeckt!«

Nachdem wir bestellt hatten, brachten mich meine beiden Freundinnen erst einmal auf den neuesten Stand. Während Doro mit vor Freude glühenden Wangen von Mats erzählte, dämmerte mir allmählich, weshalb wir uns ausgerechnet hier trafen: Doro und Mats hatten immerhin ihr erstes Rendezvous in der Sansibar auf Sylt gehabt!

»Wir wollen übrigens demnächst eine ganze Woche miteinander verbringen und wegfahren«, sagte Doro, der der Aperitif offenbar ein wenig zu Kopf stieg, denn sie war kaum mehr zu stoppen und fantasierte von Kurztrips nach Paris, Barcelona, auf eine Almhütte oder in ein Haus am Fjord.

»Aber wie wollt ihr das anstellen? Hast du deine Kids in ein Internat abgeschoben?«, fragte Helen provokativ und legte ihre Stirn in Falten. »Und was willst du Thomas sagen? Also ehrlich, es ist kaum zu fassen, wie naiv der Mann ist. Oder er ist ein Verdrängungskünstler, wie er im Buche steht.«

Auch mir war etwas unbehaglich zumute, so sehr ich Doro auch ihr Glück gönnte. Man musste sie nur anschauen, um zu sehen, wie gut es ihr ging: Sie hatte abgenommen, ihre Augen funkelten, ihr Teint strahlte, und sie wirkte mindestens fünf Jahre jünger.

Liebe und Sex waren scheinbar wirklich das ultimative Schönheitsmittel, mit dem keine noch so teure Creme mithalten konnte. Dennoch ließ es sich nicht leugnen, dass eine Affäre auf Dauer zum Scheitern verurteilt war, vor allem, wenn man verheiratet war und zwei Kinder hatte. Irgendwann flog die Sache auf.

»Mir fällt schon was ein, keine Sorge«, versuchte Doro lachend alle Bedenken vom Tisch zu wischen. »Und macht euch keine

Sorgen um Emma und Nils. Den beiden geht es bestens, seit ihre Mutter verliebt ist und plötzlich Dinge mit ihnen unternimmt, zu denen sie nie Lust hatte. Ob ihr's glaubt oder nicht: Ich habe neulich gehört, wie Nils zu seinem Freund gesagt hat, dass er eine echt coole Mum hat, die total gechillt ist und kaum Stress macht. Kaum zu fassen, nicht wahr?«

Angesichts Doros guter Laune brachte ich es nicht übers Herz, ihr mit meinen Sorgen und Bedenken den Abend zu verderben. Vielleicht machte ich mir ja auch zu viele Gedanken, und es gab ein Happy End. Frei nach Adalbert: *Es kommt sowieso alles, wie es kommen soll …*

»Und was ist mit dir? Läuft in der Galerie alles glatt?«, fragte Helen, wie immer weitaus mehr an Jobthemen interessiert als an romantisch-verklärten Liebesgeschichten. Ich erzählte von den drei Kandidatinnen, die sich als Assistentin für Jule beworben hatten und die ich morgen in der Galerie treffen würde. Den Termin hatte ich vorsorglich auf Vincents freien Tag gelegt.

»Du machst das schon ganz richtig«, sagte Helen. »Du nimmst dir eine Auszeit, um in aller Ruhe die Weichen neu zu stellen. Offenbar arbeitest du gern in der Küche und verstehst dich gut mit den Syltern. Bea und Larissa erschienen mir schon auf der Vernissage sehr sympathisch, und wenn du jetzt noch jemand Passenden für die Galerie findest, kannst du dich ganz entspannt zurücklehnen und dir überlegen, wohin deine Reise in Zukunft gehen soll. Und wer hat eigentlich gesagt, dass zum Lebensglück automatisch ein Mann gehört? Wenn ich bedenke, wie stressig mein Job ist, kann ich mir gar nicht vorstellen, wie ich in meiner Freizeit noch jemanden bespaßen sollte. Wir wissen doch alle, wie gern Männer im Mittelpunkt stehen und jemanden brauchen, der sie von morgens bis abends bewundert.«

Erstaunt lauschte ich Helens Monolog. Dass sie lieber heißen

Sex hatte, als Hemden zu bügeln, hatte sie immer unmissverständlich klargemacht.

Aber jetzt schlug sie ganz neue Töne an.

»Bedeutet deine flammende Rede etwa, dass du den Gedanken an eine Zweierbeziehung aufgegeben hast und nur noch arbeiten willst?«, fragte ich verwundert. »Es gibt doch nicht nur Männer, wie du sie schilderst. Denk an Patrick. Er hat mich nie als Dienstmädchen oder Animateurin gebraucht, sondern sein Ding gemacht. Er hat ein stabiles Selbstwertgefühl, das nicht durch mich oder eine andere Frau gepusht werden muss. Es wird doch irgendwo in dieser Stadt den einen geben, der zu dir passt und auf Augenhöhe mit dir ist.« Doro verfolgte das Gespräch mit angehaltenem Atem und blickte wie bei einem Tennismatch von mir zu Helen. Doch plötzlich verengten sich ihre Augen.

Eine Sekunde später kannte ich den Grund für ihr seltsames Verhalten: Er hörte auf den Namen Thomas und kam direkt auf uns zu.

»Wa … was machst du denn hier?«, fragte Doro. Die Panik stand ihr ins Gesicht geschrieben, und auch ich fühlte mich mit einem Schlag unwohl.

»Hallo, Thomas, lange nicht gesehen. Magst du dich nicht zu uns gesellen?« Helen setzte eine Unschuldsmiene auf, während meine Gedanken Purzelbäume schlugen. War das purer Zufall, oder spionierte Thomas seiner Frau hinterher?

»Nein danke, Helen, ich muss weiter zum Golfplatz. Ich bin nur gerade hier vorbeigefahren und wollte kurz hallo sagen, als ich euch hier sitzen sah. Also, viel Spaß noch, macht euch einen schönen Abend. Bis dann!«

Mit diesen Worten machte er kehrt und ging zur Straße, wo er seinen Wagen geparkt hatte.

»Verdammt«, hauchte Doro kreidebleich. »Das war gelogen.

Thomas geht heute gar nicht golfen, sondern muss auf die Kinder aufpassen. Er wollte kontrollieren, ob ich wirklich mit euch zusammen bin.«

Entsetzt schauten wir drei uns an.

»Er scheint also doch misstrauisch zu sein. Das war dann wohl der berühmte Wink mit dem Zaunpfahl. Und was willst du jetzt tun?«, fragte ich besorgt.

Doro trank einen Schluck aus ihrem Glas und starrte geradeaus.

»Ich schätze, ich muss ihm das mit Mats irgendwann sagen, denn bislang hat Thomas nie auch nur einen Anflug von Misstrauen oder Eifersucht gezeigt. Es wird allerhöchste Zeit, dass ich aus meinem Dornröschenschlaf aufwache und endlich reinen Tisch mache! Aber um es mit Scarlett O'Hara aus *Vom Winde verweht* zu sagen: Verschieben wir es doch auf morgen …«

# 31. Kapitel

Meine Bewunderung für dich kennt keine Grenzen«, japste ich am nächsten Tag beim Versuch, mit Helens Tempo Schritt zu halten. Nachdem sie mich heute Morgen um sieben Uhr erbarmungslos aus ihrem Gästebett geworfen hatte, fand ich mich unversehens im Park wieder, verdonnert zum Frühsport.

Helen war der Meinung, dass ich dringend mehr Bewegung bräuchte und heute der ideale Zeitpunkt sei, um damit anzufangen.

»Danke für das Kompliment. Betrachte dies hier ruhig als Ansporn für Sylt, wo man garantiert wunderbar joggen oder walken kann«, entgegnete Helen.

Sie sah in ihrem hautengen, türkisfarbenen Sportdress, mit dem wippenden Pferdeschwanz und dem Pulszähler am Handgelenk absolut profimäßig aus.

Ich hingegen trug Schuhe von Helen, die mir eine Nummer zu groß waren, ausgestopft mit dicken Frotteesocken, und eine ausgeleierte Nickihose, in der ich nur auf der Couch herumlümmelte, wenn mich keiner sah. Auch mein schlabberiges graues Sweatshirt war alles andere als sexy, ebenso wie mein gequältes Geschnaufe.

Ich müsste dringend an meiner Fitness arbeiten.

»Können wir nicht einen Moment Pause machen?«, flehte ich stattdessen, weil ich gerade eine Bank entdeckt hatte, die förmlich meinen Namen rief. »Abgesehen davon, dass ich gleich kollabiere, muss ich dringend mit dir über gestern Abend reden. Nachher bist du nämlich in der Kanzlei, und ich kann mir allein Sorgen um Doro machen.«

»Okay, überredet, aber wir laufen noch bis zur nächsten Bank dahinten. Das wirst du hoffentlich noch schaffen, oder?«
Tapfer schleppte ich mich einen halben Kilometer weiter. Während Helen sofort mit Dehnübungen begann, saß ich auf der Bank und überlegte, warum Doro, nachdem wir uns gestern Abend getrennt hatten, nicht mehr erreichbar war.
Zu Hause sprang nur der Anrufbeantworter und auf dem Handy sofort die Mailbox an, was leider meine Fantasie auch auf Touren brachte.
»Ich glaube nicht, dass wir uns Sorgen um Doro machen müssen«, sagte Helen, setzte sich neben mich und reckte ihr hübsches Gesicht der Maisonne entgegen, die bereits mit voller Kraft schien. »Immerhin hat Thomas sie nicht beim Knutschen mit Mats erwischt, sondern wahrheitsgemäß beim Abendessen mit uns.«
»Aber er scheint ihr doch offensichtlich nachzuspionieren«, gab ich zu bedenken. »Woher wusste er, dass wir in der Sansibar waren? Doro hat doch gesagt, dass sie ihm nichts davon erzählt hat. Nur dass wir uns treffen wollen.«
Helen zuckte mit den Schultern.
»Diese Frage kann ich dir auch nicht beantworten. Jedenfalls sollte sie in nächster Zeit echt aufpassen, wenn sie nicht will, dass ihr die Kiste mit Mats ganz gewaltig um die Ohren fliegt.«
Ich dachte daran, dass mir solche Szenen wie die mit Thomas große Angst machten und ich mich deshalb nie *privat* mit Vincent hatte treffen wollen. Ich hasste Lügen, auch wenn man manchmal im Leben nicht darum herumkommt.
Doro schien jedoch anders gestrickt zu sein, denn offenbar hatte sie beschlossen, dass sie ein Anrecht auf Glück hatte.
Aber war das berechtigt?
Und vor allem, wenn dieses Glück auf dem Unglück eines anderen Menschen aufgebaut war?

»Wann willst du eigentlich heute los?«, fragte Helen und schaute auf die Uhr. »Schaffst du das wirklich allein, oder soll ich nicht besser nach meinem Termin vorbeikommen und dir helfen?«
»Das ist lieb von dir, aber ich bekomme das schon hin. Ich werde vermutlich am frühen Nachmittag fahren, damit ich Patrick nicht in die Arme laufe.
Außerdem habe ich um drei den Termin mit den Bewerberinnen für den Job in der Galerie. Wann ich genau fahre, ist im Grunde egal, denn Bea ist sowieso eine kleine Nachteule. Ich muss nur darauf achten, den letzten Autozug nach Westerland zu erwischen.«

Als ich die Wohnungstür öffnete, hallten in meinem Kopf immer noch Patricks Worte wider: *Und wirf bitte den Wohnungsschlüssel in den Briefkasten.*
Das wollte ich nachher entscheiden.
Jetzt galt es, die Kartons, die Helen mir netterweise aus dem Baumarkt besorgt hatte, vollzupacken und mich zu beeilen, damit ich pünktlich zu meinem Termin kam. Bevor ich anfing, schrieb ich eine Liste mit Sachen, die mir wichtig waren. Dann legte ich klassische Musik auf und kochte mir eine große Kanne Tee. Während ich darauf wartete, dass der grüne Sencha zog, betrachtete ich die Fotos an der Küchenwand. Sie zeigten Patrick und mich. Entweder auf Reisen oder auf Feiern bei Freunden … oder an der Elbe, einem unserer Lieblingsorte in der Stadt. Beim Anblick des Wassers und der Containerschiffe beschloss ich spontan, mich später auf eigene Weise von Hamburg zu verabschieden. So sehr es auch schmerzen würde – ich wollte noch einmal an den Hafen fahren.
Um meinem Zuhause endgültig Lebewohl zu sagen, ging ich durch die Wohnung und blieb in Patricks Arbeitszimmer stehen. Mit dem Gefühl, etwas Verbotenes zu tun, glitt mein Blick über

seinen Schreibtisch: ein Buch, das ich noch nicht kannte, Quittungen, ein halbvolles Glas Rotwein, vermutlich vom Vorabend, und mehrere handgeschriebene Briefe ohne Absender.

Obwohl es mir sehr schwerfiel und ich vor Neugier beinahe platzte, nahm ich keinen aus dem Umschlag. Patrick bekam so gut wie nie etwas anderes als Geschäftspost, Weihnachtsgrüße oder Ansichtskarten aus dem Urlaub.

*Also wer hatte ihm geschrieben?*

Ob ich vielleicht doch einen kurzen Blick riskieren sollte?

Zwei Seelen kämpften in meiner Brust, und es kostete mich viel Überwindung, standhaft zu bleiben. Daher konzentrierte ich mich voll aufs Packen, denn es gab noch reichlich zu tun, bis ich in die Galerie musste.

Um halb drei war endlich alles geschafft, ich würde also pünktlich auf der Fleetinsel ankommen. Die Dinge, die ich nicht mit nach Sylt nahm, wollte Helen am darauffolgenden Wochenende abholen und netterweise auf ihrem Dachboden deponieren, bis ich mich entschieden hatte, wo künftig mein Lebensmittelpunkt sein würde. Bevor ich die Tür hinter mir schloss, warf ich einen letzten Blick in jedes Zimmer. In dieser Wohnung war ich viele Jahre lang glücklich gewesen.

Auch wenn mich die Wehmut zu überwältigen drohte, war ein Teil von mir schon im Geiste dabei, meine Lieblingsstücke im Pavillon einzuräumen. Endlich hatte ich wieder ein kleines Zuhause für mich allein.

Schwer bepackt ging ich die Stufen hinunter und beglückwünschte mich, dass ich einen Parkplatz direkt vor dem Haus ergattert hatte.

»Dann ist es jetzt also so weit, du kehrst allen den Rücken, ja?«

Fassungslos schaute ich in das Gesicht, das mich gelegentlich nachts in meinen Träumen begleitete, und brach in Tränen aus. Ich ließ die beiden Kartons fallen und warf mich einem Impuls folgend in Vincents Arme. In diesem Moment war es mir egal, ob Nachbarn uns sahen oder Patrick nach Hause kam. Ich wünschte mir nichts sehnlicher als Zärtlichkeit und Wärme.

»Na, na, na«, sagte Vincent leise und wiegte mich in seinen Armen wie ein kleines Kind.

Dann strich er mir übers Haar.

»Lilly lässt dir liebe Grüße ausrichten. Sie würde sich freuen, wenn du ihr mal eine Postkarte von der Insel schickst. Am liebsten mit einem Seehund vorne drauf.«

»Ja, ja, so sind sie, kleine Mädchen«, schniefte ich und löste mich aus der Umarmung, um mir die Nase zu putzen. »Das mache ich natürlich gern. Sag ihr, ich werde sie vermissen. Aber wie geht es dir?«

»Wollen wir uns einen Moment auf die Treppenstufen setzen, oder hast du noch Zeit auf einen Kaffee?« Ich schaute auf die Uhr. In zwanzig Minuten sollte ich drei Bewerbungsgespräche führen. Bis dahin mussten aber auch noch fünf Kartons von oben geholt und ins Auto gebracht werden.

»An sich muss ich los, aber wenn du mir hilfst, die restlichen Kisten nach unten zu bringen, können wir uns gern dabei unterhalten. Vorausgesetzt, das ist okay für dich.«

Vincent nickte.

Nachdem mein Hab und Gut im Kofferraum und auf der Rückbank verstaut war, schossen mir erneut die Tränen in die Augen. Diese Situation war so absurd: Ich zog nach Sylt, weil Patrick und ich uns getrennt hatten.

Und vor mir stand Vincent, offenbar immer noch in mich verliebt, und ich fühlte mich bedürftig wie ein kleines Kind.

»Also dann, mach's gut«, sagte Vincent schließlich mit traurigem Blick und nahm mich in den Arm. »Ich wünschte, es wäre alles anders gekommen und du hättest uns beiden eine Chance gegeben … Also pass auf dich auf. Unternimm keine nächtlichen Wattwanderungen.« Ich schluckte schwer. Auch Vincent sah aus, als müsse er um Fassung ringen. Ich musste schleunigst hier weg.

»Du auch. Und ich verspreche, jemanden für die Galerie zu finden, der zu dir und Jule passt und der euch entlastet. Ihr habt beide in den letzten Wochen mehr als genug gearbeitet«, sagte ich so sachlich wie möglich.

Als ich losfuhr, konnte ich im Rückspiegel sehen, dass Vincent noch auf dem Bürgersteig stand und mir nachschaute. Erst kurz vor der Galerie fiel mir ein, dass ich etwas Wichtiges vergessen hatte: Patrick den Haustürschlüssel in den Briefkasten zu werfen. Er hing immer noch an meinem Schlüsselbund.

Zweieinhalb Stunden später waren Jule und ich uns einig, dass Mira Becker die perfekte Ergänzung für ArtFuture war. Glücklich, eine gute Lösung für die Galerie gefunden zu haben und mich jetzt wesentlich freier fühlen zu können, bog ich auf die Elbchaussee. Bald würde ich mich endgültig von Hamburg verabschieden. Von Doro hatte ich bedauerlicherweise immer noch nichts gehört, aber ich hoffte, sie noch zu sprechen, bevor ich mich auf den Weg nach Sylt machte.

Ich hatte Glück und fand einen Parkplatz in der Nähe der Landungsbrücken, wo es etwas ruhiger zuging, weil die meisten Hamburger um diese Uhrzeit noch arbeiteten. Wie immer ging ich zunächst über die Brücke 9 und folgte exakt den Spuren von meinen gemeinsamen Ausflügen mit Patrick: das Restaurant Waterfront, das Café Brücke 10, dazwischen unzählige Imbissbuden und Souvenir-Shops, vor deren Türen Ständer mit Ansichtskarten und hübschen Hamburg-Taschen aus glänzendem Plastik in allen nur erdenklichen Farben standen.

Ich beschloss spontan, mir eine zu kaufen. Robust, wie sie war, konnte ich sie auf der Insel bestimmt gut gebrauchen. Weil ich mich nicht zwischen Lila und Schwarz entscheiden konnte, nahm ich einfach zwei, eine für Larissa, die sich ihre Lieblingsfarbe aussuchen sollte. Trotz des Abschiedsschmerzes freute ich mich, dass ich mit meiner neuen Freundin nun mehr Zeit verbringen konnte.

Nachdem ich mir einen Coffee to go geholt hatte, bestieg ich die Fähre Richtung Finkenwerder. Ich wollte am Museumshafen entlangbummeln und noch einmal vom Strandkiosk aus auf die Elbe schauen, bevor ich mich auf den Weg Richtung Niebüll machte. Von dort aus fuhr der letzte Autozug nach Westerland um 22.05 Uhr. Kaum war ich ein paar Meter über den Sandstrand gegangen, wurde mir auf einmal so schwindelig, dass ich Angst hatte, ohnmächtig zu werden.

Was tat ich eigentlich hier?

Was war aus der Paula geworden, die sich gewünscht hatte, ein Leben an Patricks Seite zu verbringen, obwohl sie mit ihm keine Familie gründen konnte?

Erschöpft ließ ich mich in den Sand fallen, in der Hoffnung, dass dieser Schwindel schnell wieder verschwand, wenn ich saß. Ich zwang mich, ruhig zu bleiben, tief ein- und auszuatmen und an etwas Schönes zu denken. Als das alles nichts half, nahm ich den iPod aus meiner Handtasche, auf den ich mir die CD *Inselsommer* geladen hatte. Vielleicht würde die meditative Musik meine Nerven etwas beruhigen.

Hierherzukommen war ein riesiger Fehler gewesen!

Während sich Meeresrauschen, Panflöte und melodiöse Vogelstimmen zu einem sanften Klangteppich mischten, beobachtete ich einen ungefähr sechzehn Jahre alten Jungen, der mit einem struppigen Mischlingshund spielte und Stöckchen warf. Der Junge hatte offensichtlich ebenso viel Spaß wie der Hund, der aufgeregt schwanzwedelnd hin und her sprang, um seinem Herrchen immer wieder stolz das Stöckchen vor die Füße zu legen. Froh über diese Ablenkung lächelte ich still in mich hinein und schaute mich um. War der Junge allein unterwegs? Offenbar nicht, denn eine attraktive Frau ging auf ihn zu, Arm in Arm mit einem nicht minder gutaussehenden Mann. Eine sympathische Familie, ein niedlicher Hund. Das perfekte Idyll, nachdem ich mich zeitlebens gesehnt hatte.

Doch die Freude über den Anblick dieser Bilderbuchszene endete jäh, als ich sah, wer der Mann war …

# TEIL ZWEI

# 32. Kapitel

Ist das nicht ein herrlicher Abend?«, seufzte ich und rekelte mich wohlig auf der bequemen Liege auf Larissas Terrasse. Larissa saß rechts von mir in einem Korbsessel und hatte ihre nackten, gebräunten Beine auf das untere Ende der Liege gelegt. Nach einer wahrhaft köstlichen Paella, die wir gemeinsam gekocht hatten, ließen wir den Abend bei einem Glas Tempranillo ausklingen und schmusten ausgiebig mit Neles Katze Blairwitch.

»Ja, wunderbar«, bestätigte Larissa und knabberte gedankenverloren gesalzene Mandeln, die auf dem Beistelltischchen in einer Glasschale lagen. »Der Sylter Juni-Himmel ist mindestens genauso schön wie auf Mallorca.« Larissa war Freitagabend von einem einwöchigen Aufenthalt in Palma de Mallorca wiedergekommen, wo sie Leon besucht hatte. Am Montag ging der Alltag in der Buchhandlung wieder los, und wir genossen das restliche freie Wochenende.

»Wie geht es Leon? Hat er nette Kollegen, und macht ihm der Job immer noch Freude?«

»Alles bestens«, antwortete Larissa und nippte an ihrem Wein. »Er ist voll in seinem Element, bekommt viel Zuspruch und Lob und ist so gut gelaunt wie schon lange nicht mehr. Ich denke, es war die richtige Entscheidung, sich diese Chance nicht entgehen zu lassen.«

»Und wie fühlst du dich dabei?«, pirschte ich mich vorsichtig an das heikle Thema heran. Auch wenn Larissa sich nach anfänglichen Schwierigkeiten mit der neuen Situation arrangierte, bemerkte ich eine gewisse Unzufriedenheit an ihr, vor allem, wenn sie nicht abgelenkt war und zur Ruhe kam. Dann quälte es sie, dass sowohl ihre beste Freundin Nele als auch ihr Mann die Insel verlassen hatten.

»Ich überlege, ebenfalls nach Mallorca zu gehen«, sagte Larissa mit einem Mal so leise, als hätte sie Angst, ihre Wünsche und Träume laut auszusprechen, weil sie sie dann ernst nehmen musste.

»Bestimmt würden sich viele Touristen und Residenten freuen, wenn es in Palma eine Buchhandlung gäbe, die deutschsprachige Bücher und Presse führt.«

Es dauerte einen Augenblick, bis ich die volle Tragweite ihrer Aussage begriff. Larissa dachte offenbar ernsthaft daran, Sylt zu verlassen.

Aber was sollte dann aus dem Büchernest werden?

»Kann es sein, dass du gerade überlegst, was Bea dazu sagen wird?«, wollte Larissa wissen und lächelte schelmisch.

»Kann es sein, dass du mich mittlerweile schon sehr gut kennst?«, erwiderte ich halb belustigt, halb gerührt. »Aber mal im Ernst, ist das jetzt nur so eine flüchtige Idee, weil du gerade von Mallorca zurück bist, oder denkst du wirklich darüber nach?«

Da ich wusste, dass Larissa vor Jahren wegen Leon ein tolles Jobangebot in Mailand ausgeschlagen hatte, konnte ich mir gut vorstellen, dass sie nach all der Zeit selbst wieder die Abenteuerlust gepackt hatte. Kein Wunder, ihr Alltag auf der Insel verlief relativ gleichförmig. Andererseits: War das nicht überall so?

»Ich schätze, es bleibt mir nichts anderes übrig, wenn ich meinen Kinderwunsch nicht endgültig aufgeben möchte. Leon ist auf Mallorca so unglaublich aufgeblüht, und das will ich ihm keinesfalls nehmen und ihn auf Biegen und Brechen auf Sylt festnageln. Natürlich ging es ihm hier nicht schlecht. Aber du kennst das ja: tagaus, tagein derselbe Trott, ohne besondere Höhen und Tiefen. Und irgendwann dreht man sich im Kreis und stellt fest, dass schon wieder ein paar Jahre einfach so vergangen sind, ohne dass man sich weiterentwickelt hat. Auch Nele genießt in Mexiko die Inspiration und hat sogar einen netten Mann kennengelernt, einen Schweizer Bildhauer.«

Ich versuchte, all die Informationen zu sortieren, die innerhalb kürzester Zeit auf mich eingeprasselt waren, und kam zu dem Schluss, dass Larissa es wohl tatsächlich ernst meinte.

»Das klingt ganz schön abgeklärt. Aber was sagt dein Herz? Was fühlst du? Du würdest doch Bea, Vero, das Büchernest, dein Leben hier vermissen, oder etwa nicht? Im Grunde genommen lebst du doch gern auf Sylt und würdest bestimmt nicht das Gefühl haben, dass dir etwas fehlt, wenn du ein Kind hättest, nicht wahr?« Larissa schaute gedankenverloren in den dunkelblauen Nachthimmel, an dem mittlerweile zahllose Sterne wie Brillanten funkelten.

»Natürlich wäre alles einfacher, wenn Leon dieses Angebot niemals bekommen hätte«, stimmte sie mir zögerlich zu. »Und vermutlich hast du recht, dass ich gerade alles eher mit dem Kopf als mit dem Bauch entscheide. Aber manchmal ist das wahrscheinlich nicht so verkehrt. Und, hey, wer sagt denn, dass wir für immer dableiben? Vielleicht haben wir ja nach ein paar Jahren genug von der ewigen Sonne, dem türkisfarbenen Meer, Mandeln, Oliven und Zitronen und sehnen uns nach stürmischem Wetter und heißem Grog.

Aber ich will meinen Lebenstraum nicht aufgeben. Seit ich klein war, habe ich mir Kinder gewünscht. Ich habe mich immer als Oma im Kreis von vielen Enkeln gesehen. Es wäre doch furchtbar, wenn es nach meinem Tod niemanden mehr aus meiner Familie gäbe.«

Ich kämpfte innerlich gegen Larissas Worte an. Sie erinnerten mich an die vielen Nächte, in denen ich wach gelegen und mir genau *diese* Fragen gestellt hatte. Wer würde später für mich da sein, wenn ich alt und bedürftig war?

Wer würde an meinem Grab stehen und um mich weinen?

»Was sagt denn Bea zu alldem?«, fragte ich, um mich von diesem düsteren Zukunftsszenario abzulenken.

»Bislang gar nichts, weil ich es ihr noch nicht erzählt habe. Ich wollte mir erst selbst darüber im Klaren sein und auch meine Chancen auf Mallorca ausloten, bevor ich sie erschrecke und aus den Plänen dann doch nichts wird. Vor Frühsommer nächsten Jahres ist das sowieso noch nicht spruchreif …«

Obwohl es mich eigentlich nichts anging, ertappte ich mich bei dem Gedanken an die Buchhandlung. Wer würde sie übernehmen, wenn Larissa wirklich Ernst machte?

Bea ganz bestimmt nicht, denn dazu genoss sie die Freiheit, die ihr das Leben als Seniorin bot, viel zu sehr.

Momentan war sie mit Feuereifer dabei, sich zusammen mit Adalbert und der Initiative *Zukunft Sylt* dafür einzusetzen, dass auf dem ehemaligen Militärgelände Fliegerhorst bezahlbare Wohnungen für Insulaner gebaut wurden.

Aber natürlich konnte Bea auch verkaufen, immerhin war das Büchernest eine kleine Goldgrube, sogar in den Wintermonaten.

Doch würde das Büchernest ohne Bea und Larissa noch dasselbe sein?

»Ich gäbe sonst was dafür, jetzt deine Gedanken lesen zu können«, schmunzelte Larissa.

Das Windlicht flackerte, und ich zog mir meine Jacke enger um die Schultern, weil es deutlich abgekühlt hatte. Sylt war eben nicht Mallorca, wo man bis morgens um zwei mit einem Sommerkleidchen draußen sitzen konnte.

»In meinem Kopf geht es gerade rund, denn wie wird Bea reagieren, wenn du fortgehst. Ihr beide hängt doch so aneinander.«

*Und Bea ist auch nicht mehr die Jüngste,* ergänzte ich in Gedanken. Ich selbst hatte meine Eltern verloren, kurz bevor ich Patrick kennengelernt hatte.

Mein Vater war an Krebs erkrankt und bereits ein halbes Jahr nach der schrecklichen Diagnose gestorben. Meine Mutter bekam Depressionen und war ihm ein Jahr später *gefolgt,* wie man so schön sagt. Es hatte ihr das Herz gebrochen, dass sie ohne meinen Vater weiterleben musste. Eines Morgens war sie einfach nicht mehr aufgewacht, ohne dass man später feststellen konnte, weshalb. Mich hatten in dieser schweren Zeit nur zwei Dinge getröstet, sofern es so etwas wie Trost überhaupt gab: Patricks liebevolle Fürsorge und der Gedanke, dass meine Eltern jetzt beide glücklich miteinander vereint waren und sich nie wieder trennen mussten.

»Bea ist ehrlich gesagt meine größte Sorge, auch wenn ich weiß, dass sie mich in meinem Wunsch bestärken und mir nie ein schlechtes Gewissen wegen der Buchhandlung machen würde. Sie hat neulich schon mal angedeutet, dass sie sich durchaus vorstellen könnte, das Büchernest zu verkaufen, wenn ich keine Lust mehr darauf hätte.«

Bea war eine kluge, einfühlsame Frau – und sie kannte Larissa. Sie wusste, wie sehr sie sich ein Kind wünschte und wollte, dass Leon glücklich war.

»Du könntest sie mit nach Mallorca nehmen«, schlug ich einem Impuls folgend vor. »Das milde Klima würde ihr guttun, und bei ihren vielen Interessen langweilt sie sich bestimmt keine Sekunde.«

Larissa seufzte.
»Aber Bea ist Sylterin durch und durch. Obwohl sie gern reist und offen für Neues ist, liebt sie die Insel. Außerdem gehört sie hierher, das weiß ich.«
»Dann hoffe ich, du findest eine gute Lösung für alle«, entgegnete ich und schaute erneut in den Sternenhimmel.
Wenigstens dort war alles an seinem Platz.

# 33. Kapitel

Am Sonntag versuchte ich mich in Adalberts Yogastunde an der Übung *Kleine Kobra* und an der Atemtechnik, die er uns beigebracht hatte. *Beim Einatmen abstützen und den Kopf heben, beim Ausatmen langsam auf den Boden sinken lassen …*

»Das sieht doch schon sehr gut aus, Paula«, lobte Adalbert mich. »Aber auch bei Ihnen, Ina. Ich kann gar nicht glauben, dass Sie noch nie zuvor Yoga gemacht haben.« Besagte Ina lächelte verzückt und begab sich, ohne darauf zu antworten, in die Stellung Stuhl, ein Asana, das ich persönlich äußerst anstrengend fand, weil es so auf die Oberschenkel ging. Doch bei Ina, der neuen Schülerin in Adalberts Kurs *Sanftes Yoga für Anfänger,* der nach dem Meditationskurs stattfand, zitterte weder ein Muskel noch verrutschte eine Strähne ihrer glänzenden, kastanienfarbenen Haare.

Für Anfang sechzig sah Ina fantastisch aus!

Ich hörte Bea neben mir verächtlich schnauben und unterdrückte ein Grinsen. Seit Ina in den Kurs gekommen war, hatte Bea furchtbar schlechte Laune. Angeblich, weil sie Ina langweiliger fand als *einen Sack Bohnen* und sie sich die Haare färbte. Ich aber hatte eher das Gefühl, dass es Bea missfiel, wie intensiv Adalbert sich mit seinem neuen Schützling beschäftigte. Außerdem gelangen Ina einige Übungen mühelos, mit denen Bea so ihre Schwierigkeiten hatte.

Seit nunmehr vier Wochen herrschte eine Art stummer Kleinkrieg zwischen den Damen, und ich fragte mich, ob Adalbert das mitbekam und gelassen ignorierte oder sich heimlich darüber freute. Die nächste Yogakombination beanspruchte meine volle Aufmerksamkeit, und ich beschloss, mich lieber über meine eigenen Fortschritte zu freuen, als über die anderen Kursteilnehmer nachzudenken, immerhin war ich hier, um etwas für *mich* zu tun!

»So, meine Damen, Schluss für heute«, holte Adalberts Stimme mich sanft aus der Versenkung. »Sie haben das wie immer fantastisch mitgemacht. Bis nächsten Sonntag und einen guten Nachhauseweg.«

Während alle anderen ordnungsgemäß die Matten zusammenrollten und in die dafür vorgesehene Ecke stellten, ging Ina zu Adalbert, ein strahlendes Lächeln auf ihren immer noch vollen, sinnlichen Lippen.

»Ist die eigentlich von einer Biene gestochen worden, oder woher kommt dieser entsetzliche Schmollmund?«, wisperte Bea mir ins Ohr, und ich hatte große Mühe, nicht laut loszulachen.

»Ich glaube, das liegt nur an dem tollen Lipgloss«, flüsterte ich zurück. Ein fataler Fehler!

»Weshalb man sich überhaupt schminken muss, wenn man zum Yoga geht, werde ich nie verstehen«, entgegnete Bea, nun eine deutliche Spur lauter. Ina bekam zum Glück nichts mit, weil sie gerade auf Adalbert einredete, der ihr aufmerksam und geduldig zuhörte.

»Komm, lass uns gehen«, sagte ich energisch zu Bea und zog sie am Ärmel ihres Sweatshirts. Bea warf Ina noch einen giftigen Blick zu, bevor sie mir folgte. Kaum waren wir draußen, schimpfte sie weiter:

»Diese Frau ist doch nie im Leben Yoga-Anfängerin. Die macht das unter Garantie schon seit Jahren.«

Irritiert über die vollkommen neue Facette in Beas Charakter dachte ich über ihre Vermutung nach, die in meinen Augen keinen Sinn ergab.

»Aber weshalb sollte sie so etwas behaupten?«, fragte ich verwirrt, als wir den Weg zum Kapitänshaus einschlugen, wo wir zusammen mit Vero und Larissa Kaffee trinken und Himbeertorte essen wollten. Vero war mal wieder im Backrausch gewesen.

»Hast du Tomaten auf den Augen?«, kam es wie aus der Pistole geschossen. »Die ist verknallt in Adalbert und macht auf ›Guck mal, wie toll ich bin, obwohl ich das noch nie zuvor gemacht habe!‹ Dabei will sie sich bei ihm nur einschl… äh, einschmeicheln.«

»Du bist doch nicht etwa eifersüchtig?«, fragte ich belustigt.

»Eifersüchtig, pah!«, empörte sich Bea, blieb stehen und stemmte die Hände in die Hüften. »Was für ein Unsinn! Du weißt, dass Adalbert und mich eine langjährige Freundschaft verbindet und nichts weiter.«

»Dann dürfte es dir ja nichts ausmachen, wenn Ina ihn ein wenig anhimmelt. Freu dich doch für deinen guten Kumpel, und lass ihn ein bisschen flirten. Im Übrigen kann ich Ina gut verstehen. Adalbert ist ein attraktiver und interessanter Herr im besten Alter. Kein Wunder, dass sie auf ihn fliegt.«

»Wer fliegt auf wen?«, fragte Vero neugierig, die uns an der Eingangstür des Kapitänshauses erwartete.

»Keiner«, entgegnete Bea barsch und ging an ihrer Freundin vorbei, ohne sie eines Blickes zu würdigen.

Vero sah mich verwirrt an. Ich zuckte die Schultern, nahm ihr die Tortenschale ab und rief:

»Ich stelle den Kuchen mal eben kurz in den Kühlschrank!«

Innerlich jubelte ich vor Freude. Bea konnte sagen, was sie wollte: Sie war selbst verliebt in Adalbert, ob sie es sich nun eingestehen wollte oder nicht.

Ich konnte es kaum erwarten, Larissa davon zu erzählen. Oder machte mich das zu einer Tratschtante?

Hatte ich mich mittlerweile auf Sylt so gut eingelebt, dass ich sogar Freude an Inselklatsch hatte?

»Was ist denn mit Bea los?«, fragte Vero, die mir in die Küche gefolgt war. Bevor ich antworten konnte, schlug sie auch schon Sahne.

»Ich weiß auch nicht«, schrie ich gegen das Getöse des elektrischen Rührgeräts an und stellte Teller, Tassen und Gläser auf ein Tablett.

»Hallihallo!«, rief Larissa fröhlich und nahm mir lächelnd das vollbeladene Tablett aus der Hand. »Du kannst gern Kaffee und Tee kochen, während ich draußen im Garten den Tisch decke.« Offenbar hatte ich, meiner Aufgabe beraubt, etwas verwirrt dreingeschaut.

»Wenigstens Lissy hat gute Laune«, bemerkte Vero und füllte die steifgeschlagene Sahne aus der Rührschüssel in eine tiefe Porzellanschale mit friesisch-blauem Muster.

»Wieso *wenigstens?*«, fragte ich empört. »Ich bin auch gut gelaunt, um nicht zu sagen, bestens. Die Yogastunde hat mir gutgetan, die Sonne scheint, wir vier machen uns einen gemütlichen Nachmittag, alles ist wunderbar.« Erstaunt stellte ich fest, dass es tatsächlich so war. Obwohl es eine Weile gedauert hatte, bis ich Abstand zu meinem Leben in Hamburg gewonnen hatte, und ich immer wieder an Patrick und die geheimnisvollen Briefe dachte. Wer war diese Frau, die ich zusammen mit ihm und dem Jungen an der Elbe gesehen hatte? Es gab Tage, da ertrug ich diesen Gedanken kaum, und ich war drauf und dran, ihn anzurufen – und es gab Tage, an denen ich loslassen konnte, und dachte: *Es ist so, wie es ist.* Das war Sinn und Zweck dieser Auszeit, und ich musste lernen, diesen Schmerz auszuhalten.

»So, jetzt aber nichts wie raus!«, sagte Vero energisch und schob mich zur Tür. Draußen hatte Larissa den Strandkorb in Richtung Sonne gestellt. Nur Bea und Vero zogen es vor, auf ihren Stühlen im Schatten zu sitzen.

»So ist das, wenn man älter wird«, erklärte Vero, nachdem Larissa und auch ich angeboten hatten, später mit den beiden die Plätze zu tauschen. »Man verträgt die Wärme nicht mehr so gut und verspürt auch keinen Drang, braun zu werden. Dir steht die Bräune allerdings richtig gut, Paula. Überhaupt siehst du viel besser aus.«

»Das liegt an der guten Luft und den netten Menschen hier«, meldete sich nun Bea zu Wort, die immer noch ein wenig grummelig aussah. »Auf dieser Insel *muss* man einfach aufblühen.«

»Wo wir gerade beim Thema sind: Wie geht es eigentlich Hinrich?«, erkundigte ich mich. »Und wie bekommt euch das ruhige Familienleben?«

Bea lächelte schief und antwortete anstelle ihrer Freundin: »Gar nicht so einfach, nach all den Jahren den lieben langen Tag zusammenzuglucken, nicht wahr? Da sehnt man sich doch schnell nach den guten alten Zeiten zurück.«

Larissa rollte mit den Augen, sagte aber nichts.

Vero räusperte sich und schien sich einen Moment zu sammeln, bevor sie antwortete:

»Also ehrlich, Bea. Ich weiß ja nicht, welche Laus dir heute über die Leber gelaufen ist, aber lass dir eins sagen, das war nicht besonders nett. Natürlich ist es für uns beide nicht ganz einfach, auf einmal so viel Zeit miteinander zu verbringen. Aber von *Zusammenglucken* kann nicht die Rede sein. Es ist so ein großes Glück, dass Hinrich wieder einigermaßen auf dem Damm ist. Endlich können wir etwas zusammen unternehmen, Ausflüge machen oder uns auf dem Festland ein Musical anschauen.«

Ich schmunzelte in mich hinein, weil der Begriff *Festland* aus dem Mund der Insulaner häufig so klang, als handelte es sich um einen anderen Kontinent.

»Wenn ihr gerade so im Reisefieber seid, könnt ihr auch Leon auf Mallorca besuchen, er würde sich bestimmt freuen«, warf Larissa ein. »Besonders im Oktober ist es dort sehr schön, weil es nicht mehr so heiß und stickig ist. Leon kann euch eine gute Unterkunft besorgen. Mallorca gefällt euch bestimmt. Gerade die Gegend um das Tramuntana-Gebirge ist ein absoluter Traum.«

Bea schaute angestrengt von Larissa zu Vero. Ahnte sie etwas von Larissas Plänen und war deshalb so neben der Spur?

»Ich glaube, ich lege mich ein halbes Stündchen hin. Irgendwie ist mir diese Yogastunde heute nicht bekommen. Ihr kommt doch auch ohne mich klar, oder?« Ohne unsere Antwort abzuwarten, war Bea auch schon verschwunden, und wir blickten ihr verwundert nach.

»Was ist denn heute mit ihr los?«, wollte Vero wissen und schenkte uns Tee nach. »Die ist ja richtig biestig. Meint ihr, ich sollte nach ihr schauen?«

Larissa senkte betrübt den Kopf.

»Ich fürchte, ich bin schuld. Auch wenn ich selbst noch keine Entscheidung getroffen und Bea bisher nichts gesagt habe, ahnt sie, dass ich vielleicht zu Leon nach Mallorca ziehe.«

»Ach, daher weht der Wind«, entgegnete Vero und rührte nachdenklich in ihrer Teetasse. »Sie hat Angst, dich zu verlieren, muss sich damit arrangieren, dass wir beide nicht mehr so häufig zusammenstecken wie sonst und in diesem Jahr erstmals nicht gemeinsam auf Reisen gehen. Paula wird vermutlich auch nicht ewig hierbleiben, Nele ist in Mexiko, und auch sonst ist jeder mit sich und seiner Familie beschäftigt. Bea ist einsam!«

Ich dachte daran, wie aggressiv sie vorhin beim Yoga auf Ina reagiert hatte. Offenbar hatte Bea wirklich Angst davor, dass Ina ihr auch noch ihren guten Freund vor der Nase wegschnappte. Aber warum zeigte sie Adalbert dann nicht, wie viel er ihr bedeutete? Ich war mir ziemlich sicher, dass er nur auf ein kleines Zeichen von ihr wartete.

Sollte ich ein bisschen nachhelfen, bevor Adalbert womöglich Inas Avancen nachgab?

»Und was wollen wir jetzt tun?«, fragte Larissa kleinlaut und klang, als würde sie gleich weinen. »Ich kann es nicht ertragen, wenn Bea leidet. Sie ist so ein wertvoller Mensch und verdient in meinen Augen nur das Beste. Außerdem hat sie schon so unendlich viel für mich getan. Vermutlich sollte ich bleiben, dann gibt es auch keine Probleme.«

»Ach, Unsinn«, protestierte Vero. »Du weißt selbst, dass Bea sich für dich und Leon freut. Wenn sie sich einsam fühlt, wird sie schon einen Weg finden, das zu ändern. Sie ist klug, sie ist offen, und nicht zu vergessen, erwachsen. Also leb du dein Leben und vergiss uns alte Zausel. Wir halten eh zusammen und passen aufeinander auf, das weißt du doch.«

Veros Worte rührten mich.

Hier empfanden die Menschen noch so etwas wie Verantwortungsgefühl gegenüber anderen.

Hier ging so schnell keiner verloren.

Dennoch verspürte auch ich das Bedürfnis, Bea auf die Sprünge zu helfen.

Und ich hatte auch schon eine Idee, wie …

# *34. Kapitel*

Ein wenig aufgeregt ging ich am Mittwoch vor Sönke Mommsens Büro auf und ab. Im Arm hielt ich einen gepackten Korb mit Leckereien von Vero und einer kleinen Flasche Champagner.

»Was haben Sie denn vor?«, fragte Sönke und deutete belustigt auf meine Picknickutensilien, nachdem er die Tür geöffnet hatte.

»Ich möchte, dass es Bea und Adalbert da oben in der Luft an nichts fehlt«, antwortete ich und kam mir plötzlich etwas albern vor. Obwohl Sönke so entgegenkommend gewesen war, als ich wegen Hinrichs Infarkt vergessen hatte, den Rundflug abzusagen, schüchterte er mich immer noch ein wenig ein.

»Wollen Sie die beiden verkuppeln?«, fragte er schmunzelnd. Ich zögerte einen Moment.

An sich ging es den Piloten von Sylt-Fly nichts an, weshalb ich den Rundflug verschenkte, anstatt wie geplant mit Larissa, Bea und Vero in die Propellermaschine zu steigen. Beide hatten mir im Übrigen sofort zugestimmt, dass Bea einmal auf andere Gedanken kommen sollte. Larissa hatte in letzter Minute Angst vor der eigenen Courage bekommen, nachdem ihr Rückflug von Palma von einigen Turbulenzen begleitet worden war, und Vero wollte bei Hinrich bleiben, dem unwohl bei dem Gedanken war, dass seine Frau so viele Kilometer über dem Boden schwebte. Zum Glück kamen Bea und Adalbert, bevor Sönke weitere spitzfindige Fragen stellen oder einen Witz reißen konnte.

»Ah, da seid ihr ja!«, freute ich mich und umarmte beide spon-

tan. Bea erspähte sofort den Picknickkorb und strahlte über das ganze Gesicht.
»Das ist ja eine tolle Idee, Paula. Aber ist der Champagner auch kalt genug?«
»Ihre Freundin hat an alles gedacht«, mischte sich Sönke ein und deutete auf die Kühlmanschette um den Bauch des Pommery. »Da kann man glatt neidisch werden.«
»Aber keiner von uns hat heute Geburtstag«, sagte Adalbert verwundert, der einen wunderschönen anthrazitfarbenen Rollkragenpullover trug.
Auch Bea hatte sich schick gemacht und trug zum ersten Mal, seit ich sie kannte, einen Rock.
»Man muss doch nicht immer Geburtstag haben«, wandte ich ein und spürte, wie sich ein wohliges Kribbeln der Vorfreude in mir ausbreitete. Bislang lief alles bestens! »Außerdem wollte ich euch beiden schon so lange eine Freude machen, und nun ist der perfekte Abend dafür, nicht wahr, Herr Mommsen?«
Der Pilot nickte, klatschte in die Hände und sagte energisch: »Dann wollen wir mal!«
Ich winkte den dreien hinterher und setzte mich in das Flughafen-Restaurant. Um die Wartezeit zu überbrücken, hatte ich mit Doro verabredet, sie anzurufen, und konnte es kaum erwarten, ihre Stimme zu hören. Seitdem Thomas ihr an jenem Abend in der HafenCity hinterherspioniert hatte, hatte sie Mats kaum noch gesehen, was ihr schwer zu schaffen machte. Wenn überhaupt, traf Mats sie nur in Hamburg, und auch das war schwierig, da Doro vormittags in der Kanzlei ihres Mannes arbeitete und sich nachmittags um Emma und Nils kümmern musste.
Die Zeiten, in denen sie sich nach Husum wegstehlen konnte, schienen endgültig vorbei zu sein.
»Schön, deine Stimme zu hören«, sagte ich, nachdem Doro be-

reits nach dem ersten Klingeln am Telefon war. »Wie geht es dir?«

»Ach, es geht so«, antwortete sie betrübt. »Und dir? Sind Bea und ihr Freund schon gestartet?«

Ich erzählte von meinem Picknickkorb und dass ich hoffte, die romantische Stimmung über den Wolken lockere das angespannte Verhältnis der beiden auf.

»Ich drück die Daumen, dass es klappt! Bea sollte sich nicht von so einer Yoga-Tussi in die Flucht schlagen lassen. Das hat sie doch gar nicht nötig. Und was treibst du so?«

Ich erzählte detailliert von den neuesten Entwicklungen auf Sylt, auch von Larissas Überlegung, eventuell nach Mallorca zu ziehen. Ich war froh, dass Doro, im Gegensatz zu Helen, die Menschen kannte, die mir mit der Zeit so ans Herz gewachsen waren. Da wir mindestens dreimal die Woche telefonierten, war sie meist gut informiert. Helen musste mich auch unbedingt besuchen kommen, sonst entfremdeten wir uns noch.

»Klingt, als sei bei euch eine Menge in Bewegung«, bemerkte Doro. »Sicher nicht leicht für Larissa, eine solche Entscheidung zu treffen. Ich weiß ja, wie sich schlechtes Gewissen anfühlt, und sie hat bestimmt Schuldgefühle gegenüber Bea. Aber ich habe eine Idee. Warum übernimmst du nicht das Büchernest?«

Mir stockte einen Moment lang der Atem.

»Du vergisst, dass ich keine Buchhändlerin bin«, versuchte ich Doros Idee sofort vom Tisch zu wischen, bevor ich mich womöglich noch selbst in sie verliebte.

In der Küche auszuhelfen war eine Sache, aber ein Buchcafé zu übernehmen? Nein, nein, nein!

Ich hatte noch genug mit der Galerie zu tun, auch wenn das Dreierteam sich hervorragend schlug. Doch ich musste bald entscheiden, welche Ausstellungen wir im Herbst und zu Weihnachten präsentieren wollten, und konnte von Glück sagen, dass Jule und Mira schon hervorragende Vorarbeit geleistet hatten.

»Wie ist denn die Stimmung momentan bei euch zu Hause? Läuft es besser mit Thomas?«, fragte ich, um das Thema zu wechseln.

»Er ist immer noch gereizt und nervt uns alle mit seiner schlechten Laune. Selbst Schwiegermonster findet, dass ihr Sohn zurzeit ein wenig anstrengend ist, und attestiert ihm ganz offiziell eine Midlifecrisis.«

»Oh, wie nett!«, antworte ich halb belustigt, halb besorgt.

Im Grunde mochte ich Thomas und fand es traurig, dass er offenbar mit seinem Leben haderte. Ich wusste selbst am besten, wie furchtbar sich so etwas anfühlte.

»Sie hat ihm doch allen Ernstes vorgeschlagen, sich einen neuen Sportwagen zu kaufen und die Haare tönen zu lassen«, kicherte Doro. »Geht's denn noch klischeehafter?«

»Fehlt nur noch die junge Geliebte«, antwortete ich reflexartig, bereute meine Bemerkung jedoch sofort.

Doch Doro nahm mir meinen Ausrutscher nicht krumm.

»Wenn es doch so wäre. Glaub mir, dann würde ich sofort meine Siebensachen packen, mir die Kids schnappen und zu Mats nach Husum ziehen. Dort ist die Luft besser, und es geht nicht so hektisch und schickimickimäßig zu wie hier in Hamburg. Nils wünscht sich seit neuestem ein Smartphone, obwohl er noch nicht mal weiß, wie man das Wort schreibt. Aber er sieht natürlich, dass sein Vater andauernd damit herumspielt, und denkt jetzt, dass er ohne dieses Ding eine soziale Null ist. Ich werde schon aggressiv, wenn ich nur diese Wischbewegung sehe, und verspüre sofort den Drang, das Display mit Glasrein zu besprühen. Wusstest du eigentlich, dass es sogar Handschuhe gibt, deren Zeigefinger extra beschichtet ist, damit man bei Kälte dieses dumme Telefon bedienen kann?«

Ich schmunzelte, weil Doro sich über Dinge aufregte, die sich sowieso nicht ändern ließen. Aber natürlich verstand ich, was sie meinte.
»Bei Emma droht zu allem Überfluss der Reitwahn auszubrechen, weil eine Freundin gerade ein Pony bekommen hat. Verrat mir bitte mal, wie wir das alles schaffen sollen, ohne pleitezugehen. Außerdem denkt in diesem Haushalt kein Mensch daran, dass ich diejenige bin, die die Kinder dann von A nach B kutschieren muss.«
»Aber wie soll es mit Mats und dir weitergehen?«, fragte ich besorgt. Mittlerweile war offensichtlich, dass Doro und Thomas nicht mehr zusammenfinden würden, egal, wie sehr sich beide Mühe gaben. Andererseits war genau das das Problem, dass nämlich keiner von beiden Interesse zu haben schien, die Ehe zu kitten.
Als ich Doro vor einiger Zeit vorschlug, einen Paartherapeuten aufzusuchen, hatte sie meine Idee mit den Worten abgetan:
»Wozu Geld für jemanden ausgeben, der in seiner Praxis Klangschalen und anderes Eso-Gedöns herumstehen hat, was Thomas garantiert sofort in die Flucht schlägt. Wir sind einfach nicht mehr ineinander verliebt und haben uns auseinanderentwickelt. Würde ich Thomas heute kennenlernen, wären wir vermutlich noch nicht einmal befreundet, weil wir zu wenige Gemeinsamkeiten haben. Und attraktiv, um mit ihm ins Bett zu gehen, finde ich ihn ehrlich gesagt schon lange nicht mehr. Und ihm geht es offenbar genauso. Ich werde einfach in Ruhe abwägen, bevor ich irgendetwas unternehme. Aber es wird so oder so auf eine Trennung hinauslaufen.«
Ich schluckte schwer. Dem war dann wohl nichts mehr hinzuzufügen.

# 35. Kapitel

»Jetzt bin ich aber gespannt«, flüsterte Olli, während wir beide verstohlen durch den Spalt der Küchentür lugten und Fiete dabei beobachteten, wie er vor seinen Spiegeleiern saß und sie misstrauisch beäugte.
Der zweiundzwanzigjährige, gutaussehende Koch mit dem blonden Strubbelkopf, den Sommersprossen und abstehenden Ohren hatte sich im vergangenen Jahr beim Surfen in die Insel und nebenbei in Fabian, einen Surflehrer, verliebt. Während des Sommers wollte er unbedingt in der Nähe seines Liebsten sein. Allerdings taten sich dabei drei Probleme auf: Er brauchte einen Job, eine Wohnung und einen weniger flirtfreudigen Freund. Ollis gutes Zeugnis aus einem Hamburger Szenerestaurant war seine Eintrittskarte für das Büchernest, Problem Nummer zwei zu lösen stellte eine erheblich größere Herausforderung dar: Auf Sylt war nicht ein einziges bezahlbares Zimmer mehr zu bekommen. Deshalb tat Olli das, was viele Saisonkräfte taten, die im Sommer auf der Insel arbeiteten: Er übernachtete im Zelt auf dem Campingplatz. Täglich pendelte er auf seiner alten Vespa zwischen Hörnum und Keitum und fühlte sich offenbar wohl dabei. Mit Olli zusammenzuarbeiten machte großen Spaß, genauso wie mit Bente, der Aushilfe. Die Fünfzigjährige war Friesin durch und durch, praktisch veranlagt, und eher wortkarg. Mit ihren kurzen, aschblonden Haaren und den etwas derben Gesichtszügen wirkte sie wie jemand, mit dem man Pferde stehlen, aber nicht unbedingt ein Plauderstündchen abhalten konnte. Zum Glück kam sie bestens mit Olli aus.
»Entweder flippt er gleich wieder aus, oder du hast ab jetzt einen

Freund fürs Leben gewonnen«, giggelte Olli dicht an meinem Ohr. Mit angehaltenem Atem beobachtete ich, wie Fiete mit zitternder Hand die Gabel zum Mund führte, sich über die Lippen leckte und schließlich innehielt.

Dies war der alles entscheidende Moment.

Würde Fiete mir eine Chance geben und künftig wieder Stammgast im Café des Büchernests werden? »Ich geh mal raus und frage ihn, ob er noch etwas braucht.«

Ich wartete gespannt darauf, was jetzt geschah.

»Der alte Meckerer sagt, er hätte lange keine so guten Spiegeleier mehr gegessen, und man merke doch, dass Vero wieder da sei«, erzählte Olli grinsend, nachdem er zurück in die Küche gekommen war.

Ich schmunzelte und ging nach draußen, um das Missverständnis aufzuklären.

»Freut mich, dass es Ihnen heute geschmeckt hat«, sagte ich und lächelte Fiete an, dessen Gesichtsausdruck sich merklich verdunkelte.

»Sie schon wieder«, blaffte er, so dass sogar Rieke aufhorchte, die gerade nach hinten ging, um frischen Kaffee für Larissa und sich zu holen.

»Ja, ich schon wieder. Tut mir leid.«

Fiete musterte mich von oben bis unten, und ich fühlte mich auf einmal wie früher, als mein Großvater kontrollierte, ob ich auch genug aß. Er war streng und wenig gefühlsbetont gewesen, und ich hatte immer ein wenig Angst vor ihm gehabt.

»Frau Gregorius ist die offizielle Nachfolgerin von Vero und macht ihre Sache ausgezeichnet. Wir sind sehr froh, dass sie uns hilft«, sprang Larissa mir plötzlich bei, offenbar alarmiert durch Rieke.

Weil ich fürchtete, dass Larissa sich gleich um Kopf und Kragen redete, fiel ich ihr beherzt ins Wort.

»Sagen Sie mir in Zukunft Bescheid, ich richte mich gern nach Ihren Wünschen. Die Spiegeleier scheinen Ihnen aber geschmeckt zu haben, denn Sie haben beide aufgegessen.« Darauf wusste Fiete nichts zu erwidern und starrte bockig auf seinen Teller. Larissa ging zurück in den Laden, und ich in die Küche zu Olli, der natürlich auch diese Szene feixend beobachtet hatte.
»Wir haben übrigens kaum noch Bohnen. Und wir könnten auch noch Karotten und Zucchini brauchen«, sagte er. Olli war für die Lagerhaltung und den Einkauf zuständig.
»Dann rufe ich schnell bei Vero an und frage sie, wie viel sie uns heute abgeben kann.« Ich griff zum Telefon. Nach einem kurzen Plausch beschloss ich spontan, das Gemüse direkt bei ihr abzuholen und mit ihr Tee zu trinken.
Heute war wieder ein strahlend schöner Junitag, und ich hatte Lust, Vero auf ihrem Hof in Morsum zu besuchen. Kaum zu fassen, dass ich das bislang nicht getan hatte!
»Lust auf eine kleine Vespa-Spritztour?«, fragte Olli, der gehört hatte, dass ich mit dem Fahrrad zu Vero wollte. »Ich könnte dich hinfahren, damit du schneller da bist.«
»Ich … ich weiß nicht so recht«, stotterte ich.
Mofas und Motorräder hatten mir immer Angst eingejagt, immerhin war man bis auf den Helm ungeschützt.
»Hast du Schiss?«, fragte Olli grinsend, weil er mein Zögern bemerkte. »Keine Sorge, meine alte Lady Isabella ist mittlerweile ziemlich langsam, und ich fahre vorsichtig. Schließlich habe ich vor, noch sehr lange zu leben und vielleicht sogar Fabian zu heiraten.«
Ob das mit dem Heiraten eine so gute Idee war, wagte ich zu bezweifeln. Ich hatte Fabian zwar nur einmal kurz gesehen, als er Olli nach Dienstschluss abgeholt hatte, aber dieser Moment hatte genügt, dass bei mir die Alarmglocken schrillten. Fabian sah ohne Zweifel sehr gut aus, aber er war sich dessen auch

bewusst. Außerdem schaute er jedem attraktiven, jüngeren Mann hinterher, der gerade des Wegs kam.
»Also, was ist? Soll ich dich mitnehmen?«
Vielleicht machte es sogar Spaß, auf dem Sozius zu sitzen, während die Sylter Landschaft an uns vorbeizog. Zu meinem eigenen Erstaunen sagte ich plötzlich ja.

»Schick, schick«, lobte Vero augenzwinkernd, als ich von Lady Isabella abstieg und den Helm abnahm. »Vespa fahren steht dir gut. Und dann noch der attraktive Fahrer.«
»Danke für das nette Kompliment«, entgegnete Olli und schaute uns erwartungsvoll an.
»Möchtest du als Dankeschön, dass du Paula heil hierhergebracht hast, ein Stück Kuchen?«, fragte Vero, was Olli sich nicht zweimal sagen ließ und nun ebenfalls abstieg. Obwohl er sehr penibel auf seine Figur achtete, jeden Morgen joggte und Unmengen von Sit-ups machte, wurde er bei Süßem nahezu jedes Mal schwach.
»Dann kommt mal rein«, sagte Vero lächelnd und deutete auf die Eingangstür, die mit wunderschönen Holzschnitzereien verziert war. »Oder wollt ihr euch vorher noch den Hof anschauen?«
»Gern, wenn das für dich okay ist, Olli«, antwortete ich, fasziniert, wie sehr Beas altes Kapitänshaus sich von der Architektur hier unterschied. Keitum war das Dorf der Seefahrer gewesen, Morsum hingegen, wo noch viel friesisch gesprochen wurde, hatte einen eher bäuerlichen Charakter.
»Aber klar«, freute sich Olli und hängte den Helm an den Lenker der Vespa. »Gehe ich recht in der Annahme, dass Sie in einem echten Friesenhaus wohnen?« Diese Frage war berechtigt, weil zwischen einem echten *Friesenhaus* und einem Haus im *friesischen Stil* ein großer Unterschied bestand.

»Dies hier ist ein Utlandfriesisches Langhaus, dessen Längsseite und Dachfläche zur Straße hin gebaut sind. Man hat bei der Erbauung darauf geachtet, dass die schmale Seite nach Osten und Westen ausgerichtet war, um sich gegen starke Stürme zu schützen«, erklärte Vero. Beeindruckt betrachtete ich die dicken Hauswände aus gebrannten Ziegeln, die bestimmt gut isolierten und gleichermaßen vor Kälte und Wärme schützten.
»Und was ist das hier?« Ich betrachtete neugierig die Metallkonstruktionen an der Fassade.
»Das sind sogenannte Maueranker«, antwortete Vero. »Sie dienen dazu, einzelne Bauteile miteinander zu verbinden. Diese hier nennen sich Zieranker, auf denen das Baujahr und der Name des Bauherrn steht, wenn ihr mal genau hinschaut. Ach, pardon, lieber Olli, nun habe ich Sie schon zum zweiten Mal geduzt.«
»Schon okay, kein Problem«, erwiderte Olli und gab Vero zu meinem Erstaunen förmlich die Hand. »Gestatten, ich bin der Olli.«
»Und ich die Vero. Und nun haben wir uns nach diesem kleinen Ausflug in die friesische Heimatkunde ein Stück Kuchen wahrlich verdient.«
Ich warf einen letzten Blick auf die Fassade mit den weißen Sprossenfenstern. Direkt unter dem reetgedeckten Dachfirst in der Gaube war eine wunderschöne Glasrosette. Im Inneren des Hauses empfing uns eine heimelige Atmosphäre: An den Fenstern hingen selbstgehäkelte, schneeweiße Spitzengardinen, die erstaunlicherweise überhaupt nicht spießig wirkten.
In der Ecke des Wohnraumes, den man durch eine schmale Diele erreichte, stand ein wunderschöner, antiker Kachelofen.
»Ist bestimmt gemütlich im Winter, auf dem gepolsterten Bänkchen zu sitzen und zu lesen, die Heizung im Rücken wie eine Art Wärmflasche«, sagte ich mehr zu mir selbst als zu Vero.

»Das stimmt. Aber es ist auch ziemlich anstrengend, das Holz hereinzuschleppen, insbesondere wenn man kalte Finger hat. Mal sehen, wie wir es dieses Jahr machen, bislang hat ja immer Hinrich das Hacken übernommen. Und er soll sich jetzt natürlich schonen. Nun ja, vielleicht helfen uns die Kinder, oder wir heizen wie sonst mit Gas.«

Ich musste unwillkürlich an Adalberts Worte denken, dass es in Beas Pavillon keine Heizung, sondern nur einen Radiator gab.

»Dieser Teil des Hauses wird übrigens *Döns* genannt«, sagte Vero. »Früher wurde er über einen *Bilegger* beheizt, einen Ofen, der durch den offenen Herd in der Küche befeuert wurde. Aber diese Tage sind zum Glück vorbei, jetzt haben wir ja den Kachelofen und müssen nicht befürchten, bei unsachgemäßer Bedienung eingeräuchert zu werden.« Mit diesen Worten ging Vero Richtung Küche.

Olli und ich folgten ihr neugierig.

»Habt ihr Lust auf Erdbeerkuchen oder Eierlikörpuffer?«, wollte Vero wissen und holte Sahne aus dem Kühlschrank.

»Ihr könnt aber natürlich auch beides haben.« Schmunzelnd warf sie Olli einen Blick zu, der bereits neugierig die Deckel der Tortenschalen hob und genussvoll schnupperte. Das Aroma von süßen, reifen Erdbeeren stieg mir in die Nase, und ich hatte meine Entscheidung schnell getroffen.

»Wo ist Hinrich?«, fragte ich, weil weit und breit jede Spur von Veros Ehemann fehlte. Ich hatte so gehofft, ihn endlich persönlich kennenzulernen.

»Der ist gerade bei einer Kontrolluntersuchung beim Kardiologen«, antwortete Vero und holte Teller aus der Vitrine. Mittlerweile galt Ollis Interesse den hübschen Delfter Kacheln an der Wand. Sie waren weiß, mit hellblauen Motiven wie Segelschiffen, Windmühlen und Blumen bemalt.

Soweit ich wusste, war es ein Zeichen von Reichtum gewesen,

wenn man diese holländischen Schmuckfliesen sein Eigentum nennen durfte. Während Vero Besteck aufs Tablett legte und ich versonnen von einem eigenen Friesenhaus träumte, klingelte mein Handy.

Zu meiner großen Überraschung war es Sönke Mommsen.

# 36. Kapitel

Als ich von meinem Dienst im Büchernest nach Hause kam, ließ ich mich auf das gemütliche Sofa im Pavillon fallen. Heute regnete es nach einer langen Schönwetterperiode zum ersten Mal, und ich genoss den abrupten Wetterwechsel.

Dicke Regentropfen klatschten gegen die Fensterscheiben, und ich kuschelte mich unter meine Lieblingsdecke, die ich von Hamburg mitgebracht hatte.

Auf dem Beistelltisch stand der Blumenstrauß von Olli, und eine Kanne Friesentee dampfte auf dem Stövchen gemütlich vor sich hin. Aus den Boxen der Stereoanlage ertönte klassische Musik und erfüllte den Raum mit den sanften Klängen der *Regentropfen-Prelude* von Chopin.

Gedankenverloren schaute ich auf mein Handy.

Sollte ich mit Sönke Mommsen ausgehen oder nicht?

Ich hatte den Anruf nicht entgegengenommen, weil ich das Vero und Olli gegenüber als unhöflich empfunden hätte, die mit Tee und Kuchen auf mich warteten.

Mittlerweile hörte ich Sönkes Nachricht – wir duzten uns seit dem Abend des Rundflugs – zum fünften Mal ab und überlegte.

Helen hätte gesagt: *Tu nichts, was ich nicht auch tun würde* und mir einen schönen Abend gewünscht.

Auch Doro hätte mich garantiert ermutigt, mich zu amüsieren. Immerhin hatte es lange genug gedauert, bis ich Vincent aus meinem Herzen verbannt hatte.

Zwar flackerte in manchen Momenten die Erinnerung an ihn noch wehmütig auf, aber das passierte Gott sei Dank immer seltener.

Wie die Zukunft mit Patrick aussah, daran wagte ich gar nicht erst zu denken. Seit meinem offiziellen Auszug beschränkte sich unser Kontakt auf das absolute Minimum.

Ab und zu kam wegen meines Nachsendeantrags wichtige Post für mich, oder es mussten andere gemeinsame Entscheidungen getroffen werden. Wenn ich mit Patrick telefonierte, fragte ich ihn weder nach den Briefen auf seinem Schreibtisch noch nach der Fremden und dem Jungen am Elbstrand, obwohl mir dies sehr schwerfiel. Umgekehrt wollte Patrick nicht wissen, ob ich noch Kontakt zu Vincent hatte. Eines stand auf alle Fälle fest: Spätestens zum Jahresende mussten wir eine endgültige Entscheidung treffen, nicht zuletzt wegen der gemeinsamen Wohnung, zu der ich immer noch den Schlüssel an meinem Bund trug. Patrick hatte nie mehr danach gefragt, und so behielt ich ihn einfach.

Aber war ich wirklich bereit, mit einem Mann auszugehen, den ich kaum kannte? Ich verstand nicht, warum Sönke ausgerechnet mich einlud, wo er doch bei unserem ersten Zusammentreffen ausgesprochen cool, beinahe abweisend auf mich reagiert hatte. Außerdem konnte ich mir nicht vorstellen, wie es sein würde, einen ganzen Abend mit Sönke zu verbringen.

Ich wusste so gut wie nichts über ihn. Womöglich war er verheiratet, hatte eine Freundin oder verabredete sich regelmäßig mit weiblichen Fluggästen.

»Finde es heraus«, lautete Larissas Antwort, als ich sie im Büchernest anrief und um ihre Meinung bat.

In diesem speziellen Fall vertraute ich gern auf den Rat von jemandem, der wusste, wie schnell auf einer kleinen Insel geklatscht wurde. Denn mir war mein wie auch Beas und Larissas Ruf wichtig.

»Soweit ich weiß, ist er ein anständiger Kerl, ordnungsgemäß geschieden und noch nicht als notorischer Herzensbrecher und

Frauenheld aktenkundig geworden«, fuhr Larissa fort, während ich nervös mit dem Teelöffel spielte und ihn schließlich fallen ließ. »Das Samoa Seepferdchen als Treffpunkt für ein Abendessen finde ich persönlich sogar schöner als die Sansibar, und du kennst es bislang noch nicht. Es wird bestimmt nett, iss leckeren Fisch und genieß dein Date. Du wirst sehen: Der Mann beißt nicht. Und sollte er es doch wagen, dann rufst du mich an, und ich komme, um dich aus seinen Klauen zu befreien.« Ich schmunzelte, weil Larissa so daran interessiert war, dass ich mich mit Sönke traf.

Nachdem ich mich für ihren Rat bedankt hatte, wählte ich Sönkes Nummer. Er war sofort am Apparat, und wir hatten schnell die Details geklärt: Er holte mich am nächsten Abend um halb sieben ab und reservierte den Tisch, weil das Samoa ebenfalls ein heißbegehrtes Restaurant war.

Mittlerweile hatte ich gelernt, dass Friesen nicht viel Aufhebens machten und schon gar nicht gern viel Zeit mit langen Reden verschwendeten. Nach dem Telefonat starrte ich auf die holzvertäfelte Decke des Pavillons.

Ob Patrick sich seit meinem Auszug mit Frauen traf?

Während unserer Ehe hatte es immer wieder die eine oder andere Kollegin oder Kundin in der Agentur gegeben, die ihm deutliche Avancen gemacht hatte. Patrick war schließlich ein gutaussehender, interessanter Mann und kam bei seinen Reisen mit vielen Menschen zusammen. Doch ich hatte nie auch nur den geringsten Anlass zur Eifersucht gehabt, sondern es sogar zuweilen genossen, dass er auch in den Augen anderer Frauen begehrenswert war. Solange er wusste, zu wem er gehörte, hatte ich keine Angst, ihn zu verlieren.

*Schluss jetzt!,* ermahnte ich mich und verscheuchte jeden weiteren Gedanken an Patrick. Ich war letztendlich aus Hamburg weggegangen, um auf Sylt neu anzufangen, und warum sollte ich

überhaupt einen Gedanken daran verschwenden, ob die Frau vom Elbstrand bereits in unserem gemeinsamen Bett schlief …
Dann versuchte ich zu lesen. Doch auch das funktionierte nicht recht, wie ich eine halbe Stunde später feststellen musste.
Meine Gedanken gingen unaufhaltsam spazieren und landeten wie durch Zauberhand immer wieder bei Patrick. Entnervt klappte ich mein Buch zu und räumte ein wenig auf. *Äußere Ordnung herstellen, damit innere herrschen kann!*
Nach dem Einzug im Pavillon hatte ich spontan alles so verräumt, wie es mir gerade in den Sinn gekommen war.
Vielleicht sollte ich einige Kleidungsstücke lieber in der alten Bauernkommode lagern, anstatt alles in einen schmalen Schrank zu quetschen.
Als ich die oberste Schublade öffnete, sah ich zu meinem Erstaunen, dass sie voll war, ebenso wie die anderen drei. Offenbar hatte Bea vergessen, sie zu leeren.
Neugierig inspizierte ich den Inhalt und holte nach und nach alles heraus: Mischpaletten, Pinsel, Terpentin, Lappen, Aquarell- und Acrylfarben, Skizzenblöcke in allen Größen, zusammengerollte Leinwände, dreieckige Keilrahmen …
Das alles musste Nele gehören, anders konnte ich mir den Kommodeninhalt nicht erklären. Ich kniete mich auf den weichen Teppich auf dem Boden und breitete die Künstlerutensilien kreisförmig um mich herum wie ein buntgemustertes Kleid aus.
Versonnen streichelte ich über die weichen Borsten des Rotmarderpinsels, fuhr über die Zacken des Zahnspachtels und spielte mit den hölzernen Rührspateln.
Wie lange war es her, dass ich so etwas in der Hand gehabt hatte?
Bestimmt über zehn Jahre …
»Paula? Paula, bist du da?«

Erschrocken ließ ich den Spatel fallen und stand auf.
Wie oft hatte Bea schon an die Pavillontür geklopft, ohne dass ich es bemerkt hatte?
»Störe ich?«, fragte sie und musterte mich eindringlich, nachdem ich geöffnet hatte. Dann fiel ihr Blick auf den Teppich, was mich sofort verlegen machte, weil ich das Gefühl hatte, beim Spionieren ertappt worden zu sein.
»Das hat Nele wohl vergessen, wie unachtsam von ihr«, sagte Bea kopfschüttelnd. »Weißt du was? Ich hole eben den großen Waschkorb und packe alles hinein. Dann hast du wieder Platz.«
»Nein, nein, das brauchst du nicht«, protestierte ich. »Ich … ich finde es schön, die Malutensilien hier zu haben. Früher wollte ich nämlich auch Malerin werden, und Neles Sachen erinnern mich an meine Zeit an der Kunsthochschule. Aber was rede ich da für einen Unsinn? Komm rein, sonst wirst du noch nass.«
Bea stellte ihren Schirm an die Pavillonwand unter einen kleinen Vorsprung, wo er trocknen konnte.
»Möchtest du einen Tee?«
»Eigentlich hätte ich jetzt lieber einen Sherry«, antwortete Bea und schaute sich im Pavillon um. »Hübsch hast du's hier, richtig gemütlich.«
»Ist was passiert?«, fragte ich verwirrt und dachte sofort an Ina. Vielleicht war sie Bea zuvorgekommen und hatte sich Adalbert geschnappt. Andererseits hatte ich nach dem romantischen Sylt-Rundflug den Eindruck, Adalbert und sie seien sich ein kleines Stück nähergekommen.
»Nein, an sich nichts. Oder zumindest nichts Schlimmes«, versuchte Bea abzuwiegeln. »Mich … mich macht nur dieser plötzliche Wetterumschwung fertig, und deshalb …«
»Wolltest du dich ein bisschen anschickern?!« Ich grinste.
»Bedauere sehr, aber ich habe keinen Sherry und auch sonst nichts in der Art.«

»Aber ich«, schmunzelte Bea, holte einen Sherry aus ihrem Leinenbeutel und stellte ihn neben die Teekanne auf den Tisch. Dann folgten zwei kleine, wunderhübsche Gläser aus geschliffenem Kristall, die sie vorsorglich in ein Geschirrtuch eingewickelt hatte.

»Das ist ja spanischer«, stellte ich fest, nachdem ich uns einen Schluck eingeschenkt und das Etikett begutachtet hatte.

»Hat Larissa mir von Mallorca mitgebracht«, erklärte Bea, und ich überlegte, ob ihr Besuch etwas damit zu tun hatte. »Kann übrigens sein, dass sie bald dort wohnt«

*Aha, hatte ich also recht mit meiner Vermutung!*

Entweder hatte Larissa ihrer Tante erzählt, was sie vorhatte, oder Bea hatte sich ihren eigenen Reim darauf gemacht.

»Und wie findest du das?«, fragte ich und bemühte mich, so neutral wie möglich zu klingen. Am besten ich hielt mich so weit es ging heraus.

Bea seufzte tief und trank einen Schluck.

»Natürlich möchte ich, dass Larissa glücklich ist. Und ich würde mich sehr freuen, wenn sie endlich ihr Wunschbaby bekommt. Zumal es ja schon leider zweimal schiefgegangen ist …«

Ich schluckte.

Hatte Larissa etwa schon zwei Fehlgeburten gehabt?

»Wusstest du nichts davon?«, fragte Bea und schlug sich entsetzt auf den Mund. »Oje, bitte nimm mir sofort das Glas weg, ich bin einfach zu plauderig. Vielleicht hätte ich etwas essen sollen, bevor ich Sherry trinke.«

Ich stand auf und holte eine Tüte Pistazien. Mir knurrte ebenfalls der Magen, und ich hatte Appetit auf etwas Salziges.

Bea nahm sich eine Handvoll, kaum dass ich die kalorienhaltige Knabberei in eine Schale umgefüllt hatte. »Ich hatte nur vermutet, dass du es wüsstest, weil ihr euch mittlerweile ziemlich nahesteht und …«

»Du musst dich nicht entschuldigen«, versuchte ich sie zu beruhigen. »Ich werde Larissa nichts sagen. Aber es tut mir sehr leid für sie. Das muss schrecklich sein.«

Bea nickte.

»Ja, so etwas ist tragisch. Manche wünschen sich sehnlich ein Kind, und es klappt und klappt einfach nicht – und andere haben Kinder und können nichts mit ihnen anfangen. Das ist aber natürlich die Ausnahme. Bitte versteh mich nicht falsch.«

»Nein, nein, ich weiß genau, was du meinst. Die Welt ist manchmal wirklich ungerecht. Aber ich vertraue darauf, dass Larissa und Leon ihr Glück noch finden. Die beiden passen so gut zusammen und haben sicher sehr viel Liebe zu geben. Sie könnten ja auch über eine Adoption nachdenken … oder ein Pflegekind …«

»Das habe ich Larissa auch schon vorgeschlagen, doch sie will es noch eine Weile versuchen, bevor sie diesen Schritt geht.«

»Und was passiert mit dem Büchernest, wenn sie wirklich nach Mallorca umzieht?«

Bea drehte ihr Glas zwischen den Händen hin und her.

»Dann würde ich wohl verkaufen. Ohne Lissy wäre es nur noch das halbe Vergnügen, und ich fühle mich zu alt, um dort tagaus, tagein hinter der Ladentheke zu stehen. Momentan macht mir die Arbeit viel Freude, schließlich gibt es kaum etwas Schöneres, als über gute Bücher zu sprechen und sie weiterzuempfehlen. Aber es hat sich auch so vieles verändert. Das Internet, die E-Books, die Tendenz, alles möglichst billig oder gar umsonst haben zu wollen. Dieser Unsinn mit den sozialen Netzwerken, in denen sich die Menschen exibitionieren. Manchmal glaube ich, dass es besser wäre, mich ganz zurückzuziehen. Eine Zeitlang habe ich mich der Illusion hingegeben, dass es irgendwann zu einer Art Kehrtwende kommt und die Leute ihr Leben nicht nur online auf der Überholspur fristen wollen.«

Ich nickte zustimmend, weil Bea mir aus der Seele sprach. »Aber ich habe mich offenbar getäuscht und muss mich nun an den Gedanken gewöhnen, dass bald nichts mehr so sein wird, wie ich es gewohnt bin. Und deshalb erlaube ich mir, mich dann aus diesem Wahnsinn auszuklinken und das Feld denjenigen zu überlassen, die davon mehr Ahnung haben. Findest du mich jetzt spießig?«

Ich musste lachen, als Bea mich beinahe flehentlich anschaute.

»Ach, Unsinn! Du bist ein aufgeschlossener Mensch, der sich das Recht herausnimmt, zu sich selbst zu stehen. Keiner verlangt von dir, dich auf die digitalisierte Welt umzustellen. Das ist doch genau das, was ich hier so genieße: Auf der Insel scheinen sich die Räder irgendwie langsamer zu drehen, und das ist sehr beruhigend. Ich habe es auch allmählich satt, all diesen Neuerungen hinterherzurennen. Was glaubst du, was sich auf dem Kunstmarkt in den letzten Jahren alles getan hat? Es wird nicht mehr lange dauern, und ich muss meine Galerie schließen, weil Kunst überwiegend online beworben und verkauft wird. Ich verteufle diese Entwicklung nicht grundsätzlich, weil sie auch Vorteile hat, aber ich gehöre zu denjenigen, die den direkten, persönlichen Kontakt dem virtuellen vorziehen.«

»Also sind wir wohl beide eher *old school,* wie Larissa sagen würde«, schmunzelte Bea, und ich musste ebenfalls lächeln.

Altersmäßig stand ich genau zwischen Larissa und ihrer Tante. Zu alt, um noch hip zu sein, aber zu jung, um mich auf eine gemütliche Haltung wie die von Bea zurückziehen zu können.

# 37. Kapitel

Soso, du hast also heute ein Date«, stellte Olli schmunzelnd fest, während wir Samstagmittag die Küche auf Vordermann brachten. Er musterte mich von Kopf bis Fuß.

»Gibt es etwas an meinem Aussehen auszusetzen?«, fragte ich, irritiert durch sein süffisantes Lächeln.

»Wann warst du zum letzten Mal beim Friseur?«, wollte Olli wissen. Reflexartig fuhr ich mir durch die Haare, deren Spitzen sich ein wenig trocken anfühlten.

»Die Länge ist doch in Ordnung, und ich habe auch keinen Spliss, oder etwa doch?« Anstelle einer Antwort nahm Olli sich einen Küchenstuhl, stellte sich darauf und betrachtete mich von oben.

»Wenn du dich beeilst, schaffst du es noch, deinen grauen Ansatz nachzufärben«, sagte er streng und sprang mit einem Satz vom Stuhl, woraufhin dieser umkippte. »Es sei denn, dieser Sönke geht dir nur bis zum Kinn. Oder du setzt eine Mütze auf.«

»So schlimm?«, fragte ich verwirrt. Warum hatte ich das denn nicht selbst bemerkt? Ich schaute doch jeden Tag in den Spiegel. Die Antwort war allerdings ganz einfach: In Hamburg hatte ich alle sechs Wochen einen feststehenden Termin bei meinem Lieblingsfriseur, der mich in Stresszeiten sogar höchstpersönlich daran erinnerte zu kommen. Hier war alles so entspannt, dass derartige Dinge schnell in den Hintergrund rückten. Dennoch blieb ich locker. Es war ja nicht meine Absicht, Sönke zu gefallen. Sollte er sich an meinen grauen Strähnen stören, so war das sein Problem.

»Und was hast du heute noch vor? Eine heiße Verabredung mit Fabian?«
Olli zog einen Flunsch.
»Leider nein. Er hat heute keine Zeit für mich, weil er sich mit irgendwelchen Leuten trifft, um etwas für den Surf-World-Cup zu besprechen, der alljährlich im September in Westerland stattfindet.
Er muss natürlich einiges organisieren, das musikalische Rahmenprogramm, den Online-Auftritt, die Eröffnungsfeier …«
Die Enttäuschung war Olli deutlich anzumerken. Am liebsten hätte ich ihm angeboten, mit ins Samoa Seepferdchen zu kommen, aber das hätte Sönke bestimmt irritiert.
»Und was machst du dann?«
»Ich gehe vielleicht ins Kino«, seufzte Olli. »Oder ich haue mich im Zelt auf die Matte und lese meinen neuen Thriller weiter. Keine Ahnung, ich lass mich einfach treiben. Aber dir wünsche ich einen super Abend. Kann es kaum erwarten, zu hören, was du zu erzählen hast. Wird Zeit, dass du mal wieder einen *echten* Mann triffst, denn ich habe in dieser Richtung leider nicht allzu viel zu bieten.«
Gerührt gab ich Olli einen Kuss auf die Wange und ging nach vorne zu Larissa und Rieke, die gerade mit dem Tagesabschluss beschäftigt waren, um beiden ein schönes Wochenende zu wünschen. Larissas zufriedenem Gesichtsausdruck nach zu urteilen stimmte die Kasse. Dann machte ich mich auf den Weg zum Kapitänshaus, um noch ein Stündchen zu schlafen, bevor ich abgeholt wurde.

»Kaum zu glauben, aber ich war bislang noch nicht in Rantum«, erklärte ich Sönke während der Fahrt von Keitum quer über die Insel.
»Aber ich hoffe, du weißt, dass Sylt an dieser Stelle am schmals-

ten ist. Zu Fuß bist du innerhalb von zehn Minuten vom Weststrand mit den Dünen am Wattenmeer und den Salzwiesen«, sagte Sönke. »Ich mag diese Gegend, weil es hier selbst in der Hochsaison einigermaßen ruhig zugeht, und landschaftlich ist es einmalig schön. Meine Tochter fand es als Kind allerdings gruselig, dass das Land nur sechshundert Meter breit ist, und hatte immer Angst, Sylt würde irgendwann in der Mitte durchbrechen. Sie wollte nie in Rantum wohnen, weil sie dachte, ihr Bettchen könnte weggeschwemmt werden, wenn sie nur dreihundert Meter vom Wasser entfernt schläft.«

Ich schmunzelte.

Kinder und ihre Fantasien …

»Sieht aber hier gar nicht so bedrohlich aus«, antwortete ich mit Blick auf die zahllosen, hell geklinkerten und weißen Häuser, die den Straßenrand säumten. Sehr hübsch, adrett und neu – und offenbar fest in der Hand der Zimmervermietung Rose & Rose. Im Hintergrund ragte das reetgedeckte Dach des Nobelhotels Sölring Hof auf.

»Ja, an sich schon«, brummelte Sönke. »Das Problem ist nur, dass gerade in Rantum kaum noch ein echter Insulaner lebt, weil mittlerweile fast alles in den Händen von Ferienwohnungsbesitzern und Hoteliers ist, die meistens nicht von Sylt stammen. Seit neuestem gibt es sogar ein ganzes Feriendorf, und auf dem Campingplatz stehen sogenannte mobile Ferienhäuser. Wenn du mich fragst, wird das alles allmählich ein bisschen viel. Nichts gegen Touristen, schließlich leben wir alle hier sehr gut von ihnen, aber man sollte die Anzahl der Gäste allmählich begrenzen. Was zu viel ist, ist zu viel!«

Ich ließ diese Aussage so stehen, denn ich konnte kaum etwas dagegen sagen. Wenn Bea sich über dieses Thema aufregte oder mir von den Demos berichtete, die sie zusammen mit Adalbert besuchte, konnte ich sie bestens verstehen. Aber ich verstand mindestens ebenso gut die Sehnsucht, die viele Besucher hierherzog, immerhin war auch ich eine von ihnen. Sylt war einfach ein Traum!

»Was kann man eigentlich als Tourist tun, um zu vermeiden, dass sich die Situation noch weiter verschärft?«, wollte ich wissen, weil ich gern helfen wollte.

»Gute Frage«, antwortete Sönke nachdenklich. »Ideal wäre es, wenn man in erster Linie Zimmer von Privatvermietern bucht, weil damit zumindest die Chance besteht, einen Einheimischen zu unterstützen – wobei die hiesigen Besitzverhältnisse natürlich nicht immer transparent sind. Dann kann man natürlich die Petition der Initiative Zukunft Sylt unterzeichnen und auch andere Sylt-Urlauber auf sie aufmerksam machen. Und zu guter Letzt sollte man, wenn man unzufrieden ist, sich dazu äußern und nicht einfach in Zukunft woanders Urlaub machen. Denn davon haben wir natürlich auch nichts. Auf der Insel gibt es extra für diesen Zweck Briefkästen vom Sylter Tourismus-Service mit dem Vermerk *Gästeanmeldungen, Wünsche, Anregungen.*«

Wir fuhren noch ein Stückchen weiter die Straße entlang, und ich bestaunte gedankenverloren die Dünenlandschaft, die sich hier deutlich karger und rauher präsentierte als im Osten der Insel. Sie erinnerte ein wenig an vulkanische Mondlandschaften. Sandige und grasbewachsene Abschnitte wechselten sich ab. Diese Schönheit sollte wirklich geschützt werden! »Ist das ein moderner Leuchtturm?«, fragte ich, als ich auf der linken Seite einen silbernen Mast entdeckte, der in der Mitte orangefarben war und gelegentlich blinkte.

Sönke lachte.

»Nein, das ist die Rantumer Loran-C-Station, eine Art elektronisches Sende-Leuchtfeuer. Stell dir das Ganze wie ein überdimensional großes Navi vor, dann weißt du in etwa, wozu das Ding gut ist.« Ungefähr einen Kilometer nach dem Ortsausgang bogen wir rechts ab, fuhren eine Anhöhe hinauf und parkten in der Nähe des Eingangs vom Samoa Seepferdchen.

»So, da wären wir«, stellte Sönke zufrieden fest, drehte sich zu mir und lächelte. »Ab jetzt vermeiden wir am besten alle unerfreulichen Themen und freuen uns lieber auf das fantastische Essen von Kalle und seiner Crew.«

Ich nickte und folgte Sönke neugierig in das Restaurant, dessen Ambiente mir auf Anhieb gefiel. Es war nicht besonders groß und so gemütlich, wie man es sich für einen schönen Abend wünschte.

»Willst du auf der Terrasse sitzen, oder ist es dir zu windig?«, fragte Sönke, während eine junge Kellnerin ihn mit Namen begrüßte.

»Ich würde lieber drin essen, seit gestern ist es doch deutlich kühler geworden«, antwortete ich und setzte mich an den Tisch, der uns zugewiesen wurde. Voller Vorfreude studierte ich die Speisekarte. Ich hatte extra tagsüber kaum etwas gegessen, weil ich bereits gehört hatte, wie großartig die Küche hier war.

»Momentan schwanke ich zwischen der Samoa-Bouillabaisse und dem Sashimi-Tatar von Lachs als Vorspeise. Weißt du schon, was du möchtest, oder kannst du mir etwas Besonderes empfehlen?«

Sönke gab genau *die* Antwort, die ich mir erhofft hatte.

»Lass uns beides nehmen, und wir tauschen nach der Hälfte«, schlug er vor. »Oder du naschst nur einen Löffel von der Suppe, für den Fall, dass sie dir wider Erwarten nicht schmecken sollte. An sich ist hier alles super, du kannst also gar nichts falsch machen.«

Nachdem wir bestellt hatten, trat für einen kurzen Moment verlegenes Schweigen ein.

»Wo wohnst du eigentlich?«, fragte ich zu guter Letzt, darum bemüht, ein möglichst unverfängliches Gesprächsthema anzuschneiden. »In Westerland, damit du es nicht so weit zum Flugplatz hast?«

Sönke lächelte.

»Nein, etwas Abstand zwischen Job und Privatem brauche ich schon. Ich lebe an einem Fleckchen, das ich für eines der schönsten halte, in Munkmarsch. Ich schätze den kleinen Hafen, die Boote, die Segelschule und die Ruhe, die über diesem Örtchen liegt. Außerdem liebe ich den Weg durch die Jückersmarsch. Es sei denn, ich habe gerade Lust auf die wilde, rauhe Nordsee, dann spaziere ich am liebsten um die Hörnumer Spitze oder den Ellenbogen herum. Und du? Wie findest du das Leben in der Keitumer Puppenstube?«

So wie Sönke das sagte, musste ich lachen.

»Also ich finde Keitum zauberhaft. Ich mag die Architektur, ich staune immer wieder über die Friesengärten mit den wunderbaren Rosen und die üppig bepflanzten Friesenwälle. Ich habe ein Faible für die niedlichen Boutiquen. Und das Watt ist ganz in der Nähe, auch wenn ich gut verstehen kann, was du mit Puppenstube meinst. Vermutlich ist das der kindliche Teil in mir, der sich nach Geborgenheit sehnt.«

*Eine Zeitlang hatten Patrick und ich von einem Haus wie dem von Adalbert geträumt …*

»Hast du Kinder?«, fragte Sönke interessiert.

»Leider nein«, antwortete ich und fühlte einen Stich. Abrupt wechselte ich das Thema. »Bist du besonders freiheitsliebend, oder warum bist du Pilot geworden?«

»Abgesehen davon, dass mich die technische Seite der Fliegerei fasziniert, seit ich ein kleiner Junge war, liebe ich es tatsächlich, tun und lassen zu können, was ich möchte – nicht immer zur Freude meines persönlichen Umfelds. Um ehrlich zu sein: Mit dieser Haltung habe ich meine damalige Frau in die Flucht geschlagen.«

Ich war froh, dass ausgerechnet in diesem Moment die Vorspeise serviert wurde, denn auf diese Weise hatte ich ein wenig Zeit, um zu überlegen, wie ich auf dieses überraschende und äußerst persönliche Eingeständnis reagieren sollte.

»Hab ich dich jetzt verschreckt?«, wollte Sönke wissen und bot mir ein Stück knusprig gebackenes Weißbrot an.

»Nein, keineswegs. Erzähl mir von deiner Frau. Kommt sie auch von hier?«

»Nein, nein, sie stammt aus Hannover. Wir haben uns kennengelernt, als sie den Segelschein bei mir gemacht hat. Zuerst hat sie sich in Sylt verliebt und dann wohl in mich.«

Es war schwer, an Sönkes Lachen zu erkennen, ob es ihm weh tat, über seine Ex-Frau zu sprechen, oder ob er mittlerweile Abstand zu seiner Ehe gewonnen hatte. Andererseits hatte *er* sie ja ins Spiel gebracht.

»Du bist oder warst Segellehrer?«, fragte ich verwundert. »Etwa in Munkmarsch?«

Sönke nickte.

»Segeln und Fliegen sind sich in gewisser Weise ähnlich. Man setzt sich den Elementen aus und weiß nie so ganz genau, was passiert, egal, wie gut man trainiert und auf alles vorbereitet ist. Man kann sich auf elegante Art und Weise allem entziehen, denn in der Luft und mitten auf dem Meer ist man nun mal schwer zu fassen …«

»Und damit bekam deine Frau dann irgendwann Probleme?«, hakte ich nach und dachte an Sönkes Tochter.

»Nun, das war sicher ein Aspekt. Hinzu kam, dass sie sich hier nie so richtig heimisch gefühlt hat. Nachdem unsere Tochter ausgezogen war, geriet sie in eine Krise. Sie sehnte sich nach etwas Eigenem, weil sie mir so lange den Rücken freigehalten und sich um die Kindererziehung gekümmert hatte. Obwohl sie immer darauf geachtet hat, ihre eigenen Projekte zu verwirklichen, hat ihr das schlussendlich nicht gereicht. Mittlerweile lebt sie in der Nähe von München und ist erstaunlicherweise mit einem passionierten Bergsteiger verheiratet. Also wieder mit jemandem, der keinen gewöhnlichen Schreibtischjob hat. Verrückt, nicht wahr? Aber sie liebt es, mit ihm steile Gipfel zu erklimmen, und das ist alles, was für mich zählt.« Ich war beeindruckt, wie reflektiert und liebevoll Sönke von seiner ehemaligen Frau erzählte. Nach unserem ersten Zusammentreffen hätte ich niemals vermutet, dass so ein sensibler Kern hinter seiner rauhen Schale steckte.

»Habt ihr denn noch Kontakt?«

»O ja, sehr guten sogar. Erstaunlicherweise können wir jetzt besser miteinander reden als zuvor. Wir telefonieren häufig und besuchen uns gegenseitig. Manchmal unternehme ich sogar zusammen mit ihrem Mann eine Bergtour.«

Meine Gedanken flogen wieder einmal zu Patrick. Womöglich schafften wir es auch, in ferner Zukunft eine solche Basis aufzubauen, obwohl mir der bloße Gedanke, seiner Freundin gegenüberzusitzen, Magenschmerzen verursachte.

»Und? Wie ist es bei dir? Was hat dich hierhergeführt?«, fragte Sönke plötzlich, während ich die gegenüberliegende Wand anstarrte. Einen Moment lang war ich unfähig zu antworten.

Schlagartig hatte ich das Gefühl, dass ich sofort herausfinden musste, wer die Frau an der Elbe war. Die ganze Zeit hatte ich versucht, nicht daran zu denken, dass sie vielleicht schon längst die neue Freundin an Patricks Seite war. Doch Sönkes Erzählungen hatten mir klargemacht, dass es keinen anderen Weg gab, als ehrlich zueinander zu sein. Ich wollte endlich Gewissheit, welche Rolle die Unbekannte in Patricks Leben spielte, egal, wie sehr diese Wahrheit schmerzte. Und um das herauszufinden, musste ich so schnell wie möglich nach Hause.

»Sei mir nicht böse, Sönke, aber lass uns lieber von etwas anderem sprechen. Wenn ich nur darüber nachdenke, bekomme ich schon Kopfschmerzen …« Sönke schaute mich besorgt an.

»Oh, das tut mir leid. Ich wollte nett mit dir zu Abend essen und dir nicht die Laune verderben. Wir können uns gern über etwas anderes unterhalten, wenn dein Kopf das besser verträgt. Ich kann dir aber auch gern ein Aspirin besorgen. Irgendjemand vom Personal hat bestimmt was.«

Ich winkte ab. Schließlich wollte ich nicht unhöflich sein.

»Nein, nein, lass nur. Es ist alles gut. Erzähl mir lieber was von deinem Inselleben und Sylt-Fly. Seit wann hast du eine eigene Maschine?«

# *38. Kapitel*

*Lieber Patrick,*
*es ist seltsam, dir nach all der Zeit einen Brief zu schreiben, anstatt mit dir zu reden. Ich hoffe, es ist in Ordnung für dich, dass ich diesen Weg wähle, denn ich habe eine Frage an dich, deren Antwort mir am Herzen liegt …*

Unschlüssig spielte ich mit meinem Kugelschreiber herum und rang nach Worten.
*Was* genau wollte ich Patrick eigentlich schreiben?
Dass ich unsicher war? Durcheinander? Meine Fantasie die wildesten Blüten trieb? Oder dass mich ein unschönes Gefühl namens Eifersucht in den Klauen hatte, obwohl gerade *ich* kein Recht hatte, so zu empfinden. Immerhin hatte ich unsere Ehe ruiniert und musste nun in der Lage sein, mit den Konsequenzen zu leben. Vielleicht sollte ich ihn doch besser anrufen.

»Dir ist aber schon klar, dass er dir eventuell gar nicht antwortet«, sagte Larissa, nachdem ich sie nach meiner Yogastunde bei Adalbert zu einem sonntäglichen Spaziergang abgeholt hatte. Unser Weg führte uns, wie so häufig, Richtung Munkmarsch. Auch heute gingen wir wieder an den Austernfischern vorbei, die es sich in der Sonne auf einer Sandbank gemütlich gemacht hatten, hin und wieder zogen schattenspendende Wolken über sie hinweg.
»Ich weiß, ich weiß. Wenn Patrick mir nicht antwortet, kann ich auch nichts machen. Aber fragen musste ich ihn auf alle Fälle.

Wie lange braucht die Post eigentlich von Sylt nach Hamburg?«
Larissa blieb abrupt stehen und zog ihre Augenbrauen hoch.
»Na, was glaubst du wohl? Denkst du, wir verschicken hier alles mit Brieftauben?«
Beschämt schlug ich mir mit der Hand vor die Stirn.
»Oh, ich dumme Pute! Bitte entschuldige. Da kannst du mal sehen, wie sehr ich durch den Wind bin.«
Larissa lachte.
»Ja, das sehe ich. Aber das ist kein Grund, hier kleben zu bleiben. Komm, lass uns weitergehen. Ich bin von dem ganzen Herumstehen im Büchernest total eingerostet. Mach dir keine unnötigen Sorgen. Wenn Patrick der ist, für den ich ihn halte, meldet er sich trotzdem bei dir. Du wirst sehen, alles kommt in Ordnung.«
»Na ja, ich weiß nicht so recht«, widersprach ich. »Mein gestriges Date mit Sönke war nicht gerade der Knaller, was allerdings nicht an ihm lag, sondern an mir. Er sprach über das gute Verhältnis zu seiner Ex-Frau, und ich bekam plötzlich solche Kopfschmerzen, dass er mich noch vor dem Dessert nach Hause bringen musste.«
»Ach, wie doof, das tut mir leid«, sagte Larissa. »Aber wie war es denn? Habt ihr euch wenigstens sonst gut unterhalten?«
»Ja. Sönke ist sehr sympathisch und längst nicht so tough, wie er am Anfang mir gegenüber getan hat. Außerdem ist er ein richtiges Familientier, was man heutzutage nur noch selten findet. Kaum zu glauben, dass ein Mann wie er noch solo ist.«
»Aber vielleicht ja nicht mehr lange«, mutmaßte Larissa schmunzelnd.
»Falls du diesbezüglich eine spezielle Person im Auge hast, muss ich dich leider enttäuschen. Dieser Abend hat mir deutlich klargemacht, dass ich überhaupt nicht offen für irgendetwas bin. Ich habe lange genug gebraucht, um meine Probleme in Ham-

burg halbwegs abzustreifen, und bin, was Patrick anbelangt, mit mir noch längst nicht im Reinen. Das ist keine besonders gute Voraussetzung, um sich auf etwas Neues einzulassen. Außerdem fühle ich mich gerade sehr wohl hier und möchte, dass es so bleibt.«

Larissa schien einen Moment lang zu überlegen, während ihr Blick einer Schar Möwen folgte.

Dann nickte sie.

»Ich verstehe sehr gut, was du meinst. Und ich finde es richtig, dass du dir die Zeit nimmst. Viele würden sich in solch einer Situation sofort auf einen Flirt einlassen, um ihr Selbstbewusstsein zu pushen und sich abzulenken. Aber damit wird man weder sich selbst noch dem anderen gerecht, der womöglich echte Gefühle hat. Lass es am besten auf dich zukommen.«

»Ja, ich werde es langsam angehen lassen«, stimmte ich zu.

»Übrigens«, sagte Larissa mit blitzenden Augen, »hat Bea dir schon von unserem kleinen Literaturfestival erzählt, das in zwei Wochen beginnt?« Ich stutzte. Beteiligte das Büchernest sich etwa am Kampener Literatursommer, der seit vielen Jahren im Juli und August stattfand und zahlreiche prominente Autoren nach Sylt brachte?

»Wir haben seit drei Jahren eine eigene Veranstaltungsreihe, die sich von dem Literatursommer in Kampen abheben soll. Bei uns lesen nur *echte* Autoren, also keine Berühmtheiten, die gerade ein Enthüllungsbuch oder ihre Memoiren geschrieben haben. Corinna Hartmann wird wiederkommen, und auch Marco Nardi, ein ehemaliger Inselschreiber, den ich sehr mag, einige Autoren werden dir bestimmt gefallen. Außerdem gibt es viele Veranstaltungen für Kinder, die kleine Paula freut sich schon sehr darauf. Wir bekommen morgen den Flyer von der Druckerei. Beinahe alle Lesungen sind ausverkauft, wir haben also alle Hände voll zu tun.«

»Das klingt ja aufregend!«, freute ich mich, dachte dann aber sofort an das Catering. »Ist denn spezielles Essen zu den Veranstaltungen geplant?«

»Wir sollten uns spätestens Mitte der Woche alle zusammensetzen, um die Details zu besprechen. Vero hat schon angeboten, mitzuhelfen – vermutlich braucht sie etwas Abwechslung. Sie kann ja nicht ständig mit Hinrich zusammenhängen. Bente wird auf alle Fälle mehr arbeiten, und auch Olli hat angeboten, Zusatzschichten zu übernehmen.«

»Und wer ist dieser Marco? Sollte ich eines seiner Bücher kennen. Und was heißt eigentlich Inselschreiber?«, fragte ich neugierig. Irrte ich mich, oder wurde Larissa ein wenig verlegen?

»Ich kenne Marco seit über acht Jahren, weil er in dem Jahr ein Stipendium auf Sylt hatte, als ich Bea in der damaligen Bücherkoje vertreten habe. Er ist Halbitaliener aus Mailand, spricht aber perfekt Deutsch und hat sich mit seinem Romandebüt *Jenseits der Grenze* einen beachtlichen Namen in der Literaturszene gemacht. Um sich sein Folgebuch zu finanzieren, nahm er damals an der Ausschreibung der Sylter Quelle teil, die jedes Jahr einem Schriftsteller die Möglichkeit gibt, auf der Insel zu wohnen und an einem neuen Buch zu arbeiten. Es haben bereits namhafte Autoren diesen Preis gewonnen. Man kann doch nicht genug für die Literaturförderung tun.«

Mailand … Mailand …

In welchem Zusammenhang hatte ich erst neulich davon gehört?

Und dann fiel es mir wieder ein: Larissa hatte einmal ein Jobangebot in Mailand ausgeschlagen, weil sie wegen Leon auf Sylt bleiben wollte. Hatte ihr Wunsch, nach Italien zu ziehen, etwas mit diesem Marco zu tun gehabt?

Waren ihre Wangen deshalb gerötet? Mit einem Mal sah ich Larissa mit anderen Augen: Sie war nicht nur die sympathische, liebenswerte Nichte von Bea, die sehr an ihrem Mann hing und sich vor allem eines wünschte: Familie und Geborgenheit, sondern sie besaß auch eine andere, verborgene Seite und träumte anscheinend auch ab und zu davon, auszubrechen.

Zurück im Pavillon, googelte ich den Namen des Autors und wurde sofort fündig: Marco Nardi hatte sich eine beachtliche Karriere aufgebaut und sogar dreimal den Spitzenplatz auf der Spiegel-Bestsellerliste belegt.

Keine Ahnung, wieso ich bislang von seinen Romanen nichts mitbekommen hatte. Er war offenbar ein äußerst talentierter Schriftsteller und sah auch noch fantastisch aus. Genau *die* Mischung, die viele Frauenherzen garantiert höher schlagen ließ: dunkle, längere gewellte Haare, dunkelbraune, warme Augen und ein Dreitagebart, der die Attitüde des Intellektuellen unterstrich. Der Kontrast zwischen Marco und Larissas Mann Leon hätte nicht größer sein können. Doch am Ende hatte Leon anscheinend den Kampf um ihr Herz gewonnen.

Ich freute mich schon auf die Lesung mit Marco Nardi und war gespannt, wie Larissa ihm begegnete.

Jedenfalls würde ich mir bei nächster Gelegenheit seinen neuesten Roman *Halbzeit* kaufen.

# 39. Kapitel

Montag hatte ich frei und überließ Bente und Olli die Küche. Ich musste mich dringend um die Galerie kümmern.

Den ganzen Vormittag saß ich am Computer und durchforstete das Internet nach neuen Künstlern, die zu ArtFuture passen könnten. Von Minute zu Minute bekam ich schlechtere Laune. Entweder hatte ich mein angeblich untrügliches Gespür für die Entdeckung neuer Talente verloren, oder es gab momentan keine.

Ob Larissa immer noch mit mir zur documenta fahren wollte? Ein wenig beschämt dachte ich an unsere Pläne und die *Liste,* von der wir bislang nicht einen einzigen Punkt in die Tat umgesetzt hatten. Noch nicht einmal den Rundflug!

Was war nur in der letzten Zeit mit mir los?

Meine Suche nach neuen Künstlern war immer von großer Vorfreude und Aufregung begleitet gewesen. Von dem glühenden Verlangen, endlich *das* eine Talent zu entdecken, wie einen Schatz, der ausgerechnet von mir gehoben werden wollte. Doch heute türmte diese Aufgabe sich wie ein schier unbezwingbarer Berg vor mir auf, und ich verspürte nicht die geringste Lust, ihn zu überwinden.

Auch das Wetter zeigte sich von seiner kapriziösen, eher anstrengenden Seite: Wie im April wechselten sich Sonne, Wolken und sanfte Winde in gefühltem Minutentakt ab.

Dennoch würde mir ein wenig Bewegung an der frischen Luft bestimmt besser bekommen, als frustriert vor dem PC zu sitzen und Löcher in die Luft zu starren. Also zog ich meine Windjacke an, die ich neulich spontan gekauft hatte, und feste Schuhe.

Es zog mich ans Meer, doch diesmal hatte ich Sehnsucht nach hellem, breitem Strand und Wellen. Da ich keine Lust hatte, extra bis nach Hörnum, List oder Kampen zu fahren, entschied ich mich für Westerland. Dort konnte ich dann auch endlich zu Gosch gehen und die berühmten Thai-Nudeln probieren, von denen mir Doro so vorgeschwärmt hatte. Doch bevor ich diese Kalorienbombe genoss, wollte ich einen ausgedehnten Strandspaziergang machen.
Nachdem ich zum Glück einen Parkplatz in der Nähe der Promenade erwischt hatte, blinzelte die Sonne hinter dem dichten Wolkenteppich hervor. Ich entschied mich, diesmal den rechten Strandabschnitt zu erkunden, denn den Weg vorbei am Restaurant Wonnemeyer Richtung Wenningstedt kannte ich mittlerweile ziemlich gut.
Schon sehr viel besser gelaunt, schlenderte ich die Boomhoffstraße hinunter, passierte das Gebäude, in dem der Landesbetrieb für Küstenschutz untergebracht war, und drehte mich Richtung Meer. Dabei stach mir eine Baustelle mit einer riesigen Anzeigetafel unangenehm ins Auge, deren Aufschrift vollmundig versprach, dass hier durch den Bau von zweiundzwanzig Wohnungen und Tiefgaragen *Träume wahr wurden*. Das sehen Bea und Adalbert unter Garantie anders, dachte ich und ging weiter. Vor dem Aufgang zum Strand blieb ich einen Moment stehen und atmete den unglaublichen Duft ein, den die mit Regentropfen benetzten Blüten der Kartoffelrosen verströmten. Kein Parfüm der Welt konnte da mithalten …
Der Anblick der weißen Strandkörbe mit dem blau-weiß gestreiften Innenfutter und des Meeres, das ein graues Kleid mit weißem Schaumbesatz trug, versöhnte mich sofort mit dem Tag. Ich zog meine Boots und die Strümpfe aus. Zunächst pikste der körnige Sand, doch bald schon genoss ich das herrliche Gefühl, eins mit der Natur zu sein. Während Ausläufer von

Wellen meine Knöchel umspülten und Muscheln, Steine und bläulich schimmernde Quallen anschwemmten, näherte ich mich dem offiziellen Hundestrand.

Ich amüsierte mich über die Algen, die auf den ersten Blick aussahen, wie ein Teller Pasta al Nero di Seppia, die dunkle Tintenfischsauce.

In regelmäßigen Abständen tauchten Betonpoller aus dem Meer auf wie dunkelhaarige Köpfe, die sich immer wieder wegduckten, wenn die Wellen über sie hereinbrachen.

Einem kindischen Impuls folgend, malte ich mit den Zehen ein Herz in den Sand und betrachtete das mäßige Ergebnis.

»In wen bist du denn verliebt?«, hörte ich eine piepsige Kinderstimme fragen und blickte mit einem Mal in die himmelblauen Augen eines blondgelockten, etwa neunjährigen Mädchens, das mich anstrahlte.

»Eigentlich in niemanden«, antwortete ich wahrheitsgemäß. »Ich hatte nur Lust, ein Herz zu malen.«

Das Mädchen stemmte seine kleinen Hände in die Hüften, legte den Kopf schräg und schaute mich ernst an.

»Dann bist du bestimmt sehr allein, nicht wahr? Ich bin in Tom verknallt und freue mich schon, wenn wir uns endlich wiedersehen. Blöd, dass gerade Ferien sind.«

»Aber Ferien auf Sylt zu machen ist doch toll«, widersprach ich und versuchte den Gedanken zu verscheuchen, ob ich wohl einen Jungen oder ein Mädchen bekommen hätte, wenn das Schicksal es gewollt hätte, dass ich Mutter geworden wäre. Vermutlich wäre ich eine bessere Mädchen-Mama gewesen, wie ich schon beim Zusammensein mit Vincents Tochter Lilly festgestellt hatte. Ob sie sich über meine Postkarte mit dem süßen Heuler vorne drauf gefreut hatte?

In dem Moment, als der Gedanke an Lilly zu schmerzen drohte, stürmte ein wuscheliger, junger Golden Retriever auf das Mädchen zu und bellte freudig, als er uns beide sah. Der Wind wehte die Worte »Komm, Lena, wir müssen weiter« über den Strand, und so verabschiedete ich mich von der Kleinen und winkte ihr noch lange hinterher, bis sie schließlich mit ihren Eltern den Strand verließ.

Ich ging weiter, bis ich an einen Abschnitt kam, der auf den ersten Blick verlassen wirkte. Mittlerweile hatte sich die Wetterlage beruhigt.

Eine dunkle Holztreppe führte über die Düne, unter und neben ihr befanden sich Formationen aus Beton, die vermutlich dem Küstenschutz dienten. Ich ging näher heran, um mir das Bollwerk gegen die Gewalt des Windes genauer anzusehen. Die Steine hatten die Form von Schiffsschrauben oder Mühlenflügeln, die ineinander verdreht und, flankiert von weiteren Betonpollern, eine lange, gräuliche Schnur bildeten, die parallel zum Meer verlief. Mein Blick folgte dieser Linie, bis ich weiter hinten am Horizont farbige, fröhlich im Wind flatternde Tücher entdeckte. Im ersten Moment dachte ich an Surfer, die Fahnen gehisst oder ihre bunte Kleidung zum Trocknen aufgehängt hatten. Doch als ich näher kam, sah ich eine Staffelei und daneben ein Klapptischchen mit Gläsern voll Wasser, Pinseln und einer Mischpalette mit Aquarellfarben, geschützt durch eine wetterfeste Plane. Ich war so erstaunt, dass ich die alte Dame beinahe übersehen hätte, die sich gerade hinter der Staffelei bückte. Als sie mich sah, schien sie eine Sekunde lang nervös zu werden. Doch ihr Gesicht entspannte sich wieder, als ich sie freundlich anlächelte. Weil ich nicht wusste, was ich sagen sollte, sagte ich einfach: »Hallo.«

Die Frau trug einen Chignon-Knoten, aus dem sich durch den Wind einige Strähnen gelöst hatten. Sie hatte feine, beinahe aristokratische Gesichtszüge, was in seltsamem Kontrast zu ihrem langen, gebatikten Kleid und dem dunkelblauen Poncho stand.

Ihre Füße steckten in schwarzen Schnürstiefeln. Sie sagte ebenfalls: »Hallo.«

Dann mussten wir beide lachen.

»Sie malen hier?«, wollte ich wissen, während ich nach Leinwänden oder fertigen Bildern Ausschau hielt.

»Zumindest versuche ich es«, lautete die Antwort. »Hier, wollen Sie mal sehen?« Unter dem mit einem Tuch verhangenen Tisch kamen zwei Bilder zum Vorschein.

Oder vielmehr Fragmente von Bildern auf Leinwand.

Momentan war nichts weiter zu sehen als wunderschöne, zarte Farbkompositionen, die allem Augenschein nach von den Farben des Himmels und des Meeres inspiriert worden waren. Sehr gekonnt und mit viel Gespür aufgetragen.

»Die Natur ist das beste Vorbild und Atelier, das man sich wünschen kann, es sei denn, es beginnt zu regnen«, erklärte die Künstlerin. »Aber auch dafür gibt es Lösungen. Übrigens gestalte ich hier draußen nur die Hintergründe für meine eigentliche Arbeit.«

Neugierig fragte ich:

»Und woraus besteht Ihre *eigentliche* Arbeit?«

»Ich habe mich auf Porträts berühmter Frauen spezialisiert, die in meinen Augen die Welt verändert haben. Ich skizziere ihre Gesichter zunächst auf diesem Aquarellhintergrund, verstärke sie dann mit Tusche und verleihe ihnen anschließend Ausdruck durch unterschiedliche Applikationen wie Stoff, Schmuck, gepresste Blätter, Federn … also überwiegend Dinge, die ich am Strand finde.«

Ich spürte, wie mit jedem Wort ein vertrautes Gefühl von mir Besitz ergriff, das ich heute Morgen bereits verloren geglaubt hatte.

»Kann ich mir diese Arbeiten irgendwo ansehen?«, stieß ich atemlos vor Aufregung hervor. »Haben Sie einen Galeristen?«

Die Frau verzog den Mund zu einem spöttischen Lächeln und machte eine abwehrende Handbewegung.

»Ach was, Galerie. Das ist doch nur was für Leute, die Kunst des Geldes wegen machen. Ich bin zufrieden damit, wie es ist, und möchte daran auch nichts ändern. Wenn Sie sich allerdings wirklich für meine Bilder interessieren, besuchen Sie mich doch zu Hause. Hier habe ich wie gesagt nichts weiter zu bieten als das, was Sie sehen.«

Mit diesen Worten bekritzelte sie einen leicht vergilbten Zettel und gab ihn mir. Die Adresse Norderstraße sagte mir nichts, da ich mich außerhalb von Keitum nicht besonders gut auskannte.

»Mein Haus steht in dem kleinen Waldgebiet gegenüber der Asklepios-Klinik, gut zehn Minuten Fußweg von hier«, erklärte die Malerin. »Wenn Sie am Café Waldidyll ein kleines Stück weiter Richtung Kriegsgräberstätte gehen, sind Sie auch schon da. Würde es Ihnen morgen Vormittag passen?« Ich überlegte kurz.

»Da muss ich leider arbeiten. Aber ich könnte ab fünf Uhr nachmittags.«

»Das passt genauso gut. Ich koche uns den leckersten Tee, den Sie jemals getrunken haben.« Mit diesen Worten nahm sie einen Pinsel aus dem Glas und wandte sich wieder der Staffelei zu. Unsere Unterhaltung war beendet.

»Dann bis morgen«, verabschiedete ich mich, drehte mich um und marschierte in Richtung Wenningstedt weiter. Aus irgendeinem Grund hatte ich das Gefühl, dass es kein Zufall war, dass ich Ineke Alwart getroffen hatte.

# 40. Kapitel

»Tschüs, Paula, ich wünsche dir viel Spaß«, rief Larissa mir hinterher, als ich am späten Dienstagnachmittag das Büchernest verließ, um die Künstlerin Ineke zu besuchen. Nachdem ich eine Weile mit dem Stadtplan von Westerland in der Hand herumgeirrt war, fand ich endlich den Zugang zu dem Waldstück, wo die Malerin wohnte.

Ein gelbes Hinweisschild mit Eulenmotiv kennzeichnete das Gebiet als Naturerlebnisraum, den man auf *eigene Gefahr* betrete. Ich schmunzelte, weil der schmale Pfad, die hohen Nadelbäume, die wild wuchernden Brombeerhecken und das satte, grüne Gras alles andere als gefährlich oder bedrohlich wirkten. Vergnügt durchquerte ich das Wäldchen und freute mich über den Anblick dieses schönen Fleckchens Erde, das so ganz anders war als alles, was ich bislang auf Sylt gesehen hatte.

Bald schon tauchte ein erstes Hinweisschild auf das Café-Restaurant Waldidyll auf. Blau blühende Hortensien, Engelsskulpturen, ein amerikanischer Briefkasten aus Holz und unzählige weitere Deko-Accessoires auf der Sommerterrasse signalisierten dem Besucher: Hier ist's gemütlich, hier kannst du abschalten. Bleib einfach hier!

Doch ich hatte keineswegs vor, abzuschalten, ganz im Gegenteil: Ich war nervös und konnte es kaum erwarten, die Kunstwerke von Ineke in Augenschein zu nehmen, versuchte mich aber zu bremsen, um nicht enttäuscht zu werden. Denn liebevoll bemalte Leinwände allein machten noch kein gutes Bild aus.

Begleitet von fröhlichem Vogelzwitschern sog ich die würzige Luft ein, die das feuchte Holz, das Moos und die Blätter verströmten, und fühlte mich an lange Spaziergänge mit Patrick im Niendorfer Gehege oder im Sachsenwald erinnert.

Sosehr wir auch das Wasser liebten – die beinahe magische Stimmung eines Waldes war eben ein ganz eigenes Erlebnis, und leider hatten wir die Gelegenheit für einen Waldspaziergang viel zu selten genutzt. Ich rechnete nach: Wenn alles glattgegangen war, müsste Patrick heute Abend meinen Brief bekommen.

Wie würde er reagieren? Oder meldete er sich am Ende gar nicht?

Ehe ich mich versah, stand ich auf einmal vor dem Häuschen der Malerin. Auf den ersten Blick wirkte es sehr heimelig: klein, ein bisschen windschief, aber sehr charmant. Auf der weißgetünchten Fassade rankte sich dunkelgrüner Efeu, neben der dunkelblauen Tür lud eine weiße, friesische Gartenbank ein, in der Sonne zu verweilen, die zwischen den hohen Bäumen hervorblitzte. Irgendwo hinter den hellblauen Fensterläden und den hübschen Sprossenfenstern befand sich Inekes Atelier.

Wie alt mochte die Malerin sein? Ende siebzig? Anfang achtzig? Sie hatte sich erstaunlich gut gehalten. Mit einem breiten Lächeln hieß mich Ineke Alwart willkommen. Ein köstlicher Duft von frisch gebackenen Waffeln, vermischt mit Vanille und Zimt umgab sie. Heute trug sie einen Kaftan mit aufgenähten Spiegelsteinchen.

»Da sind Sie ja«, begrüßte sie mich und winkte mich herein. »Haben Sie gut hierhergefunden?«

Ich nickte und folgte Ineke in die *Stube,* wie sie ihr kleines, urgemütliches Wohnzimmer nannte. Hier stand – genau wie bei Vero – ein alter Kachelofen, auf dem eine schwarz-weiß gefleckte Katze döste. Ihre Schwanzspitze bewegte sich, als sei sie im Traum gerade auf der Jagd.

Vor dem Fenster war ein runder Tisch liebevoll mit einem weißen Spitzentischtuch und Teegeschirr im typischen blau-weißen Friesenmuster gedeckt.

»Ich habe uns Waffeln gebacken«, erklärte Ineke und bat mich, Platz zu nehmen.

Kurz darauf stellte sie eine Schüssel mit appetitlich duftenden Waffeln, ein Glas mit dunklem Pflaumenmus und ein Schälchen mit Schmand auf den Tisch.

»Der Puderzucker ist übrigens in diesem Streuer«, sagte sie und legte mir unaufgefordert zwei Waffeln auf den Teller. »Essen Sie sie, solange sie noch warm sind. Sie schmecken pur schon fantastisch, aber in der Kombination mit dem Mus und Schmand hören Sie die Englein im Himmel singen, das verspreche ich Ihnen.«

Genüsslich biss ich in die erste Waffel. Ineke hatte nicht zu viel versprochen. Gegen dieses Geschmackserlebnis hatten es selbst Veros Eierlikörpuffer und die Nussecken schwer. Meine Gastgeberin beobachtete jede meiner Bewegungen, aus wachen, haselnussbraunen Augen.

Dann schenkte sie uns beiden echten Friesentee ein, auch dieser hatte ein einzigartiges Aroma. Ich genoss jeden einzelnen Schluck.

»Wie lange leben Sie denn schon hier?«, wollte ich wissen, wobei ich viel lieber gefragt hätte, wie alt sie war und wie sie hier allein klarkam.

»Seit meiner Geburt, also seit genau fünfundachtzig Jahren. Wir Alwarts haben immer schon hier gewohnt. Leider gibt es mittlerweile nicht mehr viele von uns, aber ich danke Gott für jeden Tag, den ich hier verbringen darf. Ich könnte mir nicht vorstellen, jemals irgendwo anders zu leben.«

»Aber fühlen Sie sich denn nicht einsam? Es ist bestimmt sehr ruhig hier, sobald das Café geschlossen hat.«

So romantisch ich es im Wald auch fand, spätestens nachts hätte ich mich zu Tode gefürchtet. Das nächste Wohnhaus lag sicherlich zehn Minuten Fußweg entfernt. Was, wenn Ineke eines Tages etwas passierte und sie Hilfe brauchte?

»Ach, wissen Sie, Frau Gregorius, wenn man wie ich in seinem Leben schon viel Schlimmes erlebt hat, hat man irgendwann keine Angst mehr. Was soll hier geschehen? Die Tiere brauche ich nicht zu fürchten, die Menschen schon eher. Aber wir haben zum Glück kaum Kriminalität auf der Insel, und ich besitze keine Reichtümer, so dass sich ein Einbruch nicht lohnen würde. Außerdem passt mein Vater auf mich auf. Er liegt nebenan auf dem Friedhof der Gefallenen von Westerland.«

»Waren Sie denn jemals verheiratet? Leben Sie immer schon allein hier?«, hörte ich mich zu meinem Erstaunen fragen. Hoffentlich nahm Ineke mir meine Neugier nicht krumm.

Doch sie lächelte nur und sah einen Augenblick wie ein junges Mädchen aus. Sie war auch im Alter eine aparte Erscheinung, bestimmt war sie früher wunderschön gewesen.

»Nein, meine Liebe, nie. Nicht weil es an Verehrern gemangelt hätte, sondern weil ich mich nie binden wollte. Die Geschichte meiner Vorfahrinnen und so vieler Frauen zeigt, dass es nicht gut ist, sich einem Mann auszuliefern. Vor allem nicht, wenn man wie ich einen eigenen Kopf hat.«

»Haben Sie sich deshalb berühmte Frauen als Bildmotiv ausgesucht?«

»Unter anderem«, entgegnete Ineke und schaute mit nachdenklichem Gesichtsausdruck aus dem Fenster. »Ich möchte meinen persönlichen Heldinnen damit ein kleines Denkmal setzen, und sei es auch noch so bescheiden.«

Mittlerweile hielt ich es vor Spannung kaum noch aus und rutschte unruhig auf meinem Stuhl hin und her.

Ineke lächelte und streichelte mir kurz über die Hand.

»Na los, kommen Sie mit, ich sehe doch, wie aufgeregt Sie sind!«

Mit klopfendem Herzen folgte ich der Künstlerin und stieg zwei knarzende Etagen nach oben bis zum Dachboden. Zu meinem Erstaunen bewältigte Ineke die Stufen mühelos, wohingegen ich genau darauf achten musste, wo ich meine Füße auf die schmalen Stiegen setzte.

»So, da wären wir«, sagte sie schließlich mit einem gewissen Stolz in der Stimme. »Das ist der Ort, an dem meine Bilder entstehen.« Angesichts des diffusen Lichts blinzelte ich einen Moment. Durch die Fensterscheiben fielen Sonnenstrahlen und verliehen dem Reich der Künstlerin eine Art goldene Aura. Auf dem Dielenboden stapelten sich bespannte, teils noch leere Leinwände, an den Wänden hingen Aquarelle, Zeichnungen und gerahmte, alte Fotos.

Das Herzstück des Ateliers war ein antikes friesisches Sofa, auf dem eine – offenbar selbstgehäkelte – Decke lag. Plötzlich hörte ich hinter mir ein Maunzen. Inekes Katze Lola sprang mit einem eleganten Satz auf das Sofa und kuschelte sich schnurrend auf die Decke.

Der Arbeitsplatz der Malerin bestand aus einer Staffelei und einem großen Holztisch, auf dem zahllose Skizzen verstreut lagen. Daneben stand ein ebenfalls antiker Teewagen mit vielen Schachteln, Dosen und allerlei anderem Krimskrams.

»Hier bewahre ich meine Fundstücke auf«, erklärte sie und öffnete eine Schachtel. Darin lagen Steine, Muscheln, Perlen und Federn. »Die größeren Stücke kommen in diese Kiste hier.«

Ich musste lachen, als Ineke einen pinkfarbenen Flip-Flop hervorholte, der über und über mit dunkelgrünen Algen überzogen war.

»Und was haben Sie damit vor?«, fragte ich amüsiert. Ich dachte unwillkürlich, dass man dieses Fundstück nur zu rahmen und mit *Ende eines Inselsommers* betiteln müsste, und schon wäre es ein Kunstwerk.

»Ehrlich gesagt habe ich noch keine Ahnung. Aber es ist gut zu wissen, dass ich jederzeit Zugriff darauf habe. Oft schlummern diese maritimen Schätze jahrelang in meinen Kartons, bis sie eines Tages ihren Platz finden. Wie so vieles im Leben haben auch sie ihre Zeit. So, aber jetzt zu meinen Bildern. Machen Sie es sich bitte auf dem Sofa gemütlich.«

Natürlich war ich davon ausgegangen, dass Ineke mir persönlich Bild für Bild präsentierte.

Doch da hatte ich mich gewaltig getäuscht!

Zu meinem großen Erstaunen rollte sie eine Leinwand von der Decke herab und stellte einen Beamer an. Dann setzte sie sich neben mich, kraulte Lola und beobachtete aus den Augenwinkeln meine Reaktion auf die unerwartete Multimedia-Show. Ich hätte schwören können, dass sie sich innerlich köstlich über mich amüsierte. Schon nach den ersten Aufnahmen wurde mir klar: Ineke Alwart war unglaublich talentiert. Ihre Bilder waren von einer Zartheit und Wärme, wie ich sie lange nicht gesehen hatte. Aus jedem Pinselstrich, jeder Applikation, jedem noch so kleinen Detail sprach eine unbändige Liebe zu ihrem Sujet, den berühmten Frauen. Ob Virginia Woolf, Mary Shelley, George Sand, Jane Austen, Marie Curie oder die Brontë-Schwestern, die Künstlerin würdigte sie auf unvergleichliche Weise, als würde sie sie wie keine zweite kennen.

»Seit wann machen Sie das?«, fragte ich überwältigt. Ineke lächelte verschämt, und die Katze, die sich auf einmal maunzend aus ihrer Umarmung wand, sprang vom Sofa.

»Seit ich ungefähr vierzehn bin. Ich habe, seit ich denken kann, viel gelesen und mich immer schon für starke, unabhängige Frauen begeistert, die sich nicht um Konventionen oder bestimmte Weltbilder geschert haben. Genauso wie diese berühmte Sylterin hier.«

Das letzte Bild zeigte eine Friesin, die einem offenbar adligen

Herrn den Rücken zudrehte. Ineke stellte ihre Muse von der Seite dar, mit deutlich gerundetem Bauch, der auf eine Schwangerschaft schließen ließ. Die Kleider der Dame hatte sie aufwendig mit Perlen und Muschelsplittern verziert, wohingegen der Mann trotz seiner prunkvollen Kleidung schlicht gehalten war.

»Das ist Merret Lassen aus Rantum«, erklärte Ineke, und ich hörte einen Anflug von Stolz in ihrer Stimme. »Sie ist eine der zahllosen tapferen Sylterinnen, die ihr Leben alleine gemeistert haben, weil die Männer meist zur See gefahren und häufig nicht mehr zurückgekehrt sind. Merret hatte mehr Glück und konnte ihrem norwegischen Ehemann insgesamt einundzwanzig Kinder gebären.«

Ich schluckte. So viele Kinder? Kaum vorstellbar.

Das bedeutete, dass Merret fast die gesamte Zeit ihres Erwachsenenlebens schwanger gewesen sein musste …

»Diese Momentaufnahme zeigt sie zusammen mit dem dänischen König«, fuhr Ineke fort. »Er wollte die Frau kennenlernen, der es gelungen war, nach einem starken Sturm ihre Kinder und sich selbst aus dem überfluteten Haus zu retten. Doch Merret hielt nicht viel davon, sich zur Schau zu stellen. Also begrüßte sie den König nur kurz, und bevor sie zurück ins Haus ging, sagte sie zu ihm: ›Das bin ich von vorne. Und das bin ich von hinten.‹ Cool, oder?«

Ich lächelte und amüsierte mich über das Wort *cool* aus Inekes Mund.

Ob Bea wohl entfernt mit Merret Lassen verwandt war?

# 41. Kapitel

»Auch nicht schlecht«, murmelte Larissa, nachdem ich ihr von Inekes außergewöhnlichen Kunstwerken vorgeschwärmt hatte. Wir tranken jetzt häufiger einen Kaffee zusammen, bevor das Büchernest öffnete. Manchmal war Bea dabei, zuweilen sogar Vero, der zu Hause in der letzten Zeit die Decke auf den Kopf zu fallen schien, auch wenn sie das niemals zugeben würde.

»Dann hast du also durch puren Zufall ein riesiges Talent entdeckt und weißt nicht, wie du die alte Dame dazu bringen kannst, in deiner Galerie auszustellen. Hast du denn schon bei ihr vorgefühlt?«, wollte Larissa wissen.

Ich erzählte ihr, dass Ineke nichts von Galeristen hielt, und auch nicht von Künstlern, die ihre Werke teuer verkauften.

Larissa runzelte die Stirn und schien zu überlegen, und ich musste daran denken, wie ich grübelnd die halbe Nacht wach gelegen hatte.

»Da ist vermutlich nichts zu machen«, erwiderte ich seufzend. »Diese wunderbare Frau hat es mindestens sechzig Jahre ihres Lebens nicht für nötig gehalten, zu verkaufen, dann wird sie es auch jetzt nicht tun, zumal ArtFuture in Hamburg ist. Aber genug davon. Schau mal, Fiete steht vor der Tür und bekommt sicher gleich einen seiner legendären Meckeranfälle, wenn wir ihn nicht sofort hereinlassen.«

»Wenn *du* ihn nicht hereinlässt«, korrigierte Larissa mich grinsend. »Mittlerweile hängt er doch schon wie eine Klette an dir.«

»Was ich auch bestens verstehen kann«, mischte sich Olli in unsere Unterhaltung ein, der gerade durch den Hintereingang hereingekommen war und etwas außer Puste schien. »Immerhin ist Paula ja nicht nur unser Sonnenschein, sondern auch eine fantastische Köchin. So, Mädels, was steht heute an?«

Ich grinste, weil ich wusste, wie sehr Larissa es hasste, »Mädel« genannt zu werden. Doch heute schien es sie nicht weiter zu stören, denn sie knuffte Olli lediglich in die Seite und ging zu Rieke, die gerade Neuerscheinungen auspackte. Also öffnete ich Fiete, der mich zwar nicht grüßte, dafür aber schnurstracks auf den Tisch zusteuerte, der immer für ihn reserviert war. Wenn er mich wirklich mochte, hatte er eine äußerst merkwürdige Art, mir seine Zuneigung zu zeigen.

Aber egal! Ich hatte genug anderes zu tun, als mir darüber den Kopf zu zerbrechen, denn es warteten viele Gäste auf ihr Frühstück. Während das Radio lief, arbeiteten Olli und ich Hand in Hand, schmierten Brötchen, pressten Orangen aus und bereiteten Eierspeisen zu. Eine gutgelaunte Moderatorin kündigte für die kommenden Tage traumhaftes Strandwetter mit ungewöhnlich hohen Temperaturen an.

»Das schreit geradezu nach einer Beach-Party«, bemerkte Olli. »Wie sieht's aus, Paula? Kann ich dich an einem der nächsten Abende zu mir nach Hörnum locken? Ich hol dich auch ab.« Ich überlegte kurz. Sönke hatte mich gestern dasselbe gefragt. Auch er wollte das ungewöhnlich gute Wetter nutzen und hatte mich zu einer Dämmer-Segeltörn eingeladen.

»Freitag würde passen, weil ich Samstag frei habe«, antwortete ich. Bevor Olli darauf etwas entgegnen konnte, sprang die Tür auf, und eine sichtlich wütende Bea stand auf einmal in der Küche. Sie schnappte sich einen Becher aus dem Schrank und stürzte zur Kaffeemaschine.

»Ist was passiert?«, fragte ich verwirrt, da Bea sonst ausschließlich Tee trank. »Du musst keinen Kaffee trinken, ich kann dir auch Tee machen. Er ist gleich fertig.«

Bea schüttelte den Kopf und setzte sich auf einen Küchenstuhl.

»Ich bin gerade so sauer, dass ich platzen könnte, und brauche dringend etwas zur Beruhigung! Tut mir leid, wenn ich euch störe.«

»Ob Kaffee zur Beruhigung das Richtige ist, wage ich zwar zu bezweifeln«, antwortete ich und setzte mich neben sie. »Aber du störst natürlich überhaupt nicht.«

Olli ging netterweise nach draußen, um sich um die Gäste zu kümmern. »Also schieß los, was ist so Schlimmes passiert, dass du sogar deinen heißgeliebten Tee verschmähst?«

Bea trank einige Schlucke, bevor sie antwortete.

»Direkt gegenüber von Adalberts Haus soll ein Hotel gebaut werden«, stieß sie schließlich hervor. »Unvorstellbar, oder? Da müssen viele Bäume dran glauben, damit hier in Keitum *noch* ein Hotel mit Tiefgaragen und allem Pipapo entsteht. Kann man sich nicht einfach darüber freuen, dass es am Watt so schön ruhig und grün ist, und alles so belassen, wie es ist?«

Ich ließ diese Neuigkeit einen Moment auf mich wirken.

Natürlich dachte ich sofort daran, dass es dann für immer vorbei war mit der Ruhe rund um Adalberts Haus, wenn pausenlos Autos vorbeifuhren, ganz zu schweigen von dem fürchterlichen Baulärm.

»Aber ist das denn überhaupt erlaubt?«, wandte ich ein und streichelte besänftigend Beas Arm. Ich fühlte, wie sie vor Wut am ganzen Leib zitterte, und hoffte, dass wenigstens Adalbert ein wenig gelassener reagierte. »Direkt gegenüber beginnt doch der Nationalpark Wattenmeer. Dort brüten Vögel und …«

»Ach, das ist denen doch egal«, schimpfte Bea und stellte ihren Becher derart schwungvoll auf den Tisch, dass der Kaffee überschwappte. »Diesen geldgierigen Immobilienhaien ist nichts heilig. Weder die Natur noch die Menschen. Hauptsache, sie scheffeln ordentlich Geld. Sollen sie doch daran ersticken, diese Aasgeier!« *Oha!* So wütend hatte ich Bea noch nie erlebt. Sie schien

sich persönlich angegriffen zu fühlen, als setze man ihr das Hotel vor die Nase.
»Wollt ihr denn gegen die Pläne vorgehen?«, fragte ich vorsichtig. Wozu gab es denn die Initiative Zukunft Sylt? Bea schaute mich nur an, und ich konnte an ihren funkelnden Augen die Antwort ablesen. Sie würde kämpfen, und zwar mit aller Kraft!
»Was ist passiert?«, wollte nun auch Larissa wissen, die plötzlich im Türrahmen stand. Bestimmt hatte Olli ihr Bescheid gesagt. Noch einmal machte Bea ihrem Ärger Luft.
»Das ist doch nicht dein Ernst, oder?«, empörte sich nun auch Larissa. »Sind die noch ganz dicht? Wer soll denn bitte schön die Gäste bedienen, die dort wohnen werden? Es gibt jetzt schon kaum noch Wohnraum für die Saisonkräfte. Das Gebiet rund um Adalberts Haus sollte ein Ort der Stille bleiben. Man fühlt sich doch sofort in seiner Ruhe gestört, wenn man aus einer Yoga- oder Meditationsstunde kommt und als Erstes Autolärm hört. Und was geschieht mit den schönen alten Bäumen? Die kann man nicht einfach abholzen. Was sagt denn das Umweltamt dazu?«
»Das steckt zusammen mit der Baubehörde in Husum unter einer Decke und wird den Teufel tun, sich einen so lukrativen Auftrag durch die Lappen gehen zu lassen. Diese Verbrecher halten doch alle zusammen wie Pech und Schwefel«, schnaubte Bea. »Aber eines kann ich euch sagen: Das lassen wir uns nicht gefallen. Es reicht doch, dass das alte Haus am Ortseingang abgerissen werden soll und alle Mieter, bevor sie auf die Straße gesetzt werden, horrende Preise zahlen müssen. Eine weitere Unverschämtheit in dieser Art können wir nicht dulden!«
Wäre die Situation nicht so dramatisch gewesen, hätte ich gelacht. Bea war wirklich in Hochform und würde garantiert alles unternehmen, um sich dem Bauvorhaben zu widersetzen.
»Wenn ich irgendwie helfen kann, gebt Bescheid. Ich male gern

Demoplakate, halte Mahnwachen ab oder verteile Flyer. Diese Schweinerei muss unbedingt verhindert werden«, sagte ich.

»Das ist wirklich lieb von dir, Paula«, antwortete Bea, nun deutlich leiser. Ich sah Tränen in ihren Augenwinkeln und hätte sie am liebsten in den Arm genommen. Ich verstand sehr gut, wie furchtbar es war, beinahe ohnmächtig zusehen zu müssen, wie der Ort, an dem man geboren und aufgewachsen war, sich zu einer Art Freizeitpark für Luxusurlauber entwickelte.

Ohne Rücksicht auf Verluste.

Und ohne jegliches Gespür für Menschlichkeit.

»Ja, ja, lasst uns auf die Barrikaden gehen«, jubelte nun auch Olli, der ebenfalls in die Küche gekommen war. Arme Rieke, sie musste jetzt allein die Stellung im Büchernest halten. »Ich werde einen Flashmob organisieren, wie ihn die Insel noch nie gesehen hat. Wir könnten Transparente an den Segeln der Schulschiffe von Fabian anbringen und eine Protest-Regatta veranstalten.«

Anstatt sich über unsere Vorschläge zu freuen, begann Bea zu schluchzen. Für einen Moment war es mucksmäuschenstill in der Küche. Keiner von uns hatte sie wohl je so verzweifelt gesehen.

»Hey, lass den Kopf nicht hängen«, versuchte Larissa ihre Tante zu beschwichtigen. »Du hast doch gehört, dass wir all unsere Kräfte bündeln werden. Wie heißt es doch so schön? *Zusammen ist man weniger allein.*«

Aber Bea schien immer noch untröstlich. Unterbrochen von Schluchzern sagte sie:

»Ich weine gar nicht wegen Adalberts Haus, sondern weil ich so gerührt bin, dass ihr uns helfen wollt … und … und weil sich über kurz oder lang alles hier auflösen wird. Larissa zieht zu Leon nach Mallorca, Vero ist fast nur noch auf ihrem Hof, Paula wird nach Hamburg zurückkehren, und du, Olli, bist ja auch nur für die Sommersaison engagiert.«

Larissa, Olli und ich sahen uns bestürzt an.

»Aber das ist doch überhaupt nicht gesagt, Bea. Wie du weißt, fühle ich mich hier pudelwohl und würde gern hierbleiben.«

Das Klingeln des Handys unterbrach meinen Versuch, Bea davon zu überzeugen, dass noch nichts in Stein gemeißelt war und sie sich nicht allein zu fühlen brauchte.

»Geh ruhig ran«, sagte Bea und putzte sich energisch die Nase. »Keine Sorge, ich beruhige mich schon wieder. Dieser Ausbruch ist mir sowieso sehr unangenehm. Tut mir leid, dass ich euch das zugemutet habe.«

Ich kramte mein Mobiltelefon aus der Tasche und sah, dass es Patrick war. Sicherlich wollte er mit mir über meinen Brief sprechen – ein denkbar ungünstiger Moment. Also ging ich nicht ran, ich würde ihn am späten Nachmittag zurückrufen, wenn ich wieder zu Hause war.

»Dann geh ich wohl besser wieder raus, bevor Rieke da draußen absäuft«, erklärte Olli in seiner flapsigen Art und ging. Larissa schaute betreten an die Decke, und ich spürte förmlich, wie es in ihr rumorte.

Der Umzug nach Mallorca würde ihrer Tante auf alle Fälle Probleme bereiten, sosehr diese auch betonte, dass ihr das alles nichts ausmachte. Sensibel, wie Larissa war, blieb ihr das nicht verborgen.

»Und ich helfe Olli«, erklärte ich und ging ebenfalls. Vielleicht war es an der Zeit, dass Larissa und Bea sich ehrlich aussprachen. Während ich draußen mechanisch Tische abräumte und Bestellungen notierte, dachte ich an Patrick.

Wie dumm, dass er ausgerechnet jetzt angerufen hatte.

# 42. Kapitel

Patrick will zu dir nach Sylt kommen?«, fragte Helen, ihre Stimme eine Tonlage höher als sonst. »Wieso denn das?«
Während unseres Telefonats ging ich am Watt entlang, denn ich sehnte mich nach Ruhe, wollte auf dem Rückweg noch bei Adalbert vorbeischauen und die Julisonne genießen.
»Weil er mir die Frage nach der Frau am Elbstrand lieber persönlich beantworten möchte als am Telefon.«
»Das klingt ja beinahe so, als ob …«
»… als ob er mir erzählen möchte, dass er eine neue Freundin hat. Und zwar auch noch eine mit Kind, wenn ich das richtig interpretiert habe«, fiel ich Helen ins Wort.
Nach dem Gespräch mit Patrick war ich bis drei Uhr morgens im Pavillon herumgetigert und hatte gegen die Bilder meines Kopfkinos angekämpft, die mich zu überrollen drohten.
»Vielleicht war der Junge ja gar nicht ihr Sohn«, versuchte Helen mich zu beschwichtigen. Natürlich wusste sie ganz genau, welch ein Gefühlssturm gerade in meinem Inneren tobte, immerhin kannte sie mich lange genug.
»Womöglich ist sie nur eine gute Freundin, und Patrick will etwas ganz anderes.«
»Und warum denken wir dann beide haargenau dasselbe?«, entgegnete ich bitter. »Nein, nein, ich gehe davon aus, dass das Ende unserer Ehe hiermit endgültig besiegelt ist und Patrick mit mir darüber sprechen möchte, ob wir die Wohnung verkaufen wollen.« *Oder ob ich es in Ordnung finden würde, wenn sie bei uns einzog*. Mir wurde flau bei der Vorstellung, dass eine Fremde bald an demselben Tisch sitzen würde, an dem Patrick und ich gesessen hatten.

Und noch schlimmer: Sie würden dasselbe Bett teilen.

»Nun wart erst einmal ab, bis ihr euch seht, anstatt jetzt schon den Teufel an die Wand zu malen. Wann kommt Patrick denn?«

»Samstag. Er will bis Sonntag bleiben und hat eine Übernachtung im Hotel Budersand in Hörnum gebucht. Abends will er mich ins Restaurant Strönholt einladen, das zum Hotel gehört. Bestimmt superschick.«

»Oh, das ist ja schon in zwei Tagen! Na immerhin bekommst du ein gutes Abendessen in schönem Ambiente«, entgegnete Helen in ihrer typischen, trockenen Art. »Ach, Mann, Paula. Ich wünschte, ich könnte bei dir sein. Was hast du dir bloß dabei gedacht, dich einfach so auf diese Insel abzusetzen? Es wäre alles bedeutend einfacher, wenn du in Hamburg geblieben wärst. Dann könnten wir das alles gemeinsam mit dir durchstehen. Doro ist übrigens derselben Meinung.«

»Aber du wärst in den nächsten beiden Wochen sowieso nicht da gewesen, weil du dich ja in Frankreich herumtreibst, um dieses Vino-Dingsda zu machen.«

»Du meinst Vinotherapie«, korrigierte Helen mich. »Weißt du was? Komm doch einfach mit. Sag Patrick, dass er dir einen Brief schreiben soll, und flieg morgen mit mir nach Bordeaux. Du wirst sehen, das lenkt dich ab, und du fühlst dich nach zwei Wochen Spa-Aufenthalt und Behandlung mit Weinkosmetik zehn Jahre jünger. Sehr hilfreich, falls du schlechte Nachrichten wegstecken musst.«

Unter anderen Umständen hätte ich liebend gern zugesagt.

Doro, Helen und ich hatten schon immer mit einem Beauty-Urlaub auf einem französischen Chateau geliebäugelt, doch war immer etwas dazwischengekommen. Entweder waren Emma und Nils krank geworden, oder Helen hatte eine wichtige Gerichtsverhandlung gehabt, oder ich war in der Galerie eingespannt gewesen. Früher waren wir viel häufiger gemeinsam verreist, wenn auch nicht so exklusiv.

Nach dem Telefonat mit Helen schaute ich eine Weile aufs Watt, das so friedlich vor mir lag. Kaum zu glauben, dass starke Verwehungen Teile der Küste von Sylt zerstörten und den dort abgetragenen Sand auf die Nachbarinsel Amrum wehten, die dadurch immer größer wurde.

Alles war im Umbruch – auch die Natur.

Nachdem ich die friedliche Stille genossen hatte, bog ich ab, um Adalbert wie geplant zu besuchen. Ich wollte ihn fragen, ob ich ihn bei dem Protest gegen den Bau des Hotels unterstützen konnte.

Wie sich herausstellte, war Adalbert jedoch wesentlich entspannter als Bea und sonnte sich gerade im Strandkorb, als ich kam. Seit ich ihn das letzte Mal gesehen hatte, war er richtig braun geworden.

»Ah, Paula, da bist du ja«, begrüßte er mich erfreut und stand auf, um mir die Gartenpforte zu öffnen. »Bea hat mir deinen Besuch schon angekündigt. Wie sieht's aus? Hast du Lust auf einen Eistee? So heiß, wie es momentan ist, gibt es nichts Besseres.« Ich nickte und folgte ihm ins Watthaus, in dem es angenehm kühl war.

»Dieses hellblaue Sommerkleid steht dir übrigens ausgesprochen gut.« Adalbert zwinkerte charmant.

Ich freute mich über das Kompliment und schaute zu, wie mein Gastgeber zwei langstielige Gläser mit Eistee füllte, den er in einem Glaskrug im Kühlschrank aufbewahrt hatte. Danach dekorierte er jedes Glas mit einer Scheibe Zitrone und steckte einen bunten Strohhalm hinein.

»Sollen wir trotz der Hitze auf die Terrasse gehen?«

»Wenn es dir nichts ausmacht. Ich genieße momentan jeden Sonnenstrahl. Und wer weiß, wie lange das schöne Wetter anhält? Auf den Inseln kann es ja sehr schnell umschlagen.«

»Da hast du auch wieder recht«, schmunzelte Adalbert.

Der Himmel über uns war strahlend blau, so dass sich die Möwen und Seeschwalben am Horizont deutlich vom Hintergrund abhoben.

»Kein Wunder, dass jemand auf die Idee kommt, hier ein Hotel zu bauen, nicht wahr?«, begann Adalbert. »Irgendwie kann ich die Investoren verstehen. Eigentlich sollte jeder ein Stück vom Sylter Glück abbekommen. Wenn deswegen nur nicht die Natur so leiden müsste. All die schönen Bäume …«

»Wann soll denn mit dem Bau begonnen werden?«, fragte ich, um besser einschätzen zu können, wie viel Zeit wir für unsere geplanten Protestaktionen hatten.

»Ich denke, so in zwei bis drei Monaten. Man will ja die Keitumer Urlauber nicht mit dem Baulärm nerven. Außerdem gibt es, soweit ich weiß, eine gemeindeinterne Diskussion über die geplante Nutzung. Die eine Fraktion ist für das Hotel, die andere wünscht sich Ferien-Apartments. Von daher bringt es nichts, sich jetzt schon verrückt zu machen. Vielleicht überlegen es sich die Damen und Herren doch noch anders oder haben plötzlich Liquiditätsschwierigkeiten wie bei dem Bau des Thermalbads.«

Ich dachte an die graue, deprimierende Bauruine neben der Keitumer Kurverwaltung, vor der mittlerweile ein großer Holzzaun errichtet worden war, um den optischen Schandfleck ein wenig zu kaschieren. Doch ungünstigerweise wirkte das Gebäude dadurch nur noch hässlicher. Und es war leider nicht das einzige. Die glamouröse Fassade der Schickeria-Insel bekam offenbar Risse …

»Aber, meine Liebe, wie geht es dir denn? Was macht deine Galerie? Läuft dort alles zu deiner Zufriedenheit?«, wollte Adalbert wissen. Ich erzählte, wie engagiert Vincent, Mira, die Neue, und Jule sich um ArtFuture kümmerten und dass ich Ineke Alwart kennengelernt hatte.

Nachdem ich Vincents Namen laut ausgesprochen hatte, bemerkte ich zu meiner Verwunderung, dass ich zum ersten Mal keinen Stich verspürte.

»Du warst bei Ineke im Atelier?« In Adalberts Blick lag so etwas wie Bewunderung. »Weißt du, dass sie seit ungefähr zehn Jahren niemandem mehr ihre Bilder gezeigt hat?« Ich erwähnte die professionelle Multimediashow und wie sehr ich von der starken alten Frau beeindruckt sei.

»Das kann nur das Werk eines Enkels ihrer Schwester gewesen sein«, murmelte Adalbert. »Ineke hat ja keine Kinder, aber eine große Verwandtschaft, die sich garantiert mit Technik auskennt. Würdest du denn gern ihre Bilder ausstellen? Ich könnte mir vorstellen, dass es nicht ganz leicht sein dürfte, sie davon zu überzeugen. Ineke hat es von jeher verabscheut, sich zu produzieren, und hasst nichts mehr als eitle, selbstgefällige Menschen.«

»Und wovon lebt sie, wenn sie keine Bilder verkauft?«, fragte ich neugierig. Die Einrichtung ihres Hauses deutete trotz einer gewissen Bescheidenheit darauf hin, dass es der Künstlerin an nichts mangelte. Gerade die Antiquitäten waren bestimmt von großem Wert.

»Sie hat reich geerbt und ihr Geld offenbar gut angelegt. Ihrem Vater gehörte eine Dachdeckerfirma, die auf Reetdachhäuser spezialisiert war. Damit konnte man auf Sylt immer schon gutes Geld verdienen. Und soweit ich weiß, war die Firma auch auf den Nachbarinseln Amrum und Föhr tätig. Ineke hat immer schon bescheiden und zurückgezogen gelebt, ihr Vermögen aber gern geteilt, indem sie soziale Projekte wie die Sylter Tafel unterstützt. Nicht nur aus diesem Grund ist sie auf der Insel eine hochgeschätzte Person.« In meinem Kopf ratterte es: *Sylter Tafel?* Das klang so, als gebe es auf der Insel arme Menschen, die verpflegt werden mussten, oder sogar Obdachlose. Angesichts des Reichtums, der auf Sylt häufig sehr protzig zur Schau gestellt wurde, schier unvorstellbar!

»Verstehe ich das richtig? Auf Sylt wird Essen an Arme verteilt? Genau wie in Hamburg und anderen Städten? Wie ist denn so etwas möglich?«

Adalberts Gesicht nahm einen ernsten Ausdruck an.

»Leider hat die Armut auf der Insel gerade in den letzten Jahren stark zugenommen. Eine vierköpfige Familie anständig zu ernähren ist hier mittlerweile so gut wie unmöglich, selbst wenn beide Elternteile arbeiten. Die Lebenshaltungskosten sind überproportional hoch, wohingegen oft nur Löhne gezahlt werden, die unter dem absoluten Minimum liegen. Auch hier gibt es Altersarmut, auch hier werden Menschen schwer krank und damit häufig erwerbslos. Sylt ist – bis auf die wunderschöne Natur – keineswegs das Paradies, als das es gern nach außen hin verkauft wird.«

Ich war schockiert.

Seitdem ich nicht mehr ausschließlich mit meinem persönlichen Gefühlswirrwarr beschäftigt war und genauer hinhörte und hinschaute, stieß ich auf Missstände, die ich niemals für möglich gehalten hätte!

Nach dem Besuch bei Adalbert ging ich gedankenverloren nach Hause. Ich wollte so gern helfen, nur wie?

# 43. Kapitel

Das macht achtundzwanzig Euro achtzig«, sagte der Taxifahrer, und ich gab ihm dreißig. Nachdem ich ihm einen schönen Abend gewünscht und mir eine Quittung hatte geben lassen, stand ich einen Moment vor dem Eingang des Restaurants Strönholt und atmete tief durch. Vor lauter Aufregung hatte ich in der Nacht zuvor kaum ein Auge zugetan, und ich bekam auch jetzt meine Nervosität kaum in den Griff.

Nach so vielen Wochen trat ich nun Patrick gegenüber. Wie würde es sein, ihn wiederzusehen? Seine Stimme zu hören? Ihm in die Augen zu blicken? Ob ich wollte oder nicht, ich war so angespannt wie bei unserem ersten Date.

Damals waren wir am Minerva-Brunnen auf dem Hamburger Fischmarkt verabredet gewesen. In einem Anfall von Übermut war ich mit meinen High Heels auf dem Rand entlanggetrippelt und dabei ins Stolpern geraten. Nur Patricks schneller Reaktion war es zu verdanken, dass ich nicht ins Wasser fiel. Als seine starke Hand meine umfasste, schwor ich mir, sie nie wieder loszulassen.

»Auf der Terrasse müsste ein Tisch auf den Namen Gregorius reserviert sein«, sagte ich zu dem freundlichen Herrn, der sofort herbeigeeilt war, um mir den leichten Sommermantel abzunehmen und an die Garderobe zu hängen.

»Sie werden bereits erwartet«, antwortete er und führte mich an einen Zweiertisch direkt am Geländer der Terrasse mit einem atemberaubend schönen Blick auf die Dünen und das Meer.

Patrick stand sofort auf, als er mich sah, und begrüßte mich. Seine Umarmung war kurz, beinahe hölzern und steigerte meine Verlegenheit. Nachdem wir uns gesetzt und eine Flasche Wasser bestellt hatten, schauten wir uns schweigend in die Augen. Ich suchte Patricks Gesicht nach Spuren seines neuen Lebens ab, und er tat bestimmt dasselbe.

»Gut siehst du aus«, durchbrach er schließlich die Stille. *War das nur eine Höflichkeitsfloskel?*

»Sagen sie das nicht immer in Filmen in solchen Situationen?«, erwiderte ich. Patrick war braungebrannt (war er im Urlaub gewesen oder pausenlos mit Freundin, Sohn und Hund am Elbstrand spazieren gegangen?), er sah erholt – jünger –, einfach umwerfend aus.

»Ich vermute mal ja«, antwortete Patrick, und ich bemerkte, dass seine Lachfältchen trotz der Bräune hell geblieben waren.

»Und? Worauf hast du Appetit? Der Fisch soll hier fantastisch sein. Bist du mit dem Auto da? Ich frage nur wegen der Weinbestellung.«

»Ich bin mit dem Taxi gekommen und werde mir auch für die Rückfahrt eins bestellen. Der Fahrer hat mir extra seine Karte gegeben, damit ich seinen Wagen direkt anfordern kann.«

»Soso, er möchte dich wiedersehen.« Patrick schmunzelte und wirkte erstaunlicherweise so entspannt, als hätte das Thema Eifersucht niemals eine Rolle zwischen uns gespielt.

»Ich glaube eher, dass er nichts gegen eine zweite lukrative Tour einzuwenden hat«, entgegnete ich. Hätte ich geahnt, dass die Fahrt so teuer werden würde, hätte ich zumindest für den Hinweg den Bus genommen.

»Oder so«, antwortete Patrick, und ich ärgerte mich ein bisschen darüber, dass er nicht länger auf seiner Version bestand. War ich in seinen Augen auf einmal uninteressant?

War er auf einmal so gelassen, weil es in seinem Leben eine neue Frau, sogar eine neue Familie gab?

Eifersucht kroch in mir hoch, giftig wie eine Schlange.

»Und? Was ist nun mit dieser Frau an der Elbe?«, platzte es plötzlich aus mir heraus, wofür ich mich hätte gleichzeitig ohrfeigen können. Ich hatte doch warten wollen.

»Sollten wir nicht erst einmal bestellen?«, entgegnete Patrick in einem deutlich weniger weichen Tonfall.

Vor Verlegenheit schoss mir die Röte ins Gesicht, und ich senkte den Kopf.

Ich ärgerte mich jetzt schon, dass ich Patrick diesen Brief geschrieben hatte, und fragte mich, warum wir hier eigentlich saßen. In diesem Augenblick hätte ich mit Olli am Strand oder auf einem romantischen Törn mit Sönke sein können.

Nachdem wir bestellt hatten, war ich froh, dass ich mich an meinem Aperitif – einem Glas Kir Cassis – festhalten konnte. Natürlich war es unsinnig, auf diese Weise locker werden zu wollen, aber es gab nun mal Situationen im Leben, wo ein wenig Hilfe vonnöten war.

»Die Frau an der Elbe, wie du sie nennst, heißt Simona Brandt und ist meine Ex-Freundin. Ich habe mich von ihr getrennt, kurz bevor ich dich kennengelernt habe.«

Das Wort *Ex-Freundin* traf mich wie ein Faustschlag.

Warum hatte er mir noch nie von ihr erzählt?

Hatte Patrick sich wieder bei ihr gemeldet, nachdem ich ausgezogen war? Viele Männer taten das, wenn sie sich einsam fühlten. Oder noch schlimmer: Hatten die beiden womöglich schon seit Jahren Kontakt, ohne dass ich davon wusste?

»Falls du dich jetzt fragst, wieso dir dieser Name nichts sagt und weshalb ich dir nie von Simona erzählt habe, liegt es schlicht daran, dass sie kurz nach unserer Trennung nach Stade gezogen ist und keinerlei Kontakt mehr wollte. Also hielt ich es nicht für nötig, sie zu erwähnen. Denn allein du zähltest in meinem Leben.« Sofort dachte ich an Jörg, meinen Freund vor Patrick.

Von ihm hatte ich Patrick erzählt, weil wir auch nach der Trennung noch gut befreundet waren und uns ab und zu trafen, wobei diese Treffen in den letzten Jahren immer seltener geworden waren.

»Der Junge ist übrigens ihr Sohn Benjamin. Er ist fast siebzehn …«

*Im Film wäre diese Eröffnung folgendermaßen weitergegangen: Und Benjamin ist mein Sohn.*

» … und wirklich großartig.«

»Und weil er so großartig ist und Simona zufällig deine Ex-Freundin, spielst du jetzt den Ersatz-Papa«, bemerkte ich zynisch. Nun senkte Patrick den Blick. Er war sensibel und wusste natürlich, was diese Äußerung bei mir auslöste.

»Das genau ist der Grund, warum ich lieber persönlich mit dir sprechen wollte.«

»Es tut so oder so weh.«

»Ich weiß. Ich wünschte, es wäre nicht so.«

In diesem Moment näherte sich eine fröhlich lächelnde Kellnerin unserem Tisch und balancierte verschiedene Teller: »Einmal Feldsalat mit Himbeeressig und gebackenem Ziegenkäse für die Dame. Und einmal die Pfifferlingssuppe mit Croûtons für den Herrn.« Ein weiterer Kellner brachte einen silbernen Eiskühler an unseren Platz und entkorkte den Weißwein.

Ich war froh über diese Unterbrechung, weil sie mir die Chance gab, mich ein bisschen zu sammeln, bevor ich womöglich anfing zu weinen.

»Wenn Sie bitte kosten wollen?« Unter dem prüfenden Blick des Sommeliers nippte Patrick am Wein und nickte zustimmend. Währenddessen überlegte ich, ob ich mich noch kurz auf die Toilette flüchten sollte.

Verdammt!

»Jetzt genießen wir erst einmal diese wunderbare Vorspeise«, schlug Patrick vor. In seiner Stimme lag etwas Flehentliches.

Obwohl ich beinahe körperlich spürte, wie unangenehm die Situation für Patrick war, wurde ich plötzlich wütend. Wieso musste er mir diese Geschichte eigentlich ausgerechnet bei einem schönen Abendessen erzählen? Dachte er, es würde dann weniger weh tun? Wie ein Kind, dem man einen Keks gab, damit es nicht mehr weinte?
Ich musste unwillkürlich an einen Artikel denken, den ich neulich in einem Magazin gelesen hatte. Darin stand, dass die meisten Männer sich vor Krisengesprächen fürchteten und sie deshalb bevorzugt an Orten führten, an denen sie sich vor heftigen Reaktionen sicher fühlten. Allerdings vergaßen sie dabei, dass Frauen sich in der Regel nicht darum scherten, wo sie gerade waren. Sie hatten meist keine Scheu, zu weinen, zu schreien – oder auch einmal dem Kerl, der sie verletzt hatte, ein Glas Wein übers Hemd zu schütten.
Natürlich würde *ich* nichts dergleichen tun!
Immerhin war ich diejenige, die sich getrennt hatte, also musste ich auch die Konsequenzen tragen.
»Schmeckt es dir?«, wollte Patrick wissen, und ich nickte.
Wäre ich in besserer Stimmung gewesen, hätte ich dem außergewöhnlich köstlichen Dressing bestimmt mehr Beachtung geschenkt.
»Und wie läuft es in der Galerie? Wie macht sich die neue Mitarbeiterin?«, fuhr er in belanglosem Smalltalk fort. Genervt legte ich die Gabel beiseite.
»Sei mir nicht böse, Patrick, aber ich habe momentan überhaupt keine Lust, über die Galerie oder etwas anderes zu reden. Wir haben uns jetzt so lange nicht gesehen, und du erzählst mir von einer Frau mit Kind, deren Namen ich heute zum ersten Mal höre, was ich erst mal verdauen muss. Lass uns lieber offen sein, anstatt Belanglosigkeiten auszutauschen, sonst können wir uns dieses Treffen auch sparen.«

Patrick sah nun aus, als hätte ich ihm wirklich ein Glas Wasser ins Gesicht geschüttet, nickte aber zustimmend.

»Also, worum geht es dir wirklich? Willst du mich fragen, ob wir uns scheiden lassen, damit du Simona heiraten kannst? Ist das der Grund, weshalb du extra hierhergekommen bist?«

Patrick riss entsetzt die Augen auf.

»Aber wie kommst du denn auf diese absurde Idee? Ich bin nach Sylt gefahren, weil ich dich sehen wollte. Diese kurzen Telefonate und Mails bringen auf die Dauer nichts, außer vielleicht Missverständnisse. Im Übrigen bin ich gar nicht mit Simona zusammen, falls du das gedacht hast. Es ist nur so … dass …« Plötzlich bemerkte ich im Licht des Kerzenscheins einen feinen Schweißfilm auf seiner Stirn, obwohl es sich mittlerweile deutlich abgekühlt hatte.

Immerhin war es schon kurz vor Mitternacht.

»Also gut, ich muss dir jetzt etwas sagen, was mir sehr, sehr schwerfällt. Es tut mir so leid, Paula, aber Benjamin ist mein Sohn.«

# 44. Kapitel

*Benjamin ist mein Sohn. Benjamin ist mein Sohn.*

Diese vier Worte hämmerten unablässig in meinem Kopf und ließen keinen anderen Gedanken mehr zu.

Nachdem Patrick mir diese unfassbare Neuigkeit mitgeteilt hatte, war ich aufgesprungen und in das gegenüberliegende Hotel gerannt, vor dem zum Glück ein Taxi wartete. Ich hätte Patricks Anwesenheit nicht eine Sekunde länger ertragen.

Nach der schier endlos dauernden Fahrt von Hörnum nach Keitum war ich tränenüberströmt ins Bett gefallen und hatte unaufhörlich geweint, bis mir jede Faser meines Körpers weh tat und ich das Gefühl hatte, keinerlei Flüssigkeit mehr in mir zu haben.

Das Handy klingelte die ganze Nacht, Patrick rief im Abstand von fünfzehn Minuten an. Doch ich ging nicht ran.

Was auch immer er mir zu sagen hatte, es war mir egal.

Irgendwann im Morgengrauen brachte ich die Energie auf, es auszuschalten und wirklich ins Bett zu gehen. Bis dahin hatte ich auf der Tagesdecke gelegen und meinen Kopf unter dem Kissen vergraben.

Später am Sonntagvormittag – ich hatte keine Ahnung, wie spät es genau war – holte mich Beas Stimme aus meinen wirren Träumen, in denen ich zusammen mit einem Jungen und einem Hund am Abgrund eines Vulkans herumtanzte. Der Hund bellte und wedelte freudig mit dem Schwanz, während ich den Jungen an der Hand hielt.

»Paula? Ist alles in Ordnung?«, hörte ich Bea besorgt rufen. Halb benommen öffnete ich die Tür, um mich gleich wieder ins

Bett zu flüchten. »Um Himmels willen. Was ist passiert? Bist du krank?« Bea war ehrlich entsetzt.

»Mein Mann hat mir gestern Abend eröffnet, dass er einen Sohn hat«, stammelte ich und unternahm erst gar nicht den Versuch einer weiteren Erklärung.

Doch auf Bea war in Momenten wie diesem Verlass!

»Ich koche Tee und bin gleich wieder da. Bis dahin lassen wir mal frische Luft herein, nicht wahr? Es ist so ein schöner Tag.« Mit diesen Worten zog Bea behutsam die Vorhänge auf (wann hatte ich sie eigentlich geschlossen?) und ging wieder hinaus.

Immer noch benebelt, setzte ich mich auf, stopfte mir das Kissen in den Rücken und starrte vor mich hin.

Ich fühlte mich, als sei ich von einem Panzer überrollt worden. Als sei etwas unwiederbringlich in mir kaputtgegangen.

»So, da bin ich wieder.« Lächelnd stellte Bea ein Tablett auf das Tischchen neben meinem Bett. Dann füllte sie den Tee in einen Becher. »Trink, das wird dir guttun. Und wenn es dir ein bisschen bessergeht, hast du ja vielleicht sogar Appetit auf das Croissant, das ich heute Morgen extra für dich gekauft habe.«

Ich setzte den Becher an meine ausgetrockneten, rissigen Lippen und pustete. Dann spürte ich ein fremdes, bitteres Aroma auf meiner Zunge.

»Was ist das denn?«, fragte ich irritiert und musste mich zwingen, das Gebräu zu trinken, das erschreckend medizinisch schmeckte.

»Meine persönliche Hausmischung für Situationen, in denen ich Nervennahrung brauche. Melisse, Baldrian, ein paar Lindenblüten … und eine geheime Zauberzutat.«

Bei den letzten Worten zwinkerte Bea. »Aber nicht dass du denkst, ich bin eine Hexe.«

»Und wenn, dann eine sehr nette«, antwortete ich matt.

»Danke für das Kompliment. Wenn du willst, rufe ich Larissa an. Sie kommt bestimmt gern vorbei, wenn du reden möchtest.«

Ich überlegte. Es war sicherlich besser, jetzt nicht allein zu sein. Aber ob ausgerechnet Larissa die richtige Gesprächspartnerin war? Immerhin hatte sie mit ähnlichen Schwierigkeiten zu kämpfen wie ich. Andererseits würde sie gerade deshalb verstehen, was in mir vorging. Also nickte ich und reichte Bea das Festnetztelefon, das auf meinem Nachttisch stand. Keine Minute später stand fest, dass Larissa sich auf den Weg machen wollte, um mich ein wenig zu trösten.

Ich dachte an Doro und Helen.

Wie reagierten sie wohl auf diese unglaubliche Neuigkeit?

Einen Augenblick bereute ich es, dass ich nicht in Hamburg war. Doch dieses leise Bedauern währte nur kurz. Sobald ich in Larissas Augen schaute und Bea liebevoll meine Hand ergriff, wusste ich, dass ich zwei Freundinnen fürs Leben gewonnen hatte und ich nicht allein war.

Nachdem ich Larissa geschildert hatte, was passiert war, nahm sie mich in den Arm und hielt mich eine ganze Weile gedrückt. Als sie mich losließ, zog sie die Nase kraus, wie immer, wenn sie über etwas nachdachte.

»Ich verstehe nicht, wie diese Simona von deinem Mann schwanger werden konnte, wenn er doch angeblich … äh … zeugungsunfähig ist …«

Bea schaute uns erstaunt an, sagte jedoch nichts.

»Patrick ist, ungefähr drei Jahre nachdem wir geheiratet haben, an Mumps erkrankt und dadurch unfruchtbar geworden«, erwiderte ich und spürte wieder, wie heiße Wut in mir aufstieg.

Wieso hatte diese Frau das Glück gehabt, meinen Mann kennenzulernen, als er noch in der Lage gewesen war, Kinder zu zeugen?

Warum hatte ich nicht gleich nach der Hochzeit versucht, schwanger zu werden?

»Und weshalb erfährst du jetzt erst von Benjamins Existenz?«, wollte Bea wissen. Larissa nickte zustimmend.

»Weil auch Patrick es erst vor kurzem erfahren hat. Simona hat wohl in dem Augenblick festgestellt, dass sie schwanger war, als Patrick sich von ihr getrennt hatte. Da sie nicht wollte, dass er nur wegen des Kindes bei ihr blieb, zog sie zu ihren Eltern nach Stade und hat ihren Sohn allein großgezogen. Erst als Benjamin in der Pubertät immer wieder Fragen nach seinem Vater gestellt hat, hat sie Patrick informiert. Sie schrieb ihm einen Brief … und na ja … Patrick und Benjamin verstehen sich wohl super. Ich habe die drei zusammen an der Elbe gesehen. Sie wirkten wie eine glückliche Familie …«

Man hätte im Pavillon eine Stecknadel fallen hören können, so leise war es mit einem Mal. Bea und Larissa wechselten einen betretenen Blick.

# 45. *Kapitel*

Liest die nicht toll? Das ist unglaublich spannend!«, wisperte die kleine Paula und drückte aufgeregt meine Hand. Wir saßen am Samstagnachmittag zusammen mit etwa vierzig Kindern und Jugendlichen im Schneidersitz vor der Bühne des Büchernests und lauschten den Worten der Kinder- und Jugendbuchautorin Swaantje Zillert, die gerade aus ihrem neuen Buch *Der lange Schlaf* vorlas, das selbst mir einen Schauer nach dem anderen über den Rücken jagte.

»Ja, das ist total klasse«, flüsterte ich zurück und beschloss, Paula den Jugendroman zu schenken, damit sie ihn sich nach der Lesung signieren lassen konnte.

Die Veranstaltung bildete den Auftakt zum zweiwöchigen *Lesefest im Büchernest.* Heute Abend folgte die Lesung von Corinna Hartmann. Larissa, Bea, Rieke, Olli und ich hatten die ganze Woche das kleine Festival vorbereitet, das von Jahr zu Jahr immer mehr Zuschauer anlockte und von der Presse hochgelobt wurde.

Das war genau die Art von Ablenkung, die ich so bitter nötig hatte, um nicht bei dem bloßen Gedanken an Patrick und seinen Sohn verrückt zu werden. Ein Hauch von Normalität inmitten dieses emotionalen Irrsinns, in dem ich steckte.

Vero hatte uns mit dem Catering unter die Arme gegriffen, und selbst Leon war extra am Vorabend für einige Tage von Mallorca gekommen, um zu helfen. Im Moment ging es in erster Linie darum, die Kids bei Laune zu halten und darauf aufzupassen, dass die Kleineren nicht quengelig wurden. Und danach musste die Signierstunde im Anschluss so koordiniert werden, dass kein Chaos ausbrach.

Nachdem die Autorin den letzten Satz – ein echter Cliffhanger – gelesen und das Buch zugeklappt hatte, klatschten die Zuschauer wie verrückt, einige trampelten sogar vor Begeisterung.

Ich führte Swaantje, die mir zuvor das Du angeboten hatte, zu ihrem Tisch mit den Autogrammkarten und den vielen bunten Glitzerstiften. Paula war eine der Ersten und schob ihr mit hochrotem Kopf das Buch über den Tisch, das ich ihr gerade als Geschenk überreicht hatte.

»Verrätst du mir deinen Namen?«, bat Swaantje, und ich musste schmunzeln, weil Paula stumm wie ein Fisch vor ihr stand.

Auch Larissa schaute fragend zu uns herüber. Kurzerhand stellte sie sich neben die Signierschlange und ließ jedes Kind seinen Namen auf ein gelbes Post-it schreiben, das sie auf das jeweilige Buch klebte.

»Dann kennt Swaantje gleich den Namen und weiß, wie er geschrieben wird. Außerdem hilft es den Kindern, die so aufgeregt sind, dass sie sogar ihren eigenen Namen vergessen …«, flüsterte sie mir zu. *Kluge Larissa!*

Eine Stunde später war der Trubel vorbei.

Zurück blieben eine überglückliche Autorin, die vor lauter Eifer hochrote Wangen hatte, und das zufriedene Team des Büchernests, zu dem ich mich mittlerweile auch zählte.

»Das lief ja super!«, freute Larissa sich und klopfte Rieke anerkennend auf die Schulter. »Deine Idee mit den Buttons war ein Knaller.«

Rieke fühlte sich sichtlich geschmeichelt, weil sie vorgeschlagen hatte, Buttons mit dem Slogan *Bitte nicht wecken, ich träume gerade von Der lange Schlaf* produzieren zu lassen. Zum Glück war alles pünktlich fertig geworden. Und die Kinder, die kein Buch hatten, hatten eine schöne Erinnerung an die Lesung.

Nachdem wir die wenigen übrig gebliebenen Bücher verräumt

hatten, mussten wir uns schon um die Vorbereitungen für den Abend kümmern.

»Corinna hat übrigens gestern noch mal angerufen, um sich zu vergewissern, dass du auch wieder dabei bist«, sagte Larissa und öffnete mehrere Kartons mit der *Trauminsel*. »Wenn sie könnte, würde sie dich bestimmt als persönliche PR-Frau engagieren.«

»Ja, genau das fehlte noch«, gab ich grinsend zurück. »Ich stelle mir gerade vor, wie ich in Zukunft auf die Frage: ›Und was machen Sie beruflich?‹ antworte: Galeristin-Köchin und PR-Betreuerin in Teilzeit. Mal hier, mal da ein bisschen …«

»Ach was, so was nennt man flexibel«, konterte Larissa. »Flexibilität ist eine Eigenschaft, die heutzutage sehr gefragt ist und die man gar nicht hoch genug einschätzen kann. Außerdem kannst du ja sagen, ich bin Allrounderin!«

»Komm her, du Allrounderin«, witzelte Olli und nahm mich in den Arm. »Lass dich drücken.«

»Wieso das denn?«, fragte ich verwirrt, genoss aber die spontane Umarmung.

»Weil du so ein tolles Händchen für Paula hast. Ich glaube, die Kleine ist ganz vernarrt in dich. Hast du gesehen, wie sie dich angehimmelt hat?«

»Du verwechselst mich gerade mit einer Autorin namens Swaantje Zillert, mein Lieber. *Die* hat sie angeschmachtet und nicht mich. Wieso sollte sie auch?«

»Weil du sie ernst nimmst und ihr kluge Fragen stellst. Ist dir noch gar nicht aufgefallen, dass Paula viel häufiger im Büchernest ist, seitdem du hier arbeitest?«

»Gegenfrage: Wie soll Paula das auffallen, wenn sie doch vorher nie hier war, du Quatschkopf. Außerdem bist du selbst erst *nach* ihr zu uns gekommen, schon vergessen?«, sagte Larissa und grinste, woraufhin Olli ihr die Zunge rausstreckte.

»Aber ihr versteht doch, was ich meine?«, antwortete er in gespielt weinerlichem Tonfall.
»Ja, Olli, wir verstehen dich«, echoten Larissa und ich im Chor und mussten lachen. Ich genoss es so, mal wieder unbeschwert zu sein.

Pünktlich um zwanzig Uhr hielten Bea und Larissa die offizielle Eröffnungsrede für das Lesefest.
Beide fassten abwechselnd die Geschichte des Festivals zusammen, erzählten von den Highlights der vergangenen Jahre und stellten das Programm der kommenden beiden Wochen vor. Währenddessen schenkten Vero und Rieke Sekt aus, und Leon fotografierte. Larissa wirkte überglücklich und strahlte über das ganze Gesicht, sobald ihr Mann in ihrem Blickfeld auftauchte.
Corinna Hartmann stand während der Rede im Türrahmen des Aufenthaltsraums und wartete darauf, dass ich ihr ein Zeichen gab. Auch diesmal war sie nervös, aber zum Glück deutlich weniger als beim letzten Mal. In der Zwischenzeit hatte sie sogar eine Lesereise quer durch Deutschland absolviert, und ihr Roman war gerade in die Bestsellerliste eingestiegen, ein phänomenaler Start für ein Debüt.
Auf einmal hörte ich hinter mir eine weibliche Stimme:
»Ich finde, Bea hätte sich ein wenig schicker machen können.«
Als ich mich umdrehte, blickte ich in das hämische Gesicht von Ina aus Adalberts Yogakurs. Adalbert stand neben ihr und zog lediglich die Augenbrauen hoch, anstatt seine Schülerin zurechtzuweisen.
»Bea sieht immer toll aus«, zischte ich genervt. »Sie hat es eben nicht nötig, sich durch falsche Wimpern und Push-ups in Szene zu setzen.« Ina wurde auf der Stelle kalkweiß unter ihrer Sonnenbankbräune. *Wieso sagte ihr eigentlich keiner, dass das nicht nur ungesund war, sondern in höchstem Maße unattraktiv?!*

Ich sah, dass Adalbert sich ein Lachen verkniff, und drehte mich wieder um. Wer hatte diese Frau überhaupt eingeladen? Und wieso waren die beiden zusammen hier?

Doch ich hatte keine Zeit, mir weitere Gedanken zu machen, weil Bea nun Corinna Hartmann ankündigte und ich die Autorin zum Podium führte.

Zunächst etwas zaghaft, aber dann immer selbstsicherer werdend, las Corinna aus ihrem Sylt-Roman. Es war mucksmäuschenstill, bis auf Ina, die immer wieder nieste. Ich tippte auf eine Allergie gegen ihren pinkfarbenen Lipgloss.

Adalbert tat das einzig Richtige: Er fasste die Ruhestörerin am Arm und führte sie zum Ausgang. Begleitet von einem weiteren Niesanfall, der zu guter Letzt in einer Hustenattacke mündete, verließ Ina die Veranstaltung.

*Hoffentlich kommt sie nicht wieder!*, dachte ich und merkte, wie wütend ich immer noch auf sie war.

Nach einer Dreiviertelstunde war die Lesung beendet, und etwa hundert Zuhörer applaudierten frenetisch.

Mittlerweile war Ina wieder hereingekommen, doch Adalberts ganze Aufmerksamkeit galt Bea, die neben Corinna stand und die Signierstunde betreute.

Jeder, der zwei Augen im Kopf hatte, konnte sehen, dass Adalbert in Bea verliebt war.

Wieso nur kriegte Bea das nicht mit?

»Na, wie geht es dir?«, fragte Leon, der nach einem wahren Foto-Marathon offenbar das Bedürfnis verspürte, in Ruhe ein Bier zu trinken und mit mir zu plaudern.

»Super, ich liebe diese Veranstaltungen«, antwortete ich begeistert. »Aber ehrlich gesagt, gefallen mir die für Kinder noch besser. Wie sie alle bei Swaantje mitgefiebert haben! Als Erwachsener ist man oft zu abgeklärt, um sich vorbehaltlos in eine fantastische Welt fallenzulassen.«

»Ich weiß, was du meinst«, erwiderte Leon. »Und ich finde es schade, dass man hier auf der Insel kaum etwas für die Kids macht. Außer dem alljährlichen InselCircus in Wenningstedt, dem Zentrum Naturgewalten in List und dem Aquarium in Westerland gibt es leider kaum attraktive Angebote. Als Erwachsener hat man beinahe die Qual der Wahl, aber Kinder haben kaum eine Möglichkeit, sich zu amüsieren.«
Ich runzelte verwundert die Stirn.
»Wirklich? Ich dachte, Sylt sei ein Paradies für Kids.«
»Für die Einheimischen nicht unbedingt. Du kannst dir gern mal das Jugendzentrum in Westerland anschauen, etwas Trostloseres hast du wahrscheinlich noch nie gesehen. Man müsste sich auf die Dauer wirklich etwas einfallen lassen, wenn man vermeiden möchte, dass die Jugendlichen nur noch vor der Spielekonsole und Facebook abhängen.«
Auf Föhr hatte ich interessante Angebote gesehen, von Kerzenziehen über Töpfern bis hin zu Drachenbauen.
Wieso also nicht auf Sylt?

# 46. Kapitel

Regen prasselte gegen die Fensterscheiben.
Im Pavillon war es so dunkel wie in meiner Seele.
Blitze zuckten über den Himmel, von weitem hörte ich leises Donnergrollen. Mein erstes Inselgewitter …
Obwohl wir am Abend zuvor noch sehr lange gefeiert hatten, war ich um acht Uhr aufgewacht, weil ich mal wieder schlecht geträumt hatte. Nach einem großen Becher Kaffee, den ich wie gewohnt im Bett trank, beruhigte ich mich nach und nach und dachte an die Lesung und den schönen Abend gestern im Büchernest. Wir hatten zusammengesessen, gegessen und viel gelacht.
Ina hatte zum Glück schnell gemerkt, dass Bea und Larissa keinen Wert auf ihre Anwesenheit legten, und war frühzeitig gegangen. Also musste Adalbert sich nicht mehr weiter verbiegen, was er sichtlich genoss, je weiter der Abend voranschritt. Zu meinem Bedauern war Bea trotz bester Laune gegen seine Flirtversuche immun. Offenbar wollte sie partout Single bleiben. Oder Adalbert war in ihren Augen nicht der Richtige für sie …
Unbemerkt huschte ich ins Bad im Kapitänshaus. Zurück im Pavillon, überlegte ich, wie ich die Zeit bis zur Yogastunde nutzen sollte. Spazierengehen schied aufgrund des schlechten Wetters aus, und ich war zu durcheinander, um zu lesen. Ich hätte liebend gern mit Doro telefoniert, die jedoch das Wochenende zusammen mit der ganzen Familie bei ihrer Schwägerin in Berlin verbrachte.
Meine Augen wanderten auf der Suche nach Inspiration zur Kommode, und mir fielen wieder Neles Malutensilien ein.

*Ob ich es nach so langer Zeit wieder wagen sollte?*
Ich entschied mich für eine einfache Skizze. Als Vorlage für das spätere Acrylbild wählte ich einen bunten Blumenstrauß aus Beas Garten, den ich gestern gepflückt und in eine hellblaue, bauchige Kanne aus Emaille gestellt hatte. Kein besonders originelles Motiv, aber für den Anfang reichte es.
Nachdem ich den weichen Bleistift gespitzt und mir den Block so zurechtgelegt hatte, dass durch das Fenster wenigstens etwas Tageslicht darauf fiel, erfasste mich ein Kribbeln und meine Hände zitterten. Seit Jahren hatte ich mit Kunst zu tun und war kaum mit etwas anderem beschäftigt gewesen, als Bilder zu begutachten, zu beurteilen und zu bewerten.
Und nun stand ich plötzlich wieder selbst am anderen Ende der Rollenskala.
Ich versuchte, mich so gut es ging von meiner Nervosität zu befreien und mir zu sagen, dass ich nur zum Zeitvertreib eine kleine, kreative Fingerübung machte. Während des Studiums hatte ich Stunden, ja Tage und Nächte mit Kommilitonen in einem billigen, zugigen Hinterhof-Atelier verbracht und gemalt, bis ich vor Müdigkeit beinahe zusammenbrach.
In meiner Erinnerung waren das die glücklichsten Stunden meines Lebens gewesen, bis ich Patrick kennengelernt und erfahren hatte, wie sich die große Liebe anfühlte.
Mein Interesse an der Malerei war allmählich einer großen Sehnsucht nach Nähe und liebevoller Verschmelzung gewichen.
Beim Gedanken an Patrick durchfuhr mich wieder einmal ein leiser Stich, mein stetiger Begleiter der vergangenen Wochen.
Um dem Schmerz etwas entgegenzusetzen, begann ich zu zeichnen. Dabei erging es mir ein bisschen wie Corinna Hartmann bei ihrer Lesung. Meine ersten Striche waren von unsicherem Zittern geprägt, von großer Angst vor dem leeren Papier. Doch es dauerte nicht lange, da flog der Stift beinahe über das Blatt,

zeichnete Linien und Schatten, ergänzte Details und erschuf eine ganz eigene Welt, die mit dem eigentlichen Motiv kaum mehr etwas zu tun hatte.
Staunend und gleichzeitig stolz sah ich mir selbst zu, als sei ich nur eine heimliche, stille Beobachterin. Kaum war die Skizze fertig, verspürte ich unbändige Lust auf Farbe. Rasch nahm ich die Mischpalette, drei verschiedene Pinsel und die Farbtuben aus der zweiten Schublade. Dann füllte ich Wasser in ein Glas, legte den Lappen bereit und bedeckte den Tisch mit einer alten Ausgabe des *Sylter Tagesspiegels*.
In diesem Moment klopfte es an der Tür.
»Hier ist Paula«, hörte ich eine zarte, leicht unsichere Kinderstimme. »Ich habe Kuchen dabei. Lässt du mich herein?«
Verwundert öffnete ich die Tür und zog die Kleine in das Innere des Pavillons. Sie hatte ihren knallroten Schirm mit den weißen Punkten dabei, den ich so sehr mochte. Neugierig sah Paula sich um, während ich ihr den Schirm und die Kuchenschale abnahm.
Offenbar war sie noch nie hier gewesen.
»Der ist von meiner Mama als Dankeschön, dass du mir gestern das tolle Buch von Swaantje geschenkt hast«, erklärte Paula und ging zum Tisch. Dort lag die Blumenskizze, die ich noch kolorieren wollte.
»Ist das von dir?«, fragte sie und schaute mich bewundernd und zugleich zweifelnd an.
»Ja, das ist von mir«, antwortete ich ein wenig verlegen. Wie mochte dieses beinahe expressionistische Skizzen-Wirrwarr auf eine Zwölfjährige wirken? Meiner Erfahrung nach liebten Kinder es in diesem Alter eher naturalistisch. Wenn sie sich überhaupt der Malerei öffneten.
»Wirklich super«, sagte Paula anerkennend und neigte den Kopf zur Seite. Eindringlich schaute sie auf das Blatt und verglich of-

fenbar meine Zeichnung mit dem Modell. »Es sieht aus, als würde dein Bild eine Geschichte erzählen«, erklärte sie schließlich. »Man hat das Gefühl, dass man gleichzeitig die Blumen sieht, wie sie jetzt sind, aber auch die Knospen vorher und das, was danach passiert …«

Ich bekam Gänsehaut. Kritiker ergingen sich in endlos langen, selbstgefälligen Beschreibungen über das, was sie in den Werken der jeweiligen Künstler sahen, und gefielen sich darin, sich selbst reden zu hören. Doch dieser Teenager hatte intuitiv erfasst, worum es ging …

»Malst du denn auch gern?«, fragte ich und stellte mich neben das schmächtige Mädchen mit den großen, wachen Augen und den dunkelblonden Haaren. Nicht lange, und sie würde genauso groß sein wie ich.

»Nicht so besonders«, antwortete sie und zuckte mit den Schultern. »Bei mir sieht alles schief und krumm aus, und meine Hände machen nie das, was mein Kopf will. Das sagt übrigens auch meine Kunstlehrerin.« Wie wenig Einfühlungsvermögen diese Pädagogen manchmal bewiesen!, dachte ich wütend. Gerade in diesem Alter waren Kinder so leicht zu verunsichern. Ein falscher Satz, und schon entwickelten sie eine lebenslange, vollkommen unberechtigte Abneigung gegen etwas, das doch eigentlich Spaß machen sollte.

»Hast du denn Lust, es noch mal zu versuchen?«

Das Funkeln in Paulas Augen sprach Bände. Kommentarlos rückte ich einen zweiten Stuhl an den Tisch, riss meine Skizze aus dem Block und schob ihn zu ihr hinüber. Ich beobachtete voller Freude, wie Paula zu Werke ging. Im ersten Moment wirkten ihre Bewegungen tatsächlich ein wenig ungelenk, und sie zog vor Anspannung die Schultern nach oben, aber bald schon schien der Ehrgeiz sie gepackt zu haben. Als ich fragte, ob sie einen Früchtetee wollte, war sie bereits so im Zeichnen versunken, dass sie keine Antwort gab. Vorsichtig stand ich auf und stellte den Wasserkocher an.

Es dauerte nicht lange, bis sie nach einem Pinsel und Tuben griff und die Farben auf sehr eigenwillige Art mischte. Das Ergebnis testete sie nach und nach auf einem weiteren Blatt und trug die Mischung erst auf, als sie zufrieden war.

Diese Kunstlehrerin scheint eine ignorante Pute zu sein, dachte ich wütend. Es war mehr als offensichtlich, dass Paula ein Gespür für Koloration und Motivwahl hatte. Natürlich war alles noch weit davon entfernt, perfekt zu sein, aber erstens ging es nicht um das Ergebnis, und zweitens konnte man das nötige Handwerk lernen – vorausgesetzt, man hatte jemanden, der es einem beibrachte. Und zwar mit Liebe, Geduld und dem nötigen Fingerspitzengefühl.

»Willst du in Zukunft vielleicht öfter kommen?«, fragte ich, nachdem Paula mit vor Aufregung glühenden Wangen den Pinsel ins Wasser getunkt hatte, um ihn zu säubern.

Das Mädchen nickte begeistert.

»Wenn du magst, können wir uns ein- oder zweimal die Woche hier treffen, und ich zeige dir alles, was du wissen möchtest. Ich wollte nämlich früher selbst mal Kunst unterrichten, weißt du?«

Paula schaute mich erstaunt an. »Nein, das wusste ich nicht, aber ich würde wahnsinnig gern kommen. Schade, dass unsere Lehrerin nicht so nett ist wie du!«

»Also abgemacht: Du fragst deine Mutter, ob sie einverstanden ist, und wenn ja, können wir sofort loslegen. Allerdings geht die Schule vor. Musst du für eine Klassenarbeit lernen oder hast viele Hausaufgaben auf, verschieben wir den Termin, okay?«

Paula nickte erneut. Danach besiegelten wir unseren *Bund* mit einem Becher Tee und einem großen Stück von Tanjas Schokoladenkuchen.

Nachdem Paula gegangen war, klarte der Himmel auf, und ich

entschied mich, wie geplant zum Yoga zu gehen. Doch davor wollte ich Bea unbedingt von meinem geplanten Mal- und Zeichenkurs mit der kleinen Paula erzählen.

»Das ist ja eine tolle Idee!«, freute die sich. »Tanja kann sich als alleinerziehende Mutter leider nicht darum kümmern, dass Paula gefördert wird. Aber wieso bist du eigentlich nicht Lehrerin geworden, wenn du doch Kunstpädagogik studiert hast?«

»Galerien haben mich schon immer magisch angezogen, und ich gebe zu, dass ich lange davon geträumt habe, selbst zu malen und auszustellen. Doch irgendwann wurde mir klar, dass ich weitaus talentierter bin, andere Künstler zu entdecken und zu fördern. Und für eine schulische Laufbahn war es dann eh zu spät. Übrigens, Leon hat mir erzählt, dass den Sylter Kindern so wenig geboten wird. Stimmt das?«

Bea nickte.

»Leider ja. Die meisten Leute müssen hier sehr schwer für ihr Geld arbeiten und sind froh, wenn sie ihren normalen Alltag geregelt bekommen, da bleibt leider eine ganze Menge auf der Strecke. Warum fragst du?«

»Aus keinem bestimmten Grund … ich finde es nur schade und habe den Eindruck, dass das Angebot für Kinder auf den anderen Inseln viel besser ist. Und vielleicht lässt sich ja etwas in der Art auch hier auf die Beine stellen.«

Bea schmunzelte.

»Grundsätzlich ist fast *alles* möglich, meine Liebe. Manchmal ist es nur eine Frage des Willens und der nötigen Kreativität.«

# 47. Kapitel

Was machst du denn hier?«, fragte ich verwundert, als ich Montagmorgen beim Aufschließen der Tür des Büchernests Vero erblickte. Völlig versunken stand sie vor dem Schaufenster, als wolle sie die Titel der Bücher in der Auslage auswendig lernen. »Bist du aus dem Bett gefallen?«

»So ähnlich«, murmelte sie und trat von einem Bein auf das andere. »Ich wollte dich fragen, ob ich mich eventuell heute zu euch in die Küche gesellen könnte. Keine Sorge, ich fasse auch nichts an oder so … ich würde nur gern mal wieder unter Leute …«

»Hast du Streit mit Hinrich?«, fragte ich. »Na ja, wie auch immer. Komm erst mal rein, ist schließlich dein Reich.«

»Das ist lieb von dir«, murmelte Vero und trottete mit gesenktem Kopf hinter mir her.

»Moin, Vero, bist du aus dem Bett gefallen?«, sagte Olli, der ebenfalls gerade eingetroffen war und versuchte, seine *Motorrad-Frisur* wieder in Ordnung zu bringen.

»Genau dasselbe habe ich sie auch gefragt«, erwiderte ich und nahm Olli den Helm ab.

»Ach, tut das gut, wieder hier zu sein«, seufzte Vero und setzte sich auf einen Küchenstuhl. Mit sehnsüchtigem Blick sah sie sich um. »Dieser Duft, diese anheimelnde Atmosphäre …«

Olli und ich schauten uns verwundert an.

»Kann es sein, dass du deine Arbeit vermisst?«, mutmaßte ich und kam ins Grübeln.

Vero wirkte wie ein aus dem Nest gefallenes Vögelchen. Sie sagte leise:

»Es ist so langweilig zu Hause. Hinrich hat zu kaum etwas Lust, und wir hocken den ganzen Tag aufeinander, das ist auf Dauer ziemlich anstrengend.«
Betreten dachte ich, dass Bea noch vor einigen Wochen beinahe wortwörtlich dasselbe gesagt hatte.
»Aber was ist denn aus euren Plänen geworden? Ich dachte, ihr wolltet verreisen, ins Musical gehen, in Museen …«
»Ja, das dachte ich auch«, seufzte Vero. »Aber jetzt, wo es Hinrich wieder bessergeht, mag er auf einmal doch nicht. Gestern Abend sagte er zu mir, dass er so froh ist, wieder zu Hause zu sein, weil die Reha für seinen Geschmack viel zu lange gedauert hat.«
»Ist er Einsiedlerkrebs mit Aszendent Miesmuschel?«, witzelte Olli, und ich hätte gelacht, hätte Vero nicht so deprimiert ausgesehen.
Ich dachte an Doros Mann Thomas, der wie viele andere Männer, die das vierzigste Lebensjahr erreichen, lieber auf der Couch saß als zusammen mit Doro die Welt zu erobern. Während Frauen in diesem Alter häufig aufblühen und von Abenteuerlust beseelt sind, wurde es den Herren meist schnell zu viel, und sie zogen die Bequemlichkeit vor.
»Dann arbeite doch wieder, wenn du das Büchernest so sehr vermisst«, schlug ich vor, weil mir auf die Schnelle nichts anderes einfiel. »Und erzähl Bea von deinem Dilemma. Noch könnt ihr eine Reise für den Herbst buchen. Was glaubst du, wie Bea sich freut, wenn ihr dieses Jahr doch noch zusammen verreist.«
Bedauerlicherweise sah Vero alles andere als überzeugt aus. »Ich fürchte, das wird Hinrich überhaupt nicht passen. Seit seinem Infarkt ist er so anhänglich geworden. Manchmal erinnert er mich an einen kleinen Jungen, der seine Mama braucht. Momentan wird mir das alles ein bisschen zu viel.«

»So sind wir Männer eben«, grinste Olli. »Kein Grund, sich Sorgen zu machen. Gib ihm einfach täglich zehn Minuten seine Kuscheleinheit, und du wirst sehen, dass er schnurrt wie eine Katze … oder vielmehr wie ein Kater. Männer wollen bedauert, umschmeichelt und geliebt werden. Und wer kann das besser als ihr Frauen.«

»Lass das ja nicht Alice Schwarzer hören«, kam es von Larissa, die die Kaffeemaschine ansteuerte und aussah, als hätte sie die halbe Nacht nicht geschlafen. »Die würde dir sofort den Kopf abreißen!«

»Solange es nur der Kopf ist«, erwiderte Olli grinsend und begann, die Brötchenlieferung von Lars auszupacken.

»Und ich störe euch wirklich nicht?«, fragte Vero zaghaft und schaute in Larissas Richtung.

»Bist du verrückt? Paula und Olli machen das natürlich wunderbar, und ich bin beiden sehr dankbar, aber du bist doch die Seele des Cafés. Hast du nicht gehört, wie unsere Gäste am Samstag auf dem Lesefest von deinem Fingerfood geschwärmt haben?«

Vero errötete.

»Dann … dann … packe ich wohl am besten gleich mit an …«

»Als Erstes servierst du Fiete seine Spiegeleier«, sagte ich und freute mich diebisch. »Der wird sein Glück gar nicht fassen können!«

Am Abend saßen Bea und ich im Strandkorb und schauten in den klaren Julihimmel. Nach dem Gewitter war es wieder wärmer, aber nicht ganz so heiß geworden wie an den vergangenen Tagen. Wir hatten lecker gegessen und über Veros Sinnkrise gesprochen. Ich hatte Bea angeboten, meinen Posten wieder Vero zu überlassen. Zunächst hatte Bea nicht reagiert, doch dann schien es in ihr zu rumoren.

»Könntest du dir denn vorstellen, etwas anderes zu machen?«, fragte sie schließlich und schaute mich prüfend an.

»Und woran hast du dabei gedacht?« Ich war irritiert. Sollte ich Larissa und Rieke in der Buchhandlung unterstützen?

»Wir haben doch gestern darüber gesprochen, dass es auf Sylt zu wenig Angebote für Kinder und Jugendliche gibt. Ich habe mich etwas geschämt. Denn es ist die Aufgabe von uns Buchhändlern, etwas für die Kids zu tun, damit sie nicht den lieben langen Tag im Internet herumhängen. Aber bislang hat uns schlicht die Zeit gefehlt. Und jemand, der sich gern mit Kindern beschäftigt und passende Ideen hat. Natürlich kommt das jetzt ein wenig überraschend, aber ich bin nun mal ein spontaner Mensch, der vieles aus dem Bauch heraus entscheidet.«

»Was ja meist besser ist«, bemerkte ich.

»Versteh mich bitte nicht falsch, Paula. Vielleicht schätze ich deine Lebenssituation falsch ein. Aber ich habe den Eindruck, dass du deine Galerie nur behältst, weil du weißt, dass sie eine relativ stabile Einnahmequelle ist und du dort Mitarbeiter hast, auf die du dich verlassen kannst. Mit dem Herzen bist du aber ganz woanders. Denk bitte über meinen Vorschlag nach. Das Büchernest könnte wirklich jemanden mit einem zusätzlichen Rahmenprogramm brauchen. Die Zeiten ändern sich, und nur Bücher ins Regal zu stellen wird auf Dauer nicht genügen, weil man sie auch online bestellen kann. Aber wenn die Kinder wissen, dass sie an einem Ort ihrer Fantasie freien Lauf lassen können …«

Mir wurde augenblicklich warm ums Herz.

Ich dachte an Paulas glückliches Gesichtchen, als sie ihr Bild zu Ende gemalt und es zum Trocknen beiseitegelegt hatte. Morgen wollten wir einen passenden Rahmen dazu suchen. Danach malte die Kleine ein Geburtstagsgeschenk für ihre Mutter. Und sie hatte mich gefragt, ob sie zu unserer nächsten Stunde ihre

beiden Freundinnen Maren und Lale mitbringen durfte, worüber ich mich sehr gefreut hatte.
Ich überlegte fieberhaft.
Womit konnte man Kinder glücklich machen?
Woran hatten sie Spaß?
»Wir könnten den Einheimischen, aber natürlich auch den Feriengästen eine Art Rundum-Kinderbetreuung für den Nachmittag anbieten«, dachte ich laut. »Wir könnten malen, basteln, töpfern oder handarbeiten. Oder zusammen kochen …«
Beas Gesicht leuchtete.
»Und zufälligerweise kannst du sowohl kochen als auch mit Kindern umgehen und bist kreativ. Und Pädagogik hast du rein zufällig auch noch studiert …«
»Aber hätten wir denn genug Platz?«
»Wenn wir ein wenig umbauen, schon«, antwortete Bea und sah so aus, als würde sie am liebsten sofort loslegen. »Larissa hat neulich erst gesagt, dass sie nach dem Lesefestival gern etwas verändern würde, weil ihr der Laden allmählich auf die Nerven geht. Das wäre doch die perfekte Gelegenheit!«
»Aber sollten wir nicht abwarten, wie Vero und Hinrich sich einigen?«, warf ich zweifelnd ein. »Hinrich scheint sie doch nach wie vor sehr zu brauchen.«
»Vero muss ja nicht die ganze Zeit arbeiten. Wir könnten Olli mehr einspannen und Bente fragen, ob sie eventuell einige zusätzliche Stunden übernehmen kann. Dann haben Vero und Hinrich immer noch genug Zeit füreinander. Überleg in Ruhe, und ich spreche mit Larissa und Vero. Dann sehen wir weiter, in Ordnung?«
Aber das Pochen meines Herzens verriet mir, dass meine Entscheidung bereits gefallen war.

# 48. Kapitel

Die Liste mit meinen Ideen wuchs und wuchs. Neben dem Basteln durften das Lesen und Schreiben nicht zu kurz kommen! Deshalb plante ich Workshops, in denen Kinder ihre Lieblingsbücher vorstellen, aber auch eigene, kleine Geschichten schreiben konnten, immerhin waren wir ja in einer Buchhandlung und nicht in einer Kita.

Gleich nachdem ich aus dem Büchernest nach Hause gekommen war, schnappte ich mir das Telefon und setzte mich in den Strandkorb, um in Ruhe mit Doro zu telefonieren.

Bea war gerade bei Adalbert. Sie wollten zusammen mit der Initiative Zukunft Sylt an einem Konzept zur Verhinderung des Hotelbaus arbeiten. Deshalb hatte ich den Garten ausnahmsweise ganz für mich allein und genoss jede Minute und jeden Sonnenstrahl.

»Hey, da bist du ja!«, rief Doro fröhlich in den Hörer, und für einen Moment wurde ich wehmütig. Warum saßen Helen und sie jetzt nicht hier bei mir im Garten?

»Na, was gibt's Neues auf der Insel?«

Ich erzählte Doro von meinen Plänen und war insgeheim darauf gefasst, dass sie mir so etwas um die Ohren knallte wie »Und wie viele Jobs willst du noch machen? Du hast einen Beruf, schon vergessen? Du bist Galeristin und keine Kindererzieherin.«

Doch erstaunlicherweise erwiderte sie fröhlich:

»Superidee! Dann kannst du endlich deine Trauer darüber, dass du keine Kinder hast, in etwas Konstruktives umwandeln. Gerade nach diesem Hammer mit Patrick. Hast du eigentlich noch mal mit ihm gesprochen?«

»Ich habe ihm eine E-Mail geschrieben, in der ich ihm zu seinem Vaterglück gratuliert und ihm eine schöne Zeit mit Benjamin gewünscht habe. Momentan kann ich es nicht ertragen, mit ihm zu sprechen ...«

Doro seufzte.

»Das finde ich aber sehr großzügig von dir. Dazu gehört schon was. Aber empfindest du wirklich so, oder wolltest du nur ein bisschen die Spannung zwischen euch rausnehmen?« Ich hätte Doro gern gesagt, wie viele Stunden und Tage, wie viel Selbstdisziplin und Kraft es mich gekostet hatte, eine positivere Haltung dazu zu entwickeln, dass Patrick einen Sohn hatte. Doch ich brachte es nicht fertig. Sich in Selbstmitleid zu suhlen schadete mir auf Dauer nur.

»Eigentlich war das der ursprüngliche Plan, aber während ich überlegt habe, wie ich meine Gefühle verständlich machen soll, habe ich festgestellt, dass man es auch anders sehen kann ... schließlich hat Patrick mich nicht hintergangen. Es war einfach nur unglaubliches Pech, oder Schicksal ... und ich muss jetzt lernen, damit halbwegs positiv umzugehen.«

»Und genau das tust du ja, weshalb ich echt stolz auf dich bin. Ich habe übrigens auch Neuigkeiten! Thomas und ich haben gestern Abend beschlossen, uns zu trennen.«

Einen Moment lang glaubte ich, mich verhört zu haben.

Doro hatte also Ernst gemacht!

»Bist du noch da?«, kam es zaghaft vom anderen Ende der Leitung. »Oder magst du mich jetzt nicht mehr, weil ich meinem Herzen folge und mit Mats zusammen sein möchte?«

»Aber natürlich mag ich dich noch, Doro, was für ein Unsinn. Mir gehen nur gerade tausend Fragen durch den Kopf. Wie werdet ihr das rein technisch machen? Ziehst du aus?«

»Wir haben vereinbart, dass Thomas sich eine neue Wohnung sucht, damit sich für die Kinder zumindest räumlich nichts än-

dert. Und dann werden wir in Ruhe überlegen, ob wir diese neue Regelung übernehmen, nach der die Kinder in der einen Woche beim Vater und in der nächsten bei ihrer Mutter sind. Oder ob sie nur jedes zweite Wochenende zu Thomas gehen.«
Ich schluckte.
»Du hast Thomas also von Mats erzählt?«
»Ja, und es hat ihn nicht weiter verwundert. Ich will jetzt nicht behaupten, dass Thomas sich gefreut hat, aber er ist zum Glück auch nicht ausgeflippt. Er hat sich für meine Ehrlichkeit bedankt und dass ich so konsequent bin und zu meinen Gefühlen stehe, so unfassbar das jetzt auch klingen mag.«
Mir klappte vor Überraschung die Kinnlade herunter.
»Und falls es dich interessiert: Mats ist überglücklich über diesen großen Schritt, und ich auch.«
»Ach, das freut mich aber«, antwortete ich. »Dann bist du ja künftig vielleicht sogar häufiger in Husum und damit mehr in meiner Nähe! Aber was wird aus deinem Job? Thomas wird dich doch unter diesen Umständen bestimmt nicht länger als Bürokraft behalten wollen, oder?«
»Auch das entscheiden wir erst, wenn sich die Dinge ein wenig beruhigt haben. Vorläufig bleibe ich noch da, aber langfristig werde ich mir etwas anderes suchen. Was genau, weiß ich noch nicht, aber ich bin mir sicher, dass sich etwas Passendes ergeben wird. Schau dich doch an: In Windeseile von der Galeristin zur Köchin und nun vielleicht sogar zur Kinderbetreuerin. Hätte dir das vor einem Jahr jemand gesagt, hättest du ihn für verrückt erklärt. Von daher bist du jetzt mein großes Vorbild. Liebe Paula, ich bete dich an!«
Ich musste lachen, weil ich mir Doros Gesicht vorstellte. Doch dann fiel mir ein:
»Habt ihr es denn schon Emma und Nils gesagt?«
»Nein, das machen wir erst, wenn wir alle zusammen an der

Schlei sind. Emma ist gerade mit einer Freundin auf einem Ponyhof und Nils mit einem Freund und seinen Eltern in deren Häuschen in Dänemark, die beiden haben ja Sommerferien. Ehrlich gesagt bin ich ganz froh darüber, weil Thomas und ich nun die anstehenden Entscheidungen in Ruhe besprechen können.«
Noch lange nach dem Telefonat dachte ich über Doro und ihre Entscheidung nach. Doch so sehr ich auch mögliche negative Konsequenzen befürchtete, konnte ich nicht anders, als ihr zu ihrem Mut zu gratulieren. Vermutlich mussten sich Frauen in *unserem* Alter irgendwann entscheiden, ob sie mit ihrem Leben zufrieden und glücklich waren. Ich hatte es gewagt, etwas zu verändern, und nun ging Doro neue Wege, und ich wünschte ihr von Herzen alles Gute.
»Störe ich?«, fragte Bea, die auf einmal wie aus dem Nichts auftauchte. »Sieht gemütlich aus bei dir.«
Am frühen Abend hatte ich eine Kerze ins Windlicht gestellt und mir eine Schorle gemixt und knabberte nun gesalzene Erdnüsse, weil ich Hunger, aber nichts zu essen hatte.
»Nein, überhaupt nicht. Setz dich. Wie lief es in der Versammlung? Seid ihr euch einig geworden?«
Bea nickte und zog sich einen Stuhl heran. Offenbar war es bei Adalbert hoch hergegangen, denn sie hatte rote Wangen.
»Wir starten die Kampagne mit einem mehrstufigen Plan: Als Erstes sammeln wir Unterschriften, die wir der Gemeinde vorlegen werden. Und natürlich den Behörden in Husum. Sollte das nichts nützen, holen wir den Naturschutzbund mit ins Boot, es sind ja immerhin viele Bäume und nistende Vögel betroffen. Und wenn das alles nichts nutzt, ketten wir uns an die Bäume. Und dann sollen sie mal sehen, wie sie uns loswerden!« Ich musste grinsen, weil ich mir vorstellte, wie Bea mit Handschellen herumhantierte, während Adalbert die Polizei mit Transparenten und Parolen in Schach hielt.

»Ein engagierter Plan. Gebt mir Bescheid, wenn ich euch helfen soll.«

Bea nickte.

»Danke dir. Aber nun genug von diesem leidigen Thema. Ich bin nämlich ganz schön kaputt und könnte Entspannung gebrauchen.«

In diesem Moment hatte ich eine Idee.

»Hast du Hunger?«, wollte ich wissen. »Und wenn ja, hast du zufällig noch Energie für einen kleinen Ausflug?«

Bea schaute mich verwundert an.

»Grundsätzlich bin ich offen für alles, solange es keinen Stress macht. Also: Wo willst du hin?«

»Ich habe große Lust, mir endlich die Alte Bootshalle und den Hafen in List anzuschauen. Es ist zwar an sich fast zu schön, um drin zu essen, aber ich habe Appetit auf Thai-Nudeln.«

»Na, dann nichts wie los!«, entgegnete Bea unternehmungslustig. Keine zwei Minuten später saßen wir in ihrem offenen Jeep und brausten über die Insel. Am Ende der Straße zur Inselspitze im Norden bogen wir auf den großen Parkplatz vor dem Zentrum Naturgewalten, das wir jedoch links liegen ließen. Unser Ziel war schließlich das Restaurant Gosch in der Alten Bootshalle.

»So, da wären wir. Bist du sicher, dass du hier wirklich reinwillst?«, fragte Bea, als uns lautes Grölen und Schlagermusik empfing.

»Bereit, wenn du es bist«, antwortete ich grinsend. Sylt erinnerte hier plötzlich an einen Rummelplatz. Um die Bootshalle herum waren viele Geschäfte und Buden angesiedelt, und es herrschte aufgrund des guten Wetters ziemlicher Trubel. Außerdem hatte gerade eine Fähre angelegt und schwemmte zahlreiche amüsierfreudige Besucher an Land. Doch das alles schreckte mich nicht ab, ganz im Gegenteil!

Nachdem wir unser Essen und die Getränke bestellt hatten, erwischten wir die letzten freien Plätze auf einer Empore in der Nähe des Akkordeonspielers, dessen Auftritt schon beinahe legendär war. Die Lautstärke machte es schier unmöglich, sich zu unterhalten. Aber weder Bea noch mich störte es, denn wir genossen beide das fantastische Essen. Ich aß die vielgerühmten Thai-Nudeln mit einer leicht säuerlich schmeckenden Sauce und Bea eine Ofenkartoffel mit Nordseekrabben. Dazu teilten wir uns ein riesiges Knoblauch-Baguette, was eindeutig zu viel war, aber einfach zu köstlich, um auch nur einen einzigen Krümel übrig zu lassen. Animiert von den Klängen des Evergreens *Seemanns Braut ist die See* begannen einige Gäste tatsächlich zu schunkeln, als seien sie in einem Bierzelt.
Während wir amüsiert das Treiben beobachteten, dachte ich, dass Bea vermutlich die einzige Insulanerin war, die sich hier je unters Volk gemischt hatte.

# 49. Kapitel

Kann ich euch helfen?«, fragte ich, als ich Larissa beobachtete, wie sie mit gerunzelter Stirn auf den Computer starrte.
»Versuch, meine Tante zu überzeugen, dass wir endlich eine Facebook-Seite brauchen«, entgegnete sie. »Mittlerweile machen das so viele Buchhandlungen, auch Voss, da dürfen wir einfach nicht fehlen. Bea sieht das aber leider anders …«
»Ich find's auch voll peinlich, wenn wir nicht bald on sind.« Rieke verdrehte genervt die Augen. »Wenn ich allein überlege, wie viel Stress ich immer mit dem Schreiben des Newsletters für unsere Stammkunden habe. Auch die Werbung für Lesungen oder das Lesefest wären über Facebook wesentlich leichter zu steuern.«
»Ganz genau«, mischte sich nun Olli ein. »Auch das Café sollte die Möglichkeit haben, dort zu posten. Zum Beispiel die neue Wochenkarte oder eine tagesaktuelle Küchenempfehlung. Vero findet das übrigens auch.«
»Na dann viel Glück!«, grinste ich und schaute Larissa neugierig über die Schulter, während sie die Anmeldungen für die Lesung mit Marco Nardi am kommenden Samstag checkte. Es standen bereits zwanzig Gäste auf der Warteliste, weil die Veranstaltung bis auf den letzten Platz ausverkauft war.
»Kann ich dich einen Moment unter vier Augen sprechen?«, fragte ich, weil mir in der vergangenen Nacht etwas eingefallen war, das ich unbedingt loswerden wollte. Larissa schloss die Datei und lächelte.
»Aber klar doch! Lass uns einen Kaffee holen und kurz nach draußen gehen, die Sonne genießen. Hier drin ist's gerade ruhig, Rieke und Olli kommen sicher ein paar Minuten ohne uns klar.«

Gesagt – getan.

»Also, worum geht's?«, fragte Larissa neugierig. »Um die Idee mit der Kinderbetreuung? Ich habe mich riesig gefreut, als Bea mir davon erzählt hat. Wir wollten ja schon so lange mehr für die Kleinen machen, eigentlich schon seit die Bücherkoje besteht …«

»Bücherkoje?«, fiel ich Larissa verwundert ins Wort. »Was ist das denn?«

»So hieß die Buchhandlung, bevor Bea und Nele das Café zusammengelegt und renoviert haben. Vorher waren die beiden Läden getrennt. Das Café-Restaurant hieß Möwennest und hatte auch abends geöffnet. Und die Buchhandlung eben Bücherkoje. Das ist aber mittlerweile so lange her, dass viele das gar nicht mehr wissen.«

Stimmt ja, das hatte Bea mir mal erzählt. Demnach hatte es hier schon einmal einen umfangreicheren Umbau gegeben …

»Lustig, dass du das gerade erwähnst. Denn ich habe über etwas Vergleichbares nachgedacht. Im Moment herrscht zwar in meinem Kopf noch so etwas wie Kraut und Rüben, aber insgeheim hoffe ich, dass Bea und dir etwas Schlaues dazu einfällt.«

»Rein zufällig bin ich Expertin für das Entwirren von Gemüse, egal, welche Sorte.« Larissa drehte ihren Kaffeebecher grinsend zwischen den Händen hin und her.

»Du weißt ja, wie glücklich ich bin, dass ich im Pavillon wohnen und bei euch in der Küche arbeiten kann. Dieses Angebot kam im rechten Moment, und ich habe das Gefühl, meine Auszeit von Hamburg sinnvoll zu gestalten und nicht einfach vor etwas wegzulaufen. Aber nun würde ich gern unser berufliches Verhältnis auf eine andere Plattform stellen. Ich möchte die Kinderbetreuung auf eigene Rechnung machen und nicht wie bislang Gehalt von euch beziehen. Keine Ahnung, ob es eine reale Chance für meine Idee gibt, aber im Grunde wäre es mir am

liebsten, wenn ich von euch einen Raum mieten und die Kinder dort beschäftigen könnte. Vorausgesetzt natürlich, es kommen überhaupt welche!«
Larissa drehte sich um und schaute gedankenverloren durch die Schaufensterscheiben ins Büchernest.
»Wie es der Zufall so will, bin ich auch gerade in Veränderungslaune. Egal, ob ich nach Mallorca gehe oder nicht: Der Laden muss über kurz oder lang neu gestaltet werden, das habe ich Bea schon gesagt. Er braucht dringend einen neuen Anstrich und – noch viel wichtiger – ein neues Konzept. Mittlerweile laufen manche Warengruppen schlechter, andere dafür besser. Das ist die perfekte Gelegenheit, einige Quadratmeter für die Kinder frei zu machen, die sicher bald in Scharen zu uns strömen. Aber abgesehen davon, du klingst so, als würdest du dich jetzt endgültig auf Sylt niederlassen wollen.«
Mein Herz pochte, als Larissa genau das laut aussprach, was ich tief in meinem Inneren fühlte. Sollte das Projekt Kinderbetreuung glücken, bedeutete das, einen Schlussstrich unter mein altes Leben in Hamburg zu ziehen.
»Ja, ich denke, das ist es, was ich will«, pflichtete ich ihr bei und spürte, wie gut es sich anfühlte, dies auszusprechen, auch wenn sich in die Freude leise Melancholie und ein Anflug von Angst mischte.
»Wow! Dann würde ich vorschlagen, dass wir uns so schnell wie möglich alle zusammensetzen. Und das Projekt sollte einen richtigen Namen bekommen, nicht wahr?«
»Gute Idee«, entgegnete ich schmunzelnd.

Gutgelaunt stellte ich mein Fahrrad am Bahnhof in Morsum ab. Vero hatte uns kurzerhand für denselben Abend zum Essen zu sich auf den Hof eingeladen, und ich freute mich auf die spontane *Girls-Night-out,* wie Larissa unser Treffen nannte.

Doch vorher wollte ich noch einkaufen und hatte schon lange vorgehabt, bei der Sylter Seifen-Manufaktur vorbeizuschauen. Als ich die Tür zu dem hübschen, liebevoll eingerichteten Lädchen öffnete, wurde ich sofort von Duftwolken umhüllt: Lavendel, Honig, Schokolade und Heckenrosen. Begeistert studierte ich das Angebot der handgesiedeten Seifen, die laut Broschüre aus Avocadoöl, Kakaobutter, Sylter Salz, Heilschlick und anderen kostbaren Zutaten gefertigt wurden. Zusätzlich zu diesen Verführungen wurden noch Accessoires und Schmuck angeboten, so dass ich innerhalb weniger Minuten in einen wahren Kaufrausch verfiel. Nachdem ich für Doro, Helen und mich Seifen ausgesucht hatte, entschied ich mich spontan, auch Bea, Larissa und Vero heute Abend eine Kleinigkeit mitzubringen, und zwar Ohrringe.

»Aber das wäre doch nicht nötig gewesen«, sagte Vero in ihrer bescheidenen Art, als ich ihr mein Mitbringsel überreichte. Bea und Larissa hingegen freuten sich ungeniert über die filigranen Ohrgehänge aus bunten Perlen. Obwohl ich insgeheim befürchtet hatte, dass gerade Bea die Perlen als zu verspielt abtun würde, schien sie sich fast am meisten zu freuen.

»Du willst wohl gut Wetter für dein Vorhaben machen«, sagte sie schmunzelnd und umarmte mich.

»Es dauert nur noch einen klitzekleinen Moment, dann bin ich bei euch«, rief Vero – geschäftig wie immer – aus der Küche. »Macht es euch doch solange schon mal draußen gemütlich.« Natürlich ließen wir uns das nicht zweimal sagen und gingen auf die Terrasse, von der aus man einen sensationellen Blick auf Veros ganzen Stolz hatte: einen Bauerngarten, wie er im Buche stand.

»Der würde problemlos einen Preis bei *Home & Garden* gewinnen«, bemerkte ich beeindruckt.

Vor meinen Augen erstreckte sich ein bunt bepflanzter Hang, der aussah wie ein Blumenteppich. Darunter lag ein großer Nutzgarten mit Zucchini, Bohnen, Tomaten, Salat und zahllosen Sträuchern mit rot glänzenden Beeren.
Knorrige Apfel- und Birnbäume spendeten Schatten, und ein kleiner Gartenteich, vor dem eine friesische Gartenbank stand, lud zum Verweilen ein.
»Geradezu paradiesisch, nicht wahr?«, seufzte Larissa neben mir. »Da kann unsere Mini-Terrasse leider nicht mithalten. Ich habe leider viel zu wenig Platz dort.«
Bea schwenkte einen bauchigen Krug.
»Das scheint frische Limonade zu sein, will jemand von euch?«
»Na klar!«, antworteten Larissa und ich wie aus einem Mund, und Bea füllte die Gläser auf dem runden, schön gedeckten Holztisch.
Kurz darauf kam Vero ebenfalls auf die Terrasse und balancierte ein Backblech mit Gemüse, das sie vorsichtig auf einen Beistelltisch stellte.
»Mhm, das sieht ja köstlich aus«, sagte Bea.
»Und es duftet auch genauso«, fügte Larissa hinzu. »Ist das dein berühmter Tomaten-Kartoffel-Zucchini-Gratin?«
Vero nickte stolz und füllte unsere Teller.
»Ich wollte heute Abend etwas Unkompliziertes machen, das ich gut vorbereiten konnte. Lasst es euch schmecken, meine Lieben. Schön, dass ihr hier seid.«
»Eigentlich darf man das gar nicht essen, weil es so toll aussieht«, sagte ich und betrachtete fasziniert die appetitlich aneinandergereihten Gemüsescheiben: goldgelbe Kartoffeln, kirschrote Tomaten, hellgelbe Zucchini mit einem zarten grünen Rand. Das Ganze war bedeckt von einer ebenfalls hellen Sauce und Käseraspeln.
Vero beobachtete, wie ich den ersten Happen aß, und wirkte

erst zufrieden, als ich mir über die Lippen leckte und »Das ist ja himmlisch!« rief.
»Das Geheimnis liegt in dem gartenfrischen Biogemüse und natürlich dem würzigen Käse. Es ist wichtig, dass du eine würzige Sorte wie zum Beispiel Greyerzer nimmst. Nur der schenkt dieses unglaubliche Aroma.«
»Wieso gibt es diesen Gratin eigentlich nicht im Büchernest?«, fragte ich verwundert. »Er schmeckt geradezu überirdisch lecker, und du scheinst alles, was man dazu braucht, im eigenen Garten anzubauen.«
»Manchmal muss man Berufliches und Privates trennen«, entgegnete Vero mit einem schelmischen Lächeln. »Aber ich gebe dir nachher gern das Rezept. Außerdem kannst du dir jederzeit alles, was du brauchst, aus dem Garten mitnehmen.«
Nachdem wir alle genüsslich eine zweite Portion gegessen hatten, klopfte Bea demonstrativ mit der Gabel an ihr Wasserglas. »So, liebe Vero, ich danke dir für dieses tolle Essen in diesem wunderbaren Ambiente. Doch nun wollen wir zum geschäftlichen Teil des Abends übergehen und besprechen, wie es in Zukunft mit dem Büchernest weitergehen soll. Was sagt Hinrich denn zu meinem Vorschlag, dass du ab Herbst wieder dreimal die Woche im Café arbeitest? Und wieso ist er eigentlich nicht hier?«
»Er spielt mit ein paar Freunden Karten, weil er uns bei unserem Frauenabend nicht stören will. Aber ihr seht ihn nachher vielleicht noch, je nachdem, wie lange er und seine Kumpel heute Abend durchhalten. Nun, es war nicht ganz leicht, ihn zu überzeugen, aber manchmal kann ich ziemlich hartnäckig sein«, erklärte sie augenzwinkernd, und Bea und Larissa lächelten wissend.
In diesem Augenblick war ich einmal mehr unendlich dankbar, dass ich einer anderen Frauengeneration angehörte und alle

Freiheiten der Welt hatte. Natürlich hatte ich meine beruflichen Pläne mit Patrick abgestimmt, besonders als ich mir in den Kopf gesetzt hatte, meine eigene Galerie zu eröffnen. Doch Patrick hatte mich immer unterstützt und mir Mut zugesprochen, wenn es nicht so lief, wie ich es mir wünschte – oder ich Angst vor meiner eigenen Courage bekam.

»Na prima, dann wäre das also geklärt«, rief Bea und klatschte in die Hände. »Olli freut sich ebenfalls, länger bei uns bleiben zu können, vorausgesetzt, wir finden eine Bleibe für ihn. Er kann keinesfalls auf Dauer auf dem Campingplatz in Hörnum wohnen, erst recht nicht, wenn es kälter wird.« Vero und Larissa nickten zustimmend.

»Und nun kommen wir zu unserem letzten und beinahe wichtigsten Tagesordnungspunkt: Paula würde gern im Büchernest einsteigen und dort Kinder betreuen. Sie sollen eine Art Rund-um-Sorglos-Paket erhalten, bei uns essen und spielen, aber auch basteln, malen, zeichnen oder töpfern. Eine Frage an dich, Vero: Kannst du dir vorstellen, künftig auch Essen für Kinder anzubieten – und zwar zu einem Preis, den sich auch weniger wohlhabende Sylter leisten können?«

Vero nickte eifrig.

»Ich glaube, du vergisst, dass ich selbst Kinder habe. Ist zwar schon eine ganze Weile her, seit ich Kämpfe ausfechten musste, weil sie am liebsten von morgens bis abends Spaghetti und Pizza essen wollten, aber ich glaube, das kriege ich hin. Und natürlich auch zu einem bezahlbaren Preis. Wie viel soll das Essen denn ungefähr kosten, Paula?«

Ich versuchte, mich an das Angebot auf Föhr zu erinnern.

»Sind zwölf Euro inklusive Essen, einem Getränk und den Materialien unrealistisch?«, fragte ich unsicher.

»Für Feriengäste und Leute, die ihre Kinder nur ab und zu bei uns abgeben, ist das ein wirklich guter Preis. Wenn wir aber

Kinder von der Insel erreichen wollen, die sonst den ganzen Tag allein zu Hause vor dem Fernseher sitzen, müssen wir deutlich günstiger werden«, sagte Bea energisch.

Vero runzelte die Stirn.

»Selbst wenn ich vieles aus eigenem Gartenanbau verwende, kommen wir wohl nicht ganz hin. Das Dumme ist, dass hier das meiste viel teurer ist als auf dem Festland, weil es erst hierhertransportiert werden muss, also auch die Bastel- und Malutensilien. Aber ich verspreche, mir in den nächsten Tagen Gedanken zu machen und das Ganze mal grob durchzukalkulieren.«

Ich spürte, wie sich auf einmal Enttäuschung in mir breitmachte und mir die Luft abschnürte. Unglücklicherweise hatte ich mich schon so in dieses Projekt verliebt, dass es kaum noch ein Zurück für mich gab.

»Nun guck nicht so traurig, uns fällt garantiert eine Lösung ein«, versuchte Larissa mich zu trösten. »Wir werden auf alle Fälle zum reinen Selbstkostenpreis an dich vermieten, das ist doch Ehrensache. Eventuell sogar günstiger …« Der letzte Teil des Satzes richtete sich an Bea, die fieberhaft nachzudenken schien.

»Ja, ja, natürlich«, murmelte sie, wirkte allerdings zerstreut. »Ich spreche mit unserem Steuerberater, eventuell hat der ja noch eine Idee.«

»Oder ich verkaufe die Galerie und investiere voll und ganz in dieses Projekt«, hörte ich mich zu meiner eigenen Überraschung sagen. Larissa sprang so schwungvoll von ihrem Stuhl auf, dass er auf den Boden gefallen wäre, hätte Vero ihn nicht reflexartig festgehalten.

»Nein, das machst du auf gar keinen Fall«, protestierte sie. »Auch wenn es dir momentan reizvoll erscheint, alle Brücken nach Hamburg abzubrechen, schwöre ich dir, dass dir das irgendwann leidtun wird. Im Augenblick versuchst du einen möglichst großen Abstand zu deinem alten Leben und zu deiner Galerie zu gewinnen. Aber es wird der Zeitpunkt kommen, an dem es wieder anders sein wird. Vertrau lieber darauf, dass hier vier kreative Frauen sitzen, die alle dasselbe Ziel haben. Uns fällt schon etwas ein. Versprochen!«

Als ich zufrieden nach diesem schönen Abend in meinem Bett lag, schoss mir plötzlich ein Name durch den Kopf: *Inselkrabben.* Beglückt über den Namen glitt ich ins Reich der Träume.

# 50. Kapitel

Am Samstag stand ich besonders früh auf, um mich durch die Fotos zu klicken, die mir Jule in Zusammenarbeit mit Mira und Vincent geschickt hatte. Es waren Bilder für die nächste, kleinere Vernissage, die kommenden Freitag stattfand und zu der ich natürlich fahren würde.
Man sah an den Arrangements und der Hängung, dass bei Art-Future ein neuer, künstlerischer Wind wehte. Doch ich war zufrieden. Die drei hatten sich zu einem effektiven Team entwickelt, das auch gut ohne mich klarkam. Doch trotz allem gab es ein großes Problem: Für den Herbst fehlte noch das absolute Highlight!
Ich würde spätestens morgen bei Ineke Alwart anrufen und vorsichtig bei ihr vorfühlen, ob sie bereit war, ihre bisherige Einstellung zu überdenken. Doch zuvor musste ich ins Büchernest und bei den letzten Vorbereitungen für den großen Abend mit dem Schriftsteller Marco Nardi helfen. Larissa war schon seit Tagen das reinste Nervenbündel und hatte keine besonders gute Laune, weil Leon zurück nach Mallorca musste.
»Und? Alles klar?«, fragte ich Rieke, die die Ankündigung für die Veranstaltung im Schaufenster des Büchernests kritisch beäugte.
»Sieht doch alles perfekt aus!« Rieke lächelte stolz. Diesmal hatte sie die Dekoration und auch die Verantwortung für einen Großteil der Logistik übernommen.
»Ich hoffe ja nur, dass die Bücher reichen«, sagte sie und fotografierte die Auslage, um das Bild zusammen mit den Fotos von heute Abend zum Verlag zu schicken.

»Aber klar doch«, antwortete ich. »Wenn nicht plötzlich jeder Fan auf die Idee kommt, gleich fünf Exemplare auf einmal zu kaufen, kann doch gar nichts schiefgehen!«

»Das wäre natürlich ein Traum«, stimmte Larissa zu, die sich zu uns gesellt hatte und prüfend die Auslage betrachtete. »Aber so funktioniert die Branche leider heutzutage nicht, es sei denn, du schreibst blutige Thriller oder Erotikromane à la *Fifty Shades of Grey*. Selbst mit Vampiren ist mittlerweile kaum noch ein Blumentopf zu gewinnen! Aber lasst uns jetzt bitte reingehen, Vero hat nämlich noch tausend Fragen wegen des Caterings.«

In der Buchhandlung herrschte reges Treiben, wie meistens am Samstag, weshalb ich an diesem Tag besonders gern arbeitete. Als ich sah, wie viele Kids sich in der Kinderecke tummelten, dachte ich an meine Inselkrabben und hoffte inständig, dass es mir gelingen würde, mein Vorhaben zu finanzieren. Sobald ich Zeit hatte, würde ich mich gezielt mit dem Thema Sponsoring beschäftigen.

»Na, Schönheit, woran denkst du?«, feixte Olli und nahm mich in den Arm. »Irre ich mich, oder siehst du gerade ein bisschen traurig aus?« Ich genoss seine warme, liebevolle Berührung und kuschelte mich einen Moment an ihn.

Seit meiner Trennung von Patrick konnte ich verstehen, dass Frauen an sich kein Problem mit dem Single-Dasein hatten, weil sie ihre Freundschaften pflegten oder ihr Job ihnen Spaß machte. Aber sie vermissten natürlich die Zärtlichkeit, wie man sie nur in einer glücklichen Beziehung erfuhr.

*Ob Patrick Simona so umarmte wie mich?*

»Danke, Olli, es geht mir gut. Mir geht momentan nur viel im Kopf herum, das ist alles.«

Olli nickte wissend.

»Ich habe schon von deiner Idee mit der Kinderbetreuung gehört und hoffe, es klappt. Und ich hätte übrigens große Lust, selbst mitzumischen, falls du so einen Typen wie mich gebrauchen kannst. Ich kann nämlich super Gitarre spielen, und kleine Mädels stehen total auf mich.«

»Das weiß ich«, erwiderte ich grinsend und stellte mir vor, wie Olli die Kinder um sich herum versammelte und musizierte, während die kleinen Zuschauer klatschten und mitsangen. »Aber erst einmal müssen wir das Wunder vollbringen und eine Unterkunft für dich finden, bevor es Herbst wird.«

*Und eine dauerhafte für mich …*

»Ach was, das wird schon.« Olli lächelte, und ich beneidete ihn um seine Zuversicht. »Wozu ist schließlich mein Traum in Erfüllung gegangen, eine Festanstellung im Café zu bekommen? Aber komm, gehen wir lieber zu Vero, bevor sie in einem Anfall von Kreativität noch unseren Speiseplan für heute durcheinanderbringt.«

Als ich am frühen Abend in den Pavillon zurückging, um mich umzuziehen und frisch zu machen, entdeckte ich zwischen der Post einen Brief. Mein Herz begann wie wild zu klopfen, als ich sah, dass er von Patrick stammte. Ich hielt den Umschlag eine ganze Weile in den Händen und überlegte, ob ich ihn aufmachen sollte.

Eine innere Stimme warnte mich, ihn vor der Veranstaltung zu lesen, sonst verdarb ich mir womöglich den Abend.

Doch andererseits hätte ich vermutlich keine ruhige Minute gehabt.

Also öffnete ich mit zitternden Händen den Umschlag.

*Liebe Paula,*

*ich weiß nicht, ob du diesen Brief überhaupt liest, aber ich hoffe es sehr.*

*Nachdem du so überstürzt das Restaurant verlassen hattest, habe ich unzählige Male bei dir angerufen, doch leider ohne Erfolg. Natürlich war mir schon vorher klar, dass es nie eine wirklich gute Möglichkeit gegeben hätte, dir von Benjamin zu erzählen, von daher bin ich dir auch nicht böse, dass du gegangen bist. Vermutlich hätte ich in einer ähnlichen Situation dasselbe getan.*

*Ich schreibe dir heute, weil Benjamin mich gefragt hat, ob er eine Weile bei mir leben kann. Er hat sich mit seiner Mutter zerstritten, weil er es ihr übelnimmt, dass sie ihm all die Jahre verschwiegen hat, wer sein Vater ist.*

*Vater … dieses Wort klingt so seltsam und gleichzeitig so falsch, wenn ich es aufschreibe. Es fühlt sich an wie ein Kleidungsstück, das man sich lange gewünscht hat – das jedoch wider Erwarten nicht zu einem passt. Bitte versteh mich nicht falsch: Benny ist ein wirklich toller Junge, und ich betrachte es als Geschenk, dass er so unverhofft in mein Leben getreten ist. Doch es ist so seltsam, dass er nicht unser gemeinsames Kind ist. Nun stehe ich plötzlich vor einer so großen Entscheidung, die ich früher nur mit dir gemeinsam getroffen hätte. Am schlimmsten ist, dass du Benny wahrscheinlich ebenso sehr ins Herz schließen würdest wie ich – aber ich weiß, das ist unmöglich.*

*Glaub mir, ich habe die Wochen seit deinem Auszug immer und immer wieder darüber nachgedacht, was falsch zwischen uns gelaufen ist. Dass dieses Intermezzo mit Vincent nur Ausdruck für etwas anderes war – das ist mir klargeworden, als ich endlich meine verletzte männliche Eitelkeit ein wenig im Griff hatte. Ich habe dich ja ein paarmal mit ihm und seinem reizenden Töchterchen erlebt und kann mir gut vorstellen, dass du dir tief im Inneren gewünscht hast, die Kleine sei deine Tochter. Es tut mir unendlich leid, dass ich dir deinen sehnlichsten Wunsch nicht erfüllen konnte, obwohl ich natürlich keine »Schuld« daran trage. Aber es schmerzt mich, dass ich die Frau, die ich über alles liebe, nicht glücklich machen konnte. Und ich bedaure zutiefst, dass ich viel zu lange geglaubt habe, unsere Ehe könne auch so funktionieren. Wir hätten viel offener über unseren*

*Kummer, über unsere Gefühle sprechen und uns nicht in die Arbeit flüchten sollen.*

*Alles Liebe,*
*Patrick*

Das Blau der Schrift begann vor meinen Augen zu verschwimmen. Wir hatten beide einen großen Fehler gemacht. Doch nun war es zu spät. Wir waren zu weit auseinandergedriftet und konnten das Rad der Zeit nicht mehr zurückdrehen. Erschöpft legte ich mich aufs Bett und hielt den Brief an meine Brust gepresst. Ich versuchte, ruhig zu atmen, wie ich es bei Adalbert gelernt hatte. Verzweifelt bemühte ich mich, mich in Gedanken an meinen *inneren Ort* zu zaubern, an dem ich mich geborgen fühlte. Doch die Bilder, die der Brief in meinem Kopf auslöste, und die Kraft von Patricks Worten überrollten mich wie eine Lawine.

Keine Ahnung, wie lange ich so dagelegen wäre, wenn nicht Bea an der Tür geklopft hätte. Die ganze Zeit hatte ich geglaubt, ich sei nicht in der Lage, mich halbwegs normal zu verhalten, doch die bodenständige Bea holte mich wieder in die Realität zurück.

»Kann ich das anziehen?«, wollte sie wissen, kaum dass ich die Tür geöffnet hatte. »Oder findest du es albern, wenn ich heute Abend ein Kleid trage?« Ich atmete einmal tief durch und zwang mich, so zu tun, als sei nichts passiert.

»Das steht dir sehr gut und ist dem Anlass absolut angemessen«, antwortete ich. »Du solltest wirklich öfter Röcke oder Kleider anziehen, denn du hast schöne Beine.«

Bea wurde rot, was mich in meiner Vermutung bestärkte, dass sie sich für Adalbert so hübsch gemacht hatte. Als sonst so feinfühliger Mensch entging ihr, wie aufgelöst ich war, weil sie selbst mit den Gedanken ganz woanders war.

Ich freute mich für sie und riss mich zusammen. Den Brief würde ich für den heutigen Abend ad acta legen, sonst konnte ich gleich daheim bleiben.

»Kannst du mir vielleicht ebenfalls einen Tipp geben, was ich anziehen soll?«, fragte ich deshalb und führte Bea zu meinem Kleiderschrank.

»Das Rote hier«, antwortete sie, ohne auch nur eine Sekunde zu überlegen. »Das sieht zu deinen dunklen Haaren bestimmt wunderschön aus, und die Leute werden sich sofort alle nach dir umdrehen. Toller Stoff übrigens. Ist das Chiffon?«

»Du vergisst, dass heute Abend ein gewisser Autor namens Marco Nardi die Hauptperson ist und nicht ich«, sagte ich, nahm aber dennoch das Kleid aus dem Schrank.

Ich hatte es ewig nicht mehr getragen.

»Ist doch egal«, winkte Bea ab, schaute dann aber auf die Uhr. »Also ich will ja nicht drängeln, meine Liebe, aber ich fürchte, du musst dich jetzt ein bisschen ranhalten. Oder soll ich schon mal vorgehen?«

»Gute Idee, sag den anderen bitte Bescheid, dass ich so schnell wie möglich nachkomme.«

»Also dann bis gleich«, rief Bea und war in Sekundenschnelle verschwunden. Nachdem ich mir das Gesicht gewaschen und mich umgezogen hatte, ging es mir bereits etwas besser.

Die Ablenkung würde mir guttun.

Gut zwanzig Minuten später traf ich im Büchernest ein und erblickte zu meiner großen Überraschung als Erstes Sönke.

»Hey, Paula, da bist du ja endlich. Du siehst umwerfend aus«, sagte er und gab mir einen Kuss auf die Wange.

»Was machst du denn hier?«, entgegnete ich. Ich hätte nicht gedacht, dass er sich für Literatur interessierte.

»Na, wenn du schon nicht zu mir kommst, dann muss ich zu dir kommen«, antwortete Sönke grinsend. »Aber im Ernst, ich dachte, ich könnte zwei nette Dinge miteinander verbinden: dich wiederzusehen und endlich den Autor live zu erleben, dessen Bücher ich schon seit Jahren mit großer Begeisterung lese. Du wirst es zwar vielleicht nicht glauben, aber ich habe außer Fliegen und Segeln noch durchaus anderes im Kopf.«

»Stimmt, Marco Nardis Bücher sind etwas ganz Besonderes«, warf Adalbert ein, der zu uns getreten war und genau verfolgte, wie Bea jeden Gast begrüßte. Neben ihr stand Rieke, die als Einstimmung zur Lesung Aperol Sprizz servierte.

Die beiden Männer plauderten ein Weilchen, und ich ging zu Vero und Olli in die Küche, um bei den letzten Vorbereitungen zu helfen.

Wie sich herausstellte, war das nicht nötig, denn die beiden hatten nicht nur alles bestens im Griff, sondern waren ein Herz und eine Seele.

Ich hatte Vero noch nie so albern und gelöst erlebt, wie wenn sie mit Olli zusammen war.

Wenige Minuten später betrat Larissa die Bühne und hielt ihre Laudatio auf Marco Nardi. Sie gab seinen Werdegang wieder, lobte sein Sprachgefühl und fasste zu guter Letzt kurz den Inhalt seines neuen Romans *Halbzeit* zusammen. Dann führte Bea den gutaussehenden Italiener auf die Bühne, wo er Larissa galant die Hand küsste.

»Ist ja schon ein wenig schmierig, nicht wahr?«, flüsterte Sönke mir ins Ohr, und ich musste ihm insgeheim zustimmen.

»Vielleicht schreibt er ja besser, als er sich aufführt«, wisperte ich zurück. Obwohl ich den Roman bereits gekauft hatte, lag er noch ungelesen im Pavillon.

Doch zu meinem großen Erstaunen war ich bereits nach kürzester Zeit gefesselt und vergaß, dass ich Herrn Nardi zuvor noch in die Kategorie *Lackaffe* gepackt hatte. Am Ende der Lesung beschloss ich, mir auch seine anderen Bücher zu kaufen. Als großer Applaus aufbrandete, beobachtete ich Larissa, die über das ganze Gesicht strahlte und so stolz wirkte, als sei der Autor ihre persönliche Entdeckung.

Eine Stunde später waren bis auf zwei einsame Exemplare alle Bücher verkauft – Rieke hatte offenbar mit ihrer Befürchtung nicht ganz unrecht gehabt. Marco Nardi signierte mit schier unendlicher Geduld und ließ sich mit den Damen fotografieren, die schmachtend an seinen Lippen hingen. Bea beobachtete zufrieden lächelnd das Treiben.

»Wir sollten öfter Literatur-Popstars einladen, das ist gut fürs Geschäft.« Sie nahm die letzten beiden Exemplare vom Tisch. »Und wir müssen weder Bücher wegräumen noch an den Verlag zurückschicken.«

»Funktioniert aber nur, wenn Verpackung und Inhalt übereinstimmen«, warf Adalbert ein. Er hatte sich ebenfalls ein Buch gekauft, es sich jedoch nicht signieren lassen. »Und, liebe Bea? Was habt ihr noch vor? Wollen wir alle zusammen essen gehen, oder bleibt ihr in kleinem Kreis?«

Bea neigte den Kopf zur Seite, als müsse sie erst über eine Antwort nachdenken.

»Wir gehen in besagtem kleinen Kreis essen, mein Lieber. Und dazu gehörst du natürlich auch!« Für einen Augenblick umspielte ein kleines Lächeln Adalberts Lippen. Doch dann strafften sich seine Schultern, und er räusperte sich.

»Na, wenn das so ist, schließe ich mich euch gerne an. Wohin soll es denn gehen?«

»Ich habe einen Tisch in der Alten Friesenwirtschaft im Gurtstieg reserviert. Dort ist es intimer und gemütlicher. Das wird bestimmt ein schöner Abend.«

## 51. *Kapitel*

Donnerstagabend war ich wieder in Hamburg. Helen öffnete die Tür und fiel mir um den Hals. Neben ihr stand Doro und strahlte wie ein Honigkuchenpferd.

»Da isse ja wieder!«, freute sie sich und umarmte mich stürmisch, nachdem Helen mich losgelassen hatte. Es war eine Wohltat, meine beiden Freundinnen endlich wiederzusehen, anstatt immer nur mit ihnen zu telefonieren. In den vergangenen Wochen hatte ich doch weitestgehend alles mit mir selbst abmachen müssen.

»Bitte lass Paula leben«, sagte Helen grinsend. »Und lass sie endlich rein. Ich habe keine Lust, unsere Wiedersehensparty auf dem Flur zu feiern. Komm, Paula, gib mir deinen Koffer.«

»Lange her, seit wir zuletzt auf deiner Couch gelümmelt haben«, sagte Doro kauend. Wir saßen auf Helens Sofa und aßen mit Schafskäse gefüllte Teigrollen, die Helen beim Türken um die Ecke für uns geholt hatte. Helen sah fantastisch aus. Offenbar waren die Beauty-Behandlungen auf dem Weingut ein voller Erfolg gewesen.

»Wisst ihr eigentlich, dass wir zum ersten Mal seit Jahren alle drei Singles sind?«, fragte ich, weil mir einfiel, dass Doro ab sofort ebenfalls eine *freie Frau* war.

»Du vergisst Mats«, empörte sich Doro, nahm sich ein drittes Teigröllchen und biss voller Genuss hinein.

»O ja, bitte entschuldige«, antwortete ich etwas betreten, weil ich mich immer noch schwer mit der Vorstellung tat, dass Doro sich von Thomas getrennt hatte.

»Meine Süßen, ich unterbreche euch ja nur ungern bei euren

Beziehungsthemen, aber darf ich euch daran erinnern, dass ich gerade zwei Wochen in einem wunderschönen Land Urlaub gemacht habe?«, mischte sich Helen ein. »Also, meine Damen: Bereit für eine kleine Bildershow auf meinem Laptop?«

Sofort dachte ich an Ineke Alwart, mit der ich am Tag zuvor telefoniert hatte, bedauerlicherweise ohne Erfolg. Obwohl ich ihr das Konzept von ArtFuture haarklein auseinandergesetzt und in den höchsten Tönen von der Galerie geschwärmt hatte, hatte ich sie nicht umstimmen können.

Ineke hielt konsequent an ihrem Standpunkt fest, und ich hatte ihre Entscheidung wohl oder übel zu akzeptieren.

Während Helen uns wunderschöne Naturaufnahmen und Bilder aus dem Schloss in der Nähe von Bordeaux zeigte, dachte ich unwillkürlich an meine gemeinsamen Reisen mit Patrick und hatte große Mühe, mich zu konzentrieren.

Ich hatte Patrick, ohne weiter auf den Inhalt seines Briefes einzugehen, mein Einverständnis gegeben, dass Benjamin bei ihm einzog, auch wenn die Wohnung offiziell immer noch uns beiden gehörte. Aber ich konnte mich gut in die Lage des Jungen hineinversetzen. Wie furchtbar, all die Jahre nicht zu wissen, wer der eigene Vater war. Patrick und Benjamin hätten so viel Zeit miteinander verbringen können! Jetzt zumindest hatten die beiden eine Chance, etwas davon nachzuholen. Patrick hatte sich für meine E-Mail bedankt, wenn auch nur mit knappen Worten. Die späte Erkenntnis, was in unserer Ehe schiefgelaufen war, lastete schwer auf uns, und scheinbar wussten wir beide nicht, wie wir damit umgehen sollten.

»Dieser Masseur sieht ja heiß aus. Tolle Hände«, hörte ich Doro schmachten und wurde wieder schlagartig in die Realität zurückkatapultiert.

»Ich muss dich enttäuschen, meine Liebe, falls du gehofft hast, dass bei mir im Urlaub irgendwas gelaufen ist«, grinste Helen und schenkte uns Wasser nach. »Die Franzosen flirten zwar gern und häufig, aber spätestens nach dem dritten Mal bekommt man unweigerlich das Gefühl, dass das alles nur Show ist – und damit total langweilig, weil reizlos.«

Doro zog spielerisch einen Flunsch und drehte sich hoffnungsvoll in meine Richtung:

»Und was ist mit dir und diesem Piloten? Du hast am Telefon gesagt, dass er nach der Lesung mit euch essen gegangen ist.«

Ich schmunzelte. Doro, die hoffnungslose Romantikerin, konnte es einfach nicht lassen.

»Und das war's dann aber schon. Punkt! Sagt mal, kommt ihr eigentlich morgen Abend zur Vernissage?«

Helen und Doro nickten.

»Hast du denn Vincent vorhin gesehen?«, fragte Helen. Ich hatte den ganzen Nachmittag in der Galerie verbracht, um mit meinen Mitarbeitern die letzten Details für die Ausstellung zu besprechen.

»Ja, er war da. Und wisst ihr was? Es hat mir kaum etwas ausgemacht. Noch nicht einmal, als er gefragt hat, ob er für morgen Abend eine Redakteurin einladen darf, die ihm offenbar sehr wichtig zu sein scheint.«

»Hm, das klingt ja, als hättest du der Männerwelt bis auf weiteres abgeschworen«, bemerkte Helen. »Was momentan aber auch angebracht ist. Wenn du das Projekt mit der Kinderbetreuung wirklich durchziehen willst, wirst du all deine Energie brauchen. Da stören die Kerle doch nur. Ich finde dein Vorhaben übrigens großartig. Immerhin weiß ich durch meinen Beruf sehr gut, wie leicht Kids heutzutage abdriften, wenn man sich nicht um sie kümmert und sie an bestimmte Dinge heranführt. Außerdem habe ich dir früher schon immer gesagt, dass du eine tolle Lehrerin geworden wärst. Du wirst das bestimmt super machen.«

Doro nickte heftig.
»Ich finde den Namen *Inselkrabben* auch richtig knuffig. Steht die Finanzierung denn schon? Ich könnte dir übrigens mit dem Bürokram helfen, wenn du magst, denn in so was bin ich ein echtes Ass!«
Der Gedanke an das leidige Thema Geld trübte meine Laune sofort wieder. Als ich heute Nachmittag bei ArtFuture gewesen war, hatte ich ernsthaft überlegt, doch an Jule zu verkaufen und den Erlös in das Kinderprojekt zu investieren, trotz aller Einwände von Larissa. Doch ich wusste natürlich, dass so eine Entscheidung wohl überdacht sein musste.
Vermutlich hatte Jule auch nicht genug Geld, um die Galerie zu kaufen. Und ich wollte wiederum keinen Käufer über eine Annonce suchen, von dem ich mir nicht sicher sein konnte, dass er die Arbeit in meinem Sinne fortführte. Denn meine Galerie stand für Innovation und Qualität, und das sollte auch in Zukunft so bleiben.
»Weiß Patrick eigentlich von deiner Idee?« Helen schaute mich fragend an. Ich beschloss, dass dies der richtige Moment war, um Helen und Doro von Patricks Brief und seiner *Entschuldigung* zu erzählen. Als ich geendet hatte, war es eine Zeitlang mucksmäuschenstill. Ich hörte Autos auf der Straße vorbeifahren, das Klackern von Absätzen im Hausflur – und das Pochen meines aufgewühlten Herzens.
»Oh, mein Gott, warum musste das so traurig enden«, sagte Doro, der Tränen in den Augen standen, und auch Helen blickte betreten drein.
»Und wie … wie geht's dir jetzt damit?«
Tja, was sollte ich antworten?
Trotz meines neuen Lebens auf Sylt und meinen Zukunftsplänen saß der Schmerz über den Verlust sehr tief und holte mich immer wieder ein. Doch wie Patrick versuchte auch ich nach

vorne zu schauen. Und morgen stand erst einmal die Vernissage an, für die ich fit sein musste. Keine Zeit für Tränen!

Als ich am Freitag vor die Galeriebesucher trat, hatte ich das Gefühl, dass seit meiner letzten Eröffnungsrede für Nele Sievers eine Ewigkeit vergangen war. Dabei lag sie erst knapp drei Monate zurück.

Doch an diesem Abend stand eine scheinbar andere Frau vor dem kunstinteressierten Publikum, das darauf wartete, sich die Werke anzusehen, die Jule, Vincent und Mira in den vergangenen Wochen zusammengestellt hatten. Zum ersten Mal in der Geschichte von ArtFuture auch Fotografien.

»Ziemlich voll, nicht wahr?«, raunte mir Jule nach meiner Rede zu, während Mira und Vincent Sekt servierten. »Kein Wunder, das habt ihr schließlich prima hingekriegt«, flüsterte ich zurück und wandte mich an die Redakteurin, die Vincent mir zuvor vorgestellt hatte. Sie wollte mich später interviewen.

»Hat es Ihnen gefallen?«, wollte ich von der zartgliedrigen, jungen Blondine mit den graublauen Augen wissen, deren Blicke Vincent geradezu verschlangen. Sie erinnerte mich ein bisschen an mich selbst vor ein paar Monaten.

»Nicht alles, aber die Arbeiten von Tom Kröger sind originell, das muss ich zugeben. Wie sind Sie auf diesen Fotografen gekommen?« Ich wollte gerade wahrheitsgemäß antworten, dass ich diese Ausstellungsstücke Jule zu verdanken hatte, doch schon gesellte der Künstler sich zu uns.

»Läuft doch super«, sagte er strahlend und gab der Journalistin die Hand. »Ich bin Tom.«

Von diesem Augenblick an war ich nicht mehr gefragt – wie so häufig an diesem Abend fühlte ich mich plötzlich wie ein Fremdkörper. Ich ging zu Helen und Doro hinüber, die sich angeregt mit jemandem unterhielten. Und zwar mit Mats!

»Herzlich willkommen«, begrüßte ich Doros Freund und gab ihm einen flüchtigen Kuss auf die Wange. »Kannst du zaubern? Ich habe dich nämlich gar nicht reinkommen sehen.«

»Mats hat sich während deiner Rede hereingeschlichen«, erklärte Doro und legte beinahe besitzergreifend ihre Hand auf seinen Arm. »Aber du hast recht: Er *ist* ein Zauberkünstler, in vielerlei Hinsicht.«

»Interessante Ausstellung«, sagte Mats anerkennend. »Vor allem die Fotos. Da könnte ich glatt in Versuchung kommen. Ich erkundige mich mal eben, was die Abzüge kosten.« Mit diesen Worten schlenderte er davon. Während ich mit Doro und Helen plauderte, nahm ich aus den Augenwinkeln jemanden am Schaufenster wahr. Kurz danach war er auch schon wieder verschwunden.

»Entschuldigt mich einen Moment«, sagte ich und stellte mein Sektglas auf dem Bistrotisch ab. Ich ging nach draußen und suchte die Straße ab.

*War das Patrick gewesen?*

Und wenn ja – war er rein zufällig bei ArtFuture vorbeigegangen und hatte sich erschrocken, als er mich sah, oder war es Absicht gewesen? Mein Herz schlug mir bis zum Hals. Ich ging die Admiralitätsstraße ein Stück hinauf, doch vergeblich, niemand, der meinem Mann auch nur im Entferntesten ähnlich sah. *Meinem Mann?*

Seltsam! Auf diese Art hatte ich schon lange nicht mehr an Patrick gedacht.

# 52. Kapitel

Ich bin froh, dass du wieder da bist, ich hab dich richtig vermisst«, freute sich Bea. Es war Sonntagvormittag, und wir saßen in Pyjama und Bademantel gemütlich am Küchentisch und frühstückten ausgiebig. Zwei Vertraute, die sich miteinander wohl fühlten.

Heute war der Himmel bedeckt, was mir jedoch ganz recht war. Nachher wollte ich mit Paula zeichnen und später zu Adalbert zum Yogakurs gehen. Ich erzählte Bea von der Vernissage und der positiven Resonanz. Doch ich spürte, dass mir im Gegensatz zu früher die Begeisterung fehlte.

»Arbeitet dieser unverschämt gut aussehende Mann eigentlich noch da? Wie hieß er noch gleich? Victor?«

»Er heißt Vincent«, korrigierte ich Bea und fragte mich, wie sie gerade jetzt auf ihn zu sprechen kam. »Ja, er arbeitet noch in der Galerie und macht dort einen hervorragenden Job. Warum fragst du?« Bea rutschte ein wenig unruhig auf dem Stuhl hin und her. Dabei öffnete sich der Bademantel einen Spaltbreit und gab den Blick auf ihren Schlafanzug frei, den zu meiner großen Überraschung rote Herzchen zierten.

Hatte Bea ihn mit Larissa getauscht?

»Scharfes Outfit«, grinste ich und deutete auf den Pyjama. »Ist der neu?«

»Oh, mein Gott, wie peinlich. Bitte verrate niemandem etwas.« Bea wurde genauso rot wie die Herzen.

»Nö, warum denn. Aber dafür werde ich dich schamlos mit meinem Insiderwissen erpressen.« Ich grinste. »Mal sehen, was könnte ich gebrauchen? Ach ja, ich weiß: ein paar tausend Euro für meine Inselkrabben. Was meinst du? Ist es dir das wert? Ich würde an deiner Stelle flüchten, sonst fotografiere ich dich und spiele das Ganze dem *Sylter Tagesspiegel* zu.«

»Wenn das so ist, muss ich dir wohl helfen«, schmunzelte Bea und zog den Bademantel wieder enger um sich. »Aber im Ernst. Ich habe dich nach Vincent gefragt, weil ich den Eindruck hatte, dass er eine entscheidende Rolle bei der Trennung von deinem Mann gespielt hat.«

Ich schluckte. Wie kam Bea denn darauf? Ich hatte Vincent ihr gegenüber nur beiläufig erwähnt.

»Bitte entschuldige, wenn ich dir zu nahe trete oder vollkommen falsch liege. Aber erfahrungsgemäß ist doch meistens eine neue Liebe der Grund für eine Trennung.«

Beschämt senkte ich den Kopf. Kaum hatte Bea ihre Vermutung geäußert, war alles wieder präsent. Mein Gott, wie verliebt war ich in Vincent gewesen! Alles in mir vibrierte, und ich war nicht fähig, klar zu denken. Morgens stand ich mit dem Gedanken an ihn auf und ging abends mit demselben Gedanken wieder ins Bett. Eigentlich unfassbar, dass diese intensive Empfindung sich so schnell verflüchtigt hatte. Sie war so schnell gegangen, wie sie gekommen war.

»Du hast recht, ich war damals sehr verliebt in Vincent. Aus heutiger Sicht glaube ich allerdings, dass es mehr um seine kleine Tochter ging als um ihn und ich im Grunde genommen nie darüber hinweggekommen bin, dass Patrick und ich keine Kinder haben.«

Anstelle einer Antwort streichelte Bea meine Hand.

»Ja, das Leben geht manchmal sehr seltsame Wege. Aber es ist weitaus besser für dich, deine Trauer in etwas Positives wie das Kinderprojekt umzuwandeln, als sich Hals über Kopf in eine Liebesgeschichte zu stürzen. Ich finde es wirklich schade, dass Patrick und du euch getrennt habt. Auch wenn ich ihn nicht kenne, denke ich doch, dass er ein liebevoller Mann ist, sonst wärt ihr nicht so lange zusammen gewesen.«

Zu meinem Erstaunen spürte ich, dass das an sich harmlose Wort *gewesen* weitaus mehr weh tat als jeder noch so große Anflug von Liebeskummer wegen Vincent. Ich seufzte und unterdrückte den aufwallenden Schmerz.

Dann wechselte ich das Thema. Denn was Bea konnte, konnte ich schon lange.

»Wo wir gerade von Liebe und ihren Irrungen und Wirrungen sprechen: Was ist eigentlich mit dir und Adalbert? Wie lange wollt ihr beiden noch umeinander herumschleichen?«

»Adalbert hat mir neulich Abend eine Art Antrag gemacht«, erwiderte Bea in einem Tonfall, als müsse sie zum Zahnarzt.

»Einen Antrag?« Ich schnappte nach Luft. »Will er dich etwa heiraten?«

»Na ja, nicht ganz«, antwortete Bea. »Er hat gefragt, ob wir beide nicht zusammenziehen wollen.«

In meinem Kopf ging es zu wie auf einer stark befahrenen Kreuzung. Soweit ich wusste, hatten die beiden sich bislang noch nicht einmal geküsst, und Adalbert wollte mit Bea zusammenwohnen?

»Nun guck nicht so verstört, Paula. Adalbert meint das eher pragmatisch als romantisch. Er findet es frevelhaft, dass zwei Singles alleine in einem großen Haus wohnen, wo auf der Insel quasi jeder Quadratzentimeter Wohnfläche gebraucht wird. Und heutzutage sind diese Senioren-WGs richtig hip. Es gibt ja unzählige Bücher und Filme darüber.«

*Nicht schlecht, Adalbert, nicht schlecht!,* dachte ich amüsiert. Dieser gut getarnte Versuch, sich an die Frau seines Herzens heranzupirschen, konnte funktionieren, wenn er es nur klug genug anstellte und Geduld bewies.

»Und wer soll zu wem ziehen?«, fragte ich, da ich mir beim besten Willen nicht vorstellen konnte, dass Bea sich von ihrem Kapitänshaus trennte.

»Adalbert sagt, dass er für beide Möglichkeiten offen ist.«

»Und du?« Gespannt schaute ich Bea an – immerhin war diese Frau jederzeit für eine Überraschung gut.

»Wenn ich diesen Vorschlag überhaupt in Erwägung ziehe, dann kommt für mich nur eine Möglichkeit in Frage, nämlich dass Adalbert bei mir wohnt. Wir müssten allerdings das Gästezimmer ein wenig umgestalten, weil ich nicht glaube, dass ein Mann sich zwischen Mustertapeten und Gardinen wohl fühlt. Aber das ist wie gesagt noch alles sehr vage, denn Adalbert vergisst einen ganz wichtigen Punkt. Er hat schließlich seine Therapieräume bei sich im Haus.«

Urplötzlich kam mir ein Gedanke.

Dieses wunderschöne Haus am Keitumer Watt könnte auf absehbare Zeit frei werden …

»Weißt du, ob Adalbert dann vermieten oder lieber verkaufen will?«

Bea wirkte mit einem Mal abwesend. Ihre Augen blickten ins Leere, und ich hätte sonst was darum gegeben, zu wissen, was sie dachte. Adalberts mutiger Vorschlag imponierte mir, er nahm die Dinge in die Hand. Außerdem war das vermutlich eine kluge Lösung, falls Larissa ihren Plan wahr machte und nach Mallorca zog.

»Oh, bitte entschuldige, ich war gerade etwas unkonzentriert. Vermieten oder verkaufen? Hm, keine Ahnung. Momentan wissen wir ja noch nicht einmal, ob wir unsere Idee überhaupt realisieren. Das will doch alles gut überlegt sein, nicht wahr?«

Ich musste lachen, weil Beas Gesicht plötzlich einen leicht verzweifelten Ausdruck angenommen hatte.

»Das stimmt. Darüber würde ich auch mehr als eine Nacht schlafen.«

Bea grinste.
»Na, dann sind wir uns ja mal wieder einig.«

Als ich eine Stunde später mit dem Zeichenunterricht für Paula und ihre Freundinnen Maren und Lale begann, träumte ich mich in das Haus von Adalbert. Doch die drei Teenies holten mich schnell wieder auf den Boden der Tatsachen zurück. Die rothaarige Lale mit den abstehenden Zöpfen erinnerte mich an Pippi Langstrumpf und war mindestens genauso lebhaft.
Maren war eindeutig der *Kopf* des Trios und hatte die größte Klappe. Doch so unterschiedlich die Mädchen auch waren, sie hörten mir wissbegierig zu, als ich ihnen erklärte, wie man perspektivisch zeichnete. Sie malten ihr Zuhause, und ich war erstaunt, wie das Ergebnis ausfiel. Maren konzentrierte sich auf das Wesentliche, Lale war das totale Gegenteil: Ihr konnte nichts bunt genug sein, wohingegen sich Paula eher in beinahe romantischen Details und zarten Farben verlor.
»Das war wirklich cool!«, sagte Maren zum Schluss, als ich die drei an der Tür des Pavillons verabschiedete und ihnen die Skizzenblöcke mitgab.
»Kann's kaum erwarten, das fertige Bild zu sehen, wenn es trocken ist«, sagte Lale und grinste breit. Paula ging auf die Zehenspitzen und gab mir einen flüchtigen Kuss auf die Wange.
Als ich wieder allein war und versonnen die Bilder betrachtete, die ich zum Trocknen aufgestellt hatte, durchströmte mich ein warmes, tiefes Gefühl der Zufriedenheit.

# *53. Kapitel*

Montagmorgen stand ich in der Küche des Büchernests und malte mir aus, wie es wohl wäre, in Adalberts Haus zu leben. Die Möglichkeit schien auf einmal zum Greifen nahe.

»Alles klar bei dir?«, unterbrach Olli meine Tagträume und stemmte die Hände in die Hüften. Ich nickte grinsend und hätte ihm am liebsten alles erzählt. Doch ich wollte meine Ideen für mich behalten, bis ich mit Adalbert gesprochen hatte.

»Super, denn ich habe einen Anschlag auf dich vor: Heute Abend *musst* du mich endlich mal besuchen und zusammen mit mir und den Jungs am Strand feiern. Diesmal akzeptiere ich keine Ausrede!«

Ich tat, als würde ich salutieren.

»Alles klar, ich komme. Und bringe Larissa mit, wenn sie heute nichts anderes vorhat.«

*»Always look at the bright side of life«,* sang Olli aus vollem Hals und spielte dazu Gitarre, als Larissa und ich gegen halb neun am Hörnumer Strand in der Nähe des Leuchtturms eintrafen. Wir setzten uns auf eine mitgebrachte Wolldecke und streckten unsere nackten Füße genüsslich in den warmen Sommersand.

»Gut, dass du mich überredet hast«, seufzte Larissa. »Wir Insulaner gehen nämlich viel zu selten ans Meer und vergessen deshalb oft, wie schön es hier ist.«

Ich drückte stumm ihre Hand und ließ mich ebenfalls von der Magie der Abendstimmung gefangen nehmen.

Am Horizont zogen vereinzelte Möwen ihre Kreise, während die Sonne langsam unterging. Ich bestaunte die farbenprächtigen Rot- und Orangetöne, die sich mit dem tiefen Blau des Himmels mischten. Nicht lange und es würde stockdunkel am Strand sein, bis auf die Fackeln, die Olli und seine Freunde Fabian, Tim und Gero in den Sand gesteckt hatten. Die Würstchen auf dem Grill verbreiteten einen appetitlichen Duft, und ich genoss den gegrillten Maiskolben, auf den ich Butter und eine Prise Salz getan hatte. Bier- und Saftkisten hatte Olli zum Kühlen ins Wasser gestellt. Ich trank einen herrlich spritzigen Rosé, für mich der Inbegriff eines unbeschwerten Sommers.

»Das hätten wir wirklich schon viel früher machen sollen«, sagte Larissa, legte sich auf den Rücken, verschränkte die Arme hinter dem Kopf und schaute in den Himmel, der schon bald von Millionen funkelnden Sternen bedeckt sein würde.

»Du meinst, wie gut, dass wir wenigstens einen Punkt von unserer *Liste* abhaken«, antwortete ich lächelnd.

»Wer sagt denn, dass wir jetzt schon die Flinte ins Korn werfen?«, widersprach Larissa. »Du bleibst doch hier auf der Insel, also haben wir alle Zeit der Welt.«

»Eine Sache wäre da noch: die documenta. Denn die endet definitiv Mitte September«, murmelte ich gedankenverloren und wunderte mich einmal mehr über mich selbst.

Früher hatte ich keine einzige documenta verpasst, zumal sie ja nur alle fünf Jahre stattfand.

»Ist es schlimm, wenn du diesmal nicht hinfährst?«

Ich dachte an meine Inselkrabben und wie viel sinnvoller es mir erschien, Kinder glücklich zu machen. Die kleine Paula und ihre Freundinnen hatten so viel Freude an meinem Zeichenunterricht, hatte mir neulich ihre Mutter Tanja erzählt. War das nicht viel mehr wert als jedes noch so tolle Kunstspektakel?

»Nein, es ist nicht schlimm, meine Vorlieben haben sich irgendwie verschoben, seit ich hier lebe.«

»Was definitiv an der Nordseeluft liegt.« Olli warf sich grinsend neben uns in den Sand. »Wie findet ihr denn Hörnum und mein grooviges Beach-Leben?«

»Super, solange es noch warm ist«, antwortete Larissa. »Aber wir müssen uns bald um eine Wohnung oder zumindest ein Zimmer für dich kümmern. Der Herbst ist schneller da, als du Olli sagen kannst.«

Erneut dachte ich an Adalberts Haus am Watt.

Da wäre Platz genug …

»Ach, ich mach mir da keinen Stress«, wischte Olli Larissas Bedenken weg. »Notfalls campe ich eben bei Bea im Garten. Oder schlafe bei Paula im Pavillon auf der Couch.«

»Du vergisst, dass ich spätestens zu Beginn des Winters ebenfalls eine neue Bleibe brauche, weil es im Holzhaus keine richtige Heizung gibt. Ich schätze, das wäre selbst dir zu kalt, mein Lieber.« Olli setzte sich wieder auf, nahm seine Gitarre und spielte *Summertime*.

Um seinen Optimismus war er wirklich zu beneiden.

Ich summte *When the living is easy* mit, und mir fiel ein, dass ich noch gar keine Erfahrung mit winterlichen Temperaturen auf Sylt hatte.

Natürlich hatte ich schon Fotos von verschneiten Feldern und sogar von Eisschollen gesehen, die wie kleine Schiffe auf der Nordsee trieben, aber ich kannte die Insel bislang nur von ihrer eher angenehm warmen Seite.

»Wir finden schon etwas für euch beide«, versuchte nun auch Larissa mir Mut zu machen. »Bea und ich werden eine Annonce aufgeben und ein Schild im Laden aufhängen.«

Olli legte die Gitarre zur Seite, trank einen Schluck Bier und klatschte energisch in die Hände:

»So, Ladys. Bevor wir jetzt anfangen, Trübsal zu blasen, schlage ich vor, dass wir alle ein gemeinsames Mondscheinbad nehmen.

Fabian, Tim, Gero, seid ihr mit von der Partie?«, und Ollis Freunde riefen:
»Na klar!« Fabian gab Olli einen spielerischen Klaps auf den Po, und alle rannten johlend ins Wasser.
Ich zögerte, denn ich war froh, dass es am Strand zum Sitzen warm genug war.
Larissa lachte.
»Wenn wir mitmachen, können wir den Punkt mit dem heimlichen Nacktbaden nachts im Schwimmbad von der Liste streichen.« Einen Moment lang war ich irritiert. Larissa wollte sich doch nicht wirklich in die kalte Nordsee stürzen, noch dazu ohne Badeanzug oder Bikini? Aber es schien ihr ernst zu sein. Sie zog mich so lange und energisch an der Hand, bis ich widerwillig aufstand. Und prompt zu frösteln begann.
»Na los, mach schon, sei kein Weichei«, sagte Larissa lachend, und ich kam mir mit einem Mal ziemlich albern vor.
»Hast du denn ein Handtuch dabei?«, fragte ich und überlegte, ob ich mich einfach mitsamt meiner Unterwäsche in die Fluten werfen sollte. Mist, warum hatte ich denn nicht an Badesachen gedacht? Larissa zog sich aus und stand schließlich nackt vor mir. Eine schöne Frau, keine Frage.
»Ollis Kumpel haben vermutlich keinerlei Interesse an uns, und es sieht dich eh keiner, wenn du erst im Wasser bist«, versuchte sie mich zu überzeugen.
»Aber auf dem Weg dahin und wieder zurück«, widersprach ich und kam mir lächerlich und spießig vor. Ich hatte FKK noch nie etwas abgewinnen können. Andererseits hatte Larissa recht: Was sollte schon groß passieren?
Im schlimmsten Fall bekam ich eine Erkältung.
Keine zwei Minuten später stand ich knietief im Wasser – und zwar splitterfasernackt.
Obwohl das Gefühl schön war, begann ich zu frieren.

»Oh, mein Gott, wie haltet ihr das nur aus?«, rief ich zähneklappernd.
Olli winkte mir von weitem zu.
»Stell dich nicht so an, Paula, und beweg dich endlich. Je mehr du dich ins Zeug legst, desto schneller wird dir warm. Du wirst sehen, es gibt nichts Wundervolleres, als seinen Körper den Elementen auszusetzen.«
»Außer in einer heißen Badewanne zu liegen«, knurrte ich, während Larissa sich neben mir köstlich amüsierte und mit den Händen ins Wasser platschte wie ein kleines Kind.
Ich entschloss mich, Ollis Rat zu folgen. Und siehe da: Mit jedem Meter wurde es besser, und bald fühlte ich mich munter wie der sprichwörtliche Fisch im Wasser.
Wieso hatte ich nur vergessen, dass das Schwimmen im Meer die Perspektive veränderte?
Lag es daran, dass wir Menschen dieser *Ursuppe* entsprangen?
Ich schwamm und schwamm, ließ irgendwann Larissa, Olli und seine Freunde hinter mir und hatte das Gefühl, dass mich etwas nahezu magisch in die Ferne zog. An sich hätte die Dunkelheit mir Angst machen müssen, doch ich fühlte mich plötzlich unendlich geborgen. Jede meiner Bewegungen war leicht und ganz selbstverständlich. Selbst als eine höhere Welle mich unerwartet traf und ich Meerwasser in die Nase bekam, störte mich das nicht. Ich fuhr mir mit der Zunge über die Lippen, kostete das salzige Nass und schwamm weiter.
In dem Moment, als ich dachte, es sei nun an der Zeit, umzudrehen, sah ich eine Sternschnuppe.
Verzückt über dieses kleine Wunder schloss ich einen Augenblick lang die Augen und dachte an das, was mir am Herzen lag. Die Vorstellung, dass sich am Ende alles so fügen würde, wie ich es mir erträumte, erfüllte mich mit tiefer Hoffnung und Zuversicht.

# 54. Kapitel

Am darauffolgenden Tag zeigte mir Bea den Text für die Protestaktion gegen den Hotelbau vor Adalberts Haus und schaute mich gespannt an. Ich las mir den Entwurf genau durch, denn ich wollte Bea eine gute Ratgeberin sein.

»Das klingt doch sehr überzeugend«, bemerkte ich. »Wo soll ich unterschreiben?«

Bea schien sich über das Lob zu freuen.

»Wir posten die Petition auf der Facebook-Seite, die Adalbert heute Abend starten will. Dann kannst du online unterschreiben und eventuell sogar deine Freunde um Unterstützung bitten.«

»Sagtest du eben Facebook?«, fragte ich grinsend. »Seit wann hast du denn deine Meinung geändert? Larissa möchte doch schon lange eine Facebook-Seite für das Büchernest und erzählte mir, dass du dagegen bist.«

Bea zuckte mit den Schultern.

»Das stimmt, aber Dinge ändern sich eben. Also sollte man sich diese Gegebenheiten lieber zunutze machen, anstatt dagegen anzukämpfen, nicht wahr?«

Ich nickte.

»Das sehe ich genauso. Hoffen wir, dass ihr viele Unterschriften zusammenbekommt und gar nicht erst die zweite und dritte Stufe der Rakete zünden müsst.« Bea runzelte die Stirn.

»Rakete? Welche Rakete? Ich verstehe nur Bahnhof.«

»Zum Beispiel die Aktion, bei der ihr euch an die Bäume ketten wollt. Klingt irgendwie aufregend. Ich wette, Vero würde mit dem leckersten Protest-Catering anrücken, das die Welt je gesehen hat.« Nun musste Bea ebenfalls lachen.

»Ich hoffe, dass uns das erspart bleibt, zumal in knapp zwei Monaten der Herbst beginnt und ich nicht scharf darauf bin, mich auf den kalten Boden zu setzen. Sollte es dennoch zum Äußersten kommen, finden wir natürlich auch für dieses Problem eine Lösung. Aber ich bin beruhigt, dass du den Text gut findest, denn dann kann Adalbert gleich loslegen.
Und was mir gerade noch einfällt: Wollen wir uns zusammensetzen und uns Gedanken zu deinem Inselkrabben-Projekt machen? Mein Steuerberater sagte mir nämlich, dass es ganz geschickt wäre, wenn das Büchernest in diesem Jahr noch Investitionen tätigt. Offenbar haben wir trotz der Buchkrise einen guten Gewinn eingefahren.«

»Klar, das sollten wir unbedingt machen. Doch vorher muss ich noch etwas erledigen. Drück mir die Daumen, dass es klappt.«

Bea lächelte und tätschelte mir kurz die Wange. »Schön, dass du so gut gelaunt und voller Tatendrang bist. Natürlich drücke ich die Daumen und bin gespannt, was du da ausbrütest. Wenn ich dir helfen kann, jederzeit. So, jetzt muss ich zu Adalbert. Einen schönen Abend, meine Liebe.« Mit diesen Worten verließ sie die Küche.

Nachdem ich durch das Fenster beobachtet hatte, wie Bea davonging, wählte ich die Nummer, die ich neulich in meinem Display eingespeichert hatte. Vor lauter Aufregung zitterte ich am ganzen Körper. Wenn der Plan, den ich heute Nacht geschmiedet hatte, misslang, sah ich schwarz für meine Inselkrabben …

Ineke Alwart hörte sich meine Idee an, ohne mich zu unterbrechen. Nervös saß ich auf ihrem Sofa im Atelier und streichelte Lola, die Katze, die sich schnurrend auf meinem Schoß zusammengerollt hatte. Wie würde die Malerin reagieren? Meine Geduld wurde auf eine harte Probe gestellt, denn Ineke ging schweigend in ihrem Atelier auf und ab. Dann blieb sie abrupt vor mir stehen und sah mich aus ihren klugen, dunklen Augen an.

»Ihre Idee ist gut. Doch ich verstehe nicht, weshalb wir dafür nach Hamburg müssen. Ich bin eine Sylter Künstlerin und sollte hier auf der Insel ausstellen, wenn ich schon eine so große Ausnahme mache und mit meinen Regeln breche.« Das kleine Wörtchen *Ausnahme* stimmte mich hoffnungsfroh. Doch ich musste jetzt äußerst sensibel vorgehen.

»Wir … wir können das natürlich auch hier machen«, stammelte ich, während ich fieberhaft überlegte, wie ich das bewerkstelligen sollte. Schließlich war es ein Teil des Plans, zwei Fliegen mit einer Klappe zu schlagen: Eine tolle Ausstellung für ArtFuture zu organisieren *und* Geld für das Projekt Inselkrabben zu sammeln.

»Wie viel Bedenkzeit habe ich?«, fragte Ineke. »Spontan würde ich nämlich ja sagen. Aber ich zügle meine Impulsivität lieber und denke in Ruhe über meine Entscheidung nach.«

»Nehmen Sie sich die Zeit, die Sie brauchen.« Ich stand auf, denn ich wollte die Künstlerin nicht länger behelligen. Es hatte sowieso an ein Wunder gegrenzt, dass sie mich so spontan nach dem Telefonat zu sich eingeladen hatte. »Ich hoffe, ich habe Sie durch meinen Vorschlag nicht allzu sehr in einen inneren Konflikt gebracht.« Über Inekes runzligem Gesicht breitete sich ein Lächeln aus.

»Ich bin schon erwachsen und kann gut auf mich aufpassen. Ich melde mich bei Ihnen.« Nachdem ich nach draußen gegangen war, stand ich eine Weile nahezu reglos vor Inekes Haus und lauschte den Stimmen des Waldes: den raschelnden Blättern, die der Sommerwind zärtlich streifte, dem Zwitschern der Vögel, dem Ruf eines Käuzchens … Ein wunderbares Glücksgefühl durchflutete mich, weil ich spürte, dass es so viel Schönes auf der Welt gab, das nur darauf wartete, miteinander verbunden zu werden. Ineke Alwart würde *ja* sagen und mit dem Erlös aus dem Verkauf ihrer Bilder mein Kinder-Projekt unterstützen, da war ich mir sicher. Ich hatte es in ihren Augen gesehen. Diese wunderbare alte Dame würde mir helfen. Und es war meine Aufgabe, die Bedingungen für die geplante Ausstellung so zu gestalten, dass sie der Künstlerin gerecht wurden und sie gut damit leben konnte. Deshalb wollte ich Bea um Rat fragen und sie bitten, mir mit der Suche nach einem geeigneten Ort für die Vernissage zu helfen. Für ArtFuture musste ich mir eben etwas anderes einfallen lassen. Mira, Jule und Vincent arbeiteten unter Hochdruck und entwickelten bestimmt ein Konzept, das das anspruchsvolle Hamburger Publikum genauso begeisterte wie die bisherigen Ausstellungen in meiner Galerie. Es war wichtig zu vertrauen! Nur so konnten schöne Dinge wachsen.

Kaum war ich zurück im Pavillon, schickte ich Jule eine SMS. Wir mussten unbedingt telefonieren, denn allmählich rannte uns die Zeit davon. Noch nie war es vorgekommen, dass ich nicht wusste, welche Künstler ich ausstellen sollte. Wie so häufig, war Jules Handy ausgeschaltet, aber sie rief mich prompt zurück. Sie klang aufgedreht und bestens gelaunt.
»Die Fotos von Tom Kröger gehen weg wie warme Semmeln«, sprudelte sie voller Stolz sofort drauflos. Kein Wunder, der Fotograf war ja auch ihre Entdeckung gewesen. »Anfangs hatte ich so meine Befürchtungen, aber jetzt bin ich total froh, dass wir den Mut hatten, auch Fotografien auszustellen.«
»Das ist ja super«, erwiderte ich und schmunzelte vor mich hin. Jule klang genauso wie ich nach meinen ersten eigenen Vernissagen. »Umso wichtiger ist es, im Herbst nahtlos an diesen Erfolg anzuknüpfen. Immerhin steht dann das Weihnachtsgeschäft

bevor. Das Dumme ist nur, dass die Künstlerin, die ich mir wünsche, keinesfalls in Hamburg ausstellen will, sondern nur auf Sylt.« Ich spürte förmlich, wie Jule die Luft anhielt. Schließlich hatte sie mich früh genug daran erinnert, endlich etwas zu unternehmen. Doch ich war zu sehr mit meinen emotionalen Verstrickungen beschäftigt gewesen, um mich auf die Arbeit in der Galerie zu konzentrieren.

»Paula?«, fragte Jule. Ihre Stimme klang unsicher. »Hast du schon mal daran gedacht, ArtFuture zu verkaufen?« Das Blut pulsierte in meinen Ohren. Sollte ich ehrlich darauf antworten?

»Eigentlich nicht, aber mir ist natürlich klar, dass das auf Dauer kein Zustand ist. Warum willst du das wissen? Hast du geerbt?«

»Das zwar nicht, aber ich könnte eine Versicherung auflösen, die meine Eltern für meine berufliche Zukunft abgeschlossen haben. Es würde bestimmt nicht ganz reichen, doch mit etwas Glück und einem Kredit müsste es gehen.«

Obwohl ich ja selbst mit dem Verkauf der Galerie liebäugelte, traf mich Jules Vorschlag mit voller Wucht, und mir fiel vor lauter Überraschung beinahe das Handy aus der Hand. Die Frage *Was wäre, wenn?* in Gedanken durchzuspielen war eine Sache – aber diese Idee plötzlich in die Realität umzusetzen? Obwohl mir ArtFuture in letzter Zeit eher wie ein Klotz am Bein vorgekommen war, konnte ich mir trotzdem nicht recht vorstellen, die Galerie auf einmal aufzugeben, immerhin bot sie eine lukrative Einnahmequelle. Was man von den Inselkrabben nicht behaupten konnte, zumal sie noch nicht einmal existierten, außer in meinem Kopf.

»Ich denke drüber nach, Jule. Okay? Lass mir ein bisschen Zeit, aber ich verspreche dir, dich nicht allzu lange warten zu lassen. Wir sollten möglichst bald eine Entscheidung treffen, wie es weitergeht.«

Nach dem Telefonat setzte ich mich aufs Bett. Erst Patrick, dann die Galerie. Wollte das Schicksal, dass ich mich nun von allem trennte, was mich einmal ausgemacht hatte?
Sollte ich all diese existenziellen Schritte wirklich gehen und alle Brücken hinter mir abbrechen?

# 55. Kapitel

Freitagabend stand ich zusammen mit Larissa, Rieke und Bea nach Ladenschluss vor dem Regal mit Anthologien, Lyrik und Geschenkbüchern. Rieke nahm einen Titel nach dem anderen heraus und verglich ihn mit einer Liste auf ihrem Klemmbrett, während Larissa ihr dabei über die Schulter schaute.

»Bis auf wenige Ausnahmen erfüllt kein Buch hier die erforderliche Drehzahl«, resümierte Rieke und machte ein sorgenvolles Gesicht.

Bea drehte sich zu mir um.

»Das bedeutet im Klartext, dass sich jedes Buch in einer bestimmten Menge pro Jahr verkaufen muss, sonst lohnt es sich nicht«, erklärte sie. »Die meisten Buchhandlungen schicken Bücher bereits nach drei Monaten wieder an den Verlag zurück, wenn sie sich nicht schnell genug verkauft haben. Wir hingegen versuchen, den Neuerscheinungen so lange wie möglich eine Chance zu geben. Und möglichst Titel zu führen, die sich vielleicht nur einmal im Jahr verkaufen.«

»Aber das macht ja auch die Qualität und den Charme eures Sortiments aus«, entgegnete ich und beäugte neugierig den Stapel, den Rieke mittlerweile aus dem Regal gezogen hatte. Darunter waren Klassiker von Kästner, Ringelnatz oder Geschichtensammlungen zu den einzelnen Jahreszeiten. »Und was wollt ihr machen? Die ganze Abteilung auflösen?«

Bea nickte.

»Das meinte Larissa neulich mit dem längst überfälligen Umbau. Die Handvoll Bücher, die sich häufiger als fünfmal pro Jahr drehen, werden wir einfach anderen Warengruppen zuordnen und dieses Regal abbauen. Dasselbe gilt für einige Sachbuchbereiche und die fernöstlichen Weisheiten. In einer Großstadt wie Hamburg mag Esoterik der große Renner sein, aber bei uns interessiert sich nur selten jemand dafür. Außerdem müssen wir ja irgendwo den Platz für deine Inselkrabben hernehmen.«

Ich bekam sofort ein schlechtes Gewissen.

»Wollt ihr nicht lieber warten, bis ich weiß, wie ich das alles finanziere? Ich habe immer noch keine Antwort von Ineke Alwart und überlege, ob ich zur Sicherheit nicht doch auf das Angebot meiner Mitarbeiterin Jule eingehe und die Galerie an sie verkaufe. Das wird zwar alles sicher noch dauern, aber …«

»Du willst nun doch verkaufen?«, fiel Larissa mir ins Wort und riss entsetzt die Augen auf.

»Und von welcher Antwort sprichst du?«, wollte nun auch Bea wissen, während Rieke fragend von einer zur anderen blickte.

»Ich habe Ineke vorgeschlagen, auszustellen und mit dem Erlös die Inselkrabben zu unterstützen. Adalbert hat mir nämlich erzählt, dass sie viel für die Sylter Tafel und andere gemeinnützige Organisationen auf der Insel spendet, also habe ich sie gefragt, ob sie nicht auch etwas für die Kinder auf der Insel tun möchte.«

Bea musterte mich von oben bis unten, und mir wurde heiß. Hatte ich gerade etwas völlig Idiotisches gesagt?

War meine Idee so verrückt, dass Bea sich fragte, ob sie mich weiter in ihrem Pavillon wohnen lassen sollte?

»Paula, Paula, du wirst mir immer unheimlicher«, begann sie, und ich bekam endgültig weiche Knie. »Du bist ein solches Wunder an Ideen und Tatkraft. Da könnte sich mancher eine Scheibe davon abschneiden. Mit Ineke hast du dir jemanden ins Boot geholt, auf den man sich hundertprozentig verlassen kann, wenn er sich erst einmal für etwas entschieden hat, das weiß ich von Adalbert. Ich kenne sie nicht, auch nicht ihre Bilder. Aber ich weiß, dass es einer kleinen Sensation gleichkäme, wenn sie ihre Bilder einer breiten Öffentlichkeit zugänglich machen würde. Sie ist auf der Insel sehr beliebt. Wenn das Ganze auch noch für einen guten Zweck ist, kann nichts mehr schiefgehen. Vielleicht könnt ihr ja zusammen eine Stiftung gründen …«

»Nun setz Paula nicht noch Flausen in den Kopf«, schimpfte Larissa, die immer noch besorgt aussah. Zu mir gewandt sagte sie: »Kann Jule sich überhaupt leisten, die Galerie zu kaufen? Sie ist doch noch so jung.«

Ich erklärte kurz das Finanzierungskonzept, und für einen Moment kehrte Stille ein. Bis sich Rieke zu guter Letzt räusperte und sagte:

»Ich geh mir mal einen Kaffee holen. Will noch jemand was?«

Wir schüttelten alle drei den Kopf. Die Frage nach meiner Zukunft hing noch immer in der Luft, und das Schweigen wurde von Minute zu Minute drückender.

»Was haltet ihr davon, wenn wir zu mir gehen und reden?«, schlug Bea vor. »Die Temperaturen sind mild, und ich finde sicher noch etwas zu essen im Kühlschrank.«

»Gute Idee«, stimmte Larissa zu und schaute mich fragend an.

»Finde ich auch«, erwiderte ich.

»Ist das nicht fantastisch?«, seufzte Bea kurze Zeit später und streckte die Beine aus. Wir saßen auf der Terrasse. »Ich kann mich nicht erinnern, wann wir zuletzt auf Sylt einen so schönen Inselsommer hatten. Ich glaube, den hast du mitgebracht, Paula.«

»Aber ich scheine auch so einiges durcheinanderzuwirbeln«, entgegnete ich und nippte an einem kühlen Eistee.

»Ich liebe es, wenn die Karten neu gemischt werden«, entgegnete Bea lächelnd. »Denn ich kann Stillstand nicht leiden. Wozu sind wir denn auf dieser Welt, wenn nicht, um das Leben ab und zu auf den Kopf zu stellen? Es gibt doch genug Leute, die in ihrer Routine erstarren …«

»Man muss aber auch nach drei Monaten Auszeit nicht gleich alles über den Haufen werfen«, murmelte Larissa.

»Ich bin mir ja auch nicht sicher, ob es wirklich eine gute Idee ist, mich von ArtFuture zu trennen«, antwortete ich unsicher. *Und ich würde liebend gern mit Patrick darüber sprechen. Er war in solchen Fragen immer ein kluger, umsichtiger Berater gewesen, der stets ein gutes Gespür dafür gehabt hatte, was das Beste für mich war.*

Larissa machte ein ernstes Gesicht.

»Du hast mal gesagt, dass das Neue nicht kommen kann, solange das Alte noch an seinem Platz ist. Das ist zwar grundsätzlich sicher richtig, bedeutet aber auch, dass du das Alte als störend und negativ empfindest. Und das betraf bis vor kurzem weder deine Ehe noch die Galerie, nicht wahr?«

Ich schluckte schwer. Natürlich hatte Larissa recht.

»Wie wäre es, wenn wir erst einmal abwarten, was Ineke Alwart sagt«, schlug Bea pragmatisch wie immer vor. »Vielleicht ist sie so begeistert von der Idee mit den Inselkrabben, dass du deine Galerie gar nicht verkaufen musst. Pass auf, du brauchst uns vorerst keine Miete zu zahlen. Das Geld fürs Essen und die Bastelmaterialien bekommen wir auch so zusammen. Und wir werden sicherlich nicht sofort von Horden von Kindern überrannt, die uns die Haare vom Kopf essen. Vielleicht sollten wir erst mal herumfragen, welche Eltern aus Keitum und Umgebung Interesse haben, damit wir einschätzen können, wie viele Kinder es am Anfang sein werden.«

Larissa nickte zustimmend.

»Das ist eine gute Idee, aber ich gehe davon aus, dass großes Interesse besteht. Zumal im Laufe der Saison natürlich noch die Urlauberkinder dazukämen.«

»Und wo könnte die Ausstellung denn stattfinden?«, fragte ich, während all die unbeantworteten Fragen in meinem Kopf herumwirbelten. »Wenn wir nämlich einen hiesigen Galeristen auftun, verlangt er eine hohe Beteiligung, die dann den Erlös schmälert.«

Bea schaute nachdenklich in den Abendhimmel.

»So spontan fällt mir zwar nichts ein, aber kommt Zeit, kommt Rat. Zur Not fragen wir Adalbert, ob er sein Haus zur Verfügung stellt.«

Larissa runzelte die Stirn.

»Aber das ist doch total nervig für ihn, wenn tagaus, tagein Leute durch sein Haus trampeln. Außerdem stört das seine Kurse. Nein, ich fürchte, wir müssen einen anderen Ort finden. Paula, ich wollte dich übrigens nicht bevormunden, sondern dir vor Augen führen, dass du vielleicht einen großen Fehler machst.«

»Das ist lieb von dir, Larissa, und ich bin dir dankbar dafür. Es ist beruhigend zu wissen, dass wenigstens einer die Übersicht behält.«

Den Rest des Abends plauderten wir über andere Dinge als die Zukunft und spielten im Schein des flackernden Windlichts Trivial Pursuit.

Es war schon spät, als ich gut gelaunt, aber auch ein wenig nachdenklich zurück in den Pavillon ging.

Ich vermisste Patrick und hätte so gern gewusst, ob er am Abend der Vernissage am Fenster der Galerie gestanden hatte. Einem spontanen Impuls folgend, fuhr ich meinen Laptop hoch und rief mein Mailprogramm auf. Nachdem ich zwei Nachrichten von Doro und Helen gelesen hatte, schrieb ich:

Lieber Patrick,
ich habe gerade an Benjamin und dich gedacht. Ist sicher eine große Umstellung, plötzlich mit seinem Sohn zusammenzuleben. Kommt ihr

miteinander klar? Ich hoffe doch, und hoffentlich hat sich die Spannung zwischen Simona und Benjamin gelegt. Für sie ist es bestimmt auch nicht leicht …

Alles Liebe,
Paula

# 56. Kapitel

Am darauffolgenden Morgen bereute ich es bereits, dass ich Patrick eine Mail geschrieben hatte.
Was, wenn er gar keinen Wert darauf legte, mit mir in Kontakt zu bleiben? Er hatte nun ein vollkommen anderes Leben und trug als Vater eine ganz neue Verantwortung. Ich versuchte, mir vorzustellen, wie sich die Situation für ihn anfühlte.
Da stand plötzlich jemand vor einem, der *Papa* sagte und Bedürfnisse hatte. Doch dieser Jemand war ein gänzlich Unbekannter. Was wusste Patrick denn schon von Benjamins Vorlieben, seinen Abneigungen, seinen Ängsten, seinen Träumen?
Ich konnte nur abwarten, ob ich eine Antwort bekam, und bemühte mich, möglichst nicht an meine Mail zu denken.
Kurz darauf rief ich Doro an, um ihr und Thomas alles Gute für den gemeinsamen Familienurlaub an der Schlei zu wünschen, bei dem sie Emma und Nils von ihrer Trennung erzählen wollten.
»Ich denk an dich. Und versprich mir, anzurufen, wenn es Probleme geben sollte«, sagte ich und hätte Doro in diesem Augenblick gern in den Arm genommen. Obwohl Thomas die Entscheidung seiner Frau bislang mit Fassung getragen hatte, konnten er und Doro das von den Kindern nicht unbedingt erwarten. Tief in meinem Inneren fühlte ich allerdings, dass diese Trennung goldrichtig war, also hoffte ich das Beste.
»Ich rufe an, wenn's brenzlig wird, ist doch klar!«, antwortete Doro. »Und ich drücke dir wegen der Inselkrabben die Daumen und dass Ineke dir dabei helfen wird. Aber jetzt muss ich

leider Schluss machen. Ich habe noch tonnenweise Brote zu schmieren und muss die Kühltasche packen. Glaub mir, der Auszug nach Ägypten ist ein Klacks gegen so einen Familienurlaub.«
Nachdem ich mich von Doro verabschiedet hatte, schickte ich eine SMS an Helen, die mich demnächst besuchen wollte:

> Nächstes Wochenende würde passen. Das Bett im Pavillon müsste groß genug für uns beide sein. Freue mich auf dich, Paula.

Dann schnappte ich mir meine Sachen, denn ich hatte Dienst im Büchernest. Momentan arbeiteten wir alle je nachdem, was gerade wann anfiel.
Kurze Zeit später betrat ich die Küche, in der Vero herumwirbelte, obwohl sie für heute überhaupt nicht eingeplant war.
»Ist Olli noch nicht da?«, fragte ich verwundert.
»Er hat sich heute früh krankgemeldet und mich gefragt, ob ich für ihn einspringen kann«, antwortete Vero. »Ich habe zwar nicht genau verstanden, was er hat, aber natürlich wollte ich ihm gern den Gefallen tun. Der arme Junge klang gar nicht gut. Ich hatte den Eindruck, dass er geweint hat. Aber ich kann mich natürlich täuschen.«
»Hoffentlich ist nichts mit seinem blöden Freund Fabian«, entgegnete ich. Trotz des schönen Abends am Strand wurde ich das Gefühl nicht los, dass Fabian es mit Olli nicht wirklich ernst meinte. »Ich werde Olli nachher anrufen. Toll, dass du aushilfst.«
Vero strahlte und war wieder voll in ihrem Element.
»Du weißt doch, wie gern ich das mache. Komm, probier mal.«
Ehe ich es mich versah, hatte ich schon einen Löffel im Mund und schmeckte etwas Fruchtiges, Cremiges.

»Mhm, ist das köstlich! Was hast du denn da wieder gezaubert?«
Veros Gesicht leuchtete.
»Das ist ein Tiramisu aus frischen Himbeeren und Johannisbeeren aus meinem Garten. Die Idee ist mir heute Nacht gekommen, und ich habe es gleich ausprobiert. Kommt heute als Tagestipp auf die Karte, wenn das für dich in Ordnung ist.«
»Was für eine Frage. Das Dessert ist der absolute Hit! Unsere Gäste werden dir zu Füßen liegen.«
Vero errötete, und ich dachte, wie gut es für sie wäre, wenn sie bald wieder regelmäßig im Café arbeiten würde.
Nachdem das Frühstücksgeschäft erledigt war, rief ich bei Olli an. Er meldete sich mit einem verschlafenen *Hallo.* Bis er wirklich in der Lage war, mir zu erzählen, dass er Fabian am Abend zuvor mit einem anderen Mann im Bett erwischt hatte, dauerte es ein Weilchen.
»Oje, das tut mir aber leid«, seufzte ich, weil ich etwas in der Art befürchtet hatte.
»Ja, und mir erst«, schniefte Olli. »Dieser Idiot, dieser erbärmliche Typ, dieser Flachwi…, bitte entschuldige, Paula, ich vergesse mich gerade.«
»Schon okay, ich verstehe dich ja. Sag mal, soll ich vorbeikommen? Wir könnten uns was beim Bäcker holen und einen Strandspaziergang machen. Heute ist hier nicht so viel los, ich denke, das schafft Vero notfalls auch allein.« Vero nickte zustimmend, ihre Lippen formten lautlos die Worte *Aber klar.*
»Würdest du das wirklich tun?«, fragte Olli und klang wie ein kleiner Junge, der dringend seine Mama brauchte.
»Natürlich. Ich bespreche nur schnell die Übergabe, und dann komme ich mit dem Auto, das geht schneller. In spätestens einer Stunde bin ich bei dir auf dem Campingplatz.«
»Aber du brauchst doch keinen Kuchen zu kaufen«, protestierte

Vero, nachdem ich das Telefonat beendet hatte, und packte drei verschiedene Sorten in Tupperbehälter. »Hier, die werden Olli ein bisschen trösten. Grüß ihn bitte von mir und sag ihm, dass er jederzeit bei mir zu Hause willkommen ist, wenn er Aufmunterung braucht.«

Ich war gerührt.

»Das werde ich ihm ausrichten. Super, dass du hier die Stellung hältst. Und vielen Dank für den Kuchen. Olli klang ganz schön fertig, weißt du.«

Vero nickte und machte ein sorgenvolles Gesicht.

»Liebeskummer ist so ziemlich das schlimmste Gefühl auf der Welt. Und leider ist noch kein Kraut dagegen gewachsen. Aber ich persönlich bin froh, wenn er diesen eitlen Fatzke los ist, denn er tut Olli nicht gut.«

Ich schmunzelte. Vero und Bea erwiesen sich doch immer wieder als Philosophinnen des Alltags.

»Na, geht's dir schon besser?«, fragte ich Olli, nachdem wir schon eine Weile schweigend am Strand nebeneinander hergegangen waren, begleitet vom Rauschen des Meeres und des Windes.

»Ich habe zumindest gerade nicht das Gefühl, auf der Stelle tot umzufallen, und das ist doch schon mal was«, antwortete Olli, nahm unvermittelt meine Hand und drückte sie. »Danke, dass du gekommen bist, das bedeutet mir sehr viel.«

»Und ich danke dir, dass du mir dein Vertrauen schenkst. Weiß Fabian eigentlich, dass du ihn gesehen hast?«

Olli schüttelte den Kopf und blieb stehen.

»Nein, ich hab ganz schnell die Tür zugemacht, als ich gesehen habe, wie er mit diesem Surfertypen rumfummelte. Das hat man nun von einem romantischen Überraschungsbesuch. Aber weißt du, was mich am meisten nervt? Die beiden lagen auf dem Bett mit der Bettwäsche, die ich Fabian neulich geschenkt habe.« Ich biss mir auf die Lippen, damit ich nicht loslachte, und versuchte krampfhaft, an etwas anderes zu denken. Auf keinen Fall durfte ich mir ausmalen, was für Bettwäsche das gewesen war. Olli schien zu ahnen, was ich dachte, grinste und gab mir einen spielerischen Klaps auf die Hand. »Gib's ruhig zu, du dumme Nuss. Du hast gerade überlegt, welches Muster die Wäsche hatte, nicht wahr?«

Wie auf Kommando fingen wir beide schallend an zu lachen, dass uns die Tränen über die Wangen liefen und wir uns prustend in den Sand fallen ließen. Einen solchen Lachanfall hatte ich schon lange nicht mehr gehabt.

»Ich wusste gar nicht, dass du so eine Kichertante bist«, kreischte Olli.

»Ja, das hatte ich auch vergessen«, antwortete ich und putzte mir die Nase. »Tut echt gut! Da kann man mal sehen, wie angespannt man sonst ist, ich zumindest.«

Olli setzte sich auf, wischte sich mit dem Ärmel seines gestreiften Longshirts das Gesicht ab und schaute mich ernst an.

»Was ist eigentlich mit dir und der Liebe? Irgendwie werde ich nicht schlau aus dir. Du hattest doch neulich eine Verabredung mit diesem sexy Piloten, der dich scheinbar auch ganz gut findet, sonst wäre er wohl kaum zur Lesung gekommen. Aber du standst an dem Abend nur cool da und hast unverfänglich mit ihm geplaudert. Kann es sein, dass du in der Tiefe deines Herzens immer noch an deinem Mann hängst?«

Ollis Frage war wie ein Pfeil, der sich gnadenlos in meine Seele bohrte. Was sollte ich antworten?

Ich wusste ja selbst nicht, was mit mir los war.

*Wieder einmal …*

Im Verlauf der letzten Stunde hatte ich mich mehrfach bei dem Gedanken ertappt, dass ich zu Hause unbedingt meine Mails checken musste, vielleicht hatte Patrick ja geantwortet.

»Ach, Olli … leider liegen die Dinge bei mir nicht ganz so einfach. Du bist zum Glück jung und wirst noch viele tolle Männer kennenlernen. Und du wirst sehen, in ein paar Wochen ist Fabian Geschichte, so sehr es dir jetzt auch weh tut.«

»Du wirst auch noch interessante Männer treffen«, fiel Olli mir ins Wort. »Schau dich doch an: Du bist eine attraktive, interessante und warmherzige Frau.«

Ich fühlte mich geschmeichelt, verspürte jedoch das Bedürfnis zu widersprechen:

»Momentan habe ich eher das Gefühl, dass es bei mir um etwas anderes geht als um Beziehungen. Mir ist das Projekt Inselkrabben wichtig, und ich werde alles dafür tun, damit ich es verwirklichen kann. Und ich möchte Bea und Adalbert bei ihrem Protest gegen den Hotelbau unterstützen. Es gibt so vieles andere in meinem Leben, das mich gerade beschäftigt und erfüllt.«

Ungläubig neigte Olli den Kopf zur Seite.

»Gut, dann will ich dich auch nicht weiter mit meinen Fragen löchern. Ich hoffe jedenfalls, dass deine Inselkrabben wie eine Bombe einschlagen. Und ich hätte auch nichts dagegen, mitzumischen. Du erinnerst dich: Ich kann Gitarre spielen, Akkordeon, trommeln und die Herzen kleiner Mädchen höher schlagen lassen …«

»Und nicht nur die von kleinen Mädchen«, ergänzte ich und erinnerte mich an unsere Strandparty. »Keine Sorge, ich habe dich und deine Entertainer-Qualitäten nicht vergessen. Ich komme schamlos auf dein Angebot zurück, wenn es so weit ist. Du wirst dich noch wundern.«

In diesem Moment klingelte Ollis Handy.

Seinem Gesichtsausdruck nach zu urteilen war es Fabian. Mit

ernster Miene drückte Olli den Annahmeknopf und meldete sich mit einer Stimme wie klirrende Eiswürfel.
Er würde sich garantiert keinen Honig von Fabian um den Bart schmieren lassen, so viel war sicher.
Und ich nutzte die Gelegenheit, um ebenfalls einen Blick auf mein Telefon zu werfen. Ein Teil von mir hoffte immer noch auf ein Zeichen von Patrick.

## *57. Kapitel*

Ich rollte meine Matte aus und freute mich auf die vor mir liegende sonntägliche Yogastunde mit Adalbert. Mittlerweile hatte ich mir sogar eine eigene gekauft, die als Motiv eine indische Gottheit trug und aus besonders umweltfreundlichem Material hergestellt war.

»Die folgenden Asanas helfen euch, euer inneres und äußeres Gleichgewicht zu finden«, erklärte Adalbert mit gewohnt sanfter Stimme, und Ina, Bea und die anderen Kursteilnehmerinnen hingen ihm aufmerksam an den Lippen. »Ihr werdet sehen, dass sie mit etwas Übung euren zerstreuten Geist beruhigen und die Konzentration fördern. Habt also ein wenig Geduld, auch wenn euch nicht alles auf Anhieb gelingt.«

In der kommenden Stunde war ich mit nichts anderem beschäftigt, als meinen mittlerweile gut trainierten Körper zu dehnen und zu verbiegen. Neben mir bemühte sich die kleine Paula redlich, mitzukommen. Es war ihre erste Yogastunde. Feine Schweißperlen standen auf ihrer Stirn, und ihr Gesicht hatte die Farbe einer Sommerkirsche.

»Beim ersten Mal glaubt man, dass man es niemals schafft«, versuchte ich sie zu beruhigen, als sie am Ende des Kurses wortlos die Matte zusammenrollte. »Natürlich ist es anstrengend, wie alles, was neu ist. Aber ich hoffe, es hat dir trotzdem Spaß gemacht.«

Ich war auf jede Antwort vorbereitet, nur nicht auf diese:

»Ja, ich fand's super!«, sagte Paula begeistert. »Ich möchte gern öfter kommen. Und du hast sooo eine coole Yogamatte.«

»Das freut mich aber«, sagte Adalbert, der zu uns getreten war. Auch Bea strahlte. Es war ihre Idee gewesen, Paula mitzunehmen. Seit neuestem musste Paulas Mutter nämlich sonntagnachmittags kellnern und ihre Tochter allein lassen. Gerade am Wochenende, das eigentlich der Familie gehören sollte, keine besonders glückliche Situation.

»Meinst du, es gibt noch mehr Mädchen, die das gern lernen würden, oder auch Jungs?«, fragte Adalbert.

Paula nickte eifrig.

»Na, wenn das so ist, sollte ich vielleicht darüber nachdenken, auch Yoga für Kinder, pardon für Teens, anzubieten.«

»Das ist eine wundervolle Idee«, flötete Ina und stellte sich zu uns. »Ich finde, man kann gar nicht früh genug damit beginnen, etwas für seinen Körper und sein Aussehen zu tun. Du hast übrigens wunderhübsche Haare, mein Kind.«

»Danke, aber die habe ich auch ohne Yoga«, antwortete Paula, und ich hatte Mühe, nicht loszulachen. Bea ging es offenbar genauso. Doch Ina ließ sich nicht beirren.

»Übrigens, liebster Adalbert, ein kleines Vögelchen hat mir gezwitschert, dass Sie vorhaben, in Ihrem schönen Haus eine Wohngemeinschaft zu gründen. Wären Sie so nett, mich auf die Liste der Interessenten zu setzen?«

Bea wurde mit einem Mal puterrot, legte ihren Arm auf Adalberts Schulter und fauchte:

»Das müssen Sie sich leider abschminken, denn Adalbert zieht zu mir ins Kapitänshaus. Und da ist bedauerlicherweise kein Platz mehr für Sie.« Adalbert grinste und drückte Beas Hand.

»Das ist mir wirklich eine große Ehre, meine Liebe.« Zu Ina gewandt sagte er: »Sie haben es gehört, Bea hat offenbar etwas anderes mit mir vor. Ich bin sozusagen vergeben, zumindest in dieser Hinsicht.«

*Oha! Das war ein ganz klarer Fall von Übersprungshandlung, motiviert durch Eifersucht. Aber war das die richtige Basis, um künftig zusammenzuleben?*

Ina schnappte nach Luft, und es fiel ihr sichtlich schwer, Haltung zu bewahren.

»Nun, dann sollte ich wohl gratulieren«, presste sie hervor, reckte das Kinn und stolzierte hinaus, ganz die gekränkte Diva.

Paula grinste von einem Ohr zum anderen.

»O Bea, dann bist du endlich nicht mehr allein.«

»Das stimmt«, seufzte Bea, der anscheinend gerade die Tragweite ihrer Entscheidung bewusst geworden war.

Würde sie jetzt, wo Ina weg war, wieder zurückrudern?

»Weißt du was, Adalbert? Lass uns so bald wie möglich zusammensetzen und besprechen, was wir im Kapitänshaus umbauen. Ich würde vorschlagen, wir brechen die Wand zwischen dem Gästezimmer und meinem Meditationsraum heraus, dann hast du ein schönes, großes Zimmer, das du nach deinen Vorstellungen gestalten kannst.«

Adalbert rieb sich die Nase und wirkte, als könne er sein Glück noch nicht recht fassen.

»Ganz, wie du willst, meine Liebe. Ich habe Zeit. Wenn du möchtest, können wir gern sofort beginnen.«

Ich lächelte still in mich hinein, nahm Paula an der Hand und verabschiedete mich.

»Dann lassen wir euch mal allein und machen uns einen gemütlichen Nachmittag, bis Tanja kommt. Viel Spaß beim Planen.«

Ich lud meine Namensvetterin zu einer Waffel und Kirschsaft in die Kleine Teestube ein. Paula aß mit großem Appetit und wirkte sehr zufrieden. Später spielten wir im Pavillon noch eine Partie Scrabble, und dann kam Tanja, um Paula abzuholen. Ich wünschte den beiden einen schönen Abend und konnte es kaum erwarten, meine E-Mails zu checken. Ob Patrick mir endlich geantwortet hatte?

Und siehe da:

Liebe Paula,
danke für deine netten Zeilen. Benjamin und mir geht es soweit sehr gut, außer dass ich ihn immer wieder daran erinnern muss, sich um seinen Hund zu kümmern. Tonte ist ein hübscher, aber frecher und lebhafter Mischlingshund, der seinen ganz eigenen Kopf hat, wie mein Sohn übrigens auch. Tonte hat schon mehrere Kissen zerkaut, und auch mein Bademantel und meine Hausschuhe scheinen es ihm angetan zu haben. Am besten hält man ihn mit genug Auslauf in Schach. Doch genau in diesem Punkt sind Benny und ich nicht ganz einer Meinung. Er vertritt die Ansicht, dass einmal am Tag völlig genügt und es Tonte zu Kopf steigt, wenn man sich zu sehr mit ihm beschäftigt. Benjamin würde am liebsten den ganzen Tag lang chillen. Mir ist jetzt schon angst und bange vor dem Schulwechsel nach den Sommerferien. Bennys Zeugnis ist nicht gerade zufriedenstellend, dabei ist er durchaus ein kluger Kopf. Wenn er nicht gerade auf dem Sofa »abhängt«, surft er am liebsten. Es ist schwer zu beschreiben, was ich gerade fühle. Und es ist besonders schwer, dir davon zu erzählen, weil ich mir vorstellen kann, wie sehr dir das weh tut. Aber trotz aller Verwirrung und großer Umstellungen verspüre ich vor allem eins: große Freude und tiefe Dankbarkeit, dass ich diese Erfahrung machen darf. In den nächsten Tagen werde ich mir Urlaub nehmen und fahre zusammen mit Benny weg, nach Fehmarn

oder Sankt Peter-Ording. So, nun aber genug. Ich hoffe, es geht dir gut und du genießt den Sylter Inselsommer in vollen Zügen.

Patrick

Es dauerte eine Weile, bis ich mich gesammelt hatte. Seine Zeilen klangen so positiv, so lebendig – er war bestimmt ein guter Vater. Das hatte ich schon immer intuitiv gewusst. Benjamin wohnte erst seit kurzem bei ihm, und schon machte er sich Gedanken über die schulischen Aussichten seines Sohns. Natürlich versetzte mir seine E-Mail einen Stich, aber ich musste lernen, mit diesem Gefühl fertigzuwerden.

Ich wollte gerade zurückschreiben und von meinen Empfindungen berichten, als mich eine innere Stimme davon abhielt. Worauf sollte das Ganze eigentlich hinauslaufen? Was versprach ich mir davon? Ich wollte doch Abstand zu Patrick gewinnen und nicht via E-Mail permanent an seinem neuen Leben teilhaben.

Zum Glück klingelte in diesem Moment mein Telefon, es war Ineke.

»Frau Alwart, nett, dass Sie anrufen«, sagte ich, während mir das Herz bis zum Hals schlug.

»Schön, dass ich Sie sofort erreiche«, antwortete Ineke gut gelaunt. »Ich wollte Ihnen nur Bescheid geben, dass ich Ihrem Vorschlag zustimme. Jetzt müssen Sie nur noch einen geeigneten Ort für meine Bilder finden.«

Nachdem ich aufgelegt hatte, tanzte ich vor Freude durch den Pavillon. Der wichtigste Schritt war getan, Ineke Alwart stellte ihre Bilder aus und erzielte damit garantiert hohe Umsätze, dies sagte mir meine Erfahrung als Galeristin.

Die kommenden Tage würde ich mich nach einer passenden Örtlichkeit umsehen, doch auch hier vertraute ich dem Schicksal. Ich weigerte mich einfach, mir vorzustellen, dass die geplante Vernissage an einer Bagatelle wie einem fehlenden Raum scheitern sollte.

*Mist!*

Warum hatte ich jetzt niemanden, mit dem ich feiern konnte? Bea war noch bei Adalbert, Larissa war für zwei Tage zu einer Freundin nach Föhr gefahren, und Vero konnte ich um diese Zeit auch nicht mehr besuchen. Da fiel mir Olli ein. »Hey, hast du Lust, spontan einen mit mir draufzumachen?«, fragte ich ihn am Telefon und erntete sogleich ein begeistertes »Hurra!«.

Wir beschlossen, uns im Westerländer Künstlercafé in einer Seitenstraße der Einkaufszone zu treffen. In meiner Aufregung war ich eine Viertelstunde vor Olli da und blätterte in den herumliegenden Tageszeitungen. Dabei erregte ein Foto meine Aufmerksamkeit. Es zeigte den Finanzmogul Kay Fedder mit seiner Frau Anka, ihres Zeichens Immobilienmaklerin. Beide standen breit grinsend vor dem Grundstück gegenüber von Adalberts Haus. Ankas Haare waren zu blond, ihre Gesichtsfarbe zu braun und ihre Zähne zu weiß. Leider entsprach auch ihr Mann jedem gängigen Klischee. Die Bildunterschrift lautete *Damit auch an diesem Ort der Stille Wohnträume wahr werden*. Offenbar waren diese beiden unsympathisch aussehenden Menschen für den geplanten Hotelbau verantwortlich. Vor Wut krampfte sich mein Magen zusammen. Hoffentlich bekam die Initiative Zukunft Sylt genug Unterschriften für ihre Petition zusammen, so dass die Gemeinde sich eines Besseren besann und das Grundstück weiterhin unbebaut ließ.

»Was machst du denn für ein Gesicht? Ich dachte, wir wollten feiern«, fragte Olli, der selbst ein wenig blass aussah. Der Betrug von Fabian steckte ihm immer noch in den Knochen. Wortlos schob ich den *Sylter Tagesspiegel* über den Tisch.

»Widerliches, geldgieriges Pack«, ätzte Olli und verzog angeekelt das Gesicht. »Leute wie die sind für die Misere auf Sylt verantwortlich und sehen ungerührt zu, wie immer mehr Einwohner wegziehen, weil sie sich das Leben hier nicht mehr leisten können. Die Struktur der Insel wird nach und nach zerstört. Aber denen ist das alles egal! Sie stopfen sich mit Hummer und Austern bei Gosch voll und saufen den ganzen Tag Champagner, um sich und ihre Geschäftstüchtigkeit zu feiern.« Oha! So wütend hatte ich Olli selten erlebt. Er war nicht mehr zu stoppen: »Was glaubst du, was ich mir auf dem Campingplatz schon alles für Geschichten anhören musste? Zum Teil wirklich tragische. Wenn ich so jemanden in die Finger kriege, dann …« Einen Augenblick lang war ich mir nicht sicher, ob diese Schimpftirade wirklich noch den beiden aus der Zeitung galt oder nicht eher Fabian.

Wie auch immer. Wir brauchten schleunigst einen Stimmungsaufheller, denn eigentlich wollten wir ja darauf anstoßen, dass es mir gelungen war, Ineke Alwart zu überzeugen.

»Also, Olli, was möchtest du essen? Du bist zur Feier des Tages eingeladen und kannst dich, wenn du magst, die gesamte Karte rauf- und runterarbeiten.«

»Na, wenn das so ist«, grinste Olli. »Dann bestelle ich mir das kalorienreichste Gericht auf der Karte und zwei Desserts obendrauf. Schließlich habe ich in den letzten Tagen genug gehungert!«

# *58. Kapitel*

»Wie viele Unterschriften braucht ihr eigentlich, um gegen den Bau des Hotels vorzugehen?«, wollte ich am nächsten Tag von Bea wissen, als wir auf dem Weg zum Büchernest waren.

»Wir dachten an ungefähr fünftausend. Aber je mehr, desto besser. Momentan haben achthundert Sylter die Petition unterzeichnet, doch ich hoffe sehr, dass es noch mehr werden. Ich muss Larissa übrigens recht geben: Dieses Facebook ist gar nicht so übel. Solange man darauf achtet, dass man nichts Persönliches postet, hat es durchaus seine Vorteile. Es kann vermutlich wirklich nicht schaden, wenn wir mit dem Büchernest auch bei Facebook sind.« Ich schmunzelte. Rieke, Larissa und Olli würden sich freuen.

Im Büchernest angekommen, ging ich als Erstes in die Küche, um die Kaffeemaschine anzuschalten und die Lieferung der Bäckerei in Empfang zu nehmen. Obwohl Lars regelmäßig vorbeikam, war dem Bäcker-Azubi nicht mehr als ein *Moin* zu entlocken. Doch mittlerweile hatte ich mich an seine Einsilbigkeit gewöhnt.

Bea war mir gefolgt und füllte Wasser für den Tee in den Kocher. Ich erzählte ihr von Ineke Alwarts Zusage.

»Das ist eine wunderbare Überraschung«, jubelte sie und umarmte mich. »Ach, ich freue mich ja so für dich. Und keine Sorge, uns fällt schon etwas ein, wo wir die Bilder ausstellen können. Wäre doch gelacht, wenn wir das nicht hinbekommen!«

»Worum geht's?«, wollte Vero wissen und steckte ihre Nase neugierig durch den Türspalt. »Ihr seht beide so glücklich aus. Los, sagt schon. Ich will mich auch mitfreuen.«

Bea klärte ihre Freundin auf, während ich die Backwaren auf einzelne Körbe verteilte und den Lieferschein kontrollierte.
Auch Vero strahlte.
»Das sind wirklich grandiose Neuigkeiten. Klingt, als könnte dein Traum von den Inselkrabben wahr werden. Hm, lasst mich mal überlegen …« Sie runzelte die Stirn. »Wo könnte man die Arbeiten von Ineke ausstellen? Es müssten Räume sein, die auch zu ihr passen. Soweit ich dich verstanden habe, Paula, hat sie ja nichts mit Schickimickikram am Hut. Außerdem sollte es möglichst wenig kosten, damit der Erlös weitestgehend dem Kinderprojekt zugute kommt und nicht für die Raummiete draufgeht.«
»Wie wäre es denn mit eurer Scheune?«, fragte Bea mit unternehmungslustig funkelnden Augen. »Ihr habt schon lange keine Tiere mehr und eh nur alten Trödel da drinstehen.«
Ich hielt den Atem an.
Das hörte sich vielversprechend an!
Im ersten Moment wirkte Vero ein wenig skeptisch, doch dann hellte sich ihr Gesicht auf.
»Gar nicht mal so dumm, Bea, gar nicht mal so dumm!«, murmelte sie vor sich hin.
»Ich weiß«, erwiderte Bea und grinste. »Manchmal bin ich ein Genie.«
»Aber ich muss das natürlich mit Hinrich besprechen. Am besten koche ich ihm heute Abend etwas besonders Leckeres, kredenze ihm einen winzigen Schluck seines Lieblingscognacs und warte mit meiner Frage, bis er gewirkt hat«, sagte sie mit spitzbübischem Lächeln.
»Dann ist die Sache doch so gut wie geritzt«, freute sich Bea und klatschte in die Hände. »Da stehen uns aufregende Zeiten bevor, und wir werden neben dem üblichen Kram jede Menge zu tun haben. Der Umbau des Kapitänshauses, im Büchernest, der

Umzug von Adalbert zu mir, die Vorbereitungen für die Vernissage …«
»Adalbert zieht zu dir?«, fragte Vero verwundert, als hätte man ihr gerade gesagt, dass Weihnachten dieses Jahr auf Ostern fiel. »Wirklich wahr?«
»Wirklich wahr.« Bea nickte und schien sich tatsächlich zu freuen. »Aber bevor du auf dumme Gedanken kommst. Es ist eine reine Zweckgemeinschaft, kein romantisches Techtelmechtel, damit das klar ist!«
»Klar doch!«, antworteten Vero und ich wie aus einem Mund und mussten beide lachen. Diese Entwicklung würde Larissa bestimmt die Entscheidung erleichtern, nach Mallorca zu ziehen.
»Was ist denn hier los?« Wie aufs Stichwort tauchte Larissa in der Tür auf, einen leeren Kaffeebecher in der Hand.
»Adalbert zieht zu mir«, antwortete Bea trocken. »Aber mach dir keine falschen Hoffnungen. Wir sind nur eine WG.«
»Ja, natürlich«, sagte Larissa und grinste nun auch. Rasch drehte sie sich zu uns um und hielt zwinkernd den Daumen hoch. »Und wann zieht ihr zusammen?«
»Sobald der Umbau fertig ist. Ich werde die Wand zwischen den beiden Zimmern im ersten Stockwerk einreißen lassen, und dann wird gestrichen, und …«
»Klingt gut«, bemerkte Larissa und strahlte über das ganze Gesicht.

Nach dem Ende meiner Schicht im Büchernest rief ich bei Adalbert an. Die Geschichte mit seinem Haus ging mir einfach nicht aus dem Kopf, und ich wollte dringend mit ihm darüber reden.
»Aber klar doch, komm gern vorbei. Du weißt, ich freue mich immer über deinen Besuch«, sagte er gut gelaunt.

Kurze Zeit später hieß er mich an der Gartenpforte willkommen.
»Nun, was kann ich für dich tun?«, fragte Adalbert lächelnd. »Du besuchst mich doch sicher nicht ohne Grund, nachdem wir uns gestern erst gesehen haben.«
Ein wenig verlegen trat ich von einem Bein aufs andere.
Wie fing ich es nur am besten an?
»Los, raus mit der Sprache. Was hast du auf dem Herzen? Geht es um mein Haus?« Sofort fühlte ich mich ertappt und nickte. Nachdem wir uns auf die sonnige Terrasse gesetzt hatten, redete ich nicht lange um den heißen Brei herum und fragte beherzt: »Willst du dein Haus eigentlich vermieten oder verkaufen, wenn du zu Bea ziehst?«
Adalbert schmunzelte.
»Was würdest du denn bevorzugen?«
»An deiner Stelle würde ich vermieten«, antwortete ich ehrlich. Das Haus und das Grundstück in Toplage waren für mich unbezahlbar.
»Ich möchte am liebsten jemanden, den es nicht stört, wenn ich meine Kurse hier abhalte. So jemanden zu finden ist mir weitaus mehr wert als Geld.«
Meine Gedanken überschlugen sich. Wenn Adalbert wirklich vermieten wollte, wären Ollis und meine Wohnungsprobleme mit einem Schlag gelöst, und wir könnten beide in Adalberts Haus einziehen.
»Das mit den Kursen wäre für mich kein Problem, ganz im Gegenteil. Du hast doch gestern mit der Idee geliebäugelt, auch Yoga und Meditation für Kinder anzubieten. Ich habe lange genug in einer ruhigen Wohnung gelebt – warum zur Abwechslung nicht mal ein wenig Trubel? Olli würde sicherlich auch unheimlich gern hier wohnen. Vorausgesetzt natürlich, dass dir das recht wäre und wir uns die Miete leisten können.«

Adalbert überlegte. Mein Herz pochte wie wild. Die Zeit schien sich hinzuziehen wie Kaugummi. Das Ganze war wie ein Wink des Schicksals, es musste einfach klappen!

»Wenn du es dir wirklich gut überlegt hast, Paula, dann soll es wohl so sein, nicht wahr?«, begann Adalbert und erlöste mich aus meiner Anspannung. »Du hättest gern eine Bleibe auf Sylt, und ich möchte mit Bea zusammenleben. Das nennt man zwei Fliegen mit einer Klappe schlagen. Darauf sollten wir anstoßen. Wie wäre es mit einer Kirschschorle? Die Kirschen stammen aus Veros Garten.« Beglückt und den Kopf voller Zukunftspläne schaute ich aufs Wattenmeer, während Adalbert in die Küche ging. Mit meinem neuen Zuhause wurde ein langgehegter Traum wahr. Diese wundervolle Natur, dieser Frieden, die würzige Nordseeluft … ein bislang kaum gekanntes Gefühl von Heimat.

»Du siehst gerade aus, als hätte die Sonne dich geküsst«, schmunzelte Adalbert und stellte Gläser auf den Tisch. Ich hatte ihn gar nicht kommen hören.

»Ehrlich gesagt bin ich gerade dabei, mich hier im Geiste schon häuslich einzurichten«, antwortete ich. »Oder findest du das geschmacklos?«

»Ach was, Unsinn. Ich kann mir keine bessere Mieterin vorstellen.

Du weißt dieses Fleckchen Erde zu schätzen und bist einverstanden, dass ich weiter meine Kurse veranstalte – und du gehörst mittlerweile zur großen Büchernest-Familie, genau wie Olli und ich.«

Mir wurde warm ums Herz.

Wie selbstverständlich Adalbert dieser Satz über die Lippen kam …

»Was hältst du davon, wenn wir gleich eine kleine Ortsbegehung machen? Immerhin kennst du noch nicht alle Räumlichkeiten und solltest doch keinesfalls die Katze im Sack kaufen, pardon, mieten.«

Ich nickte freudig und dachte an Patrick.

Was würde er sagen, wenn er erfuhr, dass ich einen weiteren Schritt unternahm und hier endgültig heimisch wurde?

# 59. Kapitel

Lieber Patrick,
es freut mich, dass Benjamin und Tonte sich so gut bei dir eingelebt haben. Als Vater hast du eine ganz neue große Verantwortung, und dein Leben ist jetzt ein anderes. Aber solange der Hund nur deine hässlichen Hausschuhe zerkaut … ;-)
Auch bei mir wird sich einiges ändern, denn ich werde bald umziehen.
Bea möchte eine - wie sie es nennt - Senioren-WG mit ihrem besten Freund Adalbert gründen, der deshalb sein wunderschönes Haus am Keitumer Watt vermietet.
Deshalb werde ich dort mit Olli, dem Koch des Büchernests, einziehen. Das ist die perfekte Lösung, denn dann können wir beide auf der Insel bleiben. Im Winter wird es für Olli auf dem Campingplatz zu kalt, und der Pavillon ist nur begrenzt beheizbar. Außerdem wünsche ich mir sehnlichst eine Badewanne, wenn es draußen stürmt und schneit.

Nachdem ich noch von meiner Idee mit den Inselkrabben berichtet und die E-Mail abgeschickt hatte, wurden meine Augen auf einmal feucht, und ich spürte einen dicken Kloß im Hals. Es war merkwürdig: Patrick und ich hatten so viele Jahre eng zusammengelebt, und plötzlich kommunizierten wir nur noch online! Hinter der vermeintlichen Leichtigkeit meiner Zeilen verbargen sich eine große Anspannung und Schmerz, doch das behielt ich lieber für mich. Denn ich hatte schließlich unsere Ehe beendet und kein Recht, Patrick mit meinen wahren Gefühlen zu behelligen.

Er und ich – von nun an führten wir zwei getrennte Leben.

Wie gern hätte ich sein Gesicht gesehen, wenn er las, dass ich mich in Zukunft für Kinder engagieren wollte.

Wie gern hätte ich *ihn* wiederum beobachtet, wie er sich liebevoll um seinen Sohn kümmerte und ihm das Frühstück machte und zusammen mit ihm und Tonte spazieren ging.

Doch diese Gedanken waren Energieverschwendung, und ich tat gut daran, mich endlich daran zu gewöhnen, dass ich an Patricks Leben keinen Anteil mehr hatte.

Während ich auf den Monitor starrte und überlegte, wie lange ich wohl auf eine Antwort von Patrick warten musste, klingelte mein Handy. Es war Larissa. Sie klang aufgeregt und fragte, ob ich Zeit hätte, bei ihr vorbeizukommen.

Verwundert sah ich auf die Uhr, es war beinahe halb neun abends. Demnach musste es wichtig sein, und ich antwortete: »Aber klar doch, bin schon unterwegs.«

Mit einem etwas mulmigen Gefühl verließ ich den Pavillon und schaute noch kurz im Kapitänshaus vorbei. Doch dort war es still, keine Ahnung, wo Bea war. Vielleicht schmiedete sie ja bei einem guten Essen Umbaupläne mit Adalbert.

Ich wollte gerade bei Larissa klingeln, als sie bereits die Tür aufriss. Maunzend strich Neles Katze Blairwitch ihr um die Beine.

»Super, dass du Zeit hast«, sagte sie erfreut und führte mich ins Wohnzimmer. Blairwitch folgte uns und kuschelte sich in ihr Katzenkörbchen. Heute Abend war es zu kühl, um draußen zu sitzen – der Inselsommer präsentierte sich als verfrühter Inselherbst.

»Also, was gibt's?«, wollte ich wissen, da ich Larissas Gesichtsausdruck nicht deuten konnte.
»Am besten komm ich gleich auf den Punkt. Ich habe mich entschieden, zu Leon nach Mallorca zu ziehen. Und du sollst nach Bea die Erste sein, die es erfährt.«
»Glückwunsch, das sind ja wunderbare Neuigkeiten«, freute ich mich, dachte jedoch zugleich an Bea. Hatte sie sich deshalb heute Abend verzogen? Larissa umfasste ihre Beine und wippte auf dem gemütlichen Lesesessel hin und her.
»Und wann soll es losgehen?«
»Ich würde gern zur Mandelblüte da sein, also etwa Mitte bis Ende Januar. Dann haben Bea und Rieke genug Zeit, um eine Nachfolgerin für mich zu finden und den Laden so umzubauen, dass du mit deinen Inselkrabben genug Platz hast. Außerdem wäre ich beim Weihnachtsgeschäft und bei der Inventur dabei und könnte beim Umbau des Kapitänshauses und bei Adalberts Einzug helfen.«
Ich brauchte einen Augenblick, um diese neuen Informationen zu verdauen. Womöglich hatte Bea überhaupt keine Lust, die Hauptverantwortung für das Büchernest zu übernehmen, und würde es verkaufen und ihren wohlverdienten Ruhestand antreten.
Larissa betrachtete mich mit ernster Miene.
»Bea hat meine Entscheidung gut aufgenommen und überlegt sich in den nächsten Tagen, wie es mit dem Laden weitergehen soll. Ihr ist selbstverständlich klar, dass an der Existenz des Büchernests so einiges hängt: Vero will wieder arbeiten, Ollis Vertrag soll verlängert werden, Rieke ist noch nicht mit ihrer Ausbildung fertig. Und nicht zuletzt brauchst du ja geeignete Räumlichkeiten für dein Kinderprojekt.«
»Und wer soll deinen Platz einnehmen?«
Larissa senkte den Kopf.
»Momentan habe ich keine Ahnung. Aber ich vertraue darauf,

dass sich alles fügen wird. Bitte versteh mich. Ich vermisse meinen Mann, und ich habe die Hoffnung, eines Tages mit ihm eine Familie gründen zu können, noch nicht aufgegeben.
Bea hat immer gesagt, dass ihr mein Glück und meine persönliche Zukunft weitaus mehr am Herzen liegen als das Buchcafé. Oje, weinst du?«
Verschämt wischte ich mir die Tränen von den Wangen. Larissa sprang auf, setzte sich neben mich auf die Couch und umarmte mich. »Hey, sei nicht traurig. Ich habe doch gesagt, dass Bea und ich alles daran setzen werden, eine gute Lösung für alle Beteiligten zu finden.«
»Ich weine ja gar nicht deshalb …«, protestierte ich und putzte mir die Nase.
Larissa hielt mich immer noch umschlungen, was unendlich guttat.
»Ist es wegen Patrick? Ihr schreibt euch doch E-Mails, nicht wahr?« Statt einer Antwort brachte ich nur ein Nicken zustande.
»Es ist bestimmt nicht leicht, akzeptieren zu müssen, dass er nun mit dem Sohn einer anderen Frau zusammen in eurer Wohnung lebt. Das muss verdammt weh tun.« Ich versuchte, mich zu beruhigen. Wie gut, dass ich jetzt nicht allein war. Doch wenn ich mich weiter hängenließ, war niemand damit geholfen. Deshalb stand ich auf und putzte mir die Nase:
»So, Schluss jetzt. Ich bin ja nicht hier, um dir was vorzuheulen, sondern weil du so fantastische Neuigkeiten hast. Soll ich uns einen Tee kochen?«
»Nein, lass mal, das mache ich schon«, wehrte Larissa ab und stand ebenfalls auf. »Du bist doch mein Gast.«

Als ich gegen Mitternacht wieder im Pavillon war, lag das Kapitänshaus im Dunklen. War Bea immer noch unterwegs, oder hatte sie sich ausnahmsweise früh ins Bett gelegt? Unschlüssig und ein wenig aufgedreht von dem Besuch bei Larissa umkreiste ich meinen Computer. Meine Hand berührte den Einschaltknopf, doch ich ließ es bleiben. Ich benahm mich wie ein Teenie-Girl, das sehnsuchtsvoll auf eine Nachricht ihres Liebsten wartete.

Um mich abzulenken, kochte ich mir einen Melissentee und kuschelte mich mit Marco Nardis Roman ins Bett. Doch die Zeilen tanzten vor meinen Augen, und nach zehn Seiten hatte ich nicht die geringste Ahnung, was ich gerade gelesen hatte. *Ist doch nicht schlimm, wenn ich noch mal aufstehe und nachschaue,* dachte ich und fuhr den Computer hoch. Mittlerweile war es ein Uhr morgens, und die Nachtschwärmer ließen die Drähte des Internets glühen und versuchten, die nächtliche Einsamkeit im Chatroom zu vertreiben.

Mein Herz pochte: Patrick hatte mir tatsächlich geantwortet! Und ich fiel beinahe in Ohnmacht, als ich las, *was* er geschrieben hatte:

```
Liebe Paula,
ich wünsche alles Gute für deinen Umzug ins
Haus deiner Träume. Vielleicht sollten wir uns
mal zusammensetzen und besprechen, ob es nicht
besser wäre, wenn wir uns scheiden lassen.
Benjamin und ich fahren einige Tage zum Sur-
fen. Mach's gut,
Patrick
```

*SCHEIDUNG?!*

Ich war so durcheinander, dass ich Patricks Mail ungefähr zehnmal las. Doch das Wort, das mir das Herz zu zerreißen drohte, stand immer noch da.

Was war nur passiert?

Unruhig wälzte ich mich im Bett hin und her. Je weiter der Uhrzeiger vorrückte, desto wütender wurde ich. Auf Patrick, auf mich, auf die ganze Welt. Was hatte ich mir nur dabei gedacht? Wie kam ich nur auf die Idee, dass Patrick und ich uns romantische E-Mails schreiben würden? Immerhin hatte ich meinen Mann sehr verletzt. Und er lebte nun mit seinem Sohn zusammen und freute sich, Zeit mit ihm zu verbringen und endlich einmal den Familienurlaub zu machen, von dem wir beide jahrelang geträumt hatten.

Doch diese Simona schien eine weitaus größere Rolle zu spielen, als Patrick versucht hatte, mir weiszumachen. Vermutlich bestand sie darauf, dass er einen Schlussstrich unter sein altes Leben mit mir zog.

Wahrscheinlich hatte er mich angelogen, und die beiden waren wieder ein Paar – und noch schlimmer: eine richtige Familie!

# 60. Kapitel

Obwohl ich in der letzten Nacht kein Auge zugetan hatte und mich zerschlagen fühlte, blieb mir an diesem Tag nichts anderes übrig, als weiter an den Vorbereitungen für die Ausstellung zu arbeiten.

Ich würde am späten Nachmittag zusammen mit Ineke Alwart Veros Scheune besichtigen, damit die Künstlerin ihre Zustimmung geben konnte.

Hinrich hatte nach einigem Hin und Her zugesagt, die Scheune als Ausstellungsort zur Verfügung zu stellen. Anfangs hatte er sich gesträubt, weil in seinen Augen solch eine Ausstellung zu viel Unruhe mit sich bringen würde, doch zu guter Letzt hatte Vero ihn doch überzeugen können. Denn Hinrich war Sylter durch und durch, und Ineke Alwart wurde auf der Insel als Künstlerin hochgeschätzt. Und Tradition sollte schließlich hochgehalten werden!

Bevor ich nach Morsum fuhr, musste ich noch etwas mit Olli klären, mit dem ich heute Küchendienst hatte. Ich war froh über die Ablenkung, um die Geister der vergangenen Nacht ein wenig im Zaum zu halten.

»Was ist los?«, fragte Olli, und ich hatte das Gefühl, dass seine Sommersprossen heute noch mehr leuchteten als sonst. »Hast du im Lotto gewonnen?«

»Ich wünschte, es wäre so«, seufzte ich und verscheuchte den Gedanken, was passieren würde, wenn Inekes Bilder sich wider Erwarten doch nicht so gut verkauften. »Aber ich habe so etwas wie den Sylter Wohnungs-Jackpot geknackt, von dem du auch profitieren könntest.«

Kaum hatte ich Olli erzählt, dass ich bald den Mietvertrag für Adalberts Haus unterschreiben und mich freuen würde, wenn er mit mir dort einzog, brach er in lauten Jubel aus. Er umfasste meine Hüften und tanzte mit mir durch die Küche.

»Ihr beiden seid ja goldig«, grinste Bente, die mit einem vollbeladenen Tablett hereinkam. »Darf ich mitmachen? Ich habe schon seit einer Ewigkeit nicht mehr getanzt.«

Olli rief:

»Aber klar doch!«, drehte das Radio lauter und fasste die Küchenaushilfe bei der Hand. Lauthals sang er: »Wir ziehen in Opas klein Häuschen, wir ziehen in Opas klein Häuschen«, bis ich mich gezwungen sah, ihm die Hand auf den Mund zu legen.

Bente lachte laut, was wirklich selten bei ihr vorkam. Normalerweise war sie ganz die zurückhaltende Friesin, konzentriert auf ihre Arbeit.

»Meinst du denn, ich kann mir den Mietanteil leisten?«, fragte Olli, nachdem Bente wieder nach draußen gegangen war, und wirkte auf einmal sehr ernst.

»Ich knöpfe dir bestimmt nicht viel ab, schließlich will ich mit dir zusammenwohnen. Adalbert kalkuliert das Ganze gerade durch, hat aber versprochen, auf unsere finanziellen Möglichkeiten Rücksicht zu nehmen.« *Ich war so erleichtert, dass sich mein Leben vorwärtsbewegte und meine Gedanken nicht ständig wehmütig um die Vergangenheit kreisten!*

Auch Ollis Gesicht hellte sich etwas auf.

»Das ist ein Fingerzeig Gottes, die Entschädigung dafür, dass Fabian mich so mies behandelt hat.«

Ich schmunzelte. Wer hätte gedacht, dass Olli gläubig war?

»Schön, wenn Gott und ich dir eine Freude machen können. Hast du denn noch Kontakt zu Fabian?«

»Totale Funkstille«, entgegnete Olli düster. Ich erkannte an einem kaum merklichen Zucken seiner Unterlippe, dass er mit den Tränen kämpfte, und wusste genau, wie er sich fühlte.

»Ist bestimmt besser so«, antwortete ich leise und dachte an Patrick. *Ich* würde ihm in der nächsten Zeit auf keinen Fall schreiben. Ab jetzt gingen wir getrennte Wege. Blieb nur zu hoffen, dass wir beide am Ende glücklich wurden.

»Ich hätte übrigens einen Vorschlag. Morgen kommt meine Freundin Helen übers Wochenende und würde gern Samstagabend ausgehen. Hast du Lust, mitzukommen? Ich weiß zwar nicht genau, was sie sich vorstellt, aber wir finden bestimmt etwas, das uns dreien gefällt. Eventuell ist auch Larissa dabei.«

»Drei Frauen und ich, klingt nach einer perfekten Kombination«, sagte Olli grinsend, und ich war froh, dass sich die düstere Wolke wieder verzogen hatte.

Kurz darauf zeigte Hinrich uns zusammen mit Vero die Scheune. Ineke und ich betrachteten den großen Raum, der durch mehrere Fenster erhellt wurde, für unser Vorhaben eine gute Voraussetzung.

»Die Dachbalken geben dem Raum einen besonderen Charme«, sagte Ineke, die sich bislang schweigend umgesehen hatte.

»Die Scheune habe ich zusammen mit meinem ältesten Sohn gezimmert«, erklärte Hinrich stolz, und in diesem Moment konnte ich mir gut vorstellen, weshalb sich Vero vor beinahe fünfzig Jahren in ihn verliebt hatte. Er war zwar etwas kauzig, aber immer noch ein gutaussehender Mann. Seine grünblauen Augen leuchteten, als er uns auf jedes noch so winzige Detail hinwies.

»Und Sie können sich beide vorstellen, meinen Bildern eine Weile so etwas wie eine Heimat zu geben und gut auf sie aufzupassen?«, fragte Ineke zu Vero und Hinrich gewandt.

»Es wäre uns eine große Ehre«, antwortete Hinrich und deutete eine kurze Verbeugung an, was ihm einen irritierten Blick seiner Frau einbrachte. »Sie müssen sich keine Sorgen um die Kunstwerke machen. Hier sind sie trocken gelagert und bestens vor eventuellen Dieben geschützt. In Morsum geht es friedlich zu – und wenn doch einmal etwas wäre, alarmieren uns die Wachhunde. Sie sind zwar an sich ruhige Tiere, aber wenn es um uns und den Hof geht, verstehen sie keinen Spaß.«

Ineke lächelte verschmitzt. Auch ich schmunzelte in mich hinein. Hinrich legte sich wirklich ins Zeug.

»Dann sollten wir uns jetzt zusammensetzen, den Kalender zücken und alle Einzelheiten besprechen«, erwiderte Ineke, und mir fiel ein Stein vom Herzen.

»Und das kann man am besten bei selbstgebackenem Kuchen und einem starken friesischen Tee. Oder haben Sie eher Appetit auf etwas Deftiges? Ich hätte auch eine Krabbensuppe anzubieten«, sagte Vero, wie immer die begeisterte Gastgeberin.

»Dann nehme ich gern die Suppe und den Kuchen als Nachtisch«, antwortete Ineke lächelnd, und ich folgte den dreien ins Haus. Während Vero in der Küche wirbelte, schaute Ineke Alwart aus dem Fenster auf den prachtvollen Garten. »Gärtnern ist leider das Einzige, was ich in meinem Wäldchen nicht kann. Ich träume schon so lange davon, in Beeten zu wühlen und den Pflanzen beim Wachsen zuzusehen.« Sie schnupperte. »Mhm, das duftet ja köstlich. Natürlich haben sich Veros Kochkünste und die tolle Küche im Büchernest längst bis zu mir herumgesprochen. Aber ich bin immer so mit meiner Malerei beschäftigt, dass ich mich manchmal einfach nicht aufraffen kann. Aber ich muss unbedingt mal im Buchcafé vorbeischauen. Vor allem da ich auch bald neuen Lesestoff brauche.«

Hinrich schmunzelte vergnügt und führte Ineke an ihren Platz. »So, nun lassen Sie es sich erst einmal bei uns schmecken. Alles andere hat Zeit.«

Nachdem wir zwei Stunden gemütlich beisammen gesessen, geplaudert und Pläne für die Vernissage geschmiedet hatten, fuhr ich nach Hause und traf auf Bea. Sie jätete Unkraut und war so sehr in Gedanken, dass sie mich zunächst nicht bemerkte.
»Oh, mein Gott, Paula, hast du mich erschreckt«, rief sie aus, als ich direkt vor ihr stand, und griff sich ans Herz.
»Tut mir leid, aber ich habe ein paarmal gerufen.«
Bea rappelte sich mühsam auf und stöhnte.
»Scheint, dass nicht nur meine Ohren schlappmachen, sondern auch meine Knie. Momentan fühle ich mich so steif wie das Brett, das ich wohl vor dem Kopf habe. Aber wie verlief denn euer Treffen?«
Wir setzten uns nebeneinander in den Strandkorb und wickelten uns in Decken, weil es mittlerweile recht frisch war. Ich brachte Bea auf den neuesten Stand. Doch das Wichtigste – Patricks Mail – ließ ich aus.
»Das klingt vielversprechend«, bemerkte Bea und schaute lächelnd in den Abendhimmel, über den der sanfte Sommerwind die Wolkenberge trieb. Um uns herum zwitscherten munter die Vögel. Ein frecher Spatz hüpfte vor unseren Füßen auf und ab und hoffte offensichtlich auf ein Stückchen Brot.
»Jetzt müssen wir nur noch eine Lösung fürs Büchernest finden und den Hotelbau verhindern, dann ist alles im Lot«, seufzte Bea. »Das Dumme ist nur, dass mir momentan nichts einfallen will. Ich hätte mich schon viel früher damit beschäftigen sollen. Offenbar habe ich den Gedanken, dass Lissy wirklich ernst macht, komplett verdrängt.«
»Nun mach dir deshalb keine Vorwürfe«, beschwichtigte ich sie. »Noch ist Zeit genug. Larissa wird sowieso erst aufbrechen, wenn alles geregelt ist. Sie weiß doch, wie sehr dir das Büchernest am Herzen liegt.«
Bea seufzte erneut.

»Am meisten ärgert mich, dass ich im Laufe der Jahre immer gefühlsduseliger statt gelassener geworden bin. Keine Ahnung, woher der Begriff der Altersweisheit stammt oder ob man dafür einfach *noch* älter werden muss. Und daran ändern auch meine Meditations- und Yogastunden nichts.«

»Aber wer weiß, wie du dich ohne sie fühlen würdest«, hielt ich dagegen. »Apropos Yoga: Ich bin ja sehr gespannt, wie Ina es verkraftet, dass du bald mit Adalbert zusammenwohnst.«

Bea grinste.

»Meinst du, ich sollte sie zu unserer Einweihungsparty einladen?«

Wie auf Kommando brachen wir beide in schallendes Gelächter aus. Der Spatz zu unseren Füßen erschrak und flüchtete auf den nächstgelegenen Baum.

# 61. Kapitel

Als ich am frühen Samstagnachmittag mit Helen am Strand spazieren ging, begleitet von einem Schwarm Seeschwalben und dem rauschenden Wind, sah die Welt schon freundlicher aus. Der erste Schock, ausgelöst durch das Wort *Scheidung,* hatte sich ein wenig gelegt. Der erwachsene Teil in mir sagte: Hey, wieso wunderst du dich? Ihr lebt getrennt voneinander, Patrick ist jetzt Vater. Natürlich beginnt er sein Leben neu zu ordnen und du deins.

Die andere Paula war immer noch verletzt, wehmütig und rebellierte. Ich war wirklich froh, dass Helen übers Wochenende hier war!

Wir hatten die sonnenhungrigen Urlauber am Strand von Kampen hinter uns gelassen und erfreuten uns nun am grandiosen Naturschauspiel der Wellen und Wolken.

»So etwas fehlt natürlich in Hamburg«, sagte Helen und blickte fasziniert zum Horizont, wo sich malerisch zwei Segelschiffe abzeichneten. Mit etwas Fantasie kam man sich wie in einem maritimen Schifffahrtsgemälde vor. Ohne uns groß zu unterhalten, gingen wir weiter und stemmten uns gegen den kräftigen Wind. Wir waren barfuß, und immer wieder umspülte das Meerwasser unsere Knöchel. Plötzlich wurde die Idylle durch Motorenlärm gestört. Ein Flugzeug zog seine Kreise.

»Das könnte die Maschine von Sönke sein«, mutmaßte ich, während Helen ihre Augen mit der Hand gegen das Sonnenlicht abschirmte und ebenfalls interessiert in den Himmel schaute. »Sönke? Dieser Pilot, mit dem du mal essen warst? Den hatte ich total vergessen. Was ist denn mit dem?«

»Du hast ihn vergessen, weil es nichts zu berichten gibt«, erklärte ich und beobachtete, wie sich die Kondensstreifen mit dem blauen Himmel vermischten. »Wir hatten einen wirklich schönen Abend im Samoa Seepferdchen, er war neulich bei einer Lesung im Büchernest, aber das war's dann auch.« Während Helen nach oben blickte, begann sie auf einmal eine Melodie zu summen, die ich seit langem nicht mehr gehört hatte: *Über den Wolken muss die Freiheit wohl grenzenlos sein* …

»Meinst du, es gibt heutzutage noch Leute, die Reinhard Mey kennen?« Es klang so, als richtete sie die Frage eher an sich selbst.

»Die Generation Vierzig plus bestimmt. Und die Sylter auch. Denn soweit ich weiß, lebt der Sänger hier auf der Insel.«

»Irre, dass wir schon so alt sind, dass wir *Father and son* noch in der Originalversion von Cat Stevens kennen und nun miterleben dürfen, wie Nena ihr dreißigjähriges Bühnenjubiläum feiert. Irgendwie fühlt man sich da schon ganz schön alt, findest du nicht?« Ich dachte an mein gestriges Gespräch mit Bea.

Gelegentlich konnte ich ihre Haltung zum Leben besser verstehen als Helens Sichtweise.

»Natürlich würde ich lügen, wenn ich das Gegenteil behaupte. Manchmal wäre ich schon noch gern so knackig wie mit zwanzig. Aber wäre es nicht super, wenn man die körperliche Fitness mit Lebenserfahrung kombinieren könnte?«

Helen lachte und gab mir einen kleinen Schubs.

»Du warst mit zwanzig knackig? Hey, das wusste ich ja noch gar nicht.«

Ich antwortete:

»Blöde Kuh«, und bespritzte sie mit Wasser. Binnen Sekunden lieferten wir uns eine Wasserschlacht wie früher im Schwimmbad. Irgendwann waren wir von oben bis unten nass, aber überglücklich.

»Lass uns schnell umdrehen und zum Grand Plage laufen. Da gibt's einen Handtrockner«, schlug ich vor, dann rannten wir um die Wette und kamen außer Atem beim Strandcafé an. Selbst die sportliche Helen hatte arg zu kämpfen.

Nachdem wir uns in der Toilette notdürftig die Haare und die Kleidung getrocknet hatten, nahmen wir an einem Tisch Platz.

»Über den Sand zu joggen ist etwas komplett anderes, als durch den Park zu laufen«, versuchte Helen sich zu verteidigen.

»Alles nur Ausreden«, frotzelte ich und bestellte eine Apfelschorle. »Übrigens haben Doro und Mats sich hier kennengelernt.«

»Wie es ihr wohl gerade geht?«, entgegnete Helen nachdenklich. »Ob die Kinder mittlerweile Bescheid wissen?«

Das fragte ich mich auch. Seit dem Telefonat kurz vor ihrer Abreise an die Schlei hatte ich nichts mehr von Doro gehört.

Helen und ich plauderten noch eine Weile und genossen den Anblick des Meeres. Doch dann wurde es Zeit, zurück nach Keitum zu fahren. Schließlich wollte ich meiner Freundin noch das Büchernest und Adalberts Haus zeigen.

Und um zwanzig Uhr waren wir mit Olli und Larissa verabredet.

Mir war wichtig, dass auch Helen verstand, warum ich hier leben wollte und die Menschen kennenlernte, die mir so sehr ans Herz gewachsen waren.

»Gemütlich hast du's hier«, sagte sie, als sie ihren Koffer auspackte und die Sachen neben meine in den Schrank im Pavillon hängte. »Wie in einem kleinen Märchenschloss. Wird dir das Kuschelige denn gar nicht fehlen, wenn du in das große Haus am Watt ziehst? Außerdem wohnst du doch gerne neben Bea.«

Ich dachte einen Moment nach. Natürlich war da was dran. Wenn es nach mir gegangen wäre, hätte ich das Kapitänshaus mitsamt Pavillon ans Watt verpflanzt und Veros Hof daneben angesiedelt.

»Stimmt schon irgendwie. Aber ich freue mich auf das Zusammenleben mit Olli. Du wirst sehen, er ist ein echt netter, verrückter Kerl, mit dem man jede Menge Spaß hat. Bea, Vero und die anderen sind ja auch nicht aus der Welt. Bis auf Larissa. Aber die kann ich jederzeit auf Mallorca besuchen. Und wie ich sie kenne, wird sie sowieso alle naselang in Deutschland sein, weil Sylt ihr fehlt.«

Helen setzte sich auf die Couch und blickte sich um. Dabei fiel ihr Blick auf die Staffelei, auf der ein unfertiges Bild von Paula stand. Diesmal hatte sie ihre geliebte Katze Kitty nach einer fotografischen Vorlage gemalt.

»Toll, dass du den Mädchen aus der Nachbarschaft Zeichenunterricht gibst. Und auch deine Inselkrabben werden dir bestimmt Kraft geben, besonders jetzt, wo Patrick so in seiner Rolle als Vater aufgeht. Wie wirst du denn damit fertig?«

Ich entschied mich für die abgemilderte Version, um uns nicht die Stimmung zu verderben.

»Geht so. Wir haben uns eine Weile gemailt, und ich habe erstaunlicherweise festgestellt, dass er mir mehr fehlt, als ich mir bislang eingestehen wollte. In seiner letzten Mail hat er mir allerdings nur knapp mitgeteilt, dass er für ein paar Tage mit Benjamin zum Surfen fährt.« *Und vermutlich zusammen mit Simona …*

Während ich den letzten Satz laut aussprach, spürte ich, wie sich alles in mir verkrampfte.

»So hart das jetzt klingt, Paula, aber das geht dich alles offiziell nichts mehr an. Je eher du dich von ihm und seinem neuen Leben als Vater löst, desto besser.« Verdammt, ich merkte, wie meine Augen feucht wurden, und ich platzte heraus:

»Ich weiß, ich weiß. Um die Wahrheit zu sagen: Patrick hat vorgeschlagen, die Scheidung einzureichen.« Helen wurde mit einem Mal blass.

»Die Scheidung?«, wiederholte sie. »Kommt das nicht jetzt ein bisschen plötzlich?«

»Ich schätze, diese Simona ist nicht ganz unschuldig daran, dass Patrick jetzt Nägel mit Köpfen machen will.«

»Oje, Paula, das tut mir so leid«, sagte Helen und wirkte für einen Moment ehrlich geknickt. Doch dann gewann ihr legendärer Pragmatismus wieder Oberhand: »Aber vielleicht ist das ja der richtige Schritt. Du hast ihm klargemacht, dass du dir ein neues Leben auf Sylt aufbaust, und von daher ist es sein gutes Recht, auch seins neu zu ordnen. Ich weiß, das ist schmerzlich, und ich wünschte, es wäre anders«, sagte sie und nahm mich in den Arm. Ich schloss für einen Augenblick die Augen. Helens Zuspruch richtete mich wieder auf.

Als sie mich losließ, schaute sie auf die Uhr.

»Also, ich will ja nicht hetzen. Aber wenn wir pünktlich sein wollen, sollten wir allmählich in die Gänge kommen. Oder wollen wir lieber hierbleiben und quatschen?«

Ich überlegte einen Moment. Nein, ich wollte unter Menschen sein und Spaß haben. Den Trauerkloß konnte ich immer noch spielen, wenn Helen weg war!

Helen lächelte, als ich sagte, ich wolle ausgehen.

»Das muntert dich bestimmt auf. Außerdem habe ich Lust, mich für heute Abend richtig aufzubrezeln. Das Restaurant, das du ausgesucht hast, sieht im Internet unheimlich schnuckelig und romantisch aus. Warst du denn schon mal da?«

»Nein, noch nicht. Aber es ist eine Empfehlung von Sönke. Wir sind dann zwar heute Abend schon wieder in Kampen, aber ich dachte, das könnte ein guter Ausgangspunkt für einen kleinen Zug über die berühmte *Whiskymeile* sein, die fehlt mir nämlich noch in meinem Repertoire.«

Dann inspizierte ich den Inhalt meines Kleiderschranks. Wenn Helen sich schick machte, wollte ich ihr in nichts nachstehen.

Für Sylter Verhältnisse recht spät, saßen Larissa, Olli, Helen und ich um halb neun am Tisch des Restaurants Vogelkoje in der Lister Straße, direkt am Vogelschutzgebiet. Die gedrechselten Holzmöbel mit heller Lasur, die gemütlichen Kissen und der Dielenboden verströmten eine heimelige Atmosphäre, die durch flackerndes Kerzenlicht untermalt wurde. Wir waren zwar ein zusammengewürfelter Haufen, aber es dauerte nicht lange, und wir unterhielten uns blendend. Olli und Helen beugten sich über die umfangreiche Speisekarte und fachsimpelten über das Angebot, und später tauschten Larissa und Helen sich angeregt über den Nordosten Mallorcas aus.

Als Olli hinausging, um kurz zu telefonieren, entdeckte ich in der hinteren Ecke des Raumes plötzlich einen Mann, der mir vage bekannt vorkam. Er hielt Händchen mit einer Frau, deren Gesicht ich nicht erkennen konnte. Immer wieder starrte ich zu dem Gast hinüber. Woher kannte ich ihn nur? Als Olli wieder ins Restaurant kam, bekam der Herr gerade einen Hustenanfall und erregte somit auch Ollis Aufmerksamkeit.

»Das ist doch dieser Finanzheini aus der Zeitung, der das Hotel am Watt bauen will, nicht wahr?«, zischte Olli mir zu. »Und soweit ich sehen konnte, ist die Dame, mit der er flirtet, *nicht* seine Frau!«

Ich konnte kaum glauben, was Olli da sagte.

Wenn das stimmte, dann küsste Kay Fedder gerade fremd. Meine letzten Zweifel schwanden, als die Frau sich über den Tisch beugte und ihrem Gegenüber einen langen Kuss gab. Auch Olli beobachtete die Szene mit angehaltenem Atem.

»Sekunde mal«, flüsterte er und nahm sein Smartphone. Unbemerkt richtete er es auf das turtelnde, Champagner trinkende Pärchen, das die Welt um sich herum vergessen zu haben schien, und drückte einige Male auf den Auslöser. Mittlerweile saß die Frau auf dem Schoß von Kay Fedder und küsste ihn, während seine Hand immer tiefer in ihren Blusenausschnitt wanderte.

Unglaublich! Das Rendezvous des Finanzmoguls war rothaarig, knapp zwanzig, atemberaubend schön – und definitiv nicht seine Frau Anka!

»Man weiß ja nie«, sagte Olli geheimnisvoll lächelnd, setzte sich wieder und tat, als sei nichts gewesen.

Mein Herz hingegen klopfte mir bis zum Hals, und ich hatte Angst, man könne es am Nebentisch hören.

Was zum Teufel hatte Olli mit diesen Bildern vor?

# *62. Kapitel*

Als ich am nächsten Morgen erwachte, bemerkte ich zu meiner Verwirrung, dass jemand neben mir lag und regelmäßig atmete. Es dauerte ein Weilchen, bis ich begriff, dass es Helen war, die immer schnorchelte, wenn sie auf dem Rücken schlief. Vorsichtig stand ich auf, um sie nicht zu wecken. Wir waren gestern sehr lange unterwegs gewesen und hatten systematisch nahezu alle Lokalitäten abgeklappert, die Kampen zu bieten hatte: Gogärtchen, Pony, Odin und zuletzt die Sturmhaube, die mir noch am ehesten gefiel. Überall war es laut und voll gewesen und dummerweise genauso klischeehaft.

Nichts für mich!

»Oh, du bist schon wach?«, kam es vom Bett. Helen setzte sich auf und rieb sich verschlafen die Augen.

»Ich koche uns gerade einen doppelten Espresso«, entgegnete ich und häufelte so viel Arabica-Pulver in den Einsatz der Kanne, wie ich hineinpressen konnte.

»Sehr gute Idee«, krächzte Helen, die gestern Nacht rückfällig geworden war und sich von einigen Herren Zigaretten geschnorrt hatte. »O Mann, hab ich einen Schädel. Dabei habe ich doch gar nicht so viel getrunken.« Ich schmunzelte in mich hinein.

»Klarer Fall von Nikotinvergiftung. Aber das vergeht schnell wieder, wenn wir rausgehen. Außerdem kannst du ja an Adalberts Yogastunde teilnehmen.«

Helen verzog das Gesicht.

»Mir dreht sich schon beim bloßen Gedanken an den Sonnengruß der Magen um, aber danke für das Angebot. Ich würde lieber eine gemäßigtere Gangart bevorzugen und gerne ans Wasser gehen.«

Eine Stunde später marschierten wir am Watt entlang Richtung Munkmarsch. Adalberts Haus konnte ich Helen immer noch auf dem Rückweg zeigen, wenn sich ihr Kreislauf wieder stabilisiert hatte.
»Das ist ja traumhaft«, schwärmte Helen und blickte aufs Watt. »Schwer zu sagen, was mir an Sylt besser gefällt: die wilde, stürmische oder die eher liebliche Seite.«
»Zum Glück muss man sich nicht entscheiden, sondern kann beides haben.« Tiefer Stolz regte sich in mir, und ein Glücksgefühl, Sylt wurde immer mehr zu meiner Heimat. Immerhin hatte mich die Trennung von Patrick an den schönsten Ort der Welt geführt. Auch Helen schien die frische Luft gutzutun, denn ihr Gesicht bekam wieder Farbe.
Kaum hatte sie in Munkmarsch den Hafen entdeckt, stieß sie einen verzückten Schrei aus.
»Oh, ist das schnuckelig hier. Komm, lass uns Boote gucken gehen. Du weißt ja, wie sehr ich das liebe!«
Da ich den Segelhafen noch nicht erkundet hatte, folgte ich Helen. Wir betraten den hölzernen Bootssteg, an dem einige Eigner im Windschatten von zwei Hallen ihre Schiffe klarmachten. Danach gingen wir weiter zu den Surfbrettern, die man sich ausleihen konnte und die wie weiße Schalen auf einer Rasenfläche nebeneinanderlagen.
»Ein Traum«, schwärmte Helen, als sie weiter hinten ein hübsches, nostalgisch anmutendes Boot entdeckte. An Deck war ein Mann gerade dabei, die Planken zu streichen. Helen steuerte ungeniert auf das kleine Segelschiff zu. Als ich den Namen las, stutzte ich. Das Boot hieß *Meeresliebe* und gehörte – Sönke Mommsen.

»Das ist ja eine Überraschung«, sagte Sönke und strahlte über das ganze Gesicht. »Was führt dich denn hierher? Zufall oder Absicht?«

»Ich fürchte, es war eher Zufall«, antwortete ich. »Das ist meine Freundin Helen aus Hamburg, die selbst gern segelt und unbedingt den Hafen besichtigen wollte.«

»Freut mich sehr«, entgegnete Sönke, der mittlerweile vom Boot geklettert war. Er gab uns die Hand. »Sind Sie denn das erste Mal auf Sylt?«

Helen nickte.

»Das erste, aber sicherlich nicht das letzte Mal. Die eineinhalb Tage sind viel zu kurz. Aber jetzt, wo Paula bald ein Haus für sich hat, werde ich bestimmt zum Dauergast.«

»Ein Haus für dich allein?«, wunderte Sönke sich. »Wie hast du denn das geschafft?« Ich erzählte kurz von dem *Häuschen-wechsle-dich-Spiel*.

»Herzlichen Glückwunsch«, erwiderte Sönke. »Das sollten wir feiern. Was haltet ihr beiden, pardon Sie beide, von einer erfrischenden Zitronenlimonade an Bord meiner Meeresliebe? Könnte sogar sein, dass ich irgendwo noch ein paar Friesenkekse finde.«

»Wir können uns gern duzen«, bot Helen an und war so schnell an Bord geklettert, als hätte sie nie einen Kater gehabt. Ich dagegen hangelte mich eher mühsam an der Strickleiter nach oben. Das graublaue Meer lag spiegelglatt da und glitzerte in der Sonne.

Beim Anblick des Wassers und der Surfboards musste ich dummerweise wieder an Patrick und Benjamin denken. Den beiden würde es hier bestimmt gefallen. Ich könnte sie überall herumführen und ihnen die wunderschöne Insel zeigen.

Doch dazu würde es nicht mehr kommen. Traurig wandte ich mich ab und gesellte mich zu Helen und Sönke.

»Hach, war das toll.« Helen strahlte, als wir uns nach einem zweistündigen Bootsaufenthalt wieder auf den Heimweg machten. »Wir hatten wirklich Glück, dass wir Sönke getroffen haben. Mit einem Boot ist man so unabhängig. Ich überlege gerade ernsthaft, mir selbst eins zu kaufen, man kann ja auch auf der Alster segeln. Im Übrigen scheint Sönke ein echt netter Typ zu sein.«

»Dann angle ihn dir doch«, entgegnete ich, ohne weiter über meine Worte nachzudenken.

»Was soll ich denn mit einem Mann auf Sylt, das gibt doch nur Stress«, sagte Helen. »Außerdem frage ich mich, ob du dir wirklich sicher bist, dass du kein Interesse an ihm hast, gerade jetzt, wo das mit Patrick und dir …?«

»Ich bin mir wirklich *vollkommen* sicher. Und eigentlich würdet ihr beide ganz gut zusammenpassen. Ihr liebt beide eure Freiheit über alles, seid sportlich. Ihr würdet euch aufgrund der räumlichen Distanz nicht auf die Nerven gehen. Und du kannst mich jederzeit im Watthaus besuchen.«

»Nun aber mal langsam«, widersprach Helen. »Ich weiß, dass du Doro in Sachen Romantik in nichts nachstehst, aber es ist wohl kaum realistisch, dass ich nur einen Fuß auf diese Insel zu setzen brauche und schwupps finde ich wie Doro den Partner fürs Leben. Im Übrigen suche ich auch nach niemandem. Also vergiss es ganz schnell wieder. Reden wir lieber über dich und Patrick. Ich spüre doch, wie sehr dir das alles auf der Seele liegt.«

»Meinst du, ich kann ihn anrufen und fragen, wieso ihm das mit der Scheidung auf einmal so wichtig ist?« Plötzlich hatte ich das Gefühl, dass ich sofort mit Patrick sprechen musste. Vielleicht war ja alles nur ein großes Missverständnis …

»Sagen wir mal so, grundsätzlich kannst du ihn natürlich anrufen, er ist immer noch dein Mann. Aber heute ist Sonntag, und er ist bestimmt mit seinem Sohn am Wasser, warte lieber bis

Montag.« Schweren Herzens beschloss ich, Helens Rat zu befolgen. Immerhin waren es nur noch wenige Stunden bis zu ihrer Heimreise.
Was war überhaupt los mit mir?
Hatte ich mich plötzlich wieder in meinen Mann verliebt, oder verletzte mich es nur, dass ich so abserviert wurde?

Nach einem kurzen Abstecher zu Adalbert brachte ich Helen abends zum Bahnhof. Ich umarmte sie und vergoss ein paar Tränen. Sie würde mir so fehlen! Gerade jetzt brauchte ich dringend jemanden zum Reden. Ich fürchtete mich vor der Einsamkeit, wenn mich wieder die Sehnsucht nach Patrick überkam und ich das Gefühl hatte, man zog mir den Boden unter den Füßen weg.
»Hey, ich bin ja bald wieder da«, tröstete Helen mich. »Versuch dich abzulenken. Sylt hat so viel Schönes zu bieten. Wir sehen uns spätestens zur Vernissage von Ineke Alwart. Und ruf an, wenn du traurig bist. Doro und ich sind immer für dich da.«
Betrübt winkte ich ihr nach. Dann wählte ich – wider aller Vernunft – Patricks Nummer. Es dauerte einen Moment, bis ich Empfang hatte. Doch dann bereute ich meinen Anruf auch schon. Die Stimme, die sich meldete, gehörte Simona. Sie meldete sich ganz selbstverständlich mit ihrem Namen.
Wie in Trance drückte ich den Aus-Knopf und ließ das Handy sinken. Ich hatte eine Antwort gewollt – hier war sie.
Und mehr als deutlich!
Das vermeintliche Missverständnis, auf dessen Auflösung ich gehofft hatte, existierte nur in meinem Kopf.

## 63. Kapitel

Die Woche nach Helens Abreise verging wie im Flug, und somit hatte ich zum Glück kaum Zeit, allzu viel an Patrick und Simona zu denken. Vero, Hinrich und ich waren vollauf mit der Organisation von Inekes Ausstellung beschäftigt, die am darauffolgenden Samstag Mitte September stattfinden sollte.

Bea, Adalbert und Larissa kümmerten sich um die Umgestaltung des Kapitänshauses und sammelten weiter fleißig Unterschriften gegen den Bau des Hotels. Mittlerweile waren weitere fünfhundert für die Petition hinzugekommen.

Mit dem Umbau im Büchernest wollten wir bis nach der Saison warten. Denn erst dann wusste ich, ob durch den Verkauf von Inekes Bildern genug Geld für das Inselkrabben-Projekt zusammengekommen war.

Nur nachts, wenn ich allein im Bett lag und ins Dunkel starrte, überwältigte mich die Angst vor der Zukunft. Und die Eifersucht. Vielleicht hätte ich Patrick nicht verlassen sollen, vielleicht hatte ich einen riesigen Fehler gemacht.

Morgens erwachte ich nach nur wenigen Stunden Schlaf und war wie gerädert und kaum zu etwas zu gebrauchen. Wie ferngesteuert bewegte ich mich durch den Alltag und hätte mich wohl kaum um ArtFuture gekümmert, wenn Jule mich nicht täglich auf dem Laufenden gehalten und Entscheidungen eingefordert hätte. Bevor ich an diesem Samstag ins Büchernest ging, checkte ich ihre letzten Mails. Jule berichtete stolz, dass die Galerie im kommenden Jahr an der *Affordable Art Fair* teilnahm. Vier Tage lang konnten Kunstliebhaber auf dem Hamburger Messegelände günstige Bilder, Skulpturen, Grafiken und Fotografien erwerben. Nachdem ich mich auf der Londoner Webseite umgesehen hatte, rief ich kurz entschlossen in der Galerie an. Ich musste endlich Nägel mit Köpfen machen, also begann ich ohne Umschweife:

»Jule, könntest du dir vorstellen, als Teilhaberin und gleichberechtigte Partnerin der Galerie einzusteigen? Das hätte den Vorteil, dass du lediglich deine Versicherung auflösen, aber keinen Bankkredit aufnehmen müsstest.« Es dauerte ein Weilchen, bis Jule antwortete. Vermutlich dachte sie, ich nähme sie auf den Arm. Doch es war mir ernst mit meinem Vorschlag. Ich wollte die Galerie nicht komplett verkaufen, denn Larissa hatte recht mit ihrer Befürchtung, dass ich diese Entscheidung womöglich eines Tages bereuen würde. Außerdem würde die Hälfte der Einnahmen aus den Bilderverkäufen bei ArtFuture eine solide finanzielle Basis bilden, die mich ausreichend versorgte.

»Das … das wäre ja wirklich großartig!«, stammelte Jule und schnappte hörbar nach Luft. »Zumal ich gerade eine grandiose Idee nach der anderen habe. Ein Kontakt führt wieder zum nächsten, du weißt ja, wie das ist …«

Ja, das wusste ich. Und auch, wie sehr einen so etwas beflügelte. Aber meine Interessen und Prioritäten hatten sich in den vergangenen Monaten verschoben, und ich würde von nun an mit Kindern arbeiten.

»Schön, das wäre also geklärt«, antwortete ich erfreut. »Dann sollten wir uns so bald wie möglich in Hamburg treffen und die nötigen juristischen Schritte einleiten.«

»Einverstanden«, sagte Jule und klang, als könne sie ihr Glück immer noch nicht fassen. »Ich kümmere mich um alles und melde mich wieder, sobald ich weiß, zu welchem Termin ich das Geld von der Versicherung bekomme. Doch zuvor brauche ich noch einige Freigaben von dir.«

Wir besprachen alle weiteren Schritte für die nächsten Ausstellungen, und ich legte eine Stunde später mit einem guten Gefühl auf. Zumindest in diesem Punkt hatte ich das Richtige getan.

»Hallo, na, wie ist das werte Befinden?«, empfing Larissa mich gut gelaunt im Büchernest. Da sie gerade niemanden bediente, erzählte ich ihr kurz von meiner Entscheidung, Jule an der Galerie zu beteiligen. Larissa nickte zustimmend, während sie Postkarten in den Ständer neben der Kasse einsortierte.

»So bekommt ihr beide, was ihr wollt, und du bist finanziell abgesichert. Übrigens würde ich auch gern etwas mit dir besprechen. Passt es dir zufällig heute Abend?«

Wir verabredeten uns zu einem Plausch auf Larissas Terrasse. Was sie mir wohl zu erzählen hatte? Vermutlich ging es um die Nachfolge des Büchernests.

Zuvor wollte ich jedoch noch mit Doro telefonieren, die heute Mittag von ihrem Urlaub an der Schlei zurückkam. Ich konnte es kaum erwarten zu erfahren, wie Emma und Nils die Nachricht von der Trennung ihrer Eltern aufgenommen hatten. Wie sich herausstellte, gab es auch bei Doro einige Veränderungen zu vermelden:

»Die Kids haben das Ganze einigermaßen mit Fassung getragen. Sie finden es besser, wenn ich immer so entspannt und gut drauf bin wie in den letzten Wochen. Außerdem haben sie schon konkrete Wünsche angemeldet, wie sie ihre Zimmer in Thomas' neuer Wohnung eingerichtet haben wollen.«

Ich schmunzelte in mich hinein, denn die beiden würden natürlich die Situation zu ihren Gunsten ausnutzen.

»Emma besteht darauf, dass ihre Wände grasgrün gestrichen werden. Und die Vorhänge müssen lila sein, weil sie das gerade hip findet. Und Nils hat unmissverständlich klargemacht, dass er all unsere Entscheidungen akzeptiert, solange er einen eigenen Fernseher und eine Wii bekommt.« Obwohl sich Doro anfänglich fröhlich angehört hatte, wurde ihr Tonfall deutlich ernster: »Momentan klingt das zwar recht positiv, aber ich denke, wir wissen erst, wie sie es wirklich wegstecken, wenn es so weit ist.«

Gott sei Dank schätzte Doro die Situation realistisch ein und lief nicht Gefahr, sich aus lauter Freude darüber, dass sie endlich offiziell mit Mats zusammen war, etwas vorzumachen.

»Und wie geht es Thomas?«, fragte ich.

Doro seufzte.

»Du wirst es nicht glauben. Er will sich eine Auszeit in der Kanzlei nehmen und auf Reisen gehen. Er sagt, er hat sich in den letzten Jahren so sehr nach unseren Bedürfnissen gerichtet und braucht jetzt unbedingt mal wieder einen richtigen *Männerurlaub*. Ich nehme an, er versteht darunter, sich ein Motorrad zu kaufen und unrasiert und ungeduscht über einen Highway zu brausen oder eine Trekkingtour zu unternehmen. Also genau das, was ich ihm aus lauter Angst immer verboten habe.«

Ich versuchte mir den eher konservativen Thomas als coolen, wilden *Easy Rider* vorzustellen. Offenbar steckte in jedem von uns ein Teil, der danach drängte, endlich ausgelebt zu werden.

»Weil Thomas sich eine Auszeit nimmt, kann ich zum Glück bis auf weiteres in der Kanzlei weiter arbeiten, ohne dass wir uns auf die Nerven gehen. Und Thomas kann sich mit gutem Gefühl austoben, da er weiß, dass sein Partner und ich zuverlässig die Stellung halten. Außerdem wird mir seine Mutter zur Seite stehen und auf die Kinder aufpassen, was mir die Freiheit gibt, am Wochenende auch mal zu Mats zu fahren. Aber jetzt erzähl du. Was ist in den letzten beiden Wochen passiert?«

Ich berichtete von der geplanten Ausstellung, von Helens Besuch und dem anstehenden Umzug in Adalberts Haus. Zum Schluss erzählte ich Doro von Patricks Wunsch, sich scheiden zu lassen. Sie war genauso entsetzt wie Helen und ich.

»Das ist jetzt nicht dein Ernst, oder?«, fragte sie. Dann war es einen Augenblick still in der Leitung. »Meinst du, das hat etwas … nun ja, mit Bennys Mutter zu tun?« Mein Herz schlug mir bis zum Hals, weil Doro dasselbe vermutete wie ich.

»Ach, ich weiß auch nicht, was ich dazu sagen soll. Ich wünschte, ich wäre jetzt bei dir und könnte dich trösten«, seufzte Doro.

»Das ist lieb, und ich vermisse dich und Helen schrecklich. Aber ich fürchte, ich muss da allein durch«, antwortete ich. »Es wird schon … lass uns besser Schluss machen, bevor ich wieder zu heulen anfange.«

Nach dem Telefonat machte ich mich immer noch ein wenig gedankenverloren für den Besuch bei Larissa fertig.

Ich musste mich beeilen, denn ich hatte versprochen, Salat und vorgekochte Kartoffeln in Alufolie mitzubringen.

Punkt acht Uhr klingelte ich an der Tür. Larissa öffnete und sah noch bezaubernder aus als heute Vormittag. Sie hatte sich das lange, blonde Haar kunstvoll, aber lässig hochgesteckt und trug eine türkisfarbene Tunika, eine weite Leinenhose und türkisfarbene Espadrilles.

»Du siehst aus, als wolltest du gleich in den nächsten Flieger nach Mallorca steigen und sofort nach der Landung auf eine Strandparty gehen«, sagte ich und überreichte ihr die Sachen, die ich für den Grillabend vorbereitet hatte.

»Danke für das Kompliment«, erwiderte Larissa und hielt Blairwitch davon ab, durch die Eingangstür zu entwischen. Neles Katze maunzte und verzog sich beleidigt wieder ins Haus.

»Oh, hier duftet es ja superlecker nach Holzkohle«, freute ich mich. Der Geruch erinnerte mich an viele glückliche Sommerabende in meiner Kindheit.

»Ich dachte, ich werfe den Grill schon mal an, damit es nicht so lange dauert, bis wir essen können. Obwohl mir gerade etwas übel ist.«

Ich horchte auf und schaute Larissa fragend an. Sie nickte lächelnd, und wir stießen beide zur gleichen Zeit einen Freudenschrei aus.

Das war es also. Larissa war schwanger! Mit vor Freude klopfendem Herzen fiel ich ihr um den Hals.

»Wow, ich kann es gar nicht glauben. Wie wundervoll. Ich freue mich so für dich.«

Larissa lächelte so selig, dass mir warm ums Herz wurde. Doch plötzlich durchfuhr mich ein Schreck. Was, wenn es diesmal wieder schiefging?

Larissa schien meine Gedanken zu erraten.

»Keine Sorge, Paula. So merkwürdig das auch klingen mag, ich *weiß,* dass diesmal alles gutgehen wird. Ich fühle mich ganz anders als bei den vorherigen Schwangerschaften. Auch mein Gynäkologe ist sehr zufrieden und optimistisch. Außerdem habe ich mir einen therapeutischen Beistand gesucht, um meine Ängste besser in den Griff zu bekommen. Aber nun lass uns nach draußen auf die Terrasse gehen.«

Beeindruckt und ein wenig verwirrt folgte ich ihr.

Wollte Larissa ihr Kind wirklich auf Mallorca bekommen und in einem fremden Land großziehen, weit weg von den Menschen, die sie liebte …

Nachdem wir den Grill weiter angeheizt und die Kartoffeln in die Glut gelegt hatten, stellte Larissa eine Aluschale mit Fisch auf den Rost. Das Filet war mit frischen Kräutern, Salz und Pfeffer gewürzt.

»Möchtest du einen Aperol Sprizz oder lieber eine Cranberry-Schorle?«, fragte sie, als wir uns an den liebevoll gedeckten Holztisch setzten. Mittlerweile war Blairwitch wieder aufgetaucht und rollte sich zufrieden schnurrend zu unseren Füßen zusammen.

»Danke, ich nehme gern eine Schorle«, antwortete ich.

Nachdem wir noch einmal auf die lang ersehnte Schwangerschaft angestoßen hatten, hielt ich es nicht länger aus.

»Was sagt Leon denn dazu?«, fragte ich. Es stimmte mich traurig, dass ich von dem Glück der beiden gar nichts mitbekommen würde, wenn sie erst auf Mallorca lebten. Auch für Bea war die Situation schwierig. Bestimmt freute sie sich wie verrückt auf das Kind.

»Leon ist außer sich vor Freude und verhandelt mit dem Verleger des *Sylter Tagesspiegels* über einen neuen Job.« Mein Puls beschleunigte sich.

Hatte Larissa eben *Sylter Tagesspiegel* gesagt?

»Er hat die zündende Idee, ein Online-Magazin ins Leben zu rufen, nachdem der Printversion allmählich die Anzeigenkunden wegbrechen und es allerhöchste Eisenbahn ist, neue journalistische Wege zu gehen. Sein Chef denkt gerade wohlwollend über Leons Vorschlag nach. Doch selbst wenn das nicht klappen sollte, finden wir einen anderen Weg. Wir sind beide der Ansicht, dass ein Kind, das auf dieser Insel gezeugt wurde, auch hier geboren werden und aufwachsen sollte.«

Überglücklich sprang ich auf, riss Larissa vom Stuhl und wirbelte sie im Kreis herum, bis uns schwindelig wurde. Dabei kreischten wir so laut um die Wette, dass zu befürchten war, dass die Nachbarn gleich die Polizei riefen.

Doch das war mir alles egal.

Larissa und Leon bekamen ein Kind, Leon kam nach Sylt zurück, Bea müsste keine Nachfolgerin für das Büchernest finden … und …

Außer Atem setzten wir uns wieder hin.

»Im Übrigen hätte ich noch eine Bitte an dich«, sagte Larissa und schaute mich erwartungsvoll an: »Könntest du dir vorstellen, Patentante zu werden?«

## *64. Kapitel*

Kaum zu glauben, wie schnell die vergangenen vier Wochen verflogen waren!

Nach all der Zeit der aufwendigen Vorbereitungen, der Organisation und Zukunftsplanungen war es an diesem Tag Mitte September endlich so weit: Um zwanzig Uhr wurde die Vernissage von Ineke Alwart eröffnet. Sie trug den Namen *Weibliche Welten,* und ich war mehr als begeistert über Inekes Bilderauswahl.

Wenn wir darauf sitzenblieben, verstand ich nichts von meinem Beruf.

Bevor ich einen letzten Blick in die Scheune werfen wollte, frühstückte ich mit Bea, die mindestens so aufgeregt war wie ich. Die Nachricht über Larissas Schwangerschaft, Adalberts unmittelbar bevorstehender Umzug, das alles freute uns beide gleichermaßen.

»Jetzt steht nur noch die Petition an«, sagte Bea gedankenverloren, während sie ihren geliebten friesischen Tee trank. »Mittlerweile haben elftausend Leute unterschrieben. Also können wir sie bald einreichen. Allerdings bin ich mir nicht sicher, ob die Unterschriftensammlung die Behörden zur Umkehr bewegen wird.«

Ich rang mit mir. Sollte ich Bea von den Kay-Fedder-Fotos erzählen? Nach wie vor hatte ich ein mulmiges Gefühl, dass Olli die Fotos gemacht hatte. Wenn sie jedoch der Sache dienlich waren …

Bea schnappte nach Luft, als ich ihr Ollis Bilder zeigte, die ich auf meinem Handy gespeichert hatte. Dann trat ein Funkeln in ihre Augen. Womöglich zog sie tatsächlich in Erwägung, diesen Trumpf auszuspielen, um den Mächtigen auf ihrer geliebten Insel einen Knüppel zwischen die Beine zu werfen und so den Hotelbau in letzter Minute zu stoppen. Doch zu meiner großen Überraschung gab sie mir das Handy zurück und bat mich, die Fotos zu löschen.

»Lieb, dass ihr euch beide so viele Gedanken macht. Doch trotz vieler Rückschläge glaube ich felsenfest daran, dass es einen anderen Weg geben muss, als diese Typen mit ihren eigenen miesen Waffen zu schlagen. Erpressung ist wirklich das allerletzte Mittel, zu dem ich greifen würde.« Mir entfuhr ein Seufzer der Erleichterung. Gut, dass Bea so vernünftig war!

»Ach, Mensch, ich weiß gar nicht, wie ich euch danken soll«, sagte ich vollkommen gerührt zu Vero und Hinrich, als ich einen letzten Blick auf die Hängung der Bilder warf.

Alles war so liebevoll gemacht, geradezu perfekt!

»So, jetzt ist Schluss«, schimpfte Vero und lächelte. »Du musst dich nicht ständig bedanken, Liebes. Du siehst doch, wie sehr uns das Spaß macht. Was hältst du übrigens davon, wenn ich den Kindern auch Koch- und Backkurse gebe? Meiner Meinung nach sollten sie wissen, dass Suppen nicht aus Tüten stammen und Kuchen nicht von Doktor Oetker.«

Ich gab Vero einen Kuss auf die Wange. Sie war so engagiert bei der Sache und hatte sowohl Werbung für die Ausstellung als auch für mein Projekt gemacht. Mittlerweile standen so viele einheimische Kinder aus Keitum und Umgebung auf der Warteliste, dass mir ganz schummerig wurde. Um uns zu unterstützen, warb sogar der *Sylter Tagesspiegel* für die Ausstellung. Es sollten möglichst viele Bilder verkauft werden, damit wir die Kinderbetreuung zum Selbstkostentarif anbieten konnten.

Auch Hinrich strahlte über das ganze Gesicht.

Nach seiner Herzoperation hatten ihm die Vorbereitungen für die Ausstellung neuen Schwung verliehen. Zusammen mit seinem Sohn hatte er die technische Leitung übernommen und sogar Glasvitrinen für die besonders kostbaren, filigranen Exponate von Ineke besorgt. Vero hatte Stoffbahnen genäht, die an einigen Stellen von der Decke hingen und der Scheune zusätzliche Wärme verliehen. Natürlich war sie für das Catering des heutigen Abends zuständig, unterstützt von Olli, Bente und Rieke.

Larissa und Bea hatten im Büchernest ebenfalls kräftig die Werbetrommel gerührt. Die kleine Paula hatte Plakate gemalt und war schon ganz aufgeregt, weil sie eine *echte* Malerin kennenlernen würde.

»Wie viele Gäste erwartest du denn?«, wollte Hinrich von mir wissen und blickte sich voller Stolz um.

»Ich schätze, es werden wohl an die zweihundert sein. Dank der Einladungen, die Jule an die Stammkunden meiner Galerie verschickt hat, kommen auch viele Hamburger. Inekes Bilder treffen garantiert genau ihren Geschmack, und die haben genug Geld, um ordentlich viel zu kaufen.«

Seit knapp einer Woche gehörte mir *meine Galerie* nur noch zu fünfzig Prozent. Ich war für einen Tag nach Hamburg gefahren und hatte mit Jule alle Formalitäten erledigt.

»Ich bin so froh, dass das Wetter mitspielt, dann können die Leute auch draußen feiern und essen«, freute sich Vero. »Nicht auszudenken, wenn es heute in Strömen geregnet hätte. Die Ausstellung steht eindeutig unter einem guten Stern.«

»Aber jetzt würde ich sagen, dass wir abschließen und uns noch einmal aufs Ohr legen, bevor es losgeht«, sagte Hinrich. Wie auf Kommando musste ich gähnen. Ich hatte die halbe Nacht wach gelegen und war im Geiste ein letztes Mal alle Details durchgegangen, damit heute Abend auch wirklich nichts schiefging.

Zum Glück hatte Ineke den Raum bereits am Vorabend gesehen und war genauso begeistert wie wir.

Sie versprach zudem, mit Hilfe ihres Beamers vorzuführen, wie einige ihrer Arbeiten entstanden waren, und zahlreiche Fotografien vom Meer und den Fundstücken vom Strand zu zeigen.

»Darf ich noch hierbleiben?«, bat ich Hinrich, weil ich mit einem Mal den starken Wunsch verspürte, in diesem besonderen Moment allein zu sein. »Ich verspreche auch hoch und heilig, gut auf den Schlüssel aufzupassen.« Einen Augenblick lang zögerte Hinrich. Doch Vero streichelte beschwichtigend seinen Arm und flüsterte:

»Gib ihn Paula. Sie hat so lange und hart gearbeitet, um ihr Ziel zu erreichen. Lass ihr bitte diese kleine Freude.«

Hinrich grummelte kurz, händigte mir dann aber seinen kostbaren Besitz aus, und sie gingen.

Nun stand ich kurz davor, dass mein Zukunftstraum, mit Kindern zu arbeiten, in Erfüllung ging. Und das alles allein, ohne Patrick.

Ich dachte an die letzten Monate.

Wann würde es wohl aufhören, so zu schmerzen?

Wann würde ich es endlich schaffen, im Kopf dieses leidige Was-wäre-wenn-Spiel abzustellen?

Wann würde es mir gelingen, endgültig loszulassen? Eine tiefe Verzweiflung packte mich, und die Tränen schossen mir in die Augen. Wie gern hätte ich heute Abend Patrick an meiner Seite gehabt, um ihm zu zeigen, was sich in den vergangenen Monaten alles verändert hatte – wie *ich* mich verändert hatte. Doch nun war es leider zu spät …

Eine Stunde später verschloss ich die Scheune. Auch ich wollte mich noch kurz ausruhen und mein inneres Gleichgewicht wiederfinden. Bei der Vernissage musste ich schließlich präsent sein und durfte nicht mit einem Bein in der Vergangenheit stehen.

Ich hatte vor, mein rotes Kleid zu tragen und meine Haare hochzustecken. Dazu passten die Ohrringe mit Himbeermotiv, die mir die kleine Paula als Glücksbringer für die Vernissage und als Dankeschön für den Malunterricht geschenkt hatte.
Bei dem großen Event würden auch Doro, Mats und Helen dabei sein. Und Leon, der bereits gestern angereist war und Ineke für den *Sylter Tagesspiegel* interviewte.
Alles Menschen, die mir viel bedeuteten.
Außer Patrick …

»Liebe Gäste, liebe Ineke«, begann ich mit vor Aufregung zitternder Stimme. »Ich freue mich, dass Sie heute Abend so zahlreich erschienen sind, um zusammen mit mir die traumhaft schönen Bilder einer Künstlerin zu bestaunen, die noch nie in ihrem Leben öffentlich ausgestellt hat. Ich danke Ineke Alwart, dass sie zugunsten des Sylter Kinderprojekts Inselkrabben eine Ausnahme gemacht und sich bereit erklärt hat, einen Großteil des Verkaufserlöses in unsere gemeinsame Stiftung zu stecken. Diese Stiftung wird sich um die Zukunft der Kinder auf dieser Insel kümmern, sie in ihrer Entwicklung unterstützen und ihnen eine Heimat geben, ihnen Nähe und menschliches Miteinander vermitteln.«
Applaus brandete auf, und ich bekam weiche Knie.
Während ich weitersprach, blickte ich in die lächelnden Gesichter von Bea, Larissa, Vero, Hinrich, Adalbert, Leon, Rieke, Olli, Bente und Sönke.
Die kleine Paula umklammerte die Hand ihrer Mutter Tanja und hatte vor Aufregung selbst ganz rote Wangen. Helen, Doro und Mats lauschten aufmerksam. Neben mir stand Ineke und hielt meine Hand, wenn ich meinen Text zu vergessen drohte. Eine tröstliche Geste, und ich war so dankbar, dass das Schicksal mich an jenem Tag am Meer zu ihr geführt hatte.

Nachdem ich meine Rede beendet hatte, erklärte ich die Ausstellung und das Büfett für eröffnet. Den ganzen Abend plauderte ich mit vielen Gästen, die mir gratulierten und wie verrückt Inekes Bilder kauften. Trotz der anregenden Gespräche und dem warmherzigen Zuspruch befiel mich immer wieder eine tiefe Traurigkeit.

»Was ist denn mit dir los?«, fragte Doro und musterte mich besorgt. »Du siehst so angestrengt aus. Es läuft doch alles, also entspann dich und genieß deinen Abend.«

Ich hatte keine Zeit, ihr zu antworten, weil bereits Journalisten auf mich warteten. Später sollten auch noch Fotos von Ineke und mir gemacht werden. Doch was sollte das alles, ohne Patrick!

Als sich Tränen in meine Augenwinkel stahlen, beschloss ich, für einen Augenblick an die frische Luft zu gehen.

# 65. Kapitel

Am Morgen nach der Vernissage war ich zum Frühstücken mit Doro und Helen verabredet. Wir wollten uns in der Kleinen Teestube treffen. Als ich ins Kapitänshaus ging, wunderte ich mich, dass es dort so ruhig war.

Nachdem ich mich geduscht hatte und mich wieder einigermaßen fit fühlte, hörte ich die Eingangstür. Es war Bea, die erstaunlicherweise dieselben Sachen trug wie auf der Vernissage.

»Oh, guten Morgen, Paula. So früh schon wach?«, fragte sie und wirkte ein wenig verlegen.

»Ja, ich treffe mich gleich mit Doro und Helen zum Frühstück. Willst du mitkommen?«

Bea schüttelte den Kopf.

»Nein, nein, geh du nur allein. Ich muss dringend ins Bett, denn die Nacht war … nun ja … kurz. Ich war bei Adalbert.«

Es dauerte einen Moment, bis ich begriff, was sie mir damit sagen wollte. Als ich sie fragend anschaute, breitete sich ein zufriedenes Lächeln auf ihrem Gesicht aus.

»Das heißt also, ihr seid jetzt …?«, stotterte ich. Bea lächelte verschämt und schloss mich in die Arme.

»Nun, mit der platonischen Senioren-WG ist es wohl vorbei«, sagte sie, und mein Herz tat einen Freudensprung.

»Lass das bloß nicht Ina wissen«, antwortete ich grinsend. »Nun aber ab ins Bett, ich muss jetzt los. Bis später, Bea, schlaf schön.«

Mit einem Lächeln auf den Lippen ging ich zur Kleinen Teestube.

Adalbert und Bea hatten sich also doch gefunden.

Manche Dinge brauchten eben Zeit!

Als ich durch die Tür des Cafés trat, fehlte von Doro und Helen jede Spur. Die freundliche Kellnerin begrüßte mich mit Namen und führte mich an einen Tisch am anderen Ende.
Dort saß – ich traute meinen Augen kaum – Patrick!
»Wwww… was machst du denn hier?«, stammelte ich.
»Ich wollte dir zu deinem großen Tag gestern gratulieren«, antwortete er. »Glückwunsch, Paula. Die Vernissage und die Bilder waren grandios. Ich hoffe, es kommt genug Geld zusammen. Ich habe mir übrigens auch ein Bild gekauft, das von der rebellischen Merret Lassen.«
Sprachlos und vollkommen verwirrt setzte ich mich neben Patrick auf die Bank.
»Woher weißt du von der Ausstellung? Und wieso habe ich dich nicht gesehen?«
Patrick lächelte ein wenig verlegen.
»Ich stand ganz hinten, ich wollte vermeiden, dass du mich siehst und ich dich bei deiner Rede irritiere. Danach bin ich schnell wieder gegangen. Von der Vernissage haben mir Helen und Doro erzählt. Von den beiden weiß ich übrigens auch, dass ich gar keinen Grund habe, auf einen gewissen Koch namens Olli eifersüchtig zu sein.«
*Eifersüchtig auf Olli?*
Momentan verstand ich nur Bahnhof.
»Erinnerst du dich nicht? Du hast mir doch gemailt, dass du mit diesem Olli in das Watthaus ziehst – an sich schon Grund genug, endgültig die Hoffnung aufzugeben, dass aus uns wieder ein Paar werden könnte. Ich konnte doch nicht ahnen, dass Olli zum einen jung und zum anderen gar nicht an Frauen interessiert ist.«
Nun begann es bei mir zu dämmern.
*Ein Missverständnis, wie es im Buche steht …*
In meinen Ohren hallten immer noch die Worte *endgültig die Hoffnung aufzugeben, dass aus uns wieder ein Paar werden könnte,* wi-

der, und ich hatte das Gefühl, in einem wunderschönen Traum zu schweben, aus dem ich nur ungern erwachen wollte.

Mein Herz war vor lauter Aufregung vollkommen aus dem Takt geraten, und ich zwickte mich heimlich, um mich davon zu überzeugen, dass Patrick wirklich neben mir saß und mit mir einen Neuanfang wagen wollte. Als ich jedoch in seine warmen Augen schaute, kannte ich die Antwort und konnte mein Glück kaum fassen.

Dennoch musste ich ihm eine Frage stellen:

»Aber was ist mit dieser Simona? Als ich bei dir angerufen habe, hatte ich sie am Apparat …«

»Simona? An meinem Telefon?« Patrick runzelte die Stirn und wirkte verwirrt.

Doch dann hellte sich sein Gesicht wieder auf.

»Das war sicher, als Benjamin krank geworden war und ihm plötzlich einfiel, dass er seine Mutter vermisst. Ich war gerade auf dem Weg zur Notapotheke, als du anriefst. Wir sind nicht zusammen, falls du das denkst. Die einzige Frau, die mich interessiert, bist du. Benjamin findet dich übrigens auch sehr sympathisch.«

»Huch? Wie denn das, er kennt mich doch überhaupt nicht?« Meine Gedanken und Gefühle überschlugen sich, und ich war heilfroh, dass sich die Gäste um uns herum mit ihrem Frühstück beschäftigten und nicht auf uns achteten.

»Ich war einmal mit ihm in der Galerie und habe ihm Fotos und Urlaubsvideos gezeigt. Er findet dich hübsch und würde dich gern mal kennenlernen.«

»Ich auch«, flüsterte ich, während ich dachte, dass ich Gefahr lief, gleich in Ohnmacht zu fallen.

Das alles hatte ich meinen Freundinnen zu verdanken, die im Hintergrund die Fäden gezogen hatten. Doro und Helen, die besten Freundinnen auf der Welt!

»Kein Problem, wenn du es wirklich willst. Benny und ich sind nämlich unter anderem auch wegen des Surf-Cups in Westerland. Momentan sitzt er mit Tonte in unserem Apartment und drückt mir die Daumen, dass ich dich *rumkriege*.«
Das Blut sauste in meinen Ohren, und ich bekam weiche Knie. Patrick schien es wirklich ernst zu meinen.
»Dann solltest du ihn aber nicht mehr allzu lange warten lassen, um ihm zu sagen, was für ein toller Hecht, pardon, Typ du bist«, antwortete ich und schlang meine Arme um Patricks Hals. Nicht lange und unsere Lippen verschmolzen miteinander. Meinen Mann zu küssen fühlte sich prickelnder an als je zuvor.
»Wow, das war wunderschön«, murmelte Patrick.
Noch ganz benommen von meinem neuen Liebesglück, schoss mir unvermittelt ein Gedanke durch den Kopf: Wie konnten Patrick und ich eine Beziehung führen, wenn ich auf Sylt lebte?
»Wie stellst du dir das denn eigentlich mit uns vor? Willst du auch nach Sylt ziehen? Und wolltest du dich nicht von mir scheiden lassen?«, fragte ich, dicht an Patrick geschmiegt. Patrick gab mir einen zärtlichen Nasenstüber.
»Ach, das mit der Scheidung war eine Schnapsidee. Ich war eifersüchtig auf diesen Olli und wütend, dass du unser gemeinsames Leben einfach so über Bord schmeißen wolltest. Das verstehst du doch, nicht wahr?« Ich nickte. »Übrigens, bei mir ist in der Zwischenzeit auch einiges passiert, wie du dir vielleicht denken kannst. Und damit meine ich nicht nur Benjamin. Obwohl meine Entscheidung, in der Agentur zu kündigen, natürlich auch mit ihm zu tun hat.« Ich blickte Patrick ungläubig an.
»Du hast *gekündigt?* Aber wieso das denn?«
Patrick nahm meine Hände, führte sie an seine Lippen und bedeckte sie mit Küssen.
»Ich möchte in Zukunft weniger reisen, es sei denn, zusammen mit dir und Benny. Ich möchte mehr Zeit mit den Menschen

verbringen, die ich liebe. Deshalb habe ich mich auf meine Qualitäten als Texter besonnen und werde von jetzt an frei arbeiten. Und das kann man ja bekanntlich von überall aus. Mein Lebensmittelpunkt wird Hamburg bleiben, schon allein wegen Benny, aber von da aus ist es ja nicht weit nach Sylt. Und umgekehrt. Ich schätze mal, das hält die Liebe frisch, wenn man sich nicht täglich auf der Pelle sitzt. Scheinbar brauchten wir beide diese Auszeit, die räumliche Distanz, um zu erkennen, was wir einander nach all den Jahren bedeuten.«

*Manchmal muss man sich voneinander entfernen, um sich neu zu begegnen.*

In diesem Moment war ich mir sicher, dass uns alles gelingen würde.

Man musste nur fest an seine Träume glauben, dann wurden sie wahr; vorausgesetzt, man brachte den Mut auf, auf den Menschen zuzugehen, den man liebte, und hörte auf die Stimme seines Herzens.

Lächelnd nahm ich Patricks Hand und wusste: Von nun an würden wir einander nie wieder loslassen.

## Rezept Kartoffel-Zucchini-Tomaten-Gratin

(für 3–4 Personen)

Backblech einfetten, z.B. mit Olivenöl

Kartoffeln und Zucchini schälen und in dünne Scheiben schneiden

Tomaten vom Strunk befreien und ebenfalls schneiden und nebeneinander auf das Blech legen, Reihenfolge beliebig.

Sauce: einen Becher Sahne mit frisch geriebenem Muskat, zwei gepressten Knoblauchzehen und frisch gemahlenem Pfeffer sowie Himalaja-Salz vermischen und gleichmäßig über das Gemüse gießen.

Dann eine würzige Käsesorte, z.B. Greyerzer, nach Belieben darüberreiben.

Ca. 45 Minuten bei 180–200° im Backofen schmoren lassen.

Bitte immer wieder einen Blick darauf werfen, damit der Käse nicht anbrennt.

(Vegane Variante: Soja-Sahne und anstelle des Käses dünn geschnittener Tofu.)

## Tee auf friesische Art

Zutaten für ca. 1 l Tee:

6–7 TL ostfriesische Teemischung

1 l Wasser, grober weißer Kandiszucker

frische, flüssige Sahne

Zubereitung: (Dauer ca. 30 Minuten)

Die Teekanne mit kochend heißem Wasser ausspülen. Teeblätter in einen Siebeinsatz füllen. Das Wasser zum Kochen bringen, ca. ¼ l davon über die Teeblätter gießen. Die Teekanne mitsamt Deckel auf ein Stövchen stellen und den Teeansatz 3 Minuten ziehen lassen.

Danach das restliche, leicht abgekühlte Wasser aufgießen. Weitere 2–3 Minuten ziehen lassen, dann den Siebeinsatz herausnehmen. Den Tee weiter auf dem Stövchen warm halten.

Anschließend ein dickes Stück Kandiszucker in eine Tasse geben und den heißen Tee darübergießen, so dass der Zucker knistert. Mit einem Teelöffel einen Schuss Sahne obendrauf, nicht umrühren.

Nun den aromatischen friesischen Teetraum genießen.

# *Danksagung*

Auch diesmal möchte ich wieder die Gelegenheit nutzen, um allen zu danken, die an diesem Buch beteiligt waren:
Allen voran den beiden geduldigsten Lektorinnen des Universums: Dr. Andrea Müller und Friederike Arnold. Ich freue mich schon auf die Zusammenarbeit beim nächsten Inselroman!
Patricia Kessler, die sich immer so lieb um die Pressearbeit für meine Bücher kümmert.

Lars Schmidt und Katinka Gosselaar von der Initiative Zukunft Sylt, die mir tiefe Einblicke hinter die Kulissen der Insel gewährt haben und sich mit unermüdlichem Eifer dafür einsetzen, dass sich dort vielleicht doch noch alles zum Guten wendet. Alle Infos zum Thema finden Sie unter:
http://www.zukunft-sylt.de/, oder http://www.facebook.com/pages/Zukunft-Sylt/133986353369865/
Wenn Sie konkret helfen möchten, unterzeichnen Sie wie ich und viele andere folgende Petition: http://www.change.org/de/Petitionen/stoppt-den-wegzug-bezahlbarer-wohnraum-f%C3%BCr-sylt-und-seine-bewohner

Hauke Nissen danke ich für die wundervolle CD *Inselsommer* und bereits im Voraus für deine Inspiration fürs nächste Buch. Alle Infos zum Föhrer Klangkünstler und seiner Musik unter: http://www.haukenissen.de/

Mein Dank gilt auch der wunderbaren, buchbegeisterten Andrea Giglio von Books my Passion (http://books-mypassion.

blogspot.de/) für das Probelesen der ersten sechzig Seiten. Von da an, wusste ich, dass ich auf dem richtigen Weg bin! Toll, dass du dich schon so auf das Buch freust!

Mein kulinarischer Dank geht an Marlis Wolff für das Rezept des Kartoffel-Zucchini-Gratins, der mich vom ersten Bissen an umgehauen hat. Du bist wirklich eine fantastische Köchin.

Meiner lieben Kollegin Susanne Oswald danke ich für den Namen »Inselkrabben«: Wenn du nicht gewesen wärst, hätte das »Kind« wohl immer noch keinen Namen ;-)

Ein dickes Dankeschön geht an meinen tollen Kollegen Janne Mommsen für dieses wunderschöne Quote. Ich liebe deine »Oma«-Bücher und freue mich auf die gemeinsamen Lesungen mit dir und Judith Kern. Ein »Prost« auf unser Insel-Trio!

Mein allergrößter Dank gilt jedoch allen Lesern und Buchmenschen, die auf Buchblogs oder YouTube dafür sorgen, dass topaktuelle Neuigkeiten über Bücher und Autoren im Netz zu finden sind – unabhängig von der traditionellen Presse und den Feuilletons. Wahnsinn, was ihr alles auf die Beine stellt! Aber auch den Verlagsvertretern und Buchhändlern, die allen Widerständen trotzen und dafür sorgen, dass so viel gelesen wird wie nie zuvor.

Und nun hoffe ich, dass Sie alle mindestens so viel Freude beim Lesen haben wie ich beim Schreiben.
Alles Liebe,
Gabriella Engelmann

Reetdächer, Friesentee und Sylter Rosen

GABRIELLA
ENGELMANN

# *Inselzauber*

ROMAN

Bei ihrer ersten Begegnung sind sich Larissa und Nele herzlich unsympathisch, dabei haben die Frauen mehr gemeinsam, als sie ahnen. Denn das Leben meint es mit beiden derzeit nicht gut: Neles Café steht kurz vor dem Konkurs, und Larissa wurde von ihrem Freund verlassen und flüchtete deshalb auf die Insel Sylt. Doch schon bald stellen die beiden Frauen fest, dass man zusammen stärker ist als allein. Zwischen Himmel, Dünen und Meer bekommen ihre Träume Flügel …

»Mal eine Runde träumen?
Dieses Sommermärchen spielt auf Sylt und ist so schön,
dass man packen und hinfahren möchte.«
*Für Sie*

Knaur Taschenbuch Verlag